Tanja Karmann

Der Mitternachtsfaden

Verbundene Welten

»Truth has many faces and the truth is like to the old road to Avalon; it depends on your own will, and your own thoughts, whither the road will take you.«

Marion Zimmer Bradley, The Mists of Avalon

»You have to believe. Otherwise, it will never happen.«

Neil Gaiman, Stardust

»Coming back to where you started is not the same as never leaving.«

Terry Pratchett, A Hat Full of Sky

KAPITEL I

Man muss zugeben, dass das Verhalten der jungen Lina Dornscheidt, die just in diesem Augenblick gegen den linken Vorderreifen ihres Autos trat, alles andere als zauberhaft war. Auch die Worte, die über ihre Lippen kamen, konnten bei allem Wohlwollen weder als höflich noch als gesittet bezeichnet werden. Allerdings waren zauberhaft, höflich und gesittet auch nicht unbedingt Wörter, die in Linas Welt häufig verwendet wurden. Das lag daran, dass es in ihrem Leben wenig gab, dem man diese Eigenschaften hätte zuschreiben können. Wie viel Zauberhaftes in ihr Leben treten sollte, wusste Lina in diesem Moment noch nicht, und man kann vermuten, dass es ihr auch herzlich gleichgültig gewesen wäre, hätte man ihr von den Wundern und Abenteuern berichtet, die auf sie warteten.

In diesem Moment stand sie nämlich durchnässt und verfroren neben ihrem roten Corsa, der mitten in der Nacht auf dem Heimweg aus dem Nachbarort beschlossen hatte, ihr den Dienst zu versagen. Als der Motor zu stottern begonnen hatte, war es Lina noch gelungen, den Wagen an den Straßenrand zu lenken. Danach war er einfach ausgegangen und sooft Lina auch den Schlüssel gedreht und auf das Gaspedal gedrückt hatte (zu mehr reichte ihr Wissen nicht): er wollte nicht mehr anspringen. Dass gleichzeitig mit den Leuchten auf dem Armaturenbrett auch das Display ihres, zugegeben recht alten, Handys erloschen war, machte die Sache ebenso wenig besser wie der Umstand, dass es in Strömen regnete.

Nachdem Lina eingesehen hatte, dass weder Flüche noch Tränen an ihrer misslichen Situation etwas ändern würden, hatte sie ihre Tasche vom Beifahrersitz geschnappt und war ausgestiegen. Bei dem Gedanken, nachts an der dunklen Straße durch den kleinen Wald zwischen Wadern und Noswendel entlangzulaufen, wurde ihr flau im Magen. Sie war direkt nach der letzten Vorstellung vom Kino losgefahren, aber mittlerweile war es fast Mitternacht und der vor ihr liegende Wald schien mehr aus Dunkelheit denn aus Bäumen zu bestehen. Kurz spielte sie mit dem Gedanken, auf dem Rücksitz des Wagens zu schlafen, bis es hell werden würde. Aber dann gingen ihr verschiedene Horrorvorstellungen durch den Kopf. Angefangen damit, dass ein herankommendes Auto ihren Wagen rammen könnte, bis hin zu unwahrscheinlicheren, aber nicht weniger beängstigenden Varianten voller tollwütiger Bären, Psychokillern und Zombies. Außerdem musste sie am nächsten Morgen zur Schule und ihre Mutter würde sich schreckliche Sorgen machen, wenn sie nicht nach Hause kam.

Lina zog ihre Jacke enger um sich und lief los. Die Haare hingen ihr in nassen Strähnen ins Gesicht und nach wenigen Schritten musste sie feststellen, dass auch die neuen Sneakers aus dem Discounter nicht gerade wasserfest waren. Da die Landstraße keinen festen Gehweg hatte, beschloss Lina, auf dem Asphalt zu laufen. Nicht nur, um Schlammlöcher, herumliegende Äste und Stolperfallen zu vermeiden, sondern auch, um Abstand zwischen sich und die düsteren Schatten zu bringen, die sich im Wald zu undurchdringlicher Dunkelheit zusammenzogen. Nur ab und an blitzte tief in der Schwärze etwas auf, erschienen Formen und Lichtpunkte und ließen Dinge erahnen, die sich in den Schatten verbargen. Leider waren die Bilder von tollwütigen Bären und Zombies noch nicht ganz aus Linas Kopf verschwunden, sodass sie anstelle von knorrigen Baumstämmen und moosbewachsenen Felsblöcken glaubte, kauernde Waldwesen zu sehen. Einmal meinte sie sogar, ein Paar heller Augen in der Dunkelheit ausmachen zu können, beruhigte sich jedoch mit dem Gedanken, dass ihre Sinne ihr einen Streich spielten. Nun wissen wir zwar, dass es in der Dunkelheit der Wälder in der Tat Wesen gibt, die in der hellen Welt, die wir Realität nennen, nicht sichtbar sind, aber für den Moment war es doch gut, dass sich Lina dieser Tatsache noch nicht bewusst war. Ansonsten hätte sie wohl ein noch kläglicheres Bild abgegeben, wie sie mit hängendem Kopf und eingezogenen Schultern die dunkle Straße entlanglief.

Hätte Lina die ganze Szene von oben betrachten können, wäre ihr gleich etwas leichter ums Herz gewesen, denn dann hätte sie das Leuchten bemerkt, das sich unversehens und in nur kurzer Entfernung an einem Punkt neben der Straße zusammenzog. Da ihr dieser Blick jedoch verwehrt war, blieb ihr nichts anderes übrig, als der Straße mit ihren vielen Windungen und Kurven zu folgen und zu hoffen, dass der Regen bald nachließ.

Obwohl sie insgesamt nur 43 Minuten unterwegs sein sollte, verlor Lina auf ihrer nächtlichen Wanderung schnell jegliches Zeitgefühl. Ihr Handy, das sie gerade zum dritten Mal aus der Tasche zog, gab immer noch kein Lebenszeichen von sich, und sie war sich sicher, schon seit einer halben Ewigkeit unterwegs zu sein. Sie erinnerte sich an ein Buch, das sie vor einiger Zeit gelesen hatte, und in dem Elemente der keltischen Mythologie auftauchten. Darin hatte sich eine junge Frau auf ihrem Heimweg versehentlich ins Feenreich verirrt und musste schier endlos auf derselben Straße entlangwandern, ohne je ans Ziel zu gelangen. Ob sie auch dazu verdammt war, sich immer wieder im Kreis zu drehen? In der Dunkelheit konnte sie kaum etwas erkennen und es beschlich sie das beunruhigende Gefühl, schon mehrfach an der gleichen Stelle vorbeigegangen zu sein. Ob sie sich schlichtweg verlaufen hatte? Aber es gab hier doch keine Abzweigungen, es führte nur diese eine Straße von Wadern nach Noswendel. Lina schalt sich selbst eine Idiotin und versuchte, sich zusammenzureißen. Sicher würde sie nach der nächsten Straßenbiegung schon den Ortseingang sehen.

Und tatsächlich glaubte sie, in einiger Entfernung einen Lichtschein ausmachen zu können. Als sie jedoch um die nächste Kurve bog, stellte sie fest, dass sie nicht den Ortsrand erreicht hatte, sondern sich vor einem hell erleuchteten Gebäude befand, das etwas eingerückt von der Straße am Waldrand stand. Es war ein einfaches, älteres Steinhaus mit einem ziegelgedeckten Mansardendach, aus dem ein hoher Schornstein aufragte. Zwei große Sprossenfenster mit hölzernen Klappläden nahmen den größten Teil der Hausfront ein. Zwischen ihnen führte eine kleine Treppe mit vier Stufen zu einer Holztür hinauf.

Durch die Fenster konnte Lina einen Blick in das Innere des Hauses werfen. An den Wänden und in der Mitte des Raumes standen mehrere Regale, auf denen allerlei Kartons, Flaschen und Päckchen aufgereiht waren wie in einem Supermarkt. *Ein Supermarkt?* Lina glaubte, sich daran zu erinnern, dass es an dieser Stelle früher einmal einen bescheidenen Laden für Anglerbedarf gegeben hatte, aber dieser war seit Jahren geschlossen und kaum jemand lief noch von hier aus über den Trampelpfad zum kleinen Waldsee. Sollte wirklich hier, am Ende der Welt, wieder ein Laden eröffnet haben? Erst jetzt bemerkte Lina das unscheinbare Schild, das an der Klinke der Eingangstür hing und auf das jemand in sehr ordentlicher Schrift von Hand das Wort »Neueröffnung« geschrieben hatte.

Obwohl es schon nach Mitternacht sein musste, konnte Lina die Schemen von Menschen ausmachen, die im Inneren des Ladens geschäftig hin- und herliefen, was ihr seltsam vorkam. Vielleicht waren die Angestellten noch mit letzten Vorbereitungen für die anstehende Eröffnung beschäftigt. Wie dem auch sein mochte, sie hatte sowieso nicht vor, etwas zu kaufen, aber vielleicht konnte sie das Telefon im Laden benutzen, um ihre Mutter anzurufen, und sie bitten, sie hier abzuholen. Lina stieg die vier Stufen der Treppe hinauf, drückte die geschwungene Klinke nach unten und betrat den Mitternachtsladen.

Ein Glöckchen bimmelte, als sie die Tür aufdrückte. Das Innere des Ladens empfing sie mit weichem Licht und wohltuender Wärme. Ein angenehmer Duft nach Holz und warmem Kerzenwachs lag in der Luft. Für einen kurzen Moment hielt Lina mitten in der Bewegung inne, schloss die Augen und atmete tief durch – vor Erleichterung, dem Wald und der Dunkelheit entronnen zu sein, wie sie glaubte. In Wahrheit war es das Übertreten der magischen Schwelle, das sie verharren ließ. Eine kleine Unstimmigkeit im transzendenten Gefüge, die man wie ein winziges Stolpern des Herzschlags spürt. Lina jedoch schenkte diesem Umstand wenig Beachtung, sondern betrat, ohne weiter nachzudenken den Laden und ließ die Tür hinter sich ins Schloss fallen.

Der Laden war klein, nicht viel größer als die Drei-Zimmer-Wohnung, in der sie mit ihrer Mutter lebte. Überrascht musste sie feststellen, dass sie sich mit ihrer

Annahme geirrt hatte, denn der Laden war längst fix und fertig eingerichtet. Hohe Regale säumten die Wände – allerdings keine modernen Supermarktmodelle aus kaltweißem Stahl und Lochblech, sondern altmodische Möbel aus dunklem, massivem Holz, die bis zur Decke reichten. Im hinteren Bereich konnte Lina sogar einen Apothekerschrank mit unzähligen Schubladen und Fächern ausmachen. Die Regale in der Mitte waren nur halbhoch, sodass Lina von der Tür aus den Raum überblicken konnte. Darauf standen allerlei Gläser, Metalldosen und alt anmutende Kartonagen. Die Regalbretter waren aus dem gleichen Holz gearbeitet wie die übrige Ladeneinrichtung. Sie hatten eine glänzende Oberfläche und offenbarten bei näherem Hinsehen eine feine, filigrane Maserung. Lina streckte die Hand aus und strich zögerlich, fast zärtlich, über die samtweiche Oberfläche und für einen kurzen Moment meinte sie, einen schwachen Geruch wahrzunehmen, fremd und doch vertraut, einen Duft nach warmen Vollmondnächten und Sandelholz – nicht dass Lina jemals bewusst Sandelholz gerochen hätte, von Vollmondnächten ganz zu schweigen.

»Fühlt sich toll an, nicht wahr?«, riss eine weibliche Stimme Lina aus ihren Gedanken. Sie zuckte jäh zusammen. Hinter einer der Auslagen kniete ein junges Mädchen, das scheinbar gerade damit beschäftigt gewesen war, Ware aus Kartons auf die Präsentationsfläche an der Kopfseite zu räumen.

»Ich erwische mich auch immer wieder dabei, heimlich darüberzustreichen«, sprach das Mädchen weiter. Ihre Stimme war wohlklingend und sie betonte die Worte auf eine leicht fremdartige Weise, die Lina nicht einzuordnen wusste. Sie trug ein rotes Kleid mit einem ausgestellten Rock, dessen Saum luftig um ihre Knie schwang, als sie sich aufrichtete. Dazu hatte sie weiß-schwarz geringelte Strümpfe und schwarze Schnallenschuhe mit einem kleinen Absatz kombiniert. Ihr kurz geschnittenes, hellblondes Haar fiel ihr frech in die Stirn.

»Oh, entschuldige, habe ich dich erschreckt?«

Lina schüttelte den Kopf.

»Dann ist ja gut. Du hast kurz so ausgesehen. Das würde zu mir passen, gleich den ersten Kunden in die Flucht zu schlagen.« Die junge Frau grinste, runzelte dann aber die Stirn.

»Wie siehst du denn aus? Hast du ein Bad im See genommen?«

Wieder schüttelte Lina den Kopf, diesmal etwas genervt.

»Nein, es regnet draußen in Strömen.«

»Wirklich? Das habe ich hier drinnen gar nicht mitbekommen. Soll ich dir vielleicht ein Handtuch bringen? Wir haben sicher eins hinten im Pausenraum.«

Lina nickte.

»Das wäre großartig, danke.«

Die junge Frau stand auf.

»Ich bin gleich wieder da.«

Sie drehte sich um und ging auf den hinteren Bereich des Ladens zu, drehte sich aber noch einmal kurz zu Lina um.

»Hattest du etwas Bestimmtes gesucht?«

Wenn man es genau nahm, suchte Lina nicht nur nichts Bestimmtes, sondern überhaupt nichts, mit Ausnahme ihres eigenen Bettes vielleicht, das sie hier aber sicherlich nicht finden würde.

»Nein, ich bin nur zufällig hier vorbeigekommen. Mein Wagen ist liegengeblieben. Habt ihr ein Telefon?«

Die Verkäuferin sah aus, als würde sie nachdenken.

»Ich glaube nicht, am besten fragst du den Meister.« Sie

stockte kurz. »Ich meine den Ladenbesitzer. Er ist vorne an der Kasse. Aber als Erstes versuchen wir, dich trocken zu bekommen. Du kannst dir ja in der Zwischenzeit einen Kaffee holen. Hinten steht so eine neumodische Maschine.«

Sie nickte mit dem Kopf in Richtung Rückwand, drehte sich um und ging leichten Schrittes davon, wobei ihr Rock fröhlich hin- und herschwang.

Lina sah ihr kurz nach und machte sich dann auf, die Kaffeemaschine zu suchen. Wie versprochen fand sie einen Tisch, auf dem neben einer Zuckerdose aus Porzellan und einem kleinen Milchkännchen eine Kaffeemaschine stand, aus der gerade gluckernd und prustend das heiße, schwarze Getränk in eine Glaskanne lief und dabei den typischen Geruch von Filterkaffee verströmte. *Neumodisch?*, dachte Lina. Das war nicht gerade die Art von Kaffee, die man bei den hippen Franchise-Unternehmen bekam, und selbst in ihrer Küche zu Hause konnte sie sich dank des elektrischen Milchaufschäumers etwas Ansprechenderes zubereiten. Für den Moment allerdings war alles besser als der kalte Regen draußen in der Nacht.

Während sie den Kaffee in eine Tasse goss und Unmengen von Zucker und Milch hineinrührte, fiel ihr Blick auf einen kleinen Tisch vor ihr, von dem ein zauberhaftes (schon wieder dieses Wort!) Glitzern und Leuchten ausging. Es rührte von einer Vielzahl von Blumen und anderen Pflanzen her, die alle aus feinstem Glas gearbeitet waren.

Lina stellte ihren Kaffeebecher neben der Zuckerdose ab und trat näher. Es schien, als würden die Blumen leise zu ihrer Begrüßung klingeln, was natürlich Unsinn war, denn wie jedes Kind weiß, können Blumen weder sehen noch sich von selbst bewegen, selbst wenn sie aus Glas sind. Jede der Figuren war einzigartig und unterschied sich von den anderen. Es gab Blütenblätter in allen Formen und in den verschiedensten Farben: sanft geschwungene Rundungen in zartem Rosa und spitz zulaufende Zacken in kräftigem Rot. Die einzelnen Blüten, Blätter und Stängel waren so filigran gearbeitet, dass Lina befürchtete, ein einziger Windstoß könnte diese Pracht zerstören, und so wich sie achtsam zurück. Ihren Blick von den Blumen zu lösen, versetzte ihrem Herzen einen kleinen Stich, doch in diesem Moment trat die Verkäuferin zu ihr. In der Hand hielt sie ein winziges hellblaues Handtuch, das sie Lina fröhlich entgegenstreckte. Dankbar nahm Lina das flauschige Stück Stoff und begann, sich damit über Gesicht, Hände und Haare zu wischen. Erstaunt stellte sie fest, dass es zwar wirklich klein war, aber dennoch die Feuchtigkeit sehr gut aufnahm und sie nach kurzer Zeit um einiges trockener war als zuvor.

»Danke dir«, sagte sie und gab ihrem Gegenüber das Tuch zurück.

»Kein Problem«, antwortete die junge Frau. »Ich mach mich dann mal wieder an die Arbeit. Ich hoffe, du kommst gut nach Hause.«

Damit ließ sie Lina allein. Nachdenklich trank Lina den letzten Schluck aus ihrer Kaffeetasse, stellte diese auf ein Tablett unter dem Tisch und wandte sich nach vorne zur Kasse.

Natürlich gab es keine richtige Kasse, zumindest keine mit Kassenband, Warenscanner und automatisch öffnender Lade. Stattdessen befand sich seitlich neben der Ladentür eine Theke, auf der eine nostalgisch wirkende, mechanische Registrierkasse stand, wie man sie oft in alten Filmen sah. Sie war komplett aus einem bronzefarbenen Metall gearbeitet und auf allen größeren Flächen mit verschlungenen Blumenmustern verziert. Lina hatte sich oft gefragt, wie ein solches Gerät bedient wurde. Sie nahm an, dass die Schublade im unteren Bereich zur Aufbewahrung des Geldes diente, aber aus den vielen Tasten und Knöpfen sowie dem großen Hebel an der rechten Seite wurde sie nicht schlau.

Auf der anderen Seite der Ladentheke entdeckte sie eine altmodische Waage mit zwei Schalen aus Metall an einem Gestell aus Holz. Am Fuß des Ständers waren fein säuberlich mehrere Gewichte verschiedener Höhe und Dicke aufgereiht. An der Wand hinter der Kasse war ein langes Regalbrett angebracht, auf dem mehrere Kistchen aus Blech standen. Unmittelbar darunter entdeckte Lina ein Schlüsselbrett, an dem viele unterschiedlich große und verschieden geformte Schlüssel hingen sowie mehrere Bilderrahmen mit Fotografien von Menschen, die meisten in schwarz-weiß. Alles wirkte nostalgisch wie an einem Filmset oder in einem dieser Erlebnisparks, in denen Häuser aus verschiedenen Epochen nachgebaut wurden. *Eigentlich,* dachte Lina, *fehlen nur noch die …* Da standen sie ja: *Bonbongläser!* Groß, bauchig und mit einem hellen Korken, gefüllt mit Zuckerstangen, Keksen und Karamellbonbons. Neben den Gläsern lag in einer Pappschachtel eine Auswahl in Papier verpackter Riegel – Schokoriegel, wie Lina vermutete – auch wenn diese vom Aussehen her nicht mit den allgemein an Supermarktkassen ausliegenden Süßigkeiten vergleichbar waren. *Aber Schokolade bleibt Schokolade,* dachte Lina, nahm sich einen der Riegel aus der Schachtel und legte ihn auf den Tresen.

Hinter der Theke stand ein älterer Herr, der sich bislang über ein kleines Notizbuch gebeugt hatte, und sie jetzt freundlich ansah. Der Mann, den Lina auf etwa Mitte fünfzig schätzte, passte perfekt in die Szenerie: Er trug eine Hose aus braunem Cord mit einem passenden Jackett über einem hellen Hemd mit leichtem Streifenmuster. Das Hemd war nicht nur bis oben zugeknöpft, der Kassierer trug sogar eine Fliege, wenn auch nicht ganz ordentlich. Sein graues Haar stand etwas störrisch in alle Richtungen von seinem Kopf ab. Er blickte Lina mit warmen Augen an.

»So spät noch unterwegs?«, fragte er mit einer angenehm tiefen Stimme.

»Ich hatte eine Autopanne«, erwiderte Lina und legte einen 5-Euro-Schein auf den Tisch.

»Könnte ich bei Ihnen telefonieren? Meine Mutter fragt sich sicher schon, wo ich bleibe, und vielleicht kann sie mich hier abholen.«

Der Mann hinter der Kasse schüttelte bedauernd den Kopf.

»Tut mir leid, wir haben hier kein Telefon.« Er machte eine kurze Pause. »Noch nicht, meine ich. Die Anschlüsse sind noch nicht verlegt. Aber habt ihr jungen Leute von heute nicht alle so ein Mobiltelefon?«

Lina seufzte. »Doch«, antwortete sie, »aber das dämliche Ding hat genauso den Geist aufgegeben wie mein Auto. Hier, sehen Sie, das Display ist einfach tot.« Mit diesen Worten zog Lina ihr Handy aus der Tasche, klappte es auf und hielt es dem Mann vor die Nase.

Das Handy gab einen kurzen Piepston von sich, dann erschien der leuchtende Schriftzug des Netzbetreibers auf dem Bildschirm.

»Sieht so aus«, sagte der Mann mit einem Augenzwinkern, »als wäre alles wieder in Ordnung.«

Er nahm den Geldschein, tippte auf ein paar Tasten der Registrierkasse und zog den Hebel nach unten, woraufhin die Schublade aufsprang. Sorgfältig legte er die Banknote in eines der Fächer und nahm ein paar Münzen heraus, die er vor Lina auf den Tisch legte.

Lina starrte immer noch fassungslos auf das Gerät in ihrer Hand. »Das gibt es doch nicht«, stammelte sie. »Ich … also, ich meine … ich habe doch immer wieder versucht, es einzuschalten.« Sie nahm ihr Wechselgeld und griff nach dem Schokoriegel. Als ihre Hand das Papier berührte, glaubte sie, ein kurzes Kribbeln zu spüren. Überrascht blickte sie hoch und ihr Blick begegnete dem des Ladenbesitzers.

»Eine gute Wahl«, sagte er und sah unverwandt in Linas Augen. »Ich bin sicher, die Schokolade wird dir helfen.«

»Danke«, sagte sie, riss sich von dem intensiven Blick los und wandte sich dem Ausgang zu. Kurz vor der Tür drehte sie sich noch einmal halb um. »Einen schönen Laden haben Sie hier«, meinte sie etwas schüchtern. »Viel Erfolg damit.« Sie zog die Tür auf und trat hinaus in die Nacht.

Durch das Glas konnte der Mann beobachten, wie Lina im matten Schein, der aus den Fenstern fiel, ihr Handy aufklappte, einige Tasten drückte und mit jemandem sprach. Kurze Zeit später erhellten zwei Scheinwerfer den Parkplatz vor dem Gebäude. Lina öffnete die Beifahrertür und verschwand im Inneren des Wagens, nicht ohne noch einen Blick auf das Haus geworfen zu haben. Dann waren Lina und der Wagen verschwunden und die Dunkelheit kehrte zurück. Als der Mann sich wieder seinem Notizbuch zuwandte, lächelte er.

Wäre unsere Geschichte ein Kinofilm, so würde am nächsten Morgen ein sanfter Sonnenstrahl unsere Hauptdarstellerin wecken. Sie würde sich in den weichen Kissen ihres Bettes ausstrecken und sich dann erheben, um an einem großen Fenster stehend mit einer dampfenden Tasse Tee in der Hand, den Tag zu begrüßen. Lina hingegen wurde unsanft vom schrillen Piepsen ihres Weckers aus dem

Schlaf gerissen und zog sich, nachdem sie ihn mit einem halblaut gemurmelten Fluch ausgeschaltet hatte, noch einmal die Decke über den Kopf. Sie hatte wirklich zu wenig geschlafen. Zum Glück war ihre Mutter nicht allzu verärgert gewesen, weil sie um diese Uhrzeit noch einmal das Haus hatte verlassen müssen.

Anscheinend war sie schon im Bett gewesen, denn als sie Lina abholte, trug sie nur einen Schlafanzug, über den sie ihren Mantel geworfen hatte. Zu Hause angekommen, hatte Lina sich aus ihren nassen Klamotten geschält und war trotz der späten Stunde noch unter die Dusche gegangen, um sich ein wenig aufzuwärmen. Als sie in ihren alten Morgenmantel gehüllt aus dem Bad gekommen war, saß ihre Mutter mit zwei Tassen Tee in der Küche der kleinen 3-Zimmer-Wohnung, die sie seit der Scheidung von Linas Vater bewohnten. Schon als Lina sich gesetzt hatte, ahnte sie, was auf sie zukam, und tatsächlich dauerte es nur wenige Minuten, bis ihre Mutter wieder die alte Diskussion begann, ob Linas Job im Kino wirklich notwendig war. Sie hielt nicht viel davon, dass ihre Tochter fast jeden Abend in die Nachbarstadt fuhr, um dort mehrere Stunden zu arbeiten und erst spät in der Nacht zurückkam. Immerhin musste sie jeden Morgen in die Schule, von den Hausaufgaben und ihren Pflichten im Haushalt ganz abgesehen. Lina kannte die Argumente ihrer Mutter schon zur Genüge und niemand wusste besser als sie, wie anstrengend es sein konnte, all diese Dinge unter einen Hut zu bekommen. Wenn sie sich aber bei dem kleinen Gehalt ihrer Mutter und ihrem daher eher kärglichen Taschengeld wenigstens ab und an etwas gönnen wollte, blieb ihr gar keine andere Wahl als zu jobben. Die Arbeit im Kino war nicht die schlechteste – und obendrein die Einzige, die sie hatte finden können.

Der Wecker klingelte erneut und als Linas Blick auf die

leuchtenden Ziffern fiel, entfuhr ihr ein zweiter Fluch, diesmal nicht mehr halblaut. Sie war schon viel zu spät dran! Sie stand auf, nahm ein paar Kleidungsstücke aus dem Kleiderschrank und ging ins Bad. Ihre Mutter hatte bereits das Haus verlassen. Sie beschränkte sich darauf, sich etwas Wasser ins Gesicht zu spritzen (immerhin hatte sie vor wenigen Stunden erst geduscht), ihre Haare zu einem Pferdeschwanz zusammenzubinden und sich die Zähne zu putzen. In der Küche trank sie rasch einige Schlucke des kalten Tees, der noch von der Nacht auf dem Küchentisch stand. Zum Glück war ihre Jacke nach dem gestrigen Regenmarsch schon fast wieder trocken, was man von ihren Schuhen leider nicht sagen konnte. Schnell zog sie ihre Chucks aus dem Schuhschrank, griff nach ihrer Tasche und zog die Tür hinter sich zu.

Sie schaffte es gerade noch rechtzeitig, vor ihrem Englischlehrer in den Klassenraum zu schlüpfen. Da sie ausnahmsweise mit dem Bus nach Wadern hatte fahren müssen, hatte sie sich ziemlich in der Zeit verschätzt.

Nele, ihre beste Freundin und Banknachbarin, warf Lina einen fragenden Blick zu, als sie sich neben ihr auf den Stuhl sinken ließ und sich aus der Jacke schälte.

»Alles klar bei dir?«, fragte sie. »Gestern wieder spät geworden?«

»Frag nicht«, gab Lina zurück. »Der absolute Horror. Meine Karre ist mitten im Wald stehengeblieben und ich musste durch den Regen laufen.«

Nele sah sie mitfühlend an.

»Ach du Scheiße«, sagte sie. »Und nun? Läuft das Auto wieder?«

»Weiß noch nicht«, gab Lina zurück. »Kannst du mich nach der Schule vielleicht hinfahren?«

Doch bevor die beiden weiter planen konnten, rief Herr

Müller sie zur Ordnung und für die nächsten vierzig Minuten mussten sie sich auf die Lektüre eines englischen Zeitungsartikels konzentrieren.

In der großen Pause standen die beiden Freundinnen zusammen in einer Ecke auf dem Schulhof. Lina erzählte ausführlich von ihrem Horrortrip in der Nacht zuvor und erwähnte schließlich auch den neuen Laden an der alten Landstraße.

»Echt jetzt?«, fragte Nele ungläubig. »Wer sollte denn da ein Geschäft aufmachen? Das kann sich doch kaum lohnen, so abgelegen, wie das ist. Was verkaufen die denn?«

»Was man so braucht«, antwortete Lina ausweichend. »Mehl, Nudeln und so. Alles ein bisschen altmodisch wie in einem alten Film. Die Regale waren aus dunklem Holz …« Kurz sah sie vor ihrem inneren Auge ihre eigene Hand sanft, nahezu zärtlich, über die feine Maserung streichen. »… und kaum Plastik oder so. Auch die Verpackungen. Nur Karton oder Metall.« Sie zuckte mit den Achseln. »Aber sonst echt nix Besonderes. Obwohl …«

Ein leises Klingeln drang an ihr Ohr. Nicht das schrille Tönen der Schulglocke, das das Ende der Pause verkündet hätte. Nein, das Geräusch war viel sanfter, und obwohl es aus weiter Ferne zu kommen schien, klang es nicht gedämpft, sondern hell und klar und auf sonderbare Art … zerbrechlich. Wie Glas. Weich geschwungenes Glas in zarten Farbtönen, in dem sich das Licht spiegelte …

Lina schreckte auf.

»… obwohl sie ziemlich guten Kaffee hatten. Und Schokoriegel.« Sie griff in ihre Tasche, holte die schmale Packung heraus, die sie gestern Nacht dort hineingesteckt hatte, und hielt sie Nele entgegen. Der Riegel war in braunes Papier eingeschlagen, auf dem in nostalgischen Buchstaben »Delicious Candy« aufgedruckt war.

»Siehst du, was ich meine? Die normalen Sachen hatten die da gar nicht.«

In diesem Moment ertönte wieder eine Glocke, doch diesmal war es wirklich das Signal für das Ende der Pause.

Nele stöhnte kurz auf.

»Hast du für den Physiktest gelernt?«

Lina verzog das Gesicht.

»Mist, das habe ich ganz vergessen. Großartig.«

Sie gingen los. Zusammen mit den anderen Schülern betraten die beiden Mädchen das Schulgebäude und nahmen die Treppe in den zweiten Stock. Im Laufen löste Lina das Papier vom Schokoriegel und biss ein Stück ab. Der Riegel war mit einer dicken Schicht dunkel glänzender Schokolade umhüllt und mit cremigem Karamell gefüllt, das ein bisschen salzig schmeckte. Lina glaubte, noch etwas anderes herauszuschmecken, aber sie kam nicht darauf, was es war. Jedenfalls schmeckte es großartig. Die Worte »köstlich« oder gar »deliziös« gehörten leider nicht zu Linas Sprachgebrauch, dabei wären es die einzig richtigen Vokabeln gewesen, um den Geschmack des Schokoriegels (selbst das Wort Schokoriegel war im Grunde zu profan) angemessen zu beschreiben. Doch so musste sich der Riegel damit zufriedengeben, dass Lina sich noch genüsslich die Finger ableckte, als sie den Physiksaal betrat.

Wie immer ließ Herr Bauer die Klasse sich so setzen, dass Lina viel zu weit von Nele weg saß, um einen Blick auf ihre Unterlagen werfen zu können. Ihrem angestrengten Gesichtsausdruck nach zu schließen, hätte es Lina auch nicht viel weitergeholfen, wenn sie die Antworten ihrer Freundin hätte lesen können. Sie strich sich eine Strähne ihres kupferblond gefärbten Haares zurück und blickte wieder auf das vor ihr liegende Aufgabenblatt. Vermutlich wären die Fragen gar nicht so schwierig, wenn sie sich an die entsprechende Formel hätte erinnern können. Aber sie hatte den für heute angekündigten Test schlichtweg vergessen – und physikalische Formeln waren nun wirklich nichts, das Lina sich merken konnte, ohne explizit dafür zu lernen. Am besten würde sie den Test zu Hause verschweigen, sonst ginge die Diskussion über ihren Job sofort wieder von vorne los. Zum Glück fragte ihre Mutter nicht ständig nach, was in der Schule so auf dem Plan stand.

Linas Blick fiel auf das zerknüllte Schokoladenpapier, das sie zu Beginn der Stunde achtlos auf den Tisch vor sich geworfen hatte. *Delicious Candy, in der Tat,* dachte sie.

Dann fiel ihr Blick auf den kleiner geschriebenen Text unter dem Schriftzug. War das etwa …? Aber das war doch … Sollte sie jetzt völlig durchdrehen?

Lina glaubte – zu diesem Zeitpunkt – weder an Wunder noch an Magie. Und schon gar nicht an übernatürliche Kräfte, die ihr zur Hilfe kamen. Da sie aber nichts zu verlieren hatte, schrieb sie die Formel von dem vor ihr liegenden Schokoladenpapier ab und löste damit die ihr gestellten Aufgaben.

Mit einem letzten Blick auf die Blätter vor sich warf Lina seufzend den Stift in ihre Tasche. Sie stand auf, griff nach den Seiten und ordnete sie zu einem halbwegs ordentlichen Stapel. Gleichzeitig mit dem Ertönen des Pausensignals hatte sie das Ergebnis der letzten Aufgabe niedergeschrieben und konnte nur hoffen, dass ihre Lösungen halbwegs richtig waren. Bevor sie zum Lehrerpult ging, um ihren Test abzugeben, hob sie mit der rechten Hand das immer noch auf dem Tisch liegende Schokoladenpapier auf und stopfte es in ihre Hosentasche. Das hätte gerade noch gefehlt, dass Herr Müller es sah und die Formel darauf entdeckte. Außerdem wollte sie die Gleichung auf dem Papier mit der in ihrem Lehrbuch vergleichen, um herauszufinden, ob ihr der Schokoriegel gerade tatsächlich die Note gerettet hatte.

Obwohl sie vor der nächsten Stunde nur eine kurze Pause hatte, verließ Lina das Schulgebäude und ging quer über den Schulhof zu einer kleinen Baumgruppe, unter der sich mehrere Sitzbänke befanden. Nele hatte den Physiksaal bereits vor dem Ende der Stunde mit einem genervten Blick verlassen. Achtlos warf Lina ihre Tasche auf den Boden und setzte sich auf die raue Holzbank. Ungeduldig zog sie die Verpackung des Schokoriegels aus ihrer Tasche und strich sie auf ihrem Oberschenkel glatt.

Sie roch immer noch nach der köstlichen Schokolade, die sie verhüllt hatte. Der Schriftzug »Delicious Candy« schimmerte leicht in der Morgensonne und verwundert stellte Lina fest, dass er seine Farbe veränderte, je nachdem, wie sie das Papier drehte.

Ein leises Geräusch am Fuß der Bank ließ Lina aufhorchen. Sie blickte links unter sich und entdeckte ein Eichhörnchen, das sich ihr unbemerkt genähert hatte. *Seltsam,* dachte sie. Zwar waren Eichhörnchen durchaus kein ungewöhnlicher Anblick in dieser Gegend, aber dass sich eines so nah an einen Menschen herantraute, hatte Lina noch nie beobachtet. Das kleine Tier hatte ein sonderbar helles, fast silbergraues Fell und zwei kecke Haarpinsel hinter den Ohren. Während sie den Nager betrachtete, sprang dieser unvermittelt mit einem Satz auf die Sitzfläche der Bank, wobei sein buschiger Schwanz auf- und abwippte, und begann, an dem Papier in Linas Händen zu schnuppern.

»Du bist aber neugierig«, sagte Lina leise. Das Eichhörnchen blickte zu ihr auf und legte den Kopf schief. Für einen kurzen Moment schien es, als würde das kleine Tier ihr zuhören. Seine dunklen Knopfaugen waren unverwandt auf Linas Gesicht gerichtet. Dann plötzlich riss es mit seinen kleinen Pfötchen das Schokoladenpapier aus Linas Fingern und sprang mit einem großen Satz über ihren Schoß hinweg von der Bank herunter. Lina war zu überrumpelt, um zu reagieren. Sie fuhr von der Bank hoch, konnte aber nur noch fassungslos dem Eichhörnchen hinterherstarren, das rasch über den Schulhof hüpfte und samt dem Papier in einem Gebüsch am Rande des Schulhofs verschwand.

Nach der Schule nahm Nele Lina mit zu sich nach Hause, wo sie sich ein nahrhaftes Mittagessen, bestehend aus Tiefkühlpizza und Cola, gönnten. Danach telefonierte Lina mit dem Pannendienst. Als sie nach zwanzig Minuten in Neles Zimmer kam, wirkte sie zugleich erleichtert und genervt.

»Die gute Nachricht ist, dass sie jemanden schicken, der sich das Auto ansieht und im schlimmsten Fall abschleppt«, sagte sie und setzte sich auf den Rand des Sofas, das gar nicht mal so wenig Platz geboten hätte, wenn die Sitzfläche nicht über und über mit Klamotten, Zeitschriften und anderem Kram bedeckt gewesen wäre.

»Die schlechte Nachricht ist, dass sie natürlich nicht sagen können, wann genau das sein wird.« Sie verzog das Gesicht und rettete ein Taschenbuch davor, an der Vorderkante des Sofas zu Boden zu rutschen.

»Kannst du mich vielleicht hinfahren? Meine Mutter ist noch auf der Arbeit.«

»Ja, klar«, antwortete ihre Freundin und stand vom Bett auf, wo sie es sich bequem gemacht hatte. Natürlich zwischen mehr Kissen und Decken, als eine Schulklasse auf Abschlussfahrt gebraucht hätte, sowie Kuscheltieren, zwei Büchern und sogar einem Teller.

»Ich habe aber gleich noch einen Nachhilfeschüler, also kann ich leider nicht mit dir warten.« Auch Nele, deren Eltern beide berufstätig waren, versuchte ihr Taschengeld mit verschiedenen Jobs aufzubessern. Da sie – ganz im Gegensatz zu Lina, die eigentlich in allen Fächern eher durchschnittlich war – richtig gut Englisch konnte, gab sie mehrere Stunden Unterricht pro Woche.

Während Lina ihre Chucks schnürte, angelte Nele zielsicher ihre Autoschlüssel aus dem Chaos auf dem kleinen Beistelltisch und gemeinsam verließen die beiden Freundinnen das Zimmer.

KAPITEL II

Lina war genervt. Hätte ein unbedarfter Beobachter die Szene von außen betrachtet, so hätte er sich gefragt, ob er vielleicht unbeabsichtigt ein kleines Stück in dem Film von Linas Leben zurückgespult hatte, denn das zu Sehende wäre ihm seltsam vertraut vorgekommen.

Lina saß auf dem Fahrersitz ihres Wagens, der immer noch am Rand der schmalen Waldstraße zwischen Noswendel und Wadern stand. Sie schlug mit beiden Händen auf ihr Lenkrad ein, während sie mehrere wütende Schreie ausstieß, was den Wagen natürlich auch heute unbeeindruckt ließ. Doch im Gegensatz zu gestern schnurrte der Motor nun leise und die verschiedenen Anzeigen auf dem Armaturenbrett leuchteten nahezu fröhlich. Lina stieß mehrere wenig damenhafte Flüche aus: Nicht nur, dass sie fast zwei Stunden auf den Notdienst gewartet hatte, als der Mitarbeiter des Pannendienstes endlich eintraf, war ihr Wagen auch noch ohne Zögern direkt angesprungen. Lina hatte ihren Augen nicht trauen wollen. Natürlich hatte sie nicht versucht, den Wagen selbst zu starten, immerhin waren all ihre Bemühungen in der Nacht zuvor vergeblich gewesen. Lina biss die Zähne zusammen, als sie an den väterlich-arroganten Blick des Mechanikers dachte, der ihr sagte, das könne bei jungen Dingern, die sich nicht mit Autos auskannten, schon mal vorkommen. Hat nur noch gefehlt, dass er ihr den Kopf tätschelte!

Um sich zu beruhigen, schob Lina eine der CDs vom Beifahrersitz in den Player. Als die ersten Gitarrenklänge ertönten, atmete sie tief durch und schnallte sich an. Wo sie schon einmal hier war, wollte sie am neuen Laden halten und sich diese Schokoriegel näher ansehen.

Mit dem Auto brachte sie den Weg viel schneller hinter sich und so dauerte es nicht lange, bis Lina ihren Wagen auf den kleinen Parkplatz vor dem Laden lenkte. Noch bevor sie ausstieg, fiel ihr auf, wie verlassen der Platz aussah. Außer ihrem Corsa war weit und breit kein anderes Auto zu sehen. Auch das Gebäude, das in der Nacht zuvor recht einladend gewirkt hatte, machte einen abweisenden Eindruck. Lina brauchte einen Moment, bis sie begriff, dass dieses Gefühl von den dunklen Holzläden herrührte, mit denen alle Fenster verschlossen waren. Sie stieg die wenigen Stufen zum Eingang hoch und drückte die Klinke herunter, doch die Tür war abgeschlossen. Außerdem hatte jemand von innen eine kleine weiße Jalousie heruntergezogen, sodass Lina keinen Blick in das Innere des Ladens werfen konnte. Sie blickte sich suchend um, fand jedoch kein Schild mit Öffnungszeiten. Aber ein Supermarkt, der mitten in der Nacht geöffnet hatte, würde nachmittags doch nicht schließen? Oder hatten die Besitzer schon aufgegeben?

Lina zuckte mit den Achseln. Sie hatte erst einmal genug von Rätseln. Sie drehte sich um, sprang die Stufen hinunter und schlenderte zu ihrem Wagen, der diesmal bereitwillig direkt beim ersten Versuch ansprang.

Zu Hause angekommen, fand Lina eine Parklücke an der Straße, in der sie ihren Corsa abstellen konnte. Nicht ohne dem Wagen noch einen misstrauischen Blick zuzuwerfen, betrat sie das Haus und stieg die Treppen hinauf in den zweiten Stock. Ihre Mutter war bereits daheim und damit beschäftigt, Wäsche in den Trockner zu stopfen.

»Gut, dass du kommst«, begrüßte sie ihre Tochter und gab ihr einen flüchtigen Kuss auf die Stirn. »Kannst Du bitte noch eine Maschine Handtücher anwerfen? Und das Wohnzimmer staubsaugen?«

»Klar, Mama«, antwortete Lina, doch sie konnte nicht verhindern, dass ein kleiner Schatten der Müdigkeit über ihr Gesicht huschte. Ihre Mutter bemerkte ihn nicht, weniger aus mangelnder Liebe zu ihrer einzigen Tochter, sondern weil derselbe Schatten sich auch in den Fältchen rund um ihre eigenen Augen eingenistet hatte. Sie schaltete den Trockner ein und ging in die Küche, um das Abendessen vorzubereiten.

»Hattest du einen schönen Tag, Liebes?«, rief sie in den Flur, als sie einige Pilze aus dem Kühlschrank nahm. Lina antwortete nur mit einem knappen Geräusch, das scheinbar ihre Zustimmung ausdrücken sollte. Wie gern hätte sie ihrer Mutter von der Sache mit dem Schokoriegel erzählt! Doch dann hätte sie auch den Test erwähnen müssen und das wollte sie nicht. Stattdessen tat sie so, als sei sie mit der Hausarbeit beschäftigt, und war froh, dass der Staubsauger jede weitere Unterhaltung unmöglich machte.

Nachdem sie ihre Aufgaben erledigt hatte, verzog sie sich in ihr Zimmer und schloss die Tür hinter sich. Im Gegensatz zum Zimmer ihrer besten Freundin war Linas Zimmer nahezu perfekt aufgeräumt. Einzig ihr Bett hatte sie am Morgen nicht gemacht. Normalerweise breitete sie sogar eine Tagesdecke über das Bettzeug und drapierte Kissen an der Wand, da sie das Bett tagsüber als Sofa benutzte. Lina liebte diesen Platz. Fast jeden Nachmittag machte sie es sich dort mit einer Kuscheldecke und einem dicken Buch gemütlich. Im Winter, wenn es früh dunkel wurde, schaltete sie dann die Lichterkette an, die sie an ihrem Bettgestell aus schwarzem Metall befestigt hatte. Heute war sie jedoch zu müde, um die Unordnung zu beseitigen und warf sich einfach auf die ungemachten Laken und Decken. Sie wollte sich ein paar Minuten ausruhen, bis ihre Mutter sie zum Abendessen rief. Doch ihre Gedanken kehrten unablässig zu den Erlebnissen der letzten 24 Stunden zurück.

So etwas Seltsames hatte sie wirklich noch nie erlebt: erst ihr Auto, das, wie es ihm beliebte, ansprang oder nicht, und dann die Sache mit der plötzlich auftauchenden Schrift auf dem Schokoladenpapier. Müde rieb sich Lina die Stirn. Das Eichhörnchen kam ihr wieder in den Sinn. Wie zutraulich es gewesen war – und wie schnell es mit dem Papier davongesprungen war. Fast als hätte es mit Absicht verhindern wollen, dass Lina es jemandem zeigte. Aber das war natürlich absurd. Eichhörnchen handelten nicht im Auftrag irgendwelcher Schokoladenfabrikanten, da war sich Lina sicher. Und damit sollte sie recht behalten.

Zum Glück hatte Lina an den folgenden Abenden keine Schicht im Kino, sodass ihr genügend Zeit blieb, um sich von der anstrengenden Nacht zu erholen. Erst am Samstag zog sie ihren hellgrünen Sweater mit dem Logo des Filmtheaters wieder an, verabschiedete sich mit einem kurz ins Wohnzimmer geworfenen Gruß von ihrer Mutter und zog die Tür hinter sich ins Schloss.

Vielleicht hätte sie ahnen können, dass ihr erneut etwas Eigenartiges bevorstand, wenn sie nur in den Rückspiegel gesehen hätte. Doch sie war mehr damit beschäftigt, lauthals zur Musik aus ihrem Autoradio mitzusingen, und so bemerkte sie nicht, wie sich hinter ihr am Horizont die Wolken zusammenzogen.

Die Schicht verlief wie immer ruhig. Nein, nicht wie immer. Ruhiger noch. Zur Abendvorstellung erschienen gerade drei Gäste, ein junges Pärchen, denen der gezeigte Film egal war, und ein älterer Herr, der, wie er selbst sagte, die neuen Multiplex-Kinos mit ihren Soundanlagen und 3D-Effekten nicht ausstehen konnte. Alle drei verließen nach dem Ende des Films recht schnell das Gebäude. Da es schon seit Längerem keine Spätvorstellung mehr gab, schaltete Lina die Deckenbeleuchtung im Saal an und machte sich daran, den Teppich dort zu staubsaugen, wo die Zuschauer gesessen hatten. Sie verstaute das Gerät gerade in einem kleinen Abstellraum, als ihr Chef vor sie trat und sie bat, mit in sein Büro zu kommen.

Eigentlich verdiente der kleine Raum die Bezeichnung »Büro« gar nicht: Es handelte sich um eine kleine Nische hinter dem Verkaufstresen, in der Herr Holbach, der Besitzer des Kinos, einen Schreibtisch stehen hatte und die wichtigsten Papiere aufbewahrte. Ihr Chef saß bereits in seinem Drehsessel und drehte sich herum, als Lina hinter den Tresen trat. Der Duft nach Popcorn lag noch in der Luft, obwohl die Maschine bereits seit drei Stunden ausgeschaltet war. Holbach lehnte sich in seinem Stuhl zurück und verschränkte die Hände. Hinter ihm konnte Lina auf dem Schreibtisch einen großen braunen Umschlag erkennen, auf dem ihr Name stand. Obwohl sie weder mit hellseherischen Fähigkeiten ausgestattet war noch überhaupt an ebensolche glaubte, wusste sie, was kommen würde.

Keine zehn Minuten später stand sie vor dem Eingang des Kinos. Während die Beleuchtung hinter ihr erlosch, starrte sie auf den Umschlag in ihrer Hand. Ein – in der Tat ausgezeichnetes – Arbeitszeugnis, ihr Lohn für die vergangenen Wochen, ein kleiner Bonus. Und natürlich das offizielle Kündigungsschreiben.

»Es tut mir leid«, hatte Holbach gesagt.

»Kein Problem«, hatte Lina geantwortet, obwohl sie viel lieber laut »Scheiße!« gesagt hätte.

»Scheiße«, sagte sie jetzt, wenn auch nur leise. Der Job im Kino war der einzige gewesen, den sie hatte auftreiben können und der sich halbwegs mit der Schule hatte vereinbaren lassen, auch wenn ihre Mutter das anders sah. Sie immerhin wäre sicher froh, wenn ihre Tochter nicht mehr bis in die späte Nacht unterwegs war. Doch Lina sah schon den traurigen Blick ihrer Mutter vor sich, wenn ihr wieder einmal bewusst wurde, wie wenig sie ihrem Kind finanziell bieten konnte. Lina bemühte sich zwar stets, ihrer Mutter das schlechte Gewissen zu nehmen, doch auch sie konnte nicht immer ein bedauerndes Seufzen unterdrücken, wenn sie beim Shoppen mit Nele auf die Preisschilder sah. Am schlimmsten war es vor einem Jahr gewesen, als Lina nicht mit auf Klassenfahrt gefahren war, weil ihre Mutter es sich einfach nicht hatte leisten können. An dem Tag, als die Postkarte ihrer Klassenkameraden angekommen war, hatte Lina ihre Mutter abends im Bett weinen hören. Doch wie immer hatte sie so getan, als hätte sie nichts gehört, und auch ihre Mutter hatte vorgegeben, es wäre nichts gewesen.

Lina kehrte mit ihren Gedanken in die Gegenwart zurück. Sie stand noch immer auf der kleinen Treppe vorm Kino und hielt den Umschlag in der Hand. Immerhin war Herr Holbach so nett gewesen, ihr ein paar Scheine extra zu geben. Vermutlich, um sein schlechtes Gewissen zu beruhigen. Vielleicht konnte sie damit die Zeit überbrücken, bis sie einen neuen Job fand.

Als Lina mit ihrem Auto nach Hause fuhr, hätte sie sich nicht träumen lassen, dass diese Zeit viel kürzer sein würde, als sie dachte. Denn im gleichen Moment, in dem sie den Motor ihres Corsas startete – der ohne Murren ansprang, als wüsste er um die Dringlichkeit – trat ein Mann in einer braunen Cordhose durch eine Holztür hinaus in die dunkle Nacht und entzündete eine Gaslaterne.

Lina nahm den Fuß vom Gas. Während ihr Auto seine Fahrt verlangsamte, blickte sie verwundert auf das Licht, das rechts vor ihr durch die Bäume schimmerte. Lag dort vorne nicht der Parkplatz des seltsamen Ladens? Sie hatte doch gedacht, er wäre wieder geschlossen! Noch während sie sich wunderte, näherte sie sich der Einfahrt – und tatsächlich: Nicht nur schimmerte Licht durch die Fenster des Gebäudes, sondern der gesamte Vorhof war in ein weiches Licht getaucht, das von einer Laterne ausging, die man scheinbar erst vor Kurzem neben der hölzernen Eingangstür angebracht hatte. Hätte man darüber nachgedacht, wäre einem aufgefallen, dass die Lampe viel zu klein war, um den Platz derart zu erhellen. Lina fiel dies allerdings nicht auf, da sie in dem Moment damit beschäftigt war, sich darüber zu wundern, wann sie eigentlich den Blinker gesetzt hatte. *Bitte fang nicht schon wieder an zu zicken,* flehte sie stumm und bog sicherheitshalber auf den Parkplatz ab. Der Corsa verhielt sich jedoch angemessen, kam sicher zum Stehen und wartete geduldig, bis Lina den Zündschlüssel drehte, bevor er die Lichter am Armaturenbrett erlöschen ließ. Lina schüttelte den Kopf. Anscheinend hatte sie in Gedanken versunken doch selbst den Blinker gesetzt. Sie blickte hinüber zu den hell erleuchteten Fenstern der Ladenfront. Vernünftig betrachtet, sollte sie den Wagen wieder starten und sehen, dass sie auf dem schnellsten

Weg nach Hause kam. Doch irgendetwas ließ sie zögern. Ein süßer Geruch stieg ihr in die Nase, nach Schokolade und Karamell, und sie musste an den Riegel denken, den sie ein paar Nächte zuvor völlig durchnässt gekauft hatte. Ihr Blick fiel auf den Beifahrersitz und den großen Umschlag mit ihrem Lohn und dem Extrageld. Nach diesem Abend hatte sie sich doch eine kleine Aufmunterung verdient. Vielleicht konnte sie auch herausfinden, wie die Physikformel auf die Verpackung gekommen war. Sie griff in den Umschlag, zog einen Geldschein hervor und stieg aus, um zum zweiten Mal den Mitternachtsladen zu betreten.

Auch diesmal empfing sie das Innere des Gebäudes mit dem warmen Duft nach Holz, Kerzenwachs und süßen Versprechen. Auch diesmal machte ihr Herz einen kleinen Hüpfer, als sie über die Schwelle trat. Und auch diesmal bemerkte Lina nicht, dass sie nicht nur sprichwörtlich eine andere Welt betrat. Als sie durch die Tür trat, prallte sie nämlich wenig elegant gegen die junge Dame, die sie bei ihrem letzten Besuch kennengelernt hatte.

»Mist!«, entfuhr es Lina.

»Hoppla!«, lachte die junge Frau. An diesem Abend trug sie ein schwarzes Kleid, das mit großen weißen Punkten bedruckt war. Sie lachte und rückte ihren Haarreif zurecht, der ebenfalls gepunktet war. Dann erkannte sie Lina.

»Da bist du ja wieder«, rief sie aus und strahlte. Fast machte sie den Eindruck, als wolle sie Lina umarmen.

»Ich hoffe, dein …«, sie zögerte kurz, »… Auto ist nicht wieder kaputt?«

Lina lächelte unbeholfen. Ihr Gegenüber tat ja fast so, als seien sie alte Bekannte. Doch das herzliche Lächeln der jungen Frau war ansteckend.

»Nein«, erwiderte sie daher und konnte ein Grinsen nicht unterdrücken. »Und ich habe auch keinen Regen mitgebracht.« Sie deutete mit der Hand auf ihre trockene Kleidung. Ihr Gegenüber ließ ein helles Lachen erklingen. Unwillkürlich dachte Lina an die Glasblumen, die sie bei ihrem letzten Besuch bewundert hatte.

»Ich bin zufällig hier vorbeigekommen und wollte mir einen von euren tollen Schokoriegeln gönnen.«

»Es gibt keine Zufälle.« Die junge Frau schob sich eine Strähne aus der Stirn. »Ich mache mich an die Arbeit. Wir sehen uns bald.« Sie hob kurz die Hand zum Gruß und drehte sich um. Lina schaute ihr irritiert hinterher.

»Ja, bis bald«, antwortete sie halblaut. Sie wusste zu diesem Zeitpunkt noch nicht, dass sie ihre neue Freundin wirklich schon sehr bald wiedersehen würde.

Nun war es aber erst einmal Zeit für den Schokoriegel, wegen dem sie schließlich hergekommen war. Ohne durch den Laden zu gehen, wandte Lina sich direkt nach links und ging zur Theke. Ihre Augen wanderten über die Auslage, die Bonbongläser mit ihrem bunten Inhalt und die Pappschachteln mit den verschiedenen Riegeln. Der Mann mit der Cordhose stand mit dem Rücken zu ihr gewandt hinter dem Tresen. Als er Lina hörte, drehte er sich zu ihr um und lächelte. Doch Lina erwiderte seinen Gruß nicht. Sie starrte auf das kleine Schild, das der Mann gerade zwischen die Bilderrahmen mit den Fotos gehängt hatte: Aushilfe gesucht.

»Kann ich etwas für dich tun?«

Die warme, dunkle Stimme riss Lina aus ihrer Erstarrung.

»Ich … also, ich …«, stotterte sie. Hilflos griff sie in eine der Pappschachteln vor ihr und hielt wahllos einen Schokoriegel in die Höhe.

»Ah, ein Karamellriegel«, sagte der Mann. »Ich gehe davon aus, du warst vor ein paar Tagen froh, einen solchen gekauft zu haben, nicht wahr?« Er blinzelte Lina verschwörerisch zu.

»Ja, er war wirklich sehr lecker.« Lina war verwirrt. Wusste der Mann etwa um ihr seltsames Erlebnis mit der Physikformel? War das Ganze irgendwie geplant gewesen? Unauffällig drehte sie den Riegel in ihrer Hand, konnte aber nichts Ungewöhnliches daran entdecken.

Jetzt sei keine Närrin, schalt sie sich selbst. Das ist doch völliger Unsinn. Sie zog den zerknitterten Geldschein aus ihrer Hosentasche, strich ihn glatt und reichte ihn dem Verkäufer, der ihn in die Kasse legte und Lina einige Münzen als Wechselgeld zurückgab. Danach schaute er sie erwartungsvoll an.

»Ähm, also, tschüss dann«, sagte Lina und wandte sich zum Gehen, blieb dann jedoch stehen und drehte sich noch einmal zu dem Herrn in der Cordhose um, der sie immer noch unverwandt ansah.

Sie fasste sich ein Herz und deutete auf das Schild an der Wand. »Was wäre das denn für ein Job?« Ein Lächeln breitete sich auf dem Gesicht des Mannes vor ihr aus, als hätte sie gerade etwas sehr Richtiges gesagt (was sie in der Tat hatte).

»Nun …«, begann er gemächlich. »Wir brauchen einen Menschen, ich meine, wir brauchen …«, er zögerte kurz, »… jemanden, der uns im Laden zur Hand geht. Jemanden, der die Waren einräumt, die Gänge fegt oder die Regale abstaubt. Und jemanden, der mit dieser neumodischen Kaffeemaschine umgehen kann. Das wäre doch sicher kein Problem für dich, oder?«

»Die neumodische … was? Nein, das ist kein Problem, das schaffe ich locker.« Lina kam immer noch nicht darüber hinweg, dass man eine einfache Filtermaschine als Gipfel der Technik ansehen konnte.

»Welche Voraussetzungen müsste man denn erfüllen, um sich für den Job zu bewerben?«

Der Mann beugte sich über den Tresen zu ihr hinüber.

»Glaubst du an Wunder?«, flüsterte er.

Lina starrte ihn völlig entgeistert an. In diesem Moment richtete der Herr mit der Cordhose sich wieder auf und lachte.

»Nur ein Scherz, nur ein Scherz.« Er hob die Hände. »Das Übliche, würde ich sagen: Pünktlichkeit, Freundlichkeit, Sauberkeit.«

Lina nickte.

»Und wie wären die Arbeitszeiten? Kann ich eine Mittagsschicht machen? Morgens muss ich leider zur Schule.«

Der Ladenbesitzer schüttelte bedauernd den Kopf.

»Leider haben wir nur nachts geöffnet.«

Seltsamerweise kam dies Lina überhaupt nicht merkwürdig vor.

»Wir brauchen jemanden, der von Sonnenuntergang bis kurz vor Mitternacht arbeitet.«

Jeden Tag bis um 24 Uhr arbeiten – wie sollte sie das ihrer Mutter erklären? Lina wollte schon den Kopf schütteln, da fiel ihr ein, dass in wenigen Wochen die Sommerferien begannen. Natürlich hatte sie andere Pläne gehabt, als jeden Tag zu arbeiten, aber schließlich ging die Sonne im Juli erst sehr spät unter – gegen halb zehn, wie Lina schätzte. Das bedeutete, dass sie jeden Tag nur etwa zwei bis drei Stunden arbeiten müsste. Eine Frage stellte sich ihr jedoch noch.

»Wie sieht es denn mit der Bezahlung aus?«

Der Mann überlegte kurz, als hätte er sich diese Frage selbst noch gar nicht gestellt, was er in der Tat auch nicht hatte.

»Wären 300 Euro in Ordnung?«, schlug er vor und setzte hintendran: »Pro Woche natürlich.«

Lina glaubte, sich verhört zu haben. Schnell überschlug sie die Zahlen im Kopf. Das war ja gut der doppelte Stundenlohn, den sie im Kino bekommen hatte – und dazu noch einiges mehr an Stunden. Damit würde sie sich problemlos ein paar neue Klamotten für ihr letztes Jahr in der Schule leisten können.

»Sind wir uns einig?«, fragte der Herr mit der Cordhose. Lina schaute ihn erstaunt an. Irgendwo musste an der Sache doch ein Haken sein.

»Wie ... also, ich meine ... ich habe den Job?«

»Wenn du möchtest«, antwortete der Mann und hielt ihr die Hand hin.

Und wie ich will, dachte Lina, und schlug ein.

»Und der Laden hat nur nachts auf? Was ist denn das für ein seltsames Konzept?«

Nele schleckte an ihrer Eiswaffel und sah ihre Freundin fragend an. Auch Lina hatte ein Eis in der Hand. Die beiden Freundinnen waren nach der Schule in die Innenstadt gelaufen, um die Ergebnisse des Physiktests zu feiern. Lina hatte dank der mysteriösen Hilfestellung eine glatte Zwei erreicht, somit stand einem guten Zeugnis nichts mehr im Weg.

»Ich weiß nicht«, antwortete Lina. »Vielleicht extra für die Leute, die tagsüber arbeiten und keine Zeit zum Einkaufen haben?«

»Hhm.« Nele klang nicht überzeugt. »Ist das überhaupt legal? Was ist mit dem Ladenschlussgesetz?«

Lina runzelte die Stirn. Warum konnte ihre beste Freundin sich nicht einfach für sie freuen?

»Das ist mir herzlich egal. Ich meine, die sind ja nicht kriminell, oder so«, fügte sie hastig hinzu. »Wir bringen jetzt die letzten paar Tage der zwölften Klasse hinter uns und dann genießen wir unsere wohlverdienten Ferien.« Nele verzog das Gesicht.

»Wie denn?«, fragte sie. »Du wirst ständig arbeiten. Ich hatte gehofft, wir könnten mehr Zeit miteinander verbringen. Wer weiß, wohin es uns nächstes Jahr nach dem Abitur verschlägt.«

Daher die mangelnde Begeisterung, dachte Lina. Sie rückte ein wenig näher an ihre Freundin heran und legte ihr den Arm um die Schultern.

»Komm schon«, sagte sie tröstend. »Ich muss doch jeden Tag nur maximal drei Stunden arbeiten, das heißt, ich habe tagsüber total viel Zeit für dich. Und am Wochenende komme ich einfach erst nach Mitternacht zu den Partys. Wie im Märchen, nur umgekehrt.«

Sie zwinkerte und Nele stimmte in ihr Lachen mit ein. *Eigentlich,* dachte Lina, *ist mein Leben gerade ziemlich perfekt.*

Die nächsten Wochen verliefen ereignislos. Die Zeugniskonferenzen waren abgeschlossen und im Unterricht nahmen sie nichts Neues mehr durch. Die Nachmittage verbrachte Lina meistens mit Nele im Freibad, wo sie auf ihren Decken herumlungerten und kichernd die anwesenden Jungs ins Auge fassten. Am Tag der Zeugnisausgabe hatte Linas Mutter frei und als sie die guten Noten sah, lud sie ihre Tochter spontan zum Mittagessen bei ihrem Lieblingsmexikaner ein. Am Abend stand Lina vor ihrem Schrank und überlegte, welche Kleider für ihren Job angemessen waren. Ihr Chef hatte nichts von einer Kleiderordnung gesagt. Lina dachte an die junge Frau, die ebenfalls im Laden arbeitete. Ein solch perfektes Styling würde ihr nicht gelingen, aber es war auch nur ein Aushilfsjob. Sie entschied sich für ein luftiges Sommerkleid mit buntem Blumenmuster und kurzen Ärmeln. Es war knielang, sodass sie damit auch Waren in die untersten Regale würde einräumen können, ohne peinliche Einblicke zu gewähren.

»Ich fahre zur Arbeit«, rief sie ihrer Mutter zu, die im Wohnzimmer vor dem Fernseher saß. Aus irgendeinem Grund hatte Lina ihrer Mutter nichts von ihrem neuen Job erzählt und sie im Glauben gelassen, sie würde weiterhin im Kino arbeiten.

Ihre neue Kollegin öffnete ihr stürmisch die Ladentür, als sie die Stufen zum Geschäft hinaufstieg.

»Ich freu mich so«, begrüßte sie Lina und zog sie an einer Hand in den Laden hinein. »Es wird so toll, mit einem Menschen … ich meine, mit jemandem zusammenzuarbeiten. Du kommst jetzt jeden Abend? Dann werden wir uns ja oft sehen in Zukunft. Bestimmt werden wir Freundinnen. Komm, ich zeig dir unseren Pausenraum.«

Lina stolperte lachend hinter ihr her. Die Begeisterung der jungen Frau war einfach ansteckend.

»Dann solltest du mir vielleicht auch verraten, wie du heißt.«

Ihr Gegenüber schlug sich mit der Hand an die Stirn.

»Stimmt, wo habe ich nur wieder meinen Kopf.«

Sie blieb stehen und reichte Lina feierlich die Hand.

»Ich heiße Mara.«

»Lina«, sagte Lina und schlug ein.

Der Pausenraum war klein, aber gemütlich. Die Einrichtung bestand hauptsächlich aus einem runden Holztisch mit vier Stühlen und einem Regal, in dem die Mitarbeiter ihre Sachen ablegen konnten. Lina stopfte ihre Jacke in ihren Armeerucksack und stellte ihn neben eine kleine schwarze Lackhandtasche mit kurzen Henkeln, die allem Anschein nach Mara gehörte. Durch ein Fenster konnte man in einen kleinen Garten sehen, der hinter dem Haus lag. In der Dämmerung schienen die kleine Terrasse und die Wiese dahinter, die sich im anschließenden Wald verlor, seltsam geheimnisvoll. Lina glaubte, einen Schatten am Waldrand zu erkennen, aber bevor sie näher hinsehen konnte, war alles ruhig.

»Komm, ich zeig dir, was deine erste Aufgabe heute sein wird«, riss Mara sie aus ihren Gedanken.

Lina folgte ihr in ein kleines Lager, das direkt an den Pausenraum angrenzte. Dort schnappte Mara sich eine kleine braune Flasche mit einer ölig schimmernden Flüssigkeit und ein weich aussehendes Tuch. Danach zeigte sie mit ihrem Finger auf zwei Holzkisten, die an der Wand übereinandergestapelt waren.

»Diese Ware ist gerade angekommen«, erklärte sie. »Du sollst sie einräumen, aber vorher musst du noch die Regale einölen. Komm, ich zeig dir welche.«

Die beiden gingen zurück in den Laden und Mara führte Lina zu einem Regal im mittleren Bereich, dessen oberstes Brett leer stand. Sie erklärte ihr, wie sie das Öl in der Flasche mit dem Tuch auftragen sollte.

»Danach kannst du die Ware hineinstellen. Wenn du Fragen hast, komm zu mir, ich bin vorne.« Sie winkte Lina noch einmal zu und ging Richtung Eingang, wo sie sich ebenfalls an Kartons zu schaffen machte.

Lina nahm das kleine, bauchig geformte Gefäß vom Regal und zog den Korken heraus. Er glitt mit einem leisen, ploppenden Geräusch aus seiner Fassung. Wie Mara es ihr erklärt hatte, gab Lina ein wenig der zähen Flüssigkeit darin auf das Tuch und begann, das Brett in kreisenden Bewegungen damit einzureiben. Wieder stieg ihr der Geruch in die Nase, der ihr bereits bei ihrem ersten Besuch aufgefallen war, und ihr Herz wurde ebenso warm wie das Holz unter ihren Händen. Erneut ließ sie etwas Öl auf das Tuch tropfen und strich fast zärtlich über die Oberfläche des Regals. Je länger sie es bearbeite, desto deutlicher konnte sie die feinen Maserungen darin erkennen, die sie an Höhenlinien auf einer Landkarte erinnerten. Lina verlor sich im Anblick des Musters. Das Material schien sich unter ihren Händen auszudehnen, als würde es die Berührung genießen. Die Linien schoben sich näher aneinander und entfernten sich wieder und plötzlich glaubte Lina, darin einen Baum zu erkennen, nein, einen ganzen Wald mit uralten Bäumen und moosbedeckten Steinen. Sie spürte den weichen Boden unter ihren Füßen, als sie zu einem besonders alt wirkenden Baum trat und …

Als sie aus ihrem Tagtraum erwachte, erschrak sie. Sie wusste nicht, wie viel Zeit vergangen war, doch draußen war es merklich dunkler geworden. Sie blickte sich um, aber anscheinend hatte niemand auf sie geachtet. Schnell stöpselte sie den Korken zurück auf die Flasche und ging ins Lager, um die erste der beiden Kisten zu holen.

Die Kiste war nicht sonderlich groß, dafür aber so schwer, dass Lina sie kaum tragen konnte. Vorsichtig stellte sie sie auf den Boden vor dem Regal und hob den Deckel an. Unter etwas Stroh kamen mehrere seltsam anmutende Holzstückchen zum Vorschein. Jeweils drei davon waren miteinander verbunden. Im Gegensatz zum Material der Möbel war dieses Holz hell, sehr leicht und bizarr geformt. *Treibholz,* dachte Lina und erinnerte sich an ihren letzten Urlaub vor drei Jahren. Sie hatte mit ihrem Vater eine Woche an der Nordsee verbracht, die wie ein Wimpernschlag vergangen war, angefüllt mit Spaziergängen am Strand und gemeinsamen Mittagessen. Seitdem hatte sie nicht mehr so viel Zeit am Stück mit ihrem Vater verbracht, höchstens mal ein Wochenende. Und auch die waren selten geworden, seit er einen neuen Job angenommen und in die Nähe von Berlin gezogen war.

Sie drehte das Holz in ihren Händen hin und her, wurde aber immer noch nicht schlau daraus. Sie hatte keine Ahnung, was das war. Vielleicht gab es ja in der Kiste noch etwas, was näheren Aufschluss geben könnte. Sie kniete sich auf den Boden und nahm die oberste Schicht Stroh aus dem Behälter. Tatsächlich, darunter befand sich noch etwas anderes: in hellblaues Seidenpapier eingeschlagene Kugeln unterschiedlicher Größe. Lina nahm eine heraus, die gerade in ihre Handfläche passte, und schlug behutsam das Papier zurück. Zum Vorschein kam eine glänzende Kugel aus schimmerndem Glas. Sie hob ihre Hand etwas an, um den Gegenstand näher zu betrachten. Das Material war absolut rein, ohne Einschlüsse und mit einer samtglatten Oberfläche. Das Licht der Deckenleuchte brach sich in der perfekten Rundung und erzeugte winzige Regenbögen.

Lina legte die Kugel vorsichtig in die Kiste zurück und überlegte, worum es sich hierbei wohl handeln könnte. Um einen einfachen Dekogegenstand etwa? Der Lichteffekt war auf jeden Fall hübsch anzuschauen. Oder waren das vielleicht Kristallkugeln zum Wahrsagen? Sie grinste. Hätte sie gewusst, dass eine solche Kugel ihr zu späterer Zeit hilfreiche Dienste erweisen würde, wäre sie vielleicht etwas ehrfürchtiger gewesen. So jedoch wandte sie sich achselzuckend wieder den Holzstücken zu. Ihr kam ein Gedanke: Ob es sich um Ständer für die Kugeln handelte? Tatsächlich, nach einigem Drehen und Wenden konnte sie die Holzstücke so aufstellen, dass es möglich war, eine Kugel darauf zu platzieren.

Insgesamt waren ein gutes Dutzend Kugeln und Halter in den beiden Kisten. Nachdem sie alle ausgepackt hatte, schob sie die einzelnen Objekte noch ein wenig hin und her und arrangierte sie nach Größe. Dann trat sie einen Schritt zurück und betrachtete ihr Werk: Die Kugeln schimmerten und strahlten um die Wette und zogen Lina in ihren Bann. Doch bevor sie sich vollends in dem Anblick verlieren konnte, riss Mara sie aus ihren Gedanken.

»Das sieht toll aus«, lobte sie Lina. »Aber jetzt musst du dich beeilen, die Uhr schlägt gleich Mitternacht.« Sie deutete auf eine große Standuhr am Eingang. Beide Zeiger waren sehr nah an die Zwölf herangerückt.

»Ah, okay, dann mach ich mich auf den Weg.« Lina hob die letzte Kiste hoch, um sie auf dem Weg zum Pausenraum mit ins Lager zu nehmen.

»Wir sehen uns morgen«, verabschiedete sie sich von ihrer neuen Kollegin.

»Ja, bis morgen«, rief Mara und wandte sich wieder ihrer Arbeit zu. Als Lina mit ihrem Rucksack aus dem Pausenraum kam und den Laden verließ, fiel ihr nicht auf, dass ihre neue Kollegin sie aufmerksam beobachtete. Und dass diese erleichtert aufseufzte, als die Tür hinter ihr ins Schloss fiel, kurz bevor die Standuhr Mitternacht schlug, bemerkte sie erst recht nicht.

Die nächsten beiden Wochen vergingen wie im Flug. Lina gewöhnte sich rasch an ihre Arbeit im Laden. An den meisten Abenden war sie damit beschäftigt, die verschiedenen Regale auszuräumen, die Holzböden einzuölen und die Waren neu zu arrangieren. Auf diese Weise lernte Lina schnell das seltsam anmutende Angebot des Mitternachtsladens kennen. Langweilig wurde es ihr nie, zu sehr bewunderte sie die fremdartigen Dinge, die sie ein- und ausräumte und die sie oft zum Träumen verführten. Außerdem plauderte sie immer wieder mit Mara, sodass die wenigen Stunden bis Mitternacht wie im Flug vergingen. Das Befüllen der Kaffeemaschine gehörte zu ihren festen Aufgaben, die sie stets zu Beginn ihrer Schicht erfüllte. Kassieren durfte sie nie – die Theke am Eingang war fest in der Hand ihres Chefs, des »Meisters«, wie Mara ihn immer nannte. Im Scherz, wie Lina glaubte. Wie sie Nele versprochen hatte, kam auch ihre beste Freundin nicht zu kurz. Die beiden sahen sich fast täglich, gingen ins Schwimmbad, trafen sich in der Eisdiele oder schauten sich bei einer von ihnen zu Hause einen Film an. Dank des großzügigen Gehaltes, das ihr der Mann mit der Cordhose jeden Freitag überreichte, konnte Lina es sich leisten, die Ferien in vollen Zügen zu genießen. Ihre Mutter wunderte sich nicht darüber, dass sie jetzt jeden Abend zur Arbeit ging. Lina hatte ihr immer noch nichts von dem neuen Job erzählt, aber da ihre Mutter auch nicht nachfragte, kam ihr das nicht wie eine Lüge vor.

Nach zwei Wochen wurde es ruhiger. Nele fuhr mit ihren Eltern in den Urlaub.

»Ausgerechnet Mallorca«, hatte sie sich bei Lina beschwert.

»Wer will denn schon zum Ballermann.«

»Da gibt es bestimmt noch andere schöne Dinge zu entdecken«, hatte Lina ihre Freundin getröstet und ihr zum Abschied einen Riegel Schokolade aus dem Mitternachtsladen in den Koffer geschmuggelt.

Der Gedanke, Nele die nächsten zehn Tage nicht zu sehen, stimmte sie ein wenig traurig, aber sie war sicher, dass sie auch diese Zeit gut verbringen würde. Die Arbeit im Mitternachtsladen gefiel ihr zunehmend besser und sie freute sich jeden Abend auf ihre Schicht. Zwar kamen nur selten Kunden in den Laden, dennoch verging die Zeit immer schnell und sie war jedes Mal seltsam fröhlicher Stimmung, wenn sie den Laden verließ. Mit Mara verband sie schon fast so etwas wie Freundschaft, wenn man denn bei einer so kurzen Bekanntschaft schon in solchen Begriffen sprechen durfte. Lina beschloss, ihre Kollegin zu fragen, ob sie am Wochenende mit ihr etwas unternehmen wollte, und freute sich schon bei dem Gedanken darauf, mehr Zeit mit Mara zu verbringen.

Die Reaktion ihrer Kollegin war jedoch weit weniger freudig als erwartet. Tatsächlich starrte Mara sie nahezu fassungslos an, als hätte Lina sie gefragt, ob sie am Samstagvormittag zusammen auf Löwenjagd gehen wollten und nicht zum Shoppen.

»Das geht leider nicht«, sagte sie zögerlich.

»Hast du schon was anderes vor?«, hakte Lina nach.

»Ja. Ich meine, nein. Also … Der Meister sieht es nicht gern, wenn wir uns mit Menschen … wenn wir unsere Freizeit mit neuen Kollegen verbringen.«

Lina glaubte, sich verhört zu haben. Sie hatte bislang bis auf die wöchentliche Auszahlung wenig mit ihrem Chef zu tun gehabt, konnte sich aber nicht vorstellen, dass dieser freundliche Herr derartige Vorschriften machen würde. Ob doch etwas anderes dahintersteckte? Vielleicht hatte sie sich einfach geirrt und Mara mochte sie nicht?

»Echt? Das wusste ich gar nicht. Schade«, sagte sie und bemühte sich, ihre Enttäuschung zu verbergen. Nun, sie konnte genauso gut allein nach Trier fahren und ein wenig in den Läden stöbern.

Stattdessen verbrachte Lina den nächsten Samstag mit ihrer Mutter, die sich in den Kopf gesetzt hatte, mehr Zeit mit ihrer Tochter zu verbringen. Die beiden gönnten sich einen ausgiebigen Brunch. Lina hatte ihre Mutter schon lange nicht mehr so gelöst gesehen und fragte sich unwillkürlich, was der Grund für diese gute Laune sein könnte. Letztlich war es ihr jedoch egal und sie freute sich einfach über die gute Unterhaltung, die sie mit ihr beim Frühstück führte.

Als sie am Abend auf dem Parkplatz vorm Mitternachtsladen ihr Auto absperrte und Richtung Eingang lief, bemerkte sie einen Schatten auf der Treppe. Als sie näherkam, erkannte sie ein silbergraues Eichhörnchen, das die Stufen hinunterhuschte, unten kurz anhielt und dann Richtung Wald verschwand. *Putzig*, dachte Lina, *das sah ja gerade so aus, als wäre das Eichhörnchen aus dem Laden gekommen. Was es wohl eingekauft hat?* Sie lächelte, öffnete die Ladentür – und blieb wie angewurzelt stehen. Hinter dem Tresen stand wie immer der Mann mit der Cordhose, der Lina wie gewohnt freundlich begrüßte. Doch sie hatte nur Augen für die Gestalt neben ihm: einen jungen Mann, kaum älter als sie, wie sie schätzte. Er überragte den Ladenbesitzer um wenige Zentimeter und trug ebenfalls eine Hose aus Cord, allerdings aus schwarzem Stoff. Dazu hatte er ein weißes Unterhemd und schwarze Hosenträger kombiniert. *Wer trägt denn heute noch Hosenträger?*, schob sich eine Frage an den Rand von Linas Bewusstsein, doch sie war zu gefangen vom Anblick des jungen Mannes, um sie zu beachten. Sein blondes Haar fiel ihm locker in die Stirn. Sein Gesicht war etwas zu breit, um es klassisch schön nennen zu können und er hatte einen Leberfleck direkt rechts über der Lippe. Und doch hatte Lina, die über den Begriff »Liebe auf den ersten Blick« nur gelacht hätte, noch nie ein schöneres Gesicht gesehen. Seine Wimpern waren so lang und dicht, dass jeder Kosmetikhersteller ihn vom Fleck weg als Modell engagiert hätte. Der Blick aus seinen braunen

Augen ruhte aufmerksam auf ihr. Plötzlich erschien ein Lächeln auf seinem Mund.

»Lina, darf ich dir jemanden vorstellen?«, fragte der Mann in der Cordhose. »Das ist Brendan. Mein Sohn.«

KAPITEL III

»Sei gegrüßt.«

Die Stimme war dunkel und melodisch wie ein Windhauch im Mondlicht und ganz so, als dürfe nichts den Nachhall dieses Klangs stören, trat Stille ein.

»Ich meinte selbstverständlich: Hallo!«, erklang die Stimme wieder.

Lina erschrak. Der junge Mann schaute in ihre Richtung – er sprach mit ihr!

»Ähm … hallo!«, brachte sie schließlich heraus und kam sich vor wie eine Närrin. Dennoch blieb sie stehen und starrte den Sohn ihres Chefs weiter an.

»Nun, Lina, es wird Zeit, an die Arbeit zu gehen, nicht wahr?«

Erneut zuckte sie zusammen und bemerkte erst jetzt, dass ihr Arbeitgeber ebenfalls immer noch hinter dem Tresen stand und sie leicht belustigt anlächelte.

»Ja, klar, bin schon unterwegs«, stammelte sie und drehte sich um.

»War nett, deine Bekanntschaft gemacht zu haben«, rief Brendan ihr hinterher. Lina stieg die Röte ins Gesicht, deshalb drehte sie sich nicht mehr um und murmelte nur ein halblautes »Danke, ebenfalls«. Sie eilte Richtung Pausenraum, wo sie um ein Haar mit Mara zusammengeprallt wäre.

»Was ist denn mit dir los?«, lachte die junge Frau und

rückte ihren Haarreif zurecht. Ein breites Grinsen erschien auf ihrem Gesicht. »Lass mich raten – du hast Brendan kennengelernt, richtig?«

Sie legte den Arm um Lina, als diese beschämt den Kopf sinken ließ. »Mach dir nichts daraus, diese Wirkung hat er auf alle Mädchen. Aber jetzt beeil dich, es steht eine Lieferung für dich im Lager.«

Die Ware – samtig schwarz schimmernde Kerzen – war schnell verarbeitet, sodass Lina genügend Zeit blieb, die Kristallkugeln abzustauben. Erneut bewunderte sie den Glanz der gläsernen Kugeln, in deren Inneren sich Farbschlieren zeigten.

»Nicht fallen lassen«, ertönte eine Stimme hinter ihr, was um ein Haar dazu geführt hätte, dass genau das geschah. Doch Lina konnte die handtellergroße Kugel, die sie gegen das Licht gehalten hatte, gerade noch einmal auffangen. Behutsam legte sie sie in ihren Halter, dessen Holz sich an die gläserne Rundung anzuschmiegen schien. Dann erst drehte sie sich um. Vor ihr stand Brendan. Sofort stieg Lina wieder die Röte ins Gesicht, diesmal jedoch mehr aus Zorn.

»Sehr witzig«, brummte sie. »Ich weiß zwar nicht, was die Dinger hier kosten, aber sicher bin ich mindestens einen Wochenlohn los, wenn ich eine zerbreche.«

Tatsächlich schien es im Laden keine Preisschilder zu geben. Lina hatte sich darüber schon oft gewundert.

»Warum schleichst du dich denn so von hinten an mich an?«

Brendan hob entschuldigend die Arme.

»Das lag nicht in meiner Absicht, bitte verzeih. Ich befürchte, ich bewege mich immer so leise.«

»Dann sollte man dir vielleicht ein Glöckchen um den Hals hängen«, gab Lina noch nicht besänftigt zurück.

Brendan ließ ein leises, glucksendes Lachen ertönen, das

an einen Wildbach erinnerte. *Einen Wildbach?*, meldete sich Linas Bewusstsein zu Wort. *Bist du noch ganz bei Trost?*

»Mara sagte, du kennst dich mit der Maschine aus und könntest mir einen Kaffee zubereiten?«

Lina starrte ihrem Gegenüber ins Gesicht.

»Verzeih, das sollte nicht so klingen, als wollte ich mich bedienen lassen. Ich korrigiere mich: Kannst du mir zeigen, wie ich mir einen Kaffee machen kann?« Gegen ihren Willen musste Lina lachen. Die Art, wie der Fremde sich ausdrückte, war einfach zu komisch.

»Ja, komm mit«, sagte sie und griff nach dem Putzlappen, den sie ins Regal gelegt hatte.

Gemeinsam gingen die beiden zum Kaffeetisch. Lina holte einen Becher und füllte Kaffee aus der bereitstehenden Kanne hinein. Ohne zu fragen, goss sie einen Schuss Milch hinzu und rührte zwei Löffel Zucker unter. Sie reichte Brendan die Tasse, der genießerisch an der hellbraunen Flüssigkeit roch und einen Schluck trank. Dabei schloss er kurz die Augen und Lina konnte erneut seine langen Wimpern bewundern.

»Genau wie ich ihn mag«, sagte Brendan und schaute Lina direkt in die Augen. »Vielen Dank. Bei uns bekomme ich selten Kaffee.«

»So?«, fragte Lina verwundert. »Wo kommst du denn her?« Brendan stellte die Kaffeetasse auf den Tisch, hielt sie aber weiter mit seinen schlanken Fingern umschlungen. An seinem rechten Daumen trug er einen auffälligen Ring mit einem verschlungenen Knotenmuster.

»Meine Familie ist nicht hier aus der Gegend. Aber es liegt eher daran, dass bei uns mehr Tee getrunken wird. Dabei geht doch nichts über einen guten Kaffee.« Er hob die Tasse erneut an seine Lippen.

»Wir trinken zu Hause auch viel Tee«, erwiderte Lina.

Da nahm sie aus dem Augenwinkel eine Bewegung wahr. Sie drehte den Kopf und entdeckte Mara, die einige Meter weiter an einem Regal mit Seife stand und zu den beiden hinübersah. Als sie Linas Blick bemerkte, deutete sie mit dem Kopf demonstrativ zur großen Standuhr am Eingang, deren Zeiger anzeigten, dass es Zeit war zu gehen.

»Ich habe jetzt Feierabend,« wandte Lina sich wieder zu Brendan. »Genieß deinen Kaffee, vielleicht sehen wir uns ja noch mal.«

»Auf Wiedersehen«, antwortete Brendan schlicht. Dass sein Blick noch lange auf Lina ruhte, bemerkte sie nicht.

Auf der Fahrt nach Hause dachte Lina über Maras Verhalten nach. Sicher war es nett, dass ihre Kollegin darauf achtete, dass sie keine Überstunden machte, aber irgendwie schien mehr dahinterzustecken. Lina konnte fast noch den Blick der jungen Frau auf sich spüren. Auf sich und Brendan. Lina riss die Augen auf – war es das? War Mara etwa in Brendan verliebt? Sicher hatte sie ihn schon öfter gesehen. Als Sohn des Meisters – jetzt nannte sie ihn auch schon so! – war er bestimmt schon oft im Laden gewesen. Und Lina musste zugeben, dass der junge Mann es schon wert war, sich in ihn zu verlieben. Fast verträumt erinnerte sie sich an seine langen Wimpern und die dunkle Stimme und hätte beinah vergessen, in ihre Straße abzubiegen. Was natürlich überhaupt nichts bedeutete, wie sie sich gleich versicherte. Jedenfalls hatte sie sich nichts vorzuwerfen, sie hatte Brendan nur einen Kaffee gemacht und ein paar Worte mit ihm gewechselt. Kein Grund also für Eifersucht, ganz egal, wie lange die zwei sich schon kannten oder was für eine Vorgeschichte sie hatten. Ihre neue Freundin verhielt sich in letzter Zeit zunehmend merkwürdig. Erst diese vorgeschobene Ausrede, der Mann mit der Cordhose wolle nicht, dass sie etwas miteinander unternehmen, und jetzt das. Obwohl … vielleicht war ja tatsächlich etwas dran, überlegte Lina weiter, und ihr Chef wollte wirklich nicht, dass seine Angestellten miteinander befreundet waren? Das würde dann bestimmt ganz besonders für seinen Sohn gelten. Vielleicht hatte Mara sie nur vor einem Donnerwetter bewahren wollen? Jedenfalls war das alles sehr seltsam. Lina parkte den Wagen und beschloss, Mara bei der nächsten Gelegenheit darauf anzusprechen.

Als Lina am nächsten Morgen erwachte, war es schon spät. Die Sonne stand bereits hoch am Himmel und ihre Strahlen kitzelten ihr Gesicht. Dies war allerdings nicht der Grund, warum sie aufgewacht war. Sie wollte sich gerade wieder in ihre warme Bettdecke kuscheln, als sie es wieder hörte. Ein leises, kratzendes Geräusch, das vom Fenster zu kommen schien. Lina linste mit halb geöffneten Augen zu dem gelben Vorhang, der im Sonnenlicht strahlte. Bewegte sich dort etwas? Sie glaubte, einen kleinen Schemen erkennen zu können.

Bestimmt nur ein Vogel, dachte sie verschlafen und drehte dem Fenster den Rücken zu, um der Helligkeit noch ein wenig zu entfliehen.

Da ertönte das Kratzen erneut, diesmal lauter und von einem leisen Keckern begleitet. Einem Keckern?

Lina richtete sich auf und schwang die Beine aus dem Bett. Mit nackten Füßen trat sie zum Fenster und zog den Vorhang zur Seite. Von der anderen Seite des Glases schauten dunkle Knopfaugen zu ihr herauf.

Ein Eichhörnchen!

»Was machst du denn hier?«, wunderte Lina sich laut und ging ein wenig in die Knie, um mehr auf Augenhöhe mit dem putzigen kleinen Gesellen zu sein. Als Reaktion legte der Nager sein Köpfchen schief und starrte sie weiter an.

»Du bist ja niedlich«, sagte Lina. »Bist du mir etwa gefolgt?«

In der Tat erinnerte sie das Eichhörnchen an jenes, das ihr vor einigen Wochen in der Schule das Schokoriegelpapier entrissen hatte. Vermutlich sahen für das ungeschulte Auge alle Vertreter dieser Art gleich aus. Andererseits war es schon seltsam, dass sie innerhalb so kurzer Zeit zwei-, nein, sogar dreimal so dicht an eines herangekommen war. Lina konnte sich nicht erinnern, davor überhaupt jemals eines aus der Nähe gesehen zu haben.

Sie schaute sich das Tierchen genauer an, das nun begann, sich mit seinen Pfötchen über das Gesicht zu putzen. Sein hellgraues Fell glänzte im Sonnenlicht und unwillkürlich fragte Lina sich, ob es sich so weich anfühlte, wie es aussah. Mit einem Mal richtete das Tier sich auf, spitzte die Ohren und sprang von der Fensterbank, um in den Gärten hinter den Häusern zu verschwinden. Lina fühlte ein leises Bedauern, zuckte dann aber mit den Schultern und machte sich auf den Weg in die Küche.

Wie erwartet saß ihre Mutter am Küchentisch und las in einer Frauenzeitschrift. In ihrer Hand hielt sie eine große Tasse mit dampfendem Tee, auf dem Tisch vor ihr standen verstreut mehrere Frühstücksutensilien, zum Teil schon benutzt. Als ihre Tochter den Raum betrat, sah sie kurz auf.

»Guten Morgen, Liebes«, sagte sie. »Ich hoffe, es macht dir nichts aus, dass ich schon gefrühstückt habe. Ich dachte, du würdest gern ausschlafen.«

»Danke Mama«, sagte Lina, drückte ihrer Mutter einen Kuss auf die Wange und warf sich auf einen Stuhl.

»Das war auch wirklich mal nötig.« Ihre Mutter runzelte die Stirn.

»Wird dir die Arbeit im Kino nicht doch zu viel?«, fragte sie und Sorge schwang in ihrer Stimme mit.

»Ach Quatsch«, entgegnete Lina schnell und drückte die Taste vom Toaster herunter. Ein Gespräch darüber, dass sie nachts zu lange arbeitete, war das Letzte, was sie jetzt wollte. »Ich habe doch Ferien und kann den ganzen Tag über schlafen und mich erholen. Gibst du mir bitte die Butter?« Erst als ihre Mutter ihr die Plastikdose reichte, fiel Lina der Verband an ihrem rechten Daumen auf.

»Mama!«, rief sie aus. »Hast du dich verletzt?«

»Ach«, versuchte diese abzuwiegeln, »nichts Schlimmes. Ich habe mir gestern mit der Küchenreibe in den Daumen geschnitten. Es hat ziemlich geblutet, aber ich glaube, es muss nicht genäht werden.«

»Bist du sicher?« Lina sah ihre Mutter skeptisch an, von der sie wusste, dass sie derlei gern herunterspielte. »Ich kann dich schnell zu einem Notdienst fahren, damit sich ein Arzt die Wunde anguckt.«

Ihre Mutter schüttelte den Kopf und Lina wusste, dass es keinen Sinn hatte, es weiter zu versuchen. Ihre Mutter konnte sehr stur sein, wenn sie wollte. Sie konnte allerdings nicht verbergen, dass die Verletzung bei manchen Handgriffen schmerzte. Lina nahm sich vor, in den nächsten Tagen verstärkt darauf zu achten, dass sich die Wunde nicht entzündete.

Als Lina am Abend die Stufen zum Mitternachtsladen hinaufging, konnte sie ein feines Klopfen ihres Herzens nicht leugnen. Sie schob es auf das klärende Gespräch mit Mara, das sie sich vorgenommen hatte, doch die Enttäuschung, die sie verspürte, als sie den Laden betrat und Brendan nirgends entdecken konnte, zeugte von etwas anderem. Statt seiner stand ein fremder Mann an der Kassentheke. Ähnlich wie ihr Chef war auch dieser altmodisch gekleidet, nur auf eine elegantere Art, die Lina an alte Schwarz-Weiß-Filme erinnerte: schwarze Hose, weißes

Hemd, schwarze Weste. In der Hand drehte er einen breitkrempigen Hut. Der Mann mit der Cordhose stand wie jeden Abend auf der anderen Seite des Tresens.

Linas Eintreten schien die beiden Männer in ihrem Gespräch unterbrochen zu haben, denn beide drehten ihre Köpfe zu ihr herum. Ihr Chef nickte ihr zu, doch sein sonst übliches Lächeln blieb aus. Stattdessen las Lina in seiner Miene unterdrückten Ärger. Auch der Fremde war weit davon entfernt zu lächeln. Er fixierte Lina und ließ seinen Blick langsam an ihrem Körper hinunter und zurück nach oben zu ihrem Gesicht wandern. Seine Mundwinkel zogen sich leicht verächtlich nach unten. Dann wandte er sich wieder seinem Gesprächspartner zu.

»Ich denke, ich habe meine Meinung deutlich gemacht«, sagte er leise und aus unerfindlichen Gründen klangen seine Worte bedrohlich. Lina lief es kalt den Rücken herunter. Wer war dieser Mensch? Ein unzufriedener Kunde? Ihr Chef zeigte sich wenig beeindruckt.

»Und ich die meine«, erwiderte er gelassen und zeigte auf die Tür. »Wenn ich sonst nichts mehr für Sie tun kann …« Seine Geste war unmissverständlich. Ohne ein weiteres Wort setzte der Mann in Schwarz seinen Hut auf, ging zur Tür und verschwand in der Nacht.

»Was war das denn für ein komischer Kauz?«, fragte Lina und trat einen Schritt näher zum Tresen. »Etwa ein Vertreter?«

Der Mann mit der Cordhose strich sich mit beiden Händen durchs Haar, was es jedoch nicht glättete, sondern eher noch mehr durcheinanderbrachte.

»Was?«, fragte er abwesend. »Ein Vertreter? Ja, etwas Ähnliches … etwas Ähnliches«, murmelte er. Dann richtete er sich auf und sah Lina an.

»Mara ist heute Abend nicht da«, meinte er. »Du müsstest dich auch um die Kunden kümmern. Schaffst du das?«

»Klar, locker«, erwiderte Lina. »So viel ist hier ja nicht los. Wo ist denn Mara?«

»Sie unternimmt etwas mit Brendan. Ich glaube, sie wollten sich einen Film ansehen. Sie wird aber rechtzeitig vor Mitternacht zurück sein, um dich abzulösen.«

Mit diesen Worten begann er, die Bonbongläser mit einem Tuch abzustauben. Lina blieb noch einen Moment wie angewurzelt stehen, bis sie das eben Gehörte verarbeitet hatte. Mara war mit Brendan ins Kino gegangen? Hatte sie also doch recht gehabt und ihre Kollegin war in den Sohn des Chefs verliebt? Und wieso hatte der Mann in der Cordhose so gleichgültig geklungen? Hatte er am Ende doch nichts dagegen, dass seine Angestellten in ihrer Freizeit etwas miteinander unternahmen? Streng genommen war Brendan ja gar kein Mitarbeiter, sondern ein Familienmitglied. Galten da andere Regeln? Lina wurde aus Maras Verhalten nicht schlau. Sie beschloss, sich zunächst auf ihre Arbeit zu konzentrieren und nach Feierabend eine Nachricht an Nele zu schicken. Vielleicht verstand ihre Freundin ja, was hier lief.

Die Schicht verlief ruhig. Wie jeden Abend füllte Lina Ware auf und staubte einige der Regalböden ab. Gegen elf Uhr betrat eine Frau mittleren Alters den Laden. Sie schaute sich scheu um und lächelte erleichtert, als sie Lina entdeckte.

»Entschuldigung, können Sie mir helfen?« Sie hob ihre rechte Hand zu einem kurzen Winken.

Lina nickte. »Klar, zumindest versuche ich es.«

»Ich arbeite noch nicht so lange hier«, schob sie hinterher, als die Frau sie verwirrt ansah. Ihr Gegenüber lachte.

»Ach so. Ich brauche nichts Besonderes, bin nur etwas in

Eile und will nicht lange suchen. Ich bin zu einer Party eingeladen und dachte, ich kann auf dem Weg dorthin an der Tankstelle noch ein paar Blumen kaufen. Und dann habe ich zufällig den Laden hier entdeckt. Haben sie Blumen?« Lina wollte bereits den Kopf schütteln, aber da kam ihr ein Gedanke.

»Etwas viel Besseres«, sagte sie und bedeutete der Kundin, ihr in den hinteren Bereich des Ladens zu folgen. Dort deutete sie mit einer einladenden Geste auf den Tisch mit den Glasblumen.

»Bitte sehr. Viel schöner als echte Blumen und auch viel haltbarer.«

»Ach, ich weiß nicht, solche Staubfänger …«, begann die Frau abwehrend, doch dann wurde ihre Miene mit einem Mal sanfter. Staunend, ja, geradezu ehrfürchtig trat sie einen Schritt näher an den Tisch heran und für einen Wimpernschlag schienen die Blüten sich zu ihr hochzurecken. Wieder glaubte Lina, dieses kaum vernehmliche Klingeln zu hören, mit dem die Blätter aneinanderstießen. Ob die Kundin es auch hören konnte? Mit Erstaunen stellte Lina fest, dass der Frau mit einem Mal Tränen in den Augen standen. Behutsam nahm sie eine der Blumen in die Hand. Es war die perfekte Nachbildung eines Maiglöckchens.

»Ich nehme diese hier. Meine Mutter liebt Maiglöckchen. Als ich klein war, sind wir im Frühling immer zu einer besonderen Lichtung im Wald gewandert, wo sie dicht an dicht wuchsen. Und dann haben wir dort zusammen auf einer Bank gesessen und sie hat mir jedes Jahr das gleiche Märchen vorgelesen. Wie konnte ich nur den Duft vergessen, der von dieser Wiese ausging?« Sie drehte sich zu Lina um, ihre Augen strahlten.

»Wissen Sie was? Ich nehme zwei. Eine für mich und

eine für meine Mutter. Und ich fahre gleich heute Nacht noch zu ihr, um sie ihr zu bringen.«

Lina konnte gar nicht anders, als das Lächeln der Kundin zu erwidern.

»Sehr gern«, sagte sie warm, nahm ein zweites Maiglöckchen vom Tisch und begleitete die Kundin nach vorne zur Kasse, wo der Mann mit der Cordhose die Glasblumen vorsichtig verpackte. »Das hast du gut gemacht«, lobte er Lina, nachdem die Frau den Laden verlassen hatte, in der Hand die beiden Glasblumen, als seien sie ein kostbares Gut.

»Ich wusste, dass es eine gute Idee war, dich einzustellen. Du liegst mit den Menschen hier auf einer Wellenlänge.«

»Ja, prima, dass die Frau gleich zwei Blumen gekauft hat.« Lina fiel auf, dass sie nicht mitbekommen hatte, welche Summe der Ladenbesitzer für die Ware verlangt hatte. Dabei hatte sie doch direkt daneben gestanden.

»Das stimmt wohl, aber viel wichtiger ist, dass du der Frau eine wertvolle Erinnerung zurückgegeben hast. Und mit etwas Glück wird diese wie ein Samenkorn in ihr Herz fallen und etwas Wunderbares erblühen lassen. Aus diesem Grund habe ich den Laden hier eröffnet.«

Er schaute Lina ernst an, der die Bedeutsamkeit des Gesagten unangenehm war. Deshalb senkte sie auch nur kurz den Blick und verzichtete darauf, etwas zu erwidern.

»Es ist jetzt halb zwölf«, sagte ihr Chef und trat hinter dem Tresen hervor. »Ich muss kurz etwas erledigen, bin aber gleich zurück. Vergiss nicht, pünktlich Feierabend zu machen.« Er zwinkerte ihr zu, ging durch den Laden und trat durch die Tür, die zu den Personalräumen führte.

Schon wieder dieser Hinweis mit dem Dienstschluss, dachte Lina. So langsam wird es echt albern. Als ob der Laden sich zurück in einen Kürbis verwandeln würde oder so was. Sie beschloss, den Rest ihrer Schicht mit einem Kaffee zu überbrücken.

Um fünf vor zwölf war ihr Chef immer noch nicht zurück. Lina rückte die Kaffeebecher auf dem Tisch zurecht. Was sollte sie jetzt tun? Einerseits hatte der Mann mit der Cordhose deutlich gemacht, dass sie nicht länger bleiben sollte, andererseits konnte sie den Laden weder unbeaufsichtigt lassen noch eigenmächtig schließen. Wo war ihr Chef überhaupt? Lina beschloss, kurz in den hinteren Räumen nachzusehen und zu hoffen, dass nicht ausgerechnet jetzt ein Kunde den Laden betreten würde. Sie eilte durch die Tür Richtung Pausenraum und von dort aus zum Lager, konnte aber niemanden entdecken. Verwundert ging sie zurück. Wo konnte ihr Chef sein? Da entdeckte sie, dass in dem kleinen Zwischenraum zwischen Pausenraum und Laden eine einfache Holztür offen stand. Sie hatte die Tür vormals nie bemerkt, vermutlich wegen des blauen Vorhangs, der normalerweise davor zugezogen war und sich nun in einer leichten Abendbrise bewegte. Vermutlich kam man von hier aus auf die Terrasse und in den kleinen Garten, den man durch das Fenster im Aufenthaltsraum sah. Ob der Mann mit der Cordhose draußen war? Aber was sollte er dort tun? Lina zuckte mit den Schultern. Sie hatte in diesem Laden schon genug Wunderliches gesehen, da war ein nächtlicher Ausflug in den Garten das Geringste. Vermutlich pflückte ihr Chef Kräuter im Mondlicht oder so. Sie zog die Tür ein wenig weiter auf und trat einen halben Schritt hinaus. Die Luft war angenehm warm und roch nach Sommer.

»Hallo?«, rief Lina, nur halblaut, um zu vermeiden, dass ihre Stimme die Stille zu abrupt durchschnitt. Als sie keine Antwort bekam, trat sie zwei weitere Schritte hinaus und stand nun ganz auf der mit hellem Holz ausgelegten Terrasse. Die Veranda war an allen drei Seiten mit großen Blumenkübeln umgrenzt, deren Inhalt einen süßen Duft verströmte. Nur an einer schmalen Stelle direkt gegenüber der Tür war der Blumenschmuck unterbrochen, dort führten drei Stufen hinunter auf einen kleinen Pfad, der sich in den Wald schlängelte. Auf der Terrasse selbst stand eine altmodische Hollywoodschaukel mit dicken, weichen Kissen. Zu sehen war niemand. Lina überlegte kurz, ob sie weiter in den Wald hineingehen sollte, aber die Erinnerung an ihren letzten Marsch durch die Dunkelheit genügte ihr völlig. Außerdem stand die Vordertür des Ladens offen. Sie ging zurück ins Haus. Was sollte sie jetzt tun? Ob ihrem Chef etwas zugestoßen war? Vielleicht hatte er sich nur ein wenig die Beine vertreten wollen, war aber gestürzt und lag jetzt hilflos im Wald? Ob sie die Polizei rufen sollte?

In diesem Moment nahm sie im Laden eine Bewegung wahr. Ob Mara endlich zurückgekommen war? Lina wollte schon in den Laden eilen, da entdeckte sie, dass es keineswegs ihre Kollegin war, die sie gehört hatte. Vor dem Regal mit den Kräutergläsern stand eine Frau und betrachtete die Auslage. Sie stand mit dem Rücken zu Lina und doch spürte sie gleich, dass irgendetwas an der Fremden seltsam war. Sie trug ein kurzes, zipfelig geschnittenes Kleid, das ihr knapp über den Po reichte, dazu eine dunkelgrüne, enge Hose und hohe Stiefel aus weichem Leder. Lina unterdrückte ein Lachen. Wo kam die denn her? Von einer Rollenspielmesse? In diesem Moment drehte die Besucherin sich um. Sie ließ ihren Blick durch den Raum schweifen, als hätte sie etwas gehört. Unwillkürlich zog Lina sich ein wenig in den Türrahmen zurück. Als sie für einen Augenblick das Gesicht der Frau erkennen konnte, hielt sie den Atem an. Die Augen der Kundin waren von einem stechenden Blau, das von innen zu leuchten schien. Jetzt konnte Lina auch die Ohren erkennen, die zuvor vom langen weißblonden Haar verdeckt worden waren: Sie waren größer als gewöhnliche Ohren und liefen nach oben hin spitz zu. Die Kundin richtete ihre Aufmerksamkeit wieder dem Regal zu und nahm eines der Gläser in die Hand. Lina atmete tief durch. Kontaktlinsen, dachte sie. Und irgendein Spezialeffekt. Ganz klar.

In diesem Moment legte sich ihr eine Hand auf den Mund und sie wurde nach hinten gezogen.

Sie wollte überrascht schreien, doch die Hand auf ihrem Mund erstickte jedes Geräusch. Sie geriet in Panik und begann, um sich zu schlagen, doch ein zweiter Arm legte sich um ihren Oberkörper und hielt sie fest. Gleichzeitig vernahm sie eine leise Stimme an ihrem Ohr.

»Keine Angst, Lina, ich bin es.«

Sie hielt inne. Sie kannte diese Stimme. Warm und weich wie ein Sommerwind: Brendan.

Der Griff um ihren Oberkörper wurde locker, gleichzeitig löste sich die Hand von ihrem Mund. Zwei starke Hände legten sich auf ihre Oberarme und zwangen sie, sich umzudrehen. Vor ihr stand der Sohn ihres Chefs und lächelte sie entschuldigend an.

»Bitte verzeih«, sagte er und ließ langsam, fast zögerlich ihre Arme los. Lina wollte ihn wütend anschreien, doch er legte einen Zeigefinger auf seine Lippen.

»Pst«, raunte er und deutete zum Laden hinaus. »Es ist besser, wenn Mara nicht mitbekommt, dass du noch hier bist.«

Lina atmete tief ein. Was sollte diese Geheimnistuerei? Sie hatte doch nichts verbrochen! Brendan schien ihre Gedanken zu erraten.

»Natürlich hast du nichts falsch gemacht. Aber du weißt doch, dass du nach Mitternacht nicht mehr hier sein sollst.«

»Was hätte ich denn tun sollen?«, flüsterte Lina erbost zurück. »Ihr wart ja nicht rechtzeitig aus dem Kino zurück. Und dein Vater ist spurlos verschwunden!«

»Aus dem Kino …?« Brendan runzelte die Stirn, dann nickte er. »Der Film hat länger gedauert als gedacht. Aber jetzt sind wir ja hier. Hör zu, wir machen das so: Ich bringe dich hinten raus über die Veranda zu deinem Auto. Mara weiß, dass du noch hier bist, aber mit etwas Glück kann ich sie glauben machen, dass du nur hier hinten warst und nichts gesehen hast. Im Gegenzug wirst du nicht verraten, dass wir zu spät waren. Einverstanden?«

»Aber … was ist denn so schlimm daran, dass ich die Kundin gesehen habe? Was geht hier überhaupt vor?«

»Nicht jetzt!«, drängte Brendan. »Ich verspreche, ich erkläre dir alles, aber jetzt müssen wir los. Mein Vater wird jeden Moment zurückkommen.«

Kurz wunderte sich Lina, woher Brendan das wissen wollte. Sie setzte an, um noch weitere Fragen zu stellen. Es ging ihr gehörig gegen den Strich, dermaßen herumkommandiert zu werden, doch Brendan ließ ihr keine Wahl. Sanft, aber bestimmt schob er sie Richtung Pausenraum.

»Hol deine Sachen«, raunte er und warf einen nervösen Blick zur Hintertür. Lina tat wie ihr geheißen. Kurze Zeit später führte Brendan sie, den Arm um ihre Taille gelegt, an der Seite des Hauses vorbei zum Parkplatz, nicht ohne immer wieder in den Wald hinter ihnen zu lauschen.

Am Auto angekommen, ließ er sie los. Lina verharrte, als wäre sie unfähig, sich zu bewegen, ohne dass ihre Körper sich berührten. Ihre Gedanken rasten. Was um alles in der Welt ging hier vor sich? Brendan umarmte sie flüchtig. Dann nahm er Lina die Autoschlüssel aus der Hand, die sie schon im Pausenraum aus ihrer Tasche gekramt hatte, und sperrte die Fahrertür auf.

»Fahr vorsichtig«, sagte er. »Aber jetzt sieh zu, dass du endlich loskommst.«

Mechanisch setzte Lina sich auf den Fahrersitz, viel zu überrumpelt, um überhaupt noch irgendwie zu reagieren. Brendan schlug die Autotür zu und wandte sich ab. Lina konnte sehen, wie er geschmeidig wie eine Katze die wenigen Stufen zum Laden hinaufsprang und verschwand. Einen Moment lang starrte sie ihm noch nach, doch dann startete sie den Motor und fuhr kopfschüttelnd nach Hause.

Ich gehe da nicht mehr hin, dachte Lina, als sie am nächsten Morgen aufwachte.

Ich gehe doch wieder hin, dachte sie am frühen Nachmittag. Den ganzen Tag über hatte sie sich den Kopf über die Ereignisse des vergangenen Abends zerbrochen. Doch so sehr sie auch alles durchdachte, sie konnte sich einfach nicht erklären, was das alles sollte. Wo war ihr Chef gestern Abend gewesen? War er wirklich allein durch den dunklen Wald gestreunt? Warum war es allen so wichtig, dass sie nach Mitternacht nicht mehr im Laden war? Ob es was mit der Kundin zu tun hatte, die sie dort gesehen hatte? Lina rief sich das außergewöhnliche Aussehen der Frau in Erinnerung. Noch immer ergriff sie eine seltsame Faszination, wenn sie an die kühlen Augen der Fremden dachte. Sie hatte so fremd ausgesehen, so andersartig. Doch je mehr Zeit verging, desto sicherer war Lina, dass es sich nur um ein außergewöhnliches Styling gehandelt hatte.

Trotzdem ging ihr die Geheimnistuerei auf die Nerven. Ihr Chef könnte ihr doch einfach sagen, wenn er nicht wollte, dass sie etwas mit Mara oder seinem Sohn unternahm. Oder hatte Mara dieses Gerücht nur in die Welt gesetzt, um eine Ausrede zu haben?

Erst jetzt fiel ihr auf, dass sie noch nicht einmal den

Namen ihres Chefs wusste. Stirnrunzelnd dachte sie nach, doch sie konnte sich an keine Gelegenheit erinnern, bei der Mara oder auch Brendan einen Namen genannt hätten. Einen Arbeitsvertrag hatte sie auch nicht unterschrieben. Ihr Gehalt bekam sie jeden Freitag in einem gefalteten Umschlag aus Seidenpapier überreicht. Bislang hatte Lina sich darüber keine Gedanken gemacht, doch nun kam ihr auch dies seltsam vor.

Was wird hier nur gespielt?, dachte sie bei sich. Am klügsten wäre es wohl, wenn sie einfach nicht mehr zu dem Laden mitten im Wald fahren würde. Doch dann dachte Lina an das Geld, das sie dort während der restlichen Sommerferien noch verdienen konnte. Selbst wenn sie einen anderen Job fände, was mehr als fraglich war, würde sie dort niemals so viel verdienen. Und die Arbeit im Mitternachtsladen, wie sie ihre Arbeitsstelle mittlerweile nannte, war schwerlich anstrengend zu nennen.

Sie beschloss, am Abend wie gewohnt zur Arbeit zu fahren. Vielleicht klärte sich ja alles irgendwie auf.

Als sie den Laden betrat, schien Mara bereits auf sie gewartet zu haben. Sie räumte gerade in der Nähe des Eingangs einige Waren in ein Regal und richtete sich auf, als sie Lina sah.

»Hi«, begrüßte sie ihre Kollegin laut, so laut, dass auch der Mann mit der Cordhose, der wie gewohnt an der Kassentheke stand, aufmerkte.

»Danke nochmal, dass du gestern allein den Laden gehütet hast, als ich nicht da war«, sagte sie und schaute Lina durchdringend, aber auch irgendwie bittend an.

»Ja«, begann Lina langsam, gab sich dann aber einen Ruck. »Kein Problem. Du warst ja rechtzeitig vor zwölf zurück.«

Maras Augen blitzen vor Dankbarkeit auf. Sie schaute

zur Theke. Lina folgte ihrem Blick. Ihr Chef sah aufmerksam zu ihnen hinüber, dann nickte er Mara kurz zu und wandte sich wieder seinen Unterlagen zu.

Lina ging in den Pausenraum und begann mit ihrer Arbeit. Immer wieder ertappte sie sich dabei, wie sie den Blick durch den Laden schweifen ließ, in der Hoffnung, Brendan würde zur Tür hereinkommen. Aber außer einem älteren Herrn und zwei Jugendlichen betrat keiner den Laden.

Um kurz vor zwölf nahm Lina ihren Rucksack und wollte gerade den Pausenraum verlassen, als ihr jemand den Weg versperrte.

»Hoppla«, grinste Brendan sie an. »Ganz schön stürmisch, die junge Dame.«

Lina wurde rot. »Sorry«, murmelte sie.

»Ich habe dich wieder einmal weder gesehen noch gehört.«

»Diese Wirkung erziele ich öfter.«

Brendans Lächeln wurde breiter.

»Darf ich dich auf ein Eis einladen?«

»Ein … was? Jetzt?«

»Ein Eis. Oder macht ihr das heute nicht mehr?«

Wieder einmal war Lina völlig überrumpelt.

»Doch, natürlich«, stammelte sie.

»Prima«, antwortete Brendan. »Lass uns aufbrechen.«

Kurze Zeit später saßen sie im Außenbereich der einzigen Eisdiele in Wadern. Lina hatte eine riesige Portion Fruchteis mit Sahne vor sich stehen, während Brendan einen Nussbecher gewählt hatte, in dem er gerade genüsslich seinen Löffel versenkte.

»Ich liebe Nusseis«, schwärmte er. »Ist dein Eis auch so gut?«

Lina nickte und biss von ihrer Eiswaffel ab. Als sie vom

Mitternachtsladen aufgebrochen waren, war sie sicher gewesen, die Eisdiele hätte schon längst geschlossen, doch Brendan hatte mit einem Augenzwinkern geantwortet, sie solle sich keine Sorgen darüber machen. Die kurze Autofahrt war angenehm gewesen. Brendan hatte ihr einige Fragen gestellt und ohne sich dessen wirklich bewusst zu sein, hatte Lina ihm einiges über sich und ihr Leben erzählt. Nun aber wollte Lina endlich Antworten.

»Was sollte dein Überfall am Samstag eigentlich bedeuten?«, fragte sie ihn. Ihr Tonfall war etwas harscher als gedacht, was Lina sofort leidtat, doch Brendan schien sich nicht daran zu stören.

»Es tut mir aufrichtig leid, dass ich dich so erschreckt habe. Ich hoffe, ich habe dich nicht verletzt.«

»Nein, das nicht.« Lina schüttelte den Kopf.

»Aber die ganze Geheimniskrämerei geht mir so langsam ganz schön auf die Nerven. Stimmt es, dass dein Vater Mara verboten hat, mit mir auszugehen? Und warum sind alle so erpicht darauf, dass ich den Laden immer pünktlich vor Mitternacht verlasse? Was wäre denn so schlimm daran, wenn ich länger bliebe?«, brach es aus ihr heraus.

Brendan legte eine Hand an sein Kinn und schwieg einen Moment. Er sah so nachdenklich und verletzlich aus, dass Lina für einen Augenblick das Herz weit wurde. Es kam ihr vor, als würde sie ein seltenes, scheues Tier beobachten, das sie nur aus reinem Zufall aus der Nähe betrachten durfte.

»Es stimmt«, riss Brendan sie nun aus ihren Gedanken. »Mein Vater mag es nicht, wenn seine Mitarbeiter zu engen Kontakt miteinander haben.«

Lina wollte ihn unterbrechen, aber er hob beschwichtigend die Hand.

»Das hat nichts mit dir zu tun, glaube mir«, fuhr er fort.

»Er hat nur … sehr schlechte Erfahrungen gemacht und möchte solchen Ärger künftig vermeiden.«

Lina hob skeptisch eine Augenbraue. Insgeheim überlegte sie, auf was für eine Art Ärger Brendan wohl anspielen könnte.

»Was deine zweite Frage angeht«, fuhr Brendan fort, »ist es so, dass wir nicht nur gewöhnliche Kunden haben, wenn ich das so sagen kann.«

»Du meinst wie die Frau am Samstag? War das eine Künstlerin oder so was?«

»Ja, das könnte man so sagen.« Brendan wiegte den Kopf hin und her. Dann griff er über den Tisch und nahm Linas Hand in seine.

»Du hast bestimmt schon bemerkt, dass wir einige, sagen wir mal, ungewöhnliche Artikel verkaufen.«

Lina nickte.

»Unsere Kunden sind immer auf der Suche nach etwas Besonderem und sie sind sehr scheu. Deswegen haben wir den Laden auch noch spät in der Nacht geöffnet und sie wissen, dass nach Mitternacht nur noch Personen dort sind, die ihre Bedürfnisse verstehen.«

Sie entzog ihm ihre Hand.

»Meinst du etwa Drogen?«, entfuhr es ihr so laut, dass einige der anderen Gäste sich zu ihnen umdrehten.

Brendan lachte.

»Nein, natürlich nicht. Oder zumindest nicht in der Art, wie du jetzt denkst.«

»Ehrlich?« Lina sah ihn zweifelnd an.

»Ganz aufrichtig«, erwiderte Brendan und legte sich die flache Hand auf die Brust. Sofort fühlte Linas Hand sich irgendwie verloren und unvollständig an. Trotzdem musste sie lachen, als sie Brendans übertrieben ernste Miene sah.

»Also gut, dann will ich dir mal glauben«, sagte sie und verzog den Mund zu einem frechen Lächeln. »Unter einer Bedingung … ich darf sofort von deinem Eis probieren.«

Brendan erwiderte ihr Lächeln, tauchte seinen Löffel in den vor ihm stehenden Becher und hielt ihn vor Linas Gesicht. Sein Blick war fest auf ihren gerichtet. Ein merkwürdiger Sog ging von seinen Augen aus. Seine Iris war gar nicht durchgängig braun, stellte Lina fest. Hellere, fast goldene Linien durchzogen den warmen Braunton und verliehen Brendans Blick etwas seltsam Magisches. *Was für ein Kitsch*, wies Lina sich in Gedanken selbst zurecht und schloss ihre Lippen um den angebotenen Löffel. Das Eis schmolz auf ihrer warmen Zunge und hinterließ einen cremigen, nussigen Geschmack.

»Lecker«, sagte sie und tauchte ihren eigenen Löffel in eine Kugel Mangoeis. »Aber ich stehe doch mehr auf Fruchteis.«

»Mehr für mich«, grinste Brendan. Lina erwiderte sein Lachen. Sie konnte gar nicht anders, als in seiner Gegenwart entspannt und gut gelaunt zu sein. Tatsächlich hatte sie sich schon lange nicht mehr so unbeschwert und sorglos gefühlt. Und so lehnte sie nicht ab, als Brendan vorschlug, nach dem Eis noch einen Kaffee zu trinken, obwohl es bereits kurz vor eins war. Die Bedienung brachte die beiden Latte Macchiatos sowie einen Teller Kekse, den sie mit einem schüchternen Lächeln vor Brendan abstellte.

»Dürfte ich auch gleich kassieren?«, fragte sie und blickte auf die Uhr an ihrem Handgelenk. Sie sah irritiert aus. »Normal haben wir um diese Uhrzeit schon längst geschlossen, ich weiß auch nicht, warum ich heute so lange geblieben bin.« Sie sah zu Brendan. »Du warst heute Abend schon mal da, oder?« Brendan nickte und zog einen Geldbeutel hervor.

»Das geht natürlich auf mich«, sagte er und drückte der Bedienung zwei Geldscheine in die Hand.

»Der Rest ist für Sie, wenn Sie der Dame noch eine Decke bringen.«

Die ältere Frau lächelte, offensichtlich erfreut über das üppige Trinkgeld. Sie ging in den Laden und kam kurze Zeit später mit einer cremefarbenen Decke zurück, die sie Lina hinhielt. Diese nahm sie ihr ab und legte sie sich um. Erst als sie das weiche Tuch auf ihren Schultern spürte, merkte sie, wie kühl die Nachtluft geworden war. Sie kuschelte sich ein wenig tiefer in den Fleecestoff und sah Brendan dankbar an.

»Ich räume schon mal auf und sperre den Laden ab«, sagte die Bedienung. »Bleibt ihr beiden nur sitzen, solange ihr wollt. Die Gläser könnt ihr nachher vorne am Fenster abstellen. Ich unterstelle euch mal, dass ihr es nicht nötig habt, sie zu stehlen.«

Sie zwinkerte Brendan noch einmal zu und machte sich dann daran, die Teelichter und Aschenbecher von den übrigen Tischen zu räumen.

»So etwas wie ein Nachtleben gibt es hier nicht«, bemerkte Lina trocken. »Es wundert mich sowieso, dass die hier noch so lange geöffnet hatten.«

Sie machte eine kurze Pause, um von ihrem Kaffee zu probieren. Er hatte exakt die richtige Mischung zwischen belebendem Koffein und cremigem Schaum.

So langsam hätte es Lina auffallen müssen, dass diese Nacht nahezu perfekt war. Wenn es ihr aufgefallen wäre, hätte sie vermutlich gesagt, dass sie zu perfekt sei, um wahr zu sein, wie man dies eben in solchen Situationen zu sagen pflegt, wenn man den Glauben verloren hat, dass Dinge eben dies sein dürfen: perfekt.

»Bei dir zu Hause ist bestimmt mehr los, oder? Weniger geht ja kaum«, fragte sie Brendan, nur mühsam vertuschend, dass sie gern mehr über den jungen Mann mit den unverschämt langen Wimpern wissen wollte.

»Keineswegs«, winkte Brendan ab. »Bei mir zu Hause sagen sich die Wölfe gute Nacht. Dagegen ist diese Stadt hier ein wahrer Jahrmarkt.«

»Ernsthaft? Das klingt furchtbar langweilig.«

»Nicht wirklich«, erwiderte Brendan. »Zugegeben, wir haben nicht viele Läden oder Restaurants, aber dafür wunderschöne Landschaften. Und bei uns treffen sich die Menschen mehr, kochen und feiern zusammen oder sitzen nachts an einem Lagerfeuer. Und wenn diese heruntergebrannt sind, kannst du in meiner Heimat den schönsten Sternenhimmel sehen. Ich habe Stunden damit verbracht, nur auf einer Wiese zu liegen und die verschiedenen Sternbilder zu suchen, den Bärenhüter, die Schlange, die Lyra …« Er deutete auf verschiedene Punkte am Himmel. »In manchen Nächten kann man Sternschnuppen beobachten, wie sie eine nach der anderen über den Himmel ziehen. Bei uns sagt man, dass man sich dann etwas wünschen darf, dabei wünscht man sich in solchen Momenten doch nur, dass sie nicht vorbeigehen.«

Lina starrte wie gebannt in Brendans Gesicht. Sein Blick wirkte verträumt und er schien sich ganz in den Erinnerungen an seine Heimat zu verlieren. Instinktiv wusste Lina, was sie sich wünschen würde, wenn jetzt ein Stern vom Himmel fiele.

»Ich wünschte, das könnte ich auch einmal sehen«, sagte sie leise und ohne nachzudenken.

Brendans Blick wurde traurig, als er sich ihr zuwandte.

»Ich befürchte, das wird nicht so leicht möglich sein.«

Sofort ging Lina auf Distanz.

»Wieso? Wegen deines Vaters?«

»Was? Nein, nicht doch«, wiegelte Brendan ab. »Nur, weil ich jetzt erst einmal hier bin.« Er strich ihr kurz über die Wange, dann trank er den letzten Schluck seines Kaffees aus. »Ich befürchte, wir müssen so langsam aufbrechen«, meinte er bedauernd. Nach einem kurzen Blick auf die Uhr stimmte Lina ihm notgedrungen zu.

»Soll ich dich wieder beim Laden absetzen?«, fragte sie.

Brendan nickte.

»Das wäre toll.« Auf dem Weg zum Parkplatz spürte Lina plötzlich, wie Brendan ihre Hand ergriff. Wie von selbst schmiegte sich ihre eigene in seine, ganz so, als wäre das der richtige Platz für sie. Es war kein großer, theatralischer Moment, eher so, als hätten endlich zwei Dinge zueinandergefunden, die füreinander gemacht waren. Sie sprachen nicht, sondern fühlten nur die frische Abendluft in ihren Lungen und die wohltuende Wärme der anderen Hand in der eigenen. Als sie am Auto angekommen waren, zögerten sie nicht, ihre Hände voneinander zu lösen, denn sie wussten, dass sie wieder zueinanderfinden würden.

Die Fahrt zum Mitternachtsladen war viel zu kurz. Lina fuhr auf den Parkplatz und stellte den Motor ab. Einen Moment lang herrschte Stille im Wageninneren, doch im Inneren von Lina war es laut. So heftig überlegte sie, was sie jetzt sagen oder tun sollte. Doch dann fühlte sie plötzlich wieder Brendans Hand, die sich auf ihre legte. Sie wandte ihm ihr Gesicht zu, wohl wissend, dass dies einer der kitschigen Momente war, die sie in Kinofilmen mit einem Lachen überspielte. Brendan sah sie unverwandt an, er musste nichts überspielen, er konnte zulassen. Und so ließ auch Lina es zu, als er sich zu ihr beugte und ihr einen sanften Kuss auf den Mund gab. Seine Lippen waren voll und weich und sein Atem schmeckte nach Kaffee und Nusseis und Sternenlicht. Sie öffnete den Mund ein wenig und erwiderte den Kuss, der keineswegs und doch so völlig ihr erster war. Kaum begonnen, war der Moment schon wieder vorbei. Brendan richtete sich auf und lächelte sie fast ein wenig scheu an. »Bis morgen«, flüsterte er und öffnete die Autotür.

Lina schaute ihm nach, wie er seitlich am Haus vorbei zur Veranda ging.

»Bis morgen«, flüsterte sie. Dann fiel ihr Blick auf die Ladentür. Auf der obersten Treppenstufe, im Schein der kleinen Laterne, stand Mara und schaute ihr direkt ins Gesicht.

KAPITEL IV

Lina träumte. Sie lag auf einer weichen, nach Sommer duftenden Wiese und schaute in den sternenbedeckten Nachthimmel. Neben sich spürte sie die Gegenwart eines anderen Menschen, und ohne sich umdrehen zu müssen, wusste sie, dass es Brendan war. In der Ferne zwitscherte eine Nachtigall, obgleich Lina weder im träumenden noch im wachen Zustand gewusst hätte, dass es eine solche war. Plötzlich zog ein Lichtblitz über das Firmament: eine Sternschnuppe. Noch ehe Lina sich etwas wünschen konnte, wurde ihr Wunsch erfüllt: Eine warme Hand tastete zaghaft nach ihrer und schloss sanft ihre Finger darum. Lina drehte den Kopf zur Seite – und sah direkt in das Gesicht von Mara, deren Augen sie böse anfunkelten.

Lina schrak hoch. Einen Augenblick lang war sie orientierungslos, dann wurde ihr klar, dass sie zu Hause in ihrem eigenen Bett lag. Und zwar allein. Sie schüttelte ärgerlich den Kopf. Solche Träume passten gar nicht zu ihr. Sie träumte generell kaum oder konnte sich zumindest am nächsten Morgen nur selten an irgendwelche nächtlichen Spielfilme erinnern. Brendan hatte allem Anschein nach einen bleibenden Eindruck hinterlassen, wenn er sich sogar in ihre Träume schlich. Ein Lächeln stahl sich auf ihr Gesicht. Der Kuss war ja auch wirklich überzeugend gewesen. Sie rief sich den Moment im Auto ins Gedächtnis zurück und glaubte, noch einmal Brendans weiche Lippen zu spüren. Jetzt bekam sie doch tatsächlich weiche Knie! Gut, dass sie noch im Bett lag. Wie spät war es eigentlich? Ein Blick auf die Uhr verriet ihr, dass sie fast bis Mittag geschlafen und das übliche Frühstück mit ihrer Mutter verpasst hatte. Schnell schwang sie sich aus dem Bett. Während sie sich etwas überzog, dachte sie an das Ende ihres Traums. Nicht nur Brendan hatte sie bis in ihren Schlaf verfolgt, nein, auch ihre Arbeitskollegin Mara, die sie gestern bei ihrem Kuss erwischt hatte. *Wobei,* dachte Lina, *erwischt war nicht das richtige Wort.* Immerhin hatten sie nichts Verbotenes getan. Oder lief doch etwas zwischen Brendan und Mara? Eigentlich traute sie Brendan ein solches Doppelspiel nicht zu. Und der Gedanke an den gestrigen Abend – nicht nur an den Kuss – war viel zu schön, um ihn sich verderben zu lassen. Lina beschloss, erst einmal alles auf sich zukommen zu lassen. In Wahrheit jedoch wartete ihr Herz bereits sehnsüchtig auf den Abend und ihre Schicht im Mitternachtsladen.

Aus diesem Grund schlug es auch ein wenig heftiger, als Lina an diesem Abend durch die Ladentür trat. Und es stolperte nahezu, als das Erste, worauf ihr Blick traf, Brendan war, der einen Karton vor einem der Regale abstellte.

»Hallo«, sagte Lina und zog die Tür hinter sich zu.

»Hallo«, antwortete Brendan nach einem kurzen Zögern.

Stille breitete sich aus.

»Mara ist heute Abend nicht da, sie hat sich krank gemeldet«, ertönte hinter ihr die Stimme des Mannes mit der Cordhose. »Brendan übernimmt ihre Arbeit.«

»Alles klar«, antworte Lina und konnte ihre Freude nur mühsam verbergen. Sie würde den ganzen Abend mit Brendan verbringen können. Und vielleicht würde ihr Chef wieder einige Zeit verschwinden, sodass sie ungestört bei einem Kaffee reden könnten. Freudestrahlend drehte sie sich zu ihm um, um ihm verschwörerisch zuzuzwinkern, doch Brendan hatte sich wieder seinem Karton zugewandt und schenkte ihr keinen Blick.

»Ich gehe dann mal nach hinten meine Sachen ablegen«, murmelte sie enttäuscht.

Als sie durch den Laden ging, hätte sie den Blick des Ladenbesitzers auf sich spüren können, wenn sie nur ein wenig achtsamer gewesen wäre. Der Mann mit der Cordhose schaute ihr nachdenklich hinterher, dann blickte er zu seinem Sohn. Dieser bemerkte den Blick seines Vaters und sah, wie sein Vater fragend eine Augenbraue hob. Er wich dem Blick jedoch aus und gab vor, sich auf die vor ihm stehende Ware zu konzentrieren. Doch seinem Vater konnte er nichts vormachen. Der Mann mit der Cordhose nickte langsam, dann wandte er sich seiner Kasse zu, öffnete die Lade und entnahm einige Geldscheine.

Der Abend zog sich endlos dahin. Lina füllte wie immer die Regale auf, was in Anbetracht der spärlichen Kundschaft nicht lange dauerte, und machte sich daran, verschiedene Regalbretter einzuölen. Doch an diesem Abend konnte sie auch dies nicht trösten. Immer wieder schaute sie zu Brendan hinüber, der ihren Blicken jedoch auswich. Ihr Chef blieb den ganzen Abend an der Ladentheke stehen, sodass sie keinen Moment lang ungestört waren. Lina war sich nicht sicher, ob sie es sich einbildete, aber fast kam es ihr so vor, als würde Brendans Vater sie genau beobachten. Was hatte das alles zu bedeuten?

Als Brendan kurz vor Ende ihrer Schicht nach hinten ging, ergriff Lina ihre Chance und folgte ihm. Sie fand ihn auf der Veranda hinter dem Haus, wo er, den Rücken zu ihr gewandt, in den tiefen Wald starrte. Als Lina heraustrat, drehte er sich nicht um.

»Du solltest nicht hier sein«, murmelte er.

»Warum nicht?«, entgegnete Lina bissiger als beabsichtigt.

»Weil es gleich Mitternacht ist«, erwiderte Brendan tonlos, als wäre das eine Erklärung. Er sah sie immer noch nicht an.

»Und was passiert dann? Verwandelst du dich in eine Maus? Oder stürmen pünktlich zum letzten Glockenschlag Scharen von seltsamen Kunden in den Laden, die mich nicht sehen dürfen?«

Brendan zuckte kurz zusammen, als würde er ein Lachen unterdrücken, aber er drehte sich immer noch nicht zu ihr um.

Lina war fassungslos. Wie konnte er sie einfach so stehen lassen? Sie kam sich dumm vor, naiv und abserviert – und diese Gefühle machten sich in einem Wutausbruch Luft. Sie trat nach vorne und packte Brendan an der Schulter.

»Dreh dich wenigstens zu mir um«, sagte sie viel zu laut. »Sag mir ins Gesicht, dass das gestern nur ein Ausrutscher war und du nichts mit mir zu tun haben willst.«

Brendan wandte ihr das Gesicht zu. In seinen Augen spiegelten sich die Sterne. Sie waren viel dunkler, als Lina sie in Erinnerung hatte.

»Das verstehst du nicht«, murmelte er heiser.

»Dann erkläre es mir!«, wollte sie ihn anschreien, doch in diesem Moment hörte sie ein Hüsteln hinter ihnen. Brendans Vater stand in der Tür und musterte die Szene vor ihm.

»Lina, kommst du bitte gleich bei mir vorbei, bevor du gehst?«

Lina brachte keinen Ton heraus, sie war viel zu aufgewühlt. Brendan hatte sich wieder von ihr weggedreht und starrte erneut in den Wald, als gäbe es dort etwas Bedeutungsvolles zu sehen. Sie wusste instinktiv, dass er nicht mit ihr reden würde. Sie hatte verloren.

»Natürlich«, antwortete sie und folgte ihrem Chef ins Ladeninnere.

Sie holte ihren Rucksack aus dem Pausenraum, dann ging sie nach vorne zur Ladentheke, wo ihr Chef sie bereits erwartete. Seine Miene war durchaus wohlwollend, aber ernst. Lina wappnete sich innerlich, es war offensichtlich, dass das folgende Gespräch nicht angenehm werden würde. Aber vielleicht, so machte sie sich Mut, brachte es auch endlich Klarheit in die ganze Sache.

»Ich habe gehört, deine Mutter hat sich verletzt?«, fragte der Mann mit der Cordhose und deutete auf einen Cremetiegel, der auf der Ladentheke stand.

»Woher wissen Sie das?«, staunte Lina und besah sich das Töpfchen. Es war aus braunem Ton gefertigt und mit einem Korken verschlossen.

»Du hast es Brendan gegenüber erwähnt«, erwiderte ihr Chef. Lina konnte sich gar nicht daran erinnern, zuckte aber mit den Schultern.

»Die Salbe wird ihr helfen«, versprach der Ladenbesitzer.

»Danke, das ist nett«, bedankte sich Lina, nahm den Tiegel und wandte sich zum Gehen.

»Das war noch nicht alles«, hielt ihr Chef sie auf. Als sie sich wieder zu ihm umdrehte, sah sie, dass er einen beigefarbenen Seidenumschlag in der Hand hielt. Dabei war heute gar nicht Freitag. Augenblicklich fühlte sie sich in eine ähnliche Situation zurückversetzt.

»Es tut mir aufrichtig leid, Lina«, fuhr ihr Gegenüber fort, »wir können dich nicht länger hier beschäftigen.«

Bitte nicht schon wieder!, dachte Lina. Zwei Kündigungen innerhalb so kurzer Zeit konnte sie nicht ertragen. Zumal sie die Arbeit im Mitternachtsladen wirklich sehr mochte. Sie hatte sich daran gewöhnt, jeden Abend über die Schwelle in den warmen, von weichem Licht erfüllten Laden zu treten, jedes Mal aufs Neue gespannt, welche wundersamen Waren sie an diesem Tag auspacken durfte. Sie schluckte.

»Es liegt nicht an dir«, erklärte ihr Chef. Das klang, als wolle er mit ihr Schluss machen. Und irgendwie fühlte es sich auch so an. Lina konnte den Gedanken, den Mitternachtsladen nicht mehr zu betreten, nicht ertragen. Dann traf sie die Erkenntnis, dass sie Brendan nicht mehr wiedersehen würde. Ihr Herzschlag stolperte ein zweites Mal in dieser Nacht.

»Ach ja?«, fragte sie tonlos.

Der Mann sah sie gütig, fast liebevoll an.

»Ganz sicher«, bekräftigte er. »Wir haben dich alle gern hier, aber ...« Er machte eine kurze Pause. »Nun, Brendan hat dir gegenüber ja bereits angedeutet, dass unsere Kunden etwas ... sensibel sind und aus diesem Grund können wir leider derzeit keine Außenstehenden beschäftigen.«

Er sah sie an und in seinem Blick lag aufrichtiges Bedauern, so glaubte sie jedenfalls.

Eine Außenstehende?, wiederholte sie in Gedanken. *Was soll denn das bedeuten?*

Der Mann mit der Cordhose hielt ihr den Umschlag entgegen.

»Hier ist dein Lohn bis zum Ende der Sommerferien. Es soll nicht dein Schaden sein, dass ich mich nicht an unsere Vereinbarung halten kann.«

Zögernd nahm Lina den Umschlag entgegen. Er schien prall gefüllt zu sein. Trotzdem konnte sie sich in dem Moment nicht über den Geldsegen freuen, wenn sie es dem Ladenbesitzer auch hoch anrechnete, dass er ihr den Lohn komplett auszahlte.

»Danke«, murmelte sie mit gesenktem Kopf.

»Ich wünsche dir alles Gute für deine Zukunft, Lina. Und sei nicht allzu besorgt. Wann immer sich eine Tür schließt, öffnet sich eine andere, sagt man bei uns.«

Sie nickte langsam und ging zur Tür. Als sie sie erreichte, drehte sie sich noch einmal um.

»Sie haben mir nie gesagt, wie Sie heißen«, sagte sie.

Der Mann mit der Cordhose nickte bedauernd.

»Das ist wahr. Aber jetzt, liebe Lina, ist es dafür zu spät.«

Sie konnte ihre Tränen zurückhalten, bis sie im Auto saß, dann aber flossen sie ungehindert. Zum Glück sprang ihr Wagen direkt an und sie konnte zügig den Parkplatz verlassen. Obwohl sie lieber zornig sein wollte, liefen ihre Tränen ununterbrochen, und als sie zu Hause ankam, war sie ein Häufchen Elend mit einer roten Nase und geschwollenen Augen.

Sie klappte die Blende herunter und besah sich kurz im Spiegel. Ein Blick genügte, um ihr klar zu machen, dass sie nicht riskieren konnte, in diesem Zustand ihrer Mutter unter die Augen zu treten. Andere Frauen mochten vielleicht wunderschön wirken, wenn ihre Augen tränennass waren, Lina fand hingegen, dass sie genau so aussah, wie sie sich fühlte – grauenvoll. Sie beschloss, noch eine Runde im nahegelegenen Park zu drehen und sich an der Nachtluft ein wenig abzukühlen.

Sie parkte ihren Wagen in einer kleinen Seitenstraße ein Stück von ihrem Haus entfernt und nahm ihren Rucksack vom Beifahrersitz. Bis zum Park waren es nur wenige Minuten. Der Begriff war auch ein wenig übertrieben, im Grunde handelte es sich um eine Wiesenanlage hinter einer Reihe Hochhäuser, die von verschiedenen Hecken und Bäumen gesäumt war. Eigentlich war es verboten, diesen Bereich zu betreten, wenn man nicht in den

Hochhäusern wohnte, aber Lina war schon öfter mittags mit einem Buch hier gewesen, und es hatte sich noch nie jemand an ihrer Anwesenheit gestört. Tatsächlich war sie dort kaum jemandem begegnet und auch heute Nacht war die Anlage menschenleer. In der Mitte stand eine große Weide, um deren dicken Stamm mehrere Bänke angeordnet waren. Lina ließ sich auf einer davon nieder, kramte in ihrem Rucksack und zog ihre Kopfhörer heraus, die sie in ihr Handy stöpselte. Wenig später ertönten die ersten Klänge in ihren Ohren. Sie lehnte sich zurück und starrte in den Nachthimmel. Hier in der Stadt waren natürlich nur wenige Sterne zu sehen. Trotzdem fühlte sie sich schmerzhaft daran erinnert, wie Brendan ihr am Vortag von den Nächten in seiner Heimat erzählt hatte. Gerade mal 24 Stunden war das nun her und doch schien eine Ewigkeit vergangen zu sein. Ob er immer noch auf der Veranda des Mitternachtsladens stand und in den Wald starrte? Wenn ja, schienen dieselben Sterne jetzt auch auf ihn herab. Lina merkte, wie erneut dumme Tränen in ihre Augen stiegen, und blinzelte sie heftig weg. Immerhin war sie hierhergekommen, um sich zu beruhigen und nicht, um erneut loszuheulen. Sie schaltete das Display ihres Handys ein und klickte sich durch ihre Musikbibliothek, bis sie etwas weniger Sentimentales fand.

Dann zog sie den Umschlag hervor, den ihr Chef – *ihr ehemaliger Chef,* korrigierte sie sich – ihr überreicht hatte. Tatsächlich lagen darin eine Menge Geldscheine, mehr als ihr an Lohn für die restliche Zeit zugestanden hätte, wie sie kurz überschlug. Sie wurde aus dem Verhalten der Leute im Laden einfach nicht schlau. Weder aus Brendans noch aus dem seines Vaters und auch nicht aus dem ihrer Kollegin Mara. Welch eingeschworene Clique das sein musste, wenn alle so darauf bedacht waren, keine Fremden an sich heranzulassen. Aber warum hatte der Mann mit der Cordhose sie dann überhaupt eingestellt? Vermutlich sollte sie froh sein, nichts mehr mit dem Ganzen zu schaffen zu haben. Doch wenn sie nur an den Mitternachtsladen dachte, wurde sie wehmütig.

Eine plötzliche Bewegung ließ Lina innehalten. Etwas war neben ihr auf die Bank gesprungen und vor Schreck schrie sie beinahe auf. Dann schaute sie in zwei runde Knopfaugen. Neben ihr saß das Eichhörnchen! Trotz der Dunkelheit war sie sich sicher, dass es sich um dasselbe Tier handelte, das ihr bereits auf dem Schulhof und an ihrem Zimmerfenster begegnet war.

Dass keines der Dinge, die uns im Leben widerfahren, zufällig geschehen, dass das Konzept des Zufalls gar nicht existiert, war Lina in diesem Abschnitt ihres jungen Lebens noch nicht bewusst. Doch selbst ihr war klar, dass unmöglich alle Eichhörnchen der Stadt gleichzeitig handzahm geworden sein konnten. Langsam zog sie sich die Kopfhörer aus den Ohren und streckte dem Nager eine Hand hin. Das kleine Tier schnüffelte neugierig daran und sah sie dann erwartungsvoll an. Gegen ihren Willen musste Lina lachen.

»Tut mir leid, ich habe nichts für dich«, sagte sie leise. Sie hätte schwören können, dass das Tier sein Mäulchen kurz zu einem Schmollmund verzog. Dann hüpfte es auf ihre Hand und kletterte von dort auf ihre Schulter, wo es sich setzte und mit seinen Vorderpfoten über sein Gesicht wischte. Lina hielt den Atem an. Das Eichhörnchen hatte doch keine Tollwut und würde ihr gleich das Gesicht zerbeißen?

Doch das Tier saß ruhig auf ihrer Schulter und kam noch ein bisschen dichter, als es sein Köpfchen schief legte. Lina konnte die feinen Schnurrhaare an ihrer Wange spüren und auf eine seltsame Weise fühlte sie sich getröstet. Eine

Weile saßen sie so da, Wange an Wange, und lauschten der Melodie der Nacht. Dann kletterte das Eichkätzchen wieder ihren Arm herunter, setzte sich auf ihren Schoß und schaute sie erwartungsvoll an.

»Danke«, flüsterte Lina. »Es geht mir schon viel besser.«

Das Eichhörnchen fuhr sich wieder mit beiden Pfoten über das Gesicht, sprang auf den Boden und verschwand in der Dunkelheit. Lina schaute ihm noch einige Augenblicke nach, dann stand sie auf und machte sich ebenfalls auf den Heimweg.

Es war Lina nur recht, dass ihre Mutter schon zur Arbeit gegangen war, als sie am nächsten Morgen aufstand. Zwar war sie nach der Begegnung im Park seltsam getröstet zu Bett gegangen und hatte tief und traumlos geschlafen, doch seit sie wach war, drehten sich ihre Gedanken unablässig um den gestrigen Abend. Während sie sich im Stehen ein Brot schmierte, überlegte sie, wieso der Mann mit der Cordhose ein solches Geheimnis um seinen Namen machte. Als sie sich die Zähne putzte, wiederholte sie in Gedanken jedes Wort, das Brendan am Vorabend zu ihr gesagt hatte. Als sie sich anzog, dachte sie wehmütig an die Schokoriegel, wie sie fein säuberlich aufgereiht auf der Ladentheke standen. Als sie den Umschlag aus ihrem Rucksack hervorholte, reichte es ihr. Sie würde nicht den Rest des Tages mit sinnlosen Grübeleien verbringen.

Spontan beschloss sie, mit der Bahn nach Trier zu fahren und sich von einem Teil des Geldes neue Klamotten für ihr letztes Schuljahr zu besorgen. Immerhin war das doch der ursprüngliche Plan gewesen, oder? Und dieses Ziel hatte sie auch erreicht, Brendan hin oder her. Sie setzte sich an den Küchentisch, um ihrer Mutter eine kurze Nachricht zu schreiben. Mit etwas Glück wäre ihre Mutter bei ihrer Rückkehr bereits im Bett und sie konnte die Begegnung mit ihr noch ein wenig hinauszögern. Als sie ihren Rucksack hochnahm, spürte sie etwas Schweres darin. Sie griff hinein und nahm den Tontiegel heraus, den ihr der Ladenbesitzer am Vorabend für ihre Mutter mitgegeben hatte. Aus einem ersten Impuls heraus wollte sie ihn in den Mülleimer werfen, zuckte dann aber mit den Schultern. Vielleicht half die Salbe ja wirklich. Sie stellte das Töpfchen ebenfalls auf den Küchentisch. Dann ergänzte sie ihre Nachricht noch um ein P. S., um zu erklären, was es damit auf sich hatte. Als sie fertig war, sah sie auf die Uhr und zog schnell ihre Jacke an. Mit ein wenig Glück konnte sie den 11-Uhr-Zug nach Trier noch erwischen.

Am Abend saß Lina erschöpft und mit vielen Tüten bepackt im letzten Zug nach St. Wendel, wo sie ihr Auto abgestellt hatte. Ihr Plan, sich durch Shoppen abzulenken, hatte erstaunlich gut funktioniert. Erst hatte sie verschiedene Läden in der Innenstadt abgeklappert und obwohl ihr Geschmack, was Kleider anbetraf, wenig mit dem Mainstream gemein hatte, hatte sie doch gute Beute gemacht. Am meisten Platz nahmen allerdings die Bücher ein, die sie im Sonderangebot gefunden hatte. Danach hatte sie sich einen White Chocolate Macchiato und ein Stück Kuchen in einem Café direkt am Hauptmarkt gegönnt. Die Eisdiele auf der anderen Seite des Platzes hatte sie geflissentlich ignoriert, obwohl die Sommertemperaturen durchaus Lust auf ein kühles Eis machten. Da ihr Bedarf an Shopping gedeckt war, entschied Lina sich danach spontan zu einem Besuch im Landesmuseum, bevor sie sich kurz nach acht in den Zug setzte. Zum Glück war die Bahn fast leer, sodass sie es sich für die knapp zweistündige Fahrt gemütlich machen konnte. Sie zog die Schuhe aus und legte ihre Füße auf den Sitz gegenüber: eine Wohltat nach dem langen Tag. Sie hatte gerade angefangen, in einem der neuen

Bücher zu schmökern, als ihr Handy vibrierte. Sie zog es aus der Gesäßtasche ihrer Jeans. Es war eine Nachricht von Nele. Ihre Freundin war heute aus dem Urlaub zurückgekehrt und wollte sich gleich morgen mit ihr treffen.

»Und dann waren wir zusammen in einer Disco, in der waren nur Einheimische, meist Bedienstete aus den Hotels der Umgebung.« Nele beugte sich vor, so aufgeregt war sie von ihrer eigenen Erzählung. Sie saß auf Linas Bett und erzählte ihrer besten Freundin seit fast einer halben Stunde alle Erlebnisse auf Mallorca bis ins kleinste Detail. Wobei die meisten Erlebnisse mit einem gewissen Esteban zu tun hatten, einem temperamentvollen und gutaussehenden spanischen Macho, wie er in jedem TV-Spielfilm nicht besser hätte dargestellt werden können. Lina freute sich für ihre Freundin, doch sie wünschte, sie würde nicht ganz so langatmig von allen Begegnungen mit dem rassigen Spanier erzählen.

Sie bemerkte, dass Nele sie erwartungsvoll ansah, und warf ein kurzes »Echt?« in den Raum als Beweis dafür, zugehört zu haben.

»Ja, echt…«, bekräftigte Nele und holte tief Luft, um weiter zu erzählen, doch Lina unterbrach sie.

»Jetzt mach es doch nicht so spannend. Hat er dich geküsst?« Sie grinste, doch Neles Begeisterung war mit einem Mal verflogen.

»Nein«, gestand sie. »Ich glaube auch nicht, dass er ernsthaftes Interesse an mir hatte. Bestimmt fand er mich nur nett wie eine kleine Schwester. Er ist ja auch schon Mitte zwanzig, was soll er da mit einer wie mir?« Nele schaute kurz betrübt, doch dann lächelte sie wieder.

»Und bei dir?«, fragte sie neugierig und warf ein Kissen nach Lina.

Diese wurde schlagartig rot und versuchte, sich hinter dem aufgefangenen Kissen zu verstecken. Doch Nele durchschaute sie natürlich sofort.

»Was?«, rief sie. »Ist ja irre. Sag, wer war es? Lass mich raten! Andreas aus der Parallelklasse? Der hat doch die ganze Zeit schon ein Auge auf dich geworfen!«

»Du spinnst ja«, wehrte Lina ab. Andreas war nett, aber ganz sicher nicht ihr Typ.

»Wer dann?« Nele ließ nicht locker.

»Der Sohn von meinem Chef«, druckste Lina herum.

»Aus dem seltsamen Laden im Wald?«

Lina nickte. Dann begann sie, ihrer Freundin die Ereignisse der letzten Wochen zusammenzufassen.

»Und hast du ihm mal eine Nachricht geschickt?«, fragte Nele, als Lina mit ihrem Bericht fertig war.

»Ich habe keine Nummer von ihm. Wenn ich darüber nachdenke, glaube ich, er hat gar kein Handy.«

»Wo gibt es denn so was?« Nele schüttelte verwirrt den Kopf. »Heutzutage hat doch jeder eins. Wobei mir die Leute in dem Laden sowieso ein wenig altmodisch vorkommen.« Sie stand auf, ging zu ihrer Freundin hinüber und legte einen Arm um sie.

»Was willst du denn jetzt machen?«

Lina hob die Schultern. »Keine Ahnung. Nichts.«

»Nichts? Kommt nicht in Frage. Meine Freundin wird nicht einfach so abserviert. Dieser Brendan soll sich gefälligst mal erklären. Küssen und dann ignorieren geht ja mal gar nicht.«

Nele redete sich so in Rage, dass Lina lachen musste, obwohl sie kurz zuvor den Tränen nah gewesen war.

»Meinst du, ich soll einfach nochmal hinfahren?«, fragte sie zögernd.

»Auf jeden Fall«, antwortete Nele, ohne zu zögern. »Und ich komme mit.«

Nele bestand darauf, dass Lina sich richtig herausputzte, und so verbrachten die beiden den Nachmittag damit, Linas Kleiderschrank zu durchforsten. Nach langer Diskussion setzte Nele sich durch, weswegen Lina nun, entgegen ihrer Gewohnheit, ein kurzes Kleid mit Spaghettiträgern und Blümchenmuster trug. Ihr wäre es lieber gewesen, in einfachen Shorts und T-Shirt in den Mitternachtsladen zu gehen, doch Nele hatte ihr widersprochen.

»Du gehst nicht zur Arbeit, sondern um dem Typen zu zeigen, was er an dir verloren hat«, meinte sie rigoros und Lina fügte sich. Wenigstens durfte sie ihre flachen Ballerinas anziehen. Hochhackige Schuhe hätte sie sowieso nicht im Sortiment gehabt. Auch Neles Versuch, sie zu ein wenig Make-up zu überreden, konnte sie erfolgreich abwehren. Trotzdem war Nele mit ihrem Aussehen zufrieden.

»Eine Sache fehlt noch«, meinte sie jedoch, nachdem sie Lina von Kopf bis Fuß gemustert hatte.

Lina hob fragend die Augenbrauen.

Nele kramte in ihrer Handtasche und zog ein kleines Päckchen heraus.

»Ich habe dir was von Mallorca mitgebracht«, sagte sie und warf ihrer Freundin das Päckchen zu. Lina fing es auf und packte es vorsichtig aus. Darin lag eine feine silberne Halskette mit einem Anhänger in Form einer Meerjungfrau, die auf einer weißen Perle saß. Ihr Fischschwanz schmiegte sich sanft an die Rundungen und im Blick der Nixe glaubte Lina, etwas Sehnsüchtiges zu entdecken.

»Sie ist wunderschön«, bedankte sie sich. »Aber die muss doch ein Vermögen gekostet haben.«

Nele winkte ab.

»Ach was. Es ist eine Mallorcaperle, keine echte. Und außerdem hat Esteban für mich gehandelt.«

Sie trat hinter Lina und legte ihr die Kette um den Hals. Der Anhänger saß perfekt auf ihrem Dekolleté.

»Bereit?«, fragte sie.

»Bereit«, antwortete Lina mit viel mehr Mut in der Stimme als im Herzen.

Nur wenig später bog der rote Corsa auf den Parkplatz des Mitternachtsladens ein.

»Das ist ja wirklich mitten im Nirgendwo«, staunte Nele und schwang sich aus dem Wagen. Lina kam etwas langsamer hinterher. Der Mut, den sie nicht gehabt hatte, hatte sie nun ganz verlassen. Zudem verspürte sie ein seltsames Gefühl der Ablehnung, das immer stärker wurde, je näher sie dem Mitternachtsladen kamen – als wollte jemand verhindern, dass sie ihn noch einmal betrat.

»Alles in Ordnung?«, fragte Nele.

Lina nickte und straffte die Schultern. Sie hatte nur Angst vor der Begegnung mit Brendan, das war alles.

Gemeinsam liefen die beiden Mädchen über den Parkplatz und wollten gerade die Stufen zur Eingangstür hinaufsteigen, als sie von drinnen laute Stimmen hörten.

»Ich wiederhole noch einmal: Sie ist nicht mehr hier!« Lina riss die Augen auf.

»Das ist mein Chef!«, flüsterte sie und gab Nele zu verstehen, dass sie stehen bleiben sollte. Die Stimme des Ladenbesitzers war nicht übermäßig laut, aber nur mühsam beherrscht. Eine zweite, viel lautere Stimme antwortete ihm.

»Sie hätte überhaupt niemals hier sein dürfen! Wie konntet ihr ein Menschenmädchen einstellen!«

Nele warf Lina einen verwunderten Blick zu.

»Menschenmädchen?«, flüsterte sie. Lina schüttelte ratlos den Kopf. Sie bedeutete Nele zurückzubleiben und schlich näher Richtung Tür.

»Ich brauchte jemanden wie sie. Und sie brauchte diese Arbeit«, hörte sie den Mann mit der Cordhose. Zur Antwort ertönte ein schnaubendes Gelächter.

»So kennt man Euch. Immer der edle Retter, der auf das Wohlergehen der Menschen bedacht ist.« Die Stimme des zweiten Mannes wurde leiser, drohender. Lina kam sie irgendwie bekannt vor. Sie spähte durch eines der Fenster. Der Ladenbesitzer stand wie immer hinter seiner Theke, den Rücken zum Fenster gekehrt. Seine Haare standen noch wilder als sonst von seinem Kopf ab. Der zweite Mann hatte seine Hände auf den Tresen gelegt und beugte sich gerade drohend nach vorne. Es war der Mann mit dem schwarzen Hut, der vor einigen Tagen schon einmal Streit mit ihrem Chef gehabt hatte.

»Was weiß sie?«, fragte er gerade.

Der Mann mit der Cordhose hob abwehrend die Hände.

»Nichts«, beteuerte er. »Nichts, was uns gefährlich werden könnte. Lina ist absolut vertrauenswürdig, dafür lege ich meine Hand ins Feuer.«

Lina erschrak. Die beiden Männer sprachen über sie! Und der seltsame Vertreter schien überhaupt nicht von ihrer Unschuld überzeugt zu sein.

»Das glaube ich nicht«, stellte er fest. »Ich werde sie suchen, nein, ich werde sie finden. Und DANN …«, er betonte das Wort deutlich. »DANN können wir sicher sein, dass sie nichts verraten wird.«

Er wandte sich zur Tür. Lina rannte los, packte Nele am Arm und zog sie Richtung Auto.

»Los, schnell«, zischte sie. So schnell sie konnten, stiegen sie in den Wagen ein. Lina drängte Nele zum Fahrersitz, sie selbst warf sich längs auf die Rückbank.

»Was ist denn …«, setzte Nele an, doch Lina unterbrach sie.

»Später!«, zischte sie. »Jetzt steig aus und tu so, als hättest du gerade erst geparkt. Geh in den Laden und kauf einen Schokoriegel.« Nele schaute sie völlig verständnislos an, was in Anbetracht der Situation nicht verwunderlich war.

»Los!«, schrie Lina sie tonlos an. Nele zuckte zusammen, verließ aber wie gefordert das Auto. Sie ging über den Parkplatz und war gerade an der untersten Stufe angekommen, als die Tür des Ladens aufgerissen wurde und ein Mann auf die Türschwelle trat. Er trug eine schwarze Hose, ein weißes Hemd und eine schwarze Weste. Seinen schwarzen Hut drehte er in der Hand, als er Nele sah, die wie angewurzelt stehen geblieben war. Eine Zeit lang betrachtete er sie schweigend.

»Guten Abend«, grüßte er sie dann betont höflich und wies mit seinem Hut auf die noch offene Tür. »Tretet nur ein.«

Nele zögerte kurz, dann nickte sie und drückte sich an dem Fremden vorbei ins Ladeninnere. Lina konnte sehen, wie die Tür sich schloss und der Mann die Treppe hinunterstieg. Hastig duckte sie sich tiefer in den Sitz und hoffte, dass der unheimliche Fremde sie nicht entdeckte. So konnte sie nicht sehen, dass dieser gar nicht den Weg über den Parkplatz nahm, sondern direkt in den Wald abbog und dort zwischen den Bäumen verschwand.

Lina wartete eine ganze Weile, bis sie sich wieder traute, den Kopf zu heben. In diesem Moment öffnete auch schon Nele die Fahrertür. Sie warf zwei Schokoriegel auf den Beifahrersitz und drehte sich zu Lina um.

»Was war denn das für eine schräge Nummer?«

Lina seufzte und kletterte nach vorne, wo sie gleich die Verpackung eines der Riegel aufriss und ein großes Stück abbiss. Dann deutete sie nach vorne.

»Fahr erst einmal los, ich will ganz dringend hier weg.«
Nele nickte zustimmend und startete den Motor.

»Ich verstehe es immer noch nicht«, sagte Nele und biss von ihrem Nutellatoast ab. Nach dem Abenteuer am Mitternachtsladen hatte Lina nicht allein sein wollen und so hatte ihre beste Freundin kurzerhand ihren Eltern eine SMS geschickt und bei Lina übernachtet. Bis spät in die Nacht hatten die beiden Mädchen über den Vorfall mit dem seltsamen Fremden geflüstert, konnten sich aber einfach nicht erklären, was daran so schlimm sein sollte, dass der Mann mit der Cordhose Lina eingestellt hatte. Nele hatte sie bis ins kleinste Detail über ihre Arbeit ausgefragt, aber außer der Tatsache, dass im Mitternachtsladen etwas ungewöhnliche Artikel verkauft wurden, hatte sie ihr nichts erzählen können. Keine geheimen Verkäufe unter der Ladentheke, keine dubiosen Gestalten oder Lieferungen; einfach nichts. Als Nele schließlich eingeschlafen war, hatte Lina noch eine Zeit lang mit einem unbestimmten Gefühl der Sehnsucht im Bauch wach gelegen. Sie sehnte sich nach dem Mitternachtsladen, mehr noch als nach Brendan, obwohl beides in ihren Gedanken schon zu einem verschmolzen war.

»Was verstehst du nicht?«

Linas Mutter betrat die Küche und Lina trat ihrer Freundin unter dem Tisch ans Schienbein. Zum Glück reagierte diese sofort.

»Warum es Menschen gibt, die morgens auf Kohlenhydrate verzichten.« Sie deutete auf ihren Toast. »Man kann einen Tag doch nicht besser beginnen, oder, Frau Dornscheidt?«

Linas Mutter lachte.

»Jeder hat eben andere Vorstellungen von einem gesunden Frühstück«, meinte sie und drehte sich zur Arbeitsplatte um. Lina fiel auf, wie sie mühelos mit der rechten Hand nach dem Wasserkocher griff, um sich einen Tee aufzubrühen.

»Mama!«, rief sie aus, »Du trägst ja gar keinen Verband mehr!«

Ihre Mutter drehte sich zu ihr um, hob die Hand und bewegte den Daumen hin und her. Sie konnte ihn gut bewegen.

»Ja, die Wunde ist verheilt. Muss wohl an der Salbe liegen, die du mir hingestellt hast. Wo hattest du sie eigentlich her?«

Lina überlegte fieberhaft. Auf keinen Fall wollte sie ihrer Mutter vom Mitternachtsladen erzählen, immerhin glaubte diese, sie würde immer noch im Kino arbeiten. Zu ihrem Glück kam ihr Nele zu Hilfe.

»Ach, hat die Frau von deinem Chef die gemacht? Die macht so was öfter, oder?«

Lina blickte ihre Freundin dankbar an. »Ja«, stimmte sie zu, »Frau Holbach hat auch die Badebomben gemacht, die ich dir zum Geburtstag geschenkt habe. Ich hatte nebenbei erzählt, dass du«, sie wandte sich wieder an ihre Mutter, »dich böse geschnitten hast, und am nächsten Tag hat Herr Holbach mir die Dose mitgebracht. Keine Ahnung, was darin war.«

Linas Mutter zuckte mit den Schultern.

»Ist ja auch egal, Hauptsache es hat geholfen.« Sie wackelte wieder mit allen Fingern ihrer rechten Hand. »Und was habt ihr Mädchen heute noch vor?«

Nele sah auf ihr Handy. »Ich muss jetzt erst einmal nach Hause. Meine Mutter schreibt, dass ich endlich meine Koffer auspacken und Wäsche waschen soll.« Sie seufzte theatralisch, stand auf und drückte Lina einen Kuss auf die Wange. »Wir reden später«, flüsterte sie ihrer Freundin ins Ohr.

Nachdem sie ausgiebig gefrühstückt hatte, beschloss Lina, mit einem guten Buch in den Park zu gehen und dort in der Sonne zu lesen. Sie hatte das schon öfter gemacht, doch seit vor zwei Tagen – war es wirklich erst zwei Tage her? – das Eichhörnchen dort auf ihrer Schulter gesessen hatte, war die Bank unter der Weide für sie ein wahrer Ort des Trostes geworden. Sie dachte an den frechen Nager. Ob er heute wieder auftauchen würde? Sie glaubte es nicht, aber zur Sicherheit nahm sie aus dem Küchenschrank, in dem die Backzutaten lagerten, eine Packung gehackter Walnüsse mit.

Fast Food, dachte sie grinsend. Das würde dem Eichhörnchen gefallen.

Wenig später saß sie auf der schattigen Bank und war ganz in ihr Buch vertieft, als sie etwas durch das Gras huschen sah. Es war das Eichhörnchen. Es flitzte über den Rasen auf ihre Bank zu.

»Das gibt es doch nicht«, murmelte Lina. Sie streckte die Hand aus.

»Komm her, kleiner Schatz«, lockte sie das Nagetier, das sich nicht lange bitten ließ und schnurstracks auf sie zugelaufen kam. Als es bemerkte, dass Linas Hand leer war, schaute es sie vorwurfsvoll an. Lina lachte.

»Schon gut, schon gut«, beruhigte sie das Tier. »Heute habe ich tatsächlich etwas für dich dabei.«

Sie öffnete ihren Rucksack, nahm die Packung mit den Walnüssen und schüttete einen Teil in ihre Hand. Das Eichhörnchen keckerte kurz und machte sich daran, die Leckerbissen zu verspeisen. Da bemerkte Lina, dass etwas am Hinterbein des Nagetiers hing. Ob sich ein kleiner Zweig in seinem Fell verfangen hatte? Sie sah genauer hin. Es verschlug ihr den Atem, als sie sah, dass jemand ein kleines, zusammengerolltes Stück Papier daran festgebunden hatte.

Wer macht denn so was?, dachte sie bei sich und begann ganz vorsichtig, die Schleife zu lösen, die das Band zusammenhielt. Dabei sprach sie beruhigend auf das Eichhörnchen ein, das sich jedoch nicht im Geringsten stören ließ und eifrig weiter Nüsse vertilgte. Lina entfernte das Band und rollte das Papier auf. Es war mit einer feinen, verschnörkelten Schrift versehen. Lina strich das Papier ganz glatt, um den Text besser lesen zu können. Als sie begriff, dass die Botschaft für sie war, war sie froh, schon zu sitzen, denn für einen kurzen Moment drehte sich die Welt ein wenig schneller als normal.

KAPITEL V

Lina drehte nervös den Zettel in der Hand und las zum vermutlich dreißigsten Mal die kurze Botschaft, die darauf stand. »Lina, möchtest du mit mir zu einer Party gehen? Dann triff mich heute Abend kurz vor Mitternacht im Wald an der Forsteinfahrt in der Nähe des Ladens. B.«

Sie stand mit ihrem Wagen mitten im Wald. An dieser Stelle führte ein mit einer Schranke abgesperrter Feldweg in den Wald hinein, der nur für Forstfahrzeuge freigegeben war. Die Straße hatte an der Stelle eine kleine Ausbuchtung, breit genug, dass ein oder zwei Wagen darauf Platz hatten. Lina hatte öfter beobachtet, wie Hundebesitzer dort parkten, um von dort aus mit ihren Vierbeinern zum Spaziergang aufzubrechen.

»Du bist verrückt«, schimpfte sie zum wiederholten Mal mit sich selbst. Was hatte sie sich nur dabei gedacht, der Aufforderung Folge zu leisten und mitten in der Nacht zu einem menschenleeren Ort zu fahren?

Sie wusste natürlich, dass sie gar nicht nachgedacht, sondern sich von ihrem Herzen hatte leiten lassen. Brendan wollte mit ihr ausgehen! Da war es doch egal, dass er sie im Stockdunklen in den Wald bestellte. Sicher wollte er nur verhindern, dass sein Vater mitbekam, dass sie ihn abholte.

Was für eine Art Party es wohl sein würde? Im Gegensatz zum Vortag hatte Lina dieses Mal darauf verzichtet, sich schick zu machen. Sie trug eine Jeans und ein schwarzes T-Shirt mit der Aufschrift »follow the white rabbit«, dazu rot-schwarz karierte Chucks. Weil sie nicht wusste, ob die Party draußen stattfand, hatte sie außerdem ihren schwarzen Lieblingshoodie mitgenommen. Ihre Haare trug sie offen. Als einziges Schmuckstück hing die Kette, die Nele ihr aus Mallorca mitgebracht hatte, um ihren Hals.

Während sie im Auto saß und in die Nacht hinauslauschte, überfielen sie Zweifel; zunächst die Üblichen. Ob sie Brendan nicht hätte zappeln lassen sollen, statt bei seinem ersten Annäherungsversuch zu springen? Immerhin hatte er sie zwei Tage vorher ganz schön dumm stehen lassen. Dann kamen die anderen Gedanken. Wieso war sie sich eigentlich so sicher, dass die Nachricht von Brendan kam? »B.« konnte schließlich alles Mögliche bedeuten. Vielleicht war die Nachricht auch für eine andere Lina bestimmt gewesen? Wer benutzte überhaupt Eichhörnchen als Postboten? Die Vorstellung, dass Brendan einen Brief schrieb, ihn zusammenrollte und am Hinterbein eines Eichhörnchens befestigte, war doch absurd.

Sie sah nervös auf die Uhr. Seit ihrer Ankunft waren erst wenige Minuten vergangen. Brendan würde ihr einiges zu erklären haben, wenn er eintraf. Falls er eintraf. Aus der Dunkelheit jenseits der Windschutzscheibe ertönte das leise Rufen eines Käuzchens. Lina lief es kalt den Rücken hinunter. Vielleicht war die Nachricht nicht von Brendan. Vielleicht war sie von dem unheimlichen Fremden mit dem schwarzen Hut! »Ich werde sie suchen, nein, ich werde sie finden«, hörte sie ihn in Gedanken wiederholen. Was um alles in der Welt tat sie hier? Dieser Irre könnte sie hierher bestellt haben, um sie diskret aus dem Weg zu schaffen! Niemand wusste, dass sie hier war, nicht einmal Nele, der sie ihr Vorhaben verschwiegen hatte – in dem Wissen, dass ihre beste Freundin sie davon abgehalten hätte.

Sie steckte den Schlüssel ins Zündschloss. Noch war Zeit abzuhauen, und die Sache zu vergessen. Der Motor sprang nicht an. Sie schickte ein Stoßgebet zum Himmel und versuchte es erneut, hielt jedoch mitten in der Bewegung inne und starrte wie gebannt in den Wald vor ihr. Brendan trat zwischen den dunklen Bäumen hervor. Er bewegte sich mit einer selbstsicheren Anmut, die Lina den Atem anhalten ließ. Unwillkürlich musste sie an einen Hirsch denken, der majestätisch eine Lichtung betrat.

Vermutlich hätte sie besser darüber nachgedacht, wieso ihre Verabredung durch den dunklen Wald schlich, statt an der Straße entlangzugehen, wie es normale Menschen taten. Und das auch noch ohne Taschenlampe. Aber diese Gedanken kamen Lina gar nicht.

Brendan hob grüßend die Hand. Sie erwiderte die Geste und wartete, dass er zu ihr ins Auto stieg, doch er blieb am Rand des Waldes stehen. Zögerlich stieg sie aus.

»Ich freue mich, dass du gekommen bist«, sagte Brendan. »Ist das nicht eine herrliche Nacht?« Er deutete zum Himmel, wo man, versteckt zwischen den Bäumen, den vollen Mond erahnen konnte. Lina nickte.

»Also, wohin fahren wir?«

Ein Lächeln erschien auf Brendans Gesicht.

»Fahren? Wir fahren nirgendwohin. Komm mit!« Er streckte ihr die Hand entgegen, doch Lina schaute ihn völlig entgeistert an.

»In den Wald? Mitten in der Nacht?«

Sein Lächeln blieb.

»Vertraust du mir?«

Und aus welchem Grund auch immer, ergriff sie seine Hand.

»Raus mit der Sprache, was ist das für eine seltsame Party mitten im Nirgendwo? Gibt es da irgendwo eine Grillhütte oder einen verlassenen Bunker, oder sowas?«

Sie waren eine Zeit lang schweigend durch den Wald gegangen; Hand in Hand. Ein kurzes Stück waren sie einem schmalen Weg gefolgt, doch dann hatte Brendan sie mitten durch den Wald geführt, wo sie noch nicht einmal einem Trampelpfad folgen konnten. Brendan schien jedoch genau zu wissen, wohin er sie führte. Er bewegte sich mit einer solchen Sicherheit über den unebenen Boden, dass auch Lina ihm folgen konnte, ohne zu stolpern.

»Wir sind gleich da«, antwortete Brendan ausweichend und blieb kurz stehen, um ihr über einen umgefallenen Baumstamm zu helfen. Als sie kurz das Gleichgewicht verlor, zog er sie näher an sich und legte seinen zweiten Arm um ihre Taille. Er hielt sie einen Augenblick länger als nötig, viel zu lang und doch zu kurz. Sein Haar fiel ihm in die Stirn und gab ihm ein verspieltes Aussehen. Ihre Gesichter waren sich ganz nah.

»Komm«, flüsterte er. »Es ist wirklich nicht mehr weit.«

Sie folgte ihm durch den dichten Wald. Noch nie hatte sie sich so tief hineingewagt, doch sie verspürte keine Angst. Die warme Hand in ihrer verlieh ihr Sicherheit.

Plötzlich öffnete sich der Wald und sie standen auf einer kleinen, kreisrunden Lichtung, die an den Seiten von eng beieinanderstehenden Laubbäumen umsäumt wurde. In der Mitte der freien Fläche lagen, ebenfalls im Kreis angeordnet, mehrere Steine. Sie waren etwa kniehoch, unregelmäßig geformt und mit dichtem Moos bedeckt. Der Boden zwischen ihnen war mit unzähligen weißen Blüten übersät, deren Blütenblätter zarte violettfarbene Muster aufwiesen. Der Mond tauchte die Szene in ein mystisches Licht. Lina hielt den Atem an.

»Ich wusste nicht, dass es hier so schöne Orte gibt«, flüsterte sie.

Brendan lächelte sein typisches, schiefes Grinsen, bei dem er nur den rechten Mundwinkel hob.

»Du warst wohl noch nie so tief im Wald, richtig?«

Lina musste ihm recht geben. Sie war kein Fan von Waldspaziergängen oder gar Jogging und die seltenen Male, die es sie bislang in den Wald verschlagen hatte, war sie brav auf den offiziellen Waldwegen geblieben. Dennoch hätte sie sich nicht träumen lassen, dass es praktisch direkt vor ihrer Haustür einen Platz gab, der einem Naturführer »Magisches Deutschland« zu entspringen schien. Sie näherte sich dem Kreis und ging in die Hocke, um das Moos auf einem der Steine zu berühren. Es fühlte sich weich an und erstaunlich warm.

»Wir sind da«, sagte Brendan und deutete auf die andere Seite der Lichtung. Dort neigten sich zwei Birken einander zu und bildeten mit ihren herabhängenden Ästen eine Art Durchgang. Lina rappelte sich auf. Zusammen mit Brendan trat sie zu den beiden Bäumen.

»Vertraust du mir?«, wiederholte er seine Frage. Lina nickte. »Dann schließe die Augen.«

Lina atmete tief ein und ergriff Brendans Hand, ohne selbst zu wissen, ob dies eine Geste der Angst oder des Mutes war. Sie schloss die Augen und ließ sich von Brendan tiefer in den Wald führen. Blätter streichelten ihr Gesicht. Sie waren nur wenige Schritte gegangen, nicht mehr als vier oder fünf, da schien es Lina durch die geschlossenen Augen, als wäre ihre Umgebung ein wenig heller geworden. Ein warmer Hauch traf sie von vorne und wärmte ihre Wangen. Gleichzeitig hörte sie Musik.

»Augen auf!«, sagte Brendan und Lina öffnete die Lider.

Was sie sah, verschlug ihr den Atem. Sie standen auf einer weitläufigen Wiese, die mit saftigem Gras bedeckt war. Direkt vor ihr loderte ein Lagerfeuer, um das sich zahlreiche Menschen niedergelassen hatten. Sie saßen auf großen Steinen und Baumstämmen. Manche hatten leichte Tücher um ihre Schultern gelegt und mehrere Trinkbecher wurden von Hand zu Hand gereicht. Lina entdeckte auch den Ursprung der Musik, die sie gehört hatte: Im Feuerschein saß ein alter Mann mit einer Harfe, über deren Saiten er nahezu zärtlich strich, um dem Instrument seltsam berührende Klänge zu entlocken. Überall standen Grüppchen von Leuten zusammen, die sich unterhielten und miteinander scherzten. Am Rand der Wiese hatten sich einige Pärchen zurückgezogen und saßen eng umschlungen auf Decken oder lagen einfach im nackten Gras und deuteten zu den Sternen hinauf.

Lina drehte sich zu Brendan um. Ihre Augen leuchteten.

»Überraschung gelungen?«, fragte Brendan leise. Statt einer Antwort schmiegte Lina sich einem plötzlichen Impuls folgend an ihn und legte ihre Wange an seine Brust. Brendan zögerte kurz, doch dann schlang er beide Arme um sie und zog sie noch enger an sich. Einen Moment lang verharrten sie so, dann löste Brendan sich sanft von ihr.

»Etwas zu trinken?«, fragte er und Lina nickte eifrig.

Brendan zog sie an der Hand mit sich zu einer kleinen Gruppe, die in der Nähe des Lagerfeuers an einem großen Baumstumpf stand, den sie als Tisch improvisiert hatten. Auf der unebenen Fläche befanden sich mehrere Windlichter mit weißen Kerzen, dazu eine bauchige Korbflasche sowie einige Tonbecher. Die Umstehenden, zwei Männer und eine Frau, begrüßten Brendan überschwänglich.

»Brendan, caraid«, rief einer der Männer und schlug ihm auf die Schulter. Er trug eine leichte Hose aus einem karierten Stoff sowie ein ärmelloses T-Shirt. Linda sah seine Armmuskeln spielen.

»Ich freue mich, euch zu sehen«, sagte Brendan, schlug dem zweiten Mann auf den Rücken und drückte der Frau einen Kuss auf die Wange. Sie verwuschelte ihm das Haar.

»Und wen hast du uns da mitgebracht?«, fragte sie mit einem neugierigen Blick zu Lina. Brendan schob Lina vor sich.

»Das ist Lina. Sie hat den Sommer über bei meinem Vater gearbeitet.« Die Anwesenden nickten, als würde das etwas über Lina aussagen.

»Lina, das sind Lynn und ihre Brüder Glenn und Yorick«

Glenn, der Mann mit der karierten Hose, drückte Linas Hand, während Yorick die Flasche entkorkte und eine perlende Flüssigkeit in zwei Tonbecher goss. Er reichte sie Lina und Brendan und hob seinen eigenen Becher.

»Sláinte!«, rief er und nahm einen tiefen Schluck. Die anderen taten es ihm nach. Lina hob andeutungsweise ihren Becher und nippte vorsichtig an ihrem Getränk. Es roch nach Äpfeln und schmeckte süß und herb zugleich.

»Noch etwas Stärkeres?« Glenn zog einen silbernen Flachmann aus seiner Hosentasche und warf ihn Brendan zu, der ihn geschickt auffing. Er führte die Flasche zum Mund und hielt sie dann Lina hin, doch sie schüttelte den Kopf.

»Du hast also beim ceannard gearbeitet?«, wandte sich die Frau an Lina. Im Gegensatz zu ihren Begleitern trug sie modernere Kleidung, kurze Jeansshorts, die ihre auffallend schönen Beine betonten, und ein weites Shirt, das die Schultern frei ließ. Lina kannte den Begriff nicht, ging aber davon aus, dass sie den Besitzer des Mitternachtsladens meinte.

»Ja, bis vor Kurzem. Ich habe dort die Regale sauber gemacht und Waren eingeräumt. Kennst du den Laden?«

»Ich war einmal dort«, erinnerte sich Lynn. »Es gibt dort eine tolle Auswahl an Kräutern.«

Unwillkürlich trat Lina das Bild der Frau vor Augen, die in jener Nacht, als sie allein im Laden gewesen war, am Regal mit den Kräutergläsern gestanden hatte. Hatte nicht damit das ganze Chaos angefangen? Brendan hatte alles versucht, damit die Kundin sie nicht im Laden sah. Und kurz darauf hatte ihr Chef ihr gekündigt. Aber hier hatte Brendan sie ohne Probleme seinen Freunden vorgestellt. Was stimmte hier nicht? Sie legte die Stirn in Falten. Die Situation war einfach zu kompliziert.

Sie spürte eine Berührung an ihrer Schulter.

»Alles in Ordnung?«

Lynn sah sie fragend an. Lina schüttelte sich kurz unmerklich, um sich von ihren Überlegungen loszureißen.

»Ich war nur in Gedanken, entschuldige.« Sie überlegte einen Moment angestrengt, wie sie das Gespräch weiterführen konnte. Small Talk war noch nie ihre Stärke gewesen.

»Seid ihr hier aus der Gegend?«, fragte sie schließlich.

»Nein, wir kommen von weiter her und sind nur zu Besuch. Wir haben uns Brendan angeschlossen, als wir hörten, dass er zu seinem Vater reist.«

Linda horchte auf. Das war die Gelegenheit, mehr über Brendan zu erfahren! Doch bevor sie nachhaken konnte, hörte sie das dumpfe Schlagen mehrerer Trommeln. Ihr Rhythmus war gleichmäßig und auf seltsame Art fordernd, so als würden sie nach Lina rufen. Sie spürte, wie die Erde unter ihr zu beben begann, als antwortete sie dem oberirdischen Drängen.

»Jetzt geht die Party richtig los!« Lynn klatschte in die Hände. Auch die Männer unterbrachen ihr Gespräch und schauten Richtung Feuer.

Im flackernden Schein der Flammen konnte Lina drei Männer ausmachen. Zwei von ihnen hatten sich Trommeln vor den Bauch geschnallt, auf denen sie mit großen Schlegeln den drängenden Rhythmus schlugen. Ein dritter Mann hielt eine kleinere Trommel, die er hoch in die Luft streckte. Mit der freien Hand begann er, einen eigenen Rhythmus zu schlagen, der gänzlich anders war, sich aber harmonisch in das dumpfe Schlagen der großen Instrumente einfügte. Einige der Menschen, die um das Lagerfeuer herum gesessen hatten, erhoben sich und begannen, passend zum Takt zu klatschen oder mit den Füßen auf den Boden zu stampfen. Die Musik wurde schneller, drängender. Es dauerte nicht lange, bis einige zu tanzen begannen.

»Komm mit!« Lynn packte Lina an der Hand und zog sie mit sich. Hilfesuchend wandte sie sich Brendan zu, doch der lachte nur und bedeutete ihr, mit ihrer neuen Bekannten mitzugehen. Widerstrebend ließ Lina sich mitziehen.

Sie fanden einen Platz am Rand des Lagerfeuers. Irgendjemand hatte mehr Holz aufgelegt, sodass die Flammen jetzt gut zwei Meter hochschlugen. Immer mehr Menschen folgten dem Ruf der Trommeln, bis sich die ganze Partygesellschaft am Feuer eingefunden hatte. Keiner konnte stillstehen, alle bewegten sich zum Ruf der Trommeln. Lina war fest entschlossen, es ihnen nicht gleich zu tun. Sie tanzte nie, wippte in der Disco allenfalls am Rand der Tanzfläche. Doch sie konnte sich dem Drängen der Trommeln nicht entziehen. Ohne ihre bewusste Zustimmung ließ ihr Körper sich mitreißen. Erst wippte sie zaghaft, dann begannen ihre Hüften, sich zu bewegen. Lynn neben ihr schien keine Hemmungen zu kennen. Sie hatte die Arme hochgerissen und sprang im Gleichklang mit den Trommeln wild umher. Ihre Ausgelassenheit war ansteckend. Es dauerte nicht lange und die beiden Frauen tanzten mit schnellen Schritten umeinander. Auch um sie herum wurde der Tanz immer ausgelassener und wie auf ein geheimes Kommando hin begannen alle, in einem großen Kreis um das Feuer herumzuwirbeln. Jemand packte Lina an der Hand und sie ließ sich mitreißen, reihte sich ohne nachzudenken in den Kreis springender und tanzender Körper ein. Plötzlich packte jemand ihre Hand und zog sie zu sich. Es war Brendan. Sein Gesicht war gerötet, seine Augen glänzten. Für einen Augenblick schien die Welt um sie herum zu verblassen und es gab nur noch sie beide. Brendan hielt ihre rechte Hand fest, mit der linken strich er ihr eine Haarsträhne aus dem Gesicht. Linas Herz pochte so laut wie vormals die Trommeln und wurde nicht leiser, als Brendan sich zu ihr beugte und sie küsste. Als sie sich voneinander lösten, drehte sich auch die Welt weiter und die beiden ließen sich wieder von der wirbelnden Menge mitreißen.

»Was haben wir denn da?«

Brendan blieb so abrupt stehen, dass Lina fast gestürzt wäre. Einen Moment lang war sie noch ganz im Taumel des Tanzes gefangen, und noch bevor ihre Sinne wieder die Details ihrer Umgebung wahrnahmen, spürte sie es:

Gefahr.

Dass Brendan sie etwas hinter sich zog, verbesserte das Gefühl keineswegs. Sein Körper, der vor wenigen Augenblicken noch völlig losgelöst um das Feuer gewirbelt war, war steif vor Anspannung, bereit, sich in einen Kampf zu stürzen.

»So eine wilde Party – und ich bin nicht eingeladen.«

Das Bedauern in der Stimme war nicht echt. Lina sah auf. Vor ihnen hatte sich ein junger Mann aufgebaut. Seine dunkle Gestalt war im Halbdunkel kaum zu erkennen.

Um sie herum kamen weitere Tänzer zum Stillstand und bildeten eine kleine Insel inmitten der noch immer ekstatisch kreisenden Menge.

Wieso konnte sie den Mann in dem Lärm überhaupt hören?, dachte Lina unwillkürlich.

»Arvid«, entfuhr es Brendan tonlos.

»Brendan«, entgegnete der Neuankömmling mit gespielter Freundlichkeit.

»Was willst du hier?« Brendan hatte sich keinen Millimeter bewegt.

»Ich und meine…«, ihr Gegenüber zeigte mit einer weit ausholenden Bewegung hinter sich, »…Freunde haben von eurer kleinen Feier gehört und wollten uns auch ein wenig amüsieren.«

Erst jetzt bemerkte Lina die schemenhaften Gestalten, die sich in einem Halbkreis hinter Arvid gruppiert hatten. Bei seinen Worten traten sie ein wenig aus den Schatten heraus. Feuerschein fiel auf ihre Gesichter. Es waren stolze, wilde Mienen. Sie trugen keine Waffen, aber die Art, wie sie sich bewegten, war eine einzige Drohgebärde.

»Außerdem haben wir gehofft, jemand ganz besonderen hier zu treffen«, fuhr Arvid fort. Er sah zu Lina hinüber. Seine Mundwinkel verzogen sich zu einem Lächeln.

»Wenn ich mich nicht irre, sind wir fündig geworden. Welch glücklicher Zufall.«

Wann waren die Trommeln verstummt? Eine atemlose Stille lag über der Wiese. Alle Anwesenden wandten ihre Aufmerksamkeit den beiden Kontrahenten zu.

»Sie ist mein Gast.« Brendan knurrte fast.

»Und der unsere.« Glenn und Yorick stellten sich breitbeinig neben Brendan und verschränkten die Arme. Auch hinter sich spürte Lina eine Bewegung. Es war Lynn.

»Komm mit mir«, flüsterte sie leise. Lina sah fragend

zu Brendan auf, der seinen Blick weiter auf Arvid gerichtet hielt. Er nickte jedoch fast unmerklich und drückte fest ihre Hand. Dann ließ er sie los und ging gleichzeitig einen entschlossenen Schritt nach vorne auf Arvid zu. Lynn ging langsam rückwärts und zog Lina dabei mit sich.

Dann ging alles sehr schnell. Aus den Augenwinkeln konnte Lina sehen, wie Arvid mit dem rechten Arm ausholte. Doch bevor seine Faust Brendans Kopf treffen konnte, hatte dieser sich weggeduckt und war unter dem Schlag hindurchgetaucht. Mit fast tänzerischer Eleganz umrundete er Arvid und brachte sich so in Position, dass sich sein Gegner selbst zu Fall brachte. Arvids Gefährten stürzten sich ebenfalls auf Brendan, doch bevor sie ihn erreichen konnten, sprangen Glenn und Yorick ihm zur Seite. Glenn versetzte seinem Angreifer einen harten Stoß vor die Brust, sodass dieser mehrere Schritte nach hinten taumelte. Yorick hatte weniger Glück. Sein Gegner zog einen dicken Ast hinter seinem Rücken hervor und erwischte ihn mit einem schweren Schlag am linken Arm.

Lynn zog Lina weiter. »Komm«, wiederholte sie eindringlich. »Du musst hier weg. Die Jungs können selbst auf sich aufpassen.«

Lina schaute noch einmal zu den Kämpfenden zurück. Die meisten der anderen Gäste hielten sich abseits, doch einige hatten sich ebenfalls in den Kampf eingemischt. Zwei Frauen in eng anliegenden Hosen und kurzen Kleidern hielten einen der Angreifer in Schach, indem sie um ihn herumtänzelten und immer wieder auf ihn zusprangen. Im Schein des Feuers sah Lina, wie ihre Lippen sich bewegten. Sangen sie etwa? Vermutlich hätten sie aufgrund ihres geringeren Gewichts keine Chance gehabt, wenn ihr Gegner sie ernsthaft angegriffen hätte, doch die

Taktik seiner Gegnerinnen verwirrte ihn und er drehte sich zunehmend orientierungslos im Kreis, wobei er immer öfter strauchelte.

In diesem Moment fiel Linas Blick wieder auf den immer noch am Boden knienden Arvid. Sein Blick traf ihren, hielt sie fest, beschwörend und auf unheimliche Weise siegessicher.

»Lasst das Menschenmädchen nicht entkommen«, schrie er. Mit einem überraschenden Satz sprang er auf und schlug mit der gleichen Bewegung Brendan, der hinter ihm stand, so heftig den Ellbogen ins Gesicht, dass dieser kurz aufschrie. Blut lief ihm aus der Nase und rann über seinen Mundwinkel hinunter zum Kinn. Arvid kümmerte sich nicht weiter um seinen Gegner, sondern griff in seine Tasche und zog etwas heraus. Immer noch fixierte er Lina mit seinem Blick. Wie gebannt starrte sie zurück. Langsam hob Arvid die rechte Hand und warf etwas in ihre Richtung. Unwillkürlich duckte Lina sich, doch der kleine Gegenstand, der aussah wie ein Stück gewundenes Holz, fiel mehrere Meter von ihr entfernt zu Boden.

»Lauf!«, schrie Lynn und zog heftig an ihrem Arm. Lina drehte sich um und rannte ihr nach. Lynn hielt auf die beiden Birken zu, durch die sie die Wiese betreten hatten. Plötzlich stellte sich jemand ihnen in den Weg. Lynn wich aus, doch Lina hatte den abrupten Richtungswechsel nicht kommen sehen. Sie verlor das Gleichgewicht und stürzte. Lynns Hand entglitt ihr.

»Steh auf!«

Lina lag auf der Seite. Als sie versuchte, sich aufzurichten, schrie sie auf. In ihrer linken Flanke pulsierte ein stechender Schmerz, der ihr jeden Atemzug erschwerte. Als sie instinktiv die Arme um ihren Bauch schlang, sah sie das Blut auf ihrer Hand. Lynn beugte sich über sie, erstarrte jedoch mitten in der Bewegung. Alle Farbe wich aus ihrem Gesicht. Lina folgte ihrem Blick. Auf dem Boden, nein, nicht auf, sondern unter dem Boden bewegte sich etwas, das die Wiese zerfurchte und nasse Erde nach oben trug. Lina keuchte. Was war das? In diesem Augenblick brach der Boden direkt vor ihr auf und mehrere Wurzeln traten aus der Erde heraus. Sie schlangen sich um Linas linkes Bein. Panisch wollte sie den Fuß wegziehen, doch die Wurzeln hielten sie fest und schlangen sich weiter um sie. Schon hatten sie ihren Oberschenkel erreicht. Lynn packte sie unter den Armen und versuchte sie wegzuzerren, doch das Geflecht hielt sie unbarmherzig fest. Lina schrie. Plötzlich kniete Brendan neben ihr. In der Hand hielt er einen Dolch. Er legte eine Hand auf Linas Oberschenkel und flüsterte etwas, was sie nicht verstehen konnte. Seine Finger lagen warm und fest auf ihrem Bein. Augenblicklich spürte sie, wie eine wohlige Zuversicht sie durchdrang. Ihr Atem wurde ruhiger. Sie sah, wie Brendan das handtellergroße Messer hob. Dann wurde es dunkel.

Als sie wieder zu sich kam, verharrte sie eine Weile in dem sicheren Zwischenraum zwischen Traum und Aufwachen. Nur langsam erlaubte sie ihren Sinnen, die Dinge um sie herum wahrzunehmen. Sie spürte weichen Stoff, der ihren Körper wärmte. Ihr Kopf versank fast in einem dicken Kissen. Mit dem Erwachen kehrte auch ihre Erinnerung zurück und ihr wurde klar, dass sie nicht mehr auf dem Boden am Rand der Wiese lag. Nur, wo war sie?

Sie beschloss, die Augen aufzuschlagen.

Als Erstes fiel ihr Blick auf eine weiß verputzte Decke, an der massive, vom Alter geschwärzte Balken entlangliefen. Da ihr dies nicht viel weiterhalf, drehte sie den Kopf und stellte fest, dass sie sich in einem kleinen Zimmer befand. Es war spärlich eingerichtet, wirkte aber warm und gemütlich. Neben dem Bett, in dem sie lag, stand ein Hocker, auf dem die Kleider lagen, die sie in der Nacht getragen hatte. Lina stutzte. Wenn ihre Kleider neben ihr auf einem Hocker lagen, was hatte sie dann an? Und viel wichtiger: Wer hatte sie ausgezogen?

Sie wollte sich aufrichten, doch ein plötzlicher Schmerz fuhr in ihre linke Seite und sie sank in die Kissen zurück. Der Schmerz ließ schnell nach, kehrte aber zurück, wenn sie tief einatmete. Sie erinnerte sich an ihren Sturz und die seltsamen Wurzeln, die nach ihr … gegriffen hatten? Sie dachte auch an Brendan, sah sein Messer im Mondlicht aufblitzen. Hatte er sie losgeschnitten? Was war danach geschehen?

Sie versuchte erneut, sich im Bett aufzurichten, und da sie dieses Mal behutsamer vorging, gelang es ihr. Sie schlug die Decke zurück und stellte fest, dass sie eine Art Nachthemd trug. Es war aus einem weißen Stoff gefertigt, hatte keine Ärmel und reichte ihr bis zu den Knien. Sie zog die Augenbrauen hoch. Wo auch immer sie sich befand, eins war klar: Niemand sollte sie in einem solchen Aufzug sehen.

Sie schwang die Füße auf den warmen Holzboden, stand auf und zog sich das Nachthemd über den Kopf, wobei ihre linke Seite wieder zu schmerzen begann. Sie zog scharf die Luft ein, als sie sah, dass ihr Körper mit einem großen Verband umwickelt war, der von ihrem BH bis kurz über ihren Bauchnabel reichte. Vorsichtig tastete sie über die Rippenbögen auf ihrer linken Seite. Die Berührung ließ sie leicht zusammenzucken. Hatte sie sich bei ihrem Sturz ernsthaft verletzt? Als sie nach ihrer Jeans griff, bemerkte sie, dass auch ihre linke Handfläche verbunden war. Sie schaute genauer hin: Über der gesamten Innenfläche klebte eine Art durchsichtiges Pflaster, unter dem sie einen langen

Riss in ihrer Haut ausmachen konnte. Sacht schloss sie die Finger zu einer Faust und öffnete sie wieder. Es tat nicht weh und das Pflaster folgte jeder Bewegung, ohne einzuengen oder zu verrutschen. Allem Anschein nach hatte sie sich bei dem Sturz die Hand aufgerissen. Das erklärte auch die dunklen Flecken auf ihrem T-Shirt.

Als Lina in ihre Chucks schlüpfte, hörte sie aus dem Nebenzimmer ein Geräusch. Eine Tür wurde geöffnet und sie hörte leise Stimmen. Stühle wurden gerückt, dann klapperte es, als würde Geschirr aus einem Schrank hervorgeholt. Lina stand auf und ging leise etwas näher zur Tür. Erleichtert atmete sie aus, als sie Brendans Stimme erkannte.»Sie müssten doch längst hier sein«, sagte er leise.

Eine Frauenstimme – Lynn? – antwortete ihm.

»Sicher gibt es eine einfache Erklärung. Vielleicht mussten sie noch etwas erledigen. Dein Vater weiß auf sich achtzugeben.«

»Trotzdem …« Wieder Brendans Stimme. »Solange Lina noch schläft, werde ich nach dem Rechten sehen.«

Lina wartete nicht ab, ob Lynn darauf etwas erwidern würde. Sie drückte die Türklinke herunter und betrat den Nebenraum.

Der Raum entpuppte sich als Küche und Herzstück des Gebäudes. Wie in dem Zimmer, aus dem sie gekommen war, waren auch hier Wände und Decke weiß verputzt und von dicken Balken durchzogen. Auf langen Regalbrettern an der Wand standen unzählige kleine und größere Behälter aus Glas, Ton und Holz. Von der Decke hingen dicke Bündel mit Kräutern. Auf der anderen Seite stand ein altertümlicher Herd, in dem ein echtes Feuer brannte und wohlig knisterte. Darauf stand ein Teekessel. Direkt vor sich konnte Lina durch ein großes Sprossenfenster nach draußen auf eine Waldlichtung sehen.

In der Mitte des Raumes saßen Brendan und Lynn an einem runden Tisch; jeder eine dampfende Tasse vor sich. Als Lina den Raum betrat, sahen beide auf. Lynn erhob sich, ging auf Lina zu und legte den Arm um ihre Hüfte.

»Du sollst doch gar nicht aufstehen«, schimpfte sie halbherzig. »Am besten setzt du dich gleich wieder hin.« Sie führte Lina zum Tisch und drückte sie sanft auf einen der Stühle. Dann trat sie hinüber zum Ofen, hantierte kurz mit dem Kessel und stellte Lina eine Tasse Tee hin.

»Hast du schlimme Schmerzen?«, fragte sie, als sie sich wieder setzte.

Lina schüttelte den Kopf und legte ihre Hände um die warme Tasse. »Nur, wenn ich mich heftig bewege.« Sie sah zu Brendan hinüber, der bislang noch nichts gesagt hatte. Er wich ihrem Blick aus.

»Wo sind wir hier?«, fragte Lina. Niemand antwortete ihr. Lynn sah mit einem fragenden Blick zu Brendan hinüber, doch dieser starrte nur in seine Tasse, als wäre auf ihrem Boden die Lösung für ein Rätsel verborgen.

»Ich will wissen, wo wir hier sind und wie ich hierher gekommen bin«, wiederholte Lina lauter und bemühte sich, ihrer Stimme einen festen Klang zu geben.

Brendan stellte seine Tasse ab.

»Nicht weit von der Wiese.« Endlich sah er sie an.

»Im Haus meines Vaters.«

»Im Haus deines … dein Vater lebt hier? In diesem Haus?« Lina sah von Brendan zu Lynn und war sicher, sich verhört zu haben. Doch Lynn nickte zustimmend.

»Hast du gedacht, er legt sich nachts auf den Waldboden?«, fragte Brendan. Er klang belustigt. Lina dachte an das Mal, als sie ihren Chef hatte im Wald verschwinden sehen. War er dann nach Hause gegangen? Wer hatte denn schon ein Haus mitten im Wald? Andererseits …

ungewöhnlicher als die Dinge, die ihr in letzter Zeit zugestoßen waren, war das auch wieder nicht. Sie hob die Hände.

»Schön, dann hat dein Vater eben ein Haus im Wald. Das erklärt aber noch nicht, warum ich hier bin.«

Lynn ergriff das Wort.

»Du hast dir bei deinem Sturz gestern die Rippen geprellt und bist ohnmächtig geworden. Wir haben dich hierher in das Haus des ceannard gebracht, weil er viele Kräuter und Heilmittel hat.« Sie deutete auf die Regale hinter Lina.

Lina blieb die Spucke weg.

»Ich war verletzt und ihr habt mich hierher gebracht? Warum habt ihr nicht einen Krankenwagen gerufen oder mich wenigstens nach Hause gebracht?«

Ihre Augen weiteten sich.

»Verdammt, meine Mutter? Sie macht sich bestimmt furchtbare Sorgen, ich habe niemandem gesagt, wo ich bin. Ich muss sie sofort anrufen.«

Sie griff in ihre Hosentasche und seufzte erleichtert, als sie ihr Telefon dort fühlte. Sie zog es heraus und schaltete es ein.

»Mist, kein Empfang«, schimpfte sie laut.

In diesem Moment traten Glenn und Yorick zur Tür herein. Hastig sprang Brendan auf, doch bevor er etwas sagen konnte, schüttelte Glenn den Kopf.

»Draußen ist alles ruhig. Aber deinen Vater haben wir nicht gesehen.«

»Das bedeutet aber nicht …«, setzte Lynn an, doch Brendan schlug mit beiden Händen auf den Tisch.

»Genug! Ich gehe in den Laden und sehe nach, was los ist.«

Lina stand ebenfalls auf.

»Dann gehe ich mit bis zu meinem Auto.«

Brendan schüttelte den Kopf.

»Du bist verletzt, du musst dich noch ausruhen.«

Lina biss die Zähne zusammen. Sie trat einen Schritt auf Brendan zu. Ihre nächsten Worte sprach sie langsam und betont.

»Ich komme mit.«

Yorick lachte und boxte Brendan spielerisch in die Seite.

»Der Wildfang zeigt dir, wo es langgeht, Brendan.«

»Lass mich vorher noch nach deinem Verband sehen«, bat Lynn.

Zögernd willigte Lina ein und die beiden Frauen gingen hinüber ins Schlafzimmer.

Lina zog ihr T-Shirt aus. Vorsichtig wickelte Lynn den Verband ab, der um ihre Brust lief. Als sie fertig war, betrachtete sie die Stelle an Linas linker Seite genau.

»Wunderbar, das sieht viel besser aus als gestern.«

Lina verrenkte sich, um ebenfalls einen Blick auf ihre Seite zu werfen. Direkt unter dem Abschluss ihres BHs zierte ein handgroßer blauer Fleck ihren unteren Rippenbogen. Nur dass der Fleck nicht blau war, sondern leicht grün-gelblich, so als läge die Verletzung schon einige Tage zurück.

Fragend schaute Lina zu Lynn. Diese lachte.

»Verrückt, nicht wahr? Der ceannard hat einfach die besten Heilmittel. Ich trage nochmal etwas von der Salbe auf, dann hast du morgen auch keine Schmerzen mehr.«

Sie ging zu einer kleinen Kommode, die auf der anderen Seite des Zimmers stand, und kam mit einem Tontöpfchen zurück. Als sie es entkorkte, stieg Lina ein angenehm würziger Duft in die Nase. Lynn entnahm mit den Fingern etwas von der gelblichen Paste aus dem Gefäß und trug es mit kreisenden Bewegungen auf die verletzte Stelle auf.

Als sie Lina den Verband wieder anlegen wollte, ergriff diese ihr Handgelenk.

»Lynn«, begann sie und ein flehender Unterton lag in ihrer Stimme. »Was ist hier los? Ich verstehe das alles nicht. Was ist da gestern auf der Wiese passiert? Haben mich wirklich …«, sie zögerte, »… Wurzeln angegriffen? Wie kann das sein? Das ist alles so merkwürdig. Und was weißt du über den Mitternachtsladen? Oder Brendan? Ich werde aus ihm überhaupt nicht schlau.«

Lynn schaute sie nicht an, als sie den Griff um ihr Handgelenk löste und begann, Lina den Verband umzulegen.

»Ich verstehe, dass dir das alles sehr seltsam vorkommen muss. Aber leider steht es mir nicht zu, deine Fragen zu beantworten. Brendan ist der Sohn des ceannard. Nur er kann entscheiden, was du wissen darfst.«

Sie befestigte das Ende der Bandage mit einer Klammer. Dann schaute sie Lina ins Gesicht.

»Ich kann dir aber versichern, dass wir alle dich beschützen.«

»Beschützen? Aber wovor denn?« Lina sprang auf. »Lasst mich doch alle in Ruhe mit eurer Geheimnistuerei. Ich will nur noch nach Hause. Sie schnappte sich ihren Hoodie und stürmte aus dem Zimmer.

Auf dem Weg zur Festwiese sprach niemand. Lina hatte beschlossen, kein Wort mehr mit Brendan zu reden. Sobald sie an ihrem Auto war, würde sie losfahren, ohne sich noch einmal umzudrehen, und sie würde nie wieder etwas mit ihm zu tun haben. Und wenn er noch zehn Eichhörnchen oder auch Einhörner schicken würde. Brendan schien es nur recht zu sein, dass sie ihn ignorierte. Er war der kleinen Gruppe immer drei Schritte voraus, seine Stirn war in Falten gelegt und sein Blick zu Boden gesenkt, als würde er nach Spuren suchen. Glenn und Yorick blieben bei Lina, stützten sie an unebenen Stellen und versuchten ansonsten, sie mit Bemerkungen aller Art aufzumuntern. Lynn war im Haus zurückgeblieben. Sie waren etwa eine halbe Stunde unterwegs, als der Waldweg in die Wiese mündete, auf der sie in der Nacht zuvor gefeiert hatten. Nur noch die Reste des Feuers, verbranntes Gras und verkohlte Holzscheite erinnerten an den wilden Tanz. Ansonsten war der Platz leer; Lina konnte weder Flaschen noch sonstigen Abfall entdecken. Brendan blieb stehen, warf einen Blick über die offene Wiese vor ihm und lief dann plötzlich los. Er hielt auf die beiden Birken zu.

»Daingead«, murmelte Yorick. »Da stimmt etwas nicht.«

Glenn nickte zustimmend, doch beide blieben an Linas Seite, die sich weder traute, schneller über den unebenen Boden zu laufen, noch überhaupt die Absicht hatte, hinter Brendan herzurennen wie ein liebestolles Hündchen. Also folgte sie ihm langsamen Schrittes über das morgenfeuchte Gras und versuchte die Nässe, die durch ihre Chucks drang, zu ignorieren. Brendan hatte inzwischen die Birken erreicht und verschwand zwischen den herabhängenden Zweigen.

»Kann der Idiot nicht auf mich warten?« Lina war wütend. Es war schließlich nicht ihre Schuld, dass sie etwas langsamer gehen musste. Und was war das überhaupt für eine Art, seine Begleitung einfach abzuhängen?

Als die drei den Durchgang zum Wald erreichten, stürzte Brendan ihnen nahezu entgegen.

»Ich kann die Seite nicht wechseln«, stieß er hervor.

»Was? Unmöglich!«

Yoricks Stimme neben ihr klang ungläubig. Glenn verließ seinen Platz neben Lina und hastete zu den Birken. Unwirsch bog er die Zweige zurück und tauchte an Brendan vorbei unter den Ästen hindurch. Es dauerte nicht lange, da kam auch er zurück. Seine Miene war ernst. Er sagte kein Wort, sah aber zu seinem Gefährten hinüber und schüttelte den Kopf. Lina hörte, wie Glenn neben ihr scharf die Luft einsog.

Brendan stand immer noch im Durchgang zwischen den Birken. Mit einer Hand hielt er sich die Zweige aus dem Gesicht. Sein Kopf war zum Himmel erhoben und er hatte die Augen geschlossen, als lausche er. Um seinen Körper herum flimmerte es, als hätte die Luft sich verdichtet und es den Lichtpartikeln erschwert, zu ihm durchzudringen. Lina kniff die Augen zusammen, um das Phänomen genauer zu betrachten, doch sie musste blinzeln. Als sie die Lider wieder hob, hatte auch Brendan seine Augen wieder geöffnet und der Effekt war vergangen.

Stattdessen konnte sie in seinem Gesicht Verzweiflung erkennen.

»Ich kann keine Verbindung spüren.«

»Das ist doch unmöglich«, mischte Glenn sich ein. »Wieso sollte denn ausgerechnet jetzt der Durchgang versperrt sein?«

Lina reichte es. Ihre Rippen taten weh, ihre Füße waren nass und sie machte sich Vorwürfe, ihrer Mutter nicht gesagt zu haben, wo sie hingegangen war. Oder zumindest irgendeine Ausrede aufgetischt zu haben.

»Seid ihr alle völlig durchgeknallt?« Sie wies auf die Birkenzweige. »Sowohl Brendan als auch Yorick sind gerade durch den Bogen hindurchgegangen! Also erzählt mir nicht, es würde nicht gehen! Von mir aus könnt ihr noch stundenlang hier herumstehen, ich gehe jetzt nach Hause.«

Entschlossen schritt Lina Richtung Wald. Brendan wich keinen Schritt zur Seite, sodass sie sich an ihm vorbeidrängen musste. Sie sah ihm ins Gesicht.

»Wenn du mich nicht zu meinem Auto bringen willst, finde ich den Weg sicher auch allein.«

Brendan sah gequält aus.

»Lina …«, begann er, brach aber mitten im Satz ab. Er hob die Hand, um sie an der Schulter zu fassen, doch sie schüttelte ihn ab.

»Dann eben nicht«, rief sie wütend und marschierte los.

Wie nicht anders zu erwarten, konnte sie problemlos zwischen den Ästen hindurchtauchen und stand nun auf der Lichtung mit den kreisförmig angeordneten Steinen. Am liebsten wäre sie einfach weitergelaufen, doch trotz ihrer Wut war ihr klar, dass sie den Weg durch den Wald nicht allein finden würde.

Hinter ihr trat Yorick zu Brendan und fasste ihn an der Schulter.

»Es ist besser, wenn sie es mit eigenen Augen sieht. Sie wird uns sonst nie glauben. Glenn und ich bleiben so lange hier und suchen nach Spuren.«

Brendan zögerte kurz, dann nickte er. Leichten Schrittes ging er an Lina vorbei und verschwand ohne ein weiteres Wort im Wald. Lina zuckte die Achseln und folgte ihm. Es dauerte nicht lange, bis sie zu der Stelle mit dem umgefallenen Baumstamm kamen, doch diesmal ignorierte Lina Brendans ausgestreckte Hand und kletterte ohne seine Hilfe darüber hinweg.

Kurz darauf führte Brendan sie zurück auf den Weg. Nun kamen sie schneller voran und Lina atmete erleichtert auf, als der Parkplatz und die Straße in Sichtweite kamen. Ihre Erleichterung verpuffte jedoch, als sie sah, dass ihr Auto nicht da war.

»Verdammte Scheiße«, brüllte sie erneut wenig gesittet, was ihr aber in diesem Moment nachzusehen war. Sie drehte sich zu Brendan um.

»Ist das hier ein Scherz von dir? Oder willst du mir allen Ernstes weismachen, dass jemand mitten in der Nacht meine alte Schrottkarre gestohlen hat?«

Brendan hob die Hände und machte einen Schritt auf Lina zu. »Bitte«, sagte er in einem fast flehenden Tonfall. »Bitte lass es mich dir erklären.«

»Dazu ist es jetzt zu spät. Ich will keine Erklärung von dir. Ich will überhaupt nichts von dir!«

Sie griff in der Tasche ihrer Jeans nach ihrem Handy, doch sie hatte immer noch keinen Empfang.

»Drecksding!«, fluchte sie laut.

Brendan war unbemerkt an sie herangetreten. Mit einer beruhigenden Bewegung nahm er ihr das Telefon aus der Hand und legt gleichzeitig seine zweite Hand auf ihre Schulter. Lina wollte ihn anfahren, doch irgendetwas ließ sie innehalten. Brendans Hand drückte schwer auf ihre Schulter, es fühlte sich an, als würde sie tiefer in den weichen Waldboden einsinken. Wärme breitete sich von der Stelle aus, an der er sie berührte, floss ihren Arm hinab, ihre Brust hinunter, in ihren Bauch. Die Wut löste sich auf und Lina konnte wieder atmen.

Brendan sah ihr in die Augen.

»Kannst du mir jetzt zuhören?«, fragte er leise.

Lina nickte.

Brendan deutete auf das Telefon in seiner Hand.

»Du kannst deine Mutter nicht anrufen, auch nicht, wenn du weiter den Weg entlangläufst. Du wirst hier keinen Empfang haben.«

Lina runzelte die Stirn, aber Brendan fuhr fort.

»Du wirst auch nicht zum Laden finden, wenn du der Straße folgst, und auch deinen Heimatort wirst du nicht finden.«

Er legte auch die zweite Hand auf ihre Schulter.

»Lina, dein Auto ist nicht hier, weil du es nie an dieser Stelle geparkt hast. Du bist nicht bei dir zu Hause. Du bist in meiner Heimat. In der Anderwelt.«

KAPITEL VI

»Auch wir sind aus der Anderwelt«, bestätigte Yorick. Er saß neben Lina auf einem der weißen Steine vor dem Durchgang zur Wiese. Brendan hatte Lina davon überzeugt, dass es besser war zurückzugehen, und ihr versprochen, ihr zusammen mit Glenn und Yorick alle Fragen zu beantworten. Zögernd hatte Lina zugestimmt und schweigend waren sie zurück zum Steinkreis gegangen. Dort hatten die beiden anderen bereits auf sie gewartet, doch Brendans Hoffnung, sie hätten einen Hinweis darauf gefunden, was passiert war, hatte sich zerschlagen.

Nun saßen sie nebeneinander auf den großen Steinen vor den Birken. Die Sonne stand hoch am Himmel und ihre Strahlen tauchten den Platz in funkelndes Licht. Ein sanfter Wind wirbelte die kleinen weißen Blüten des Waldklees durch die Luft. Wäre Lina nicht so verzweifelt gewesen, wäre ihr die verzauberte Schönheit dieses Ortes aufgefallen, aber so saß sie in sich zusammengesunken und mit angezogenen Knien auf einem Stein.

»Es muss schwer sein, das alles zu verstehen«, wandte Brendan sich wieder direkt an sie. »Auf eurer Seite weiß kaum jemand von uns. Aber nur, weil man etwas noch nicht gesehen hat, heißt das nicht, dass es nicht existiert.«

Lina sah ihn skeptisch an.

»Ihr wollt mir weismachen, dass ihr aus einer anderen

Welt kommt? Dass Brendan mich gestern Nacht mit in diese andere Welt genommen hat und wir aus irgendeinem Grund hier festsitzen?«

»Andere Welt ist nicht ganz richtig«, wandte Brendan ein. »Vor langer Zeit waren unsere beiden Lebenswelten nicht voneinander getrennt, sondern eins. Síodhach und Menschen lebten friedlich miteinander und Magie war ein normaler Bestandteil der Welt. Aber dann begannen die Menschen, alles zu hinterfragen. Sie wollten analysieren, sezieren, studieren. Und je mehr sie dabei dem Wesen der Dinge auf den Grund gingen, je mehr Naturgesetze und Geheimnisse sie zu verstehen glaubten, desto mehr schwand ihr Wissen um die Magie. Sie begannen, uns zu verleugnen.«

Brendan machte eine kurze Pause.

»Unsere Wälder, Haine und Seen gerieten in Vergessenheit. Wir gerieten in Vergessenheit. Für die wenigen Menschen, die noch um die alten Geheimnisse wussten, wurde es immer schwieriger, uns aufzusuchen. Und auch wir fanden den Weg in die Dörfer und Städte immer seltener. Unmerklich, aber unaufhörlich, trennten sich unsere Welten voneinander, bis sie nur noch an wenigen Orten miteinander verbunden waren.«

Stille folgte auf diese Worte, ungläubige auf der einen, trauernde auf der anderen Seite.

Dann ergriff Glenn das Wort.

»Das ist der Grund, warum unsere beiden Welten sich so sehr ähneln. Weil sie einmal eine Welt waren. Du kannst glauben, am gleichen Ort zu sein, nur dass du auf der einen Seite einen See hast, in dem Nixen leben – und auf der anderen Seite einen unbewohnten Staudamm.«

»Oder dass auf der einen Seite dein Auto steht, auf der anderen jedoch nicht«, warf Yorick ein.

Brendan nickte.

»Als würde man verschiedene Folien auf eine Landkarte legen«, murmelte Lina vor sich hin. Sie verstand das Konzept, das die drei Männer ihr vermitteln wollten, doch das hieß noch lange nicht, dass sie ihrer Geschichte auch Glauben schenkte. Sie wollte Beweise.

»Wieso sollte ich euch das glauben?«, fragte sie herausfordernd und sah nacheinander jedem der Anwesenden fest ins Gesicht.

»Ihr könntet euch genauso gut einen schlechten Scherz mit mir erlauben und mein Auto weggefahren haben. Ihr wollt aus einer anderen Welt stammen? Beweist es mir!«

»Lina …« Brendans Stimme war sanft. »Brauchst du denn wirklich noch einen Beweis? Denk an all die wundersamen Gegenstände, die du im Laden gesehen hast. Was war mit dem Schokoriegel? Der Salbe für deine Mutter?« Lina wurde schwindelig. Sie dachte an all die Dinge, die Brendan erwähnt hatte. Sie erinnerte sich an ihre Verletzung, die bereits verheilt war. Sie dachte an Wurzeln, die sich rasend schnell und zielgerichtet auf sie zubewegten. Eine einzelne Sache hätte sie als Sinnestäuschung oder Zufall abtun können, aber alle zusammen? Sie schloss die Augen und atmete tief aus. Ja, sie glaubte Brendan. Sie vertraute ihm noch immer. Aber wenn alles wahr war, was die drei Männer ihr gerade erzählt hatten – was bedeutete das? Welche Konsequenzen hatte es? Erneut überkam sie ein Schwindel, als ihr Weltbild zerbrach. Unter ihr bebte der Boden, unmerklich und doch so deutlich. Sie verlor den Halt, stürzte, fiel und blieb doch ruhig an ihrem Platz sitzen. Die Erde unter ihr knirschte und ächzte, als wolle sie sich schneller drehen. Nein, als würden sich tektonische Platten übereinanderschieben, wie damals, als die Erdoberfläche ihre jetzige Gestalt annahm. Dann war es vorbei. Die

Erde ruhte wieder in sich selbst. Lina öffnete die Augen. Brendans Blick lag auf ihr, er schien ihren inneren Kampf verfolgt zu haben. Es war nicht nötig, etwas zu sagen. Sie sah ihm in die Augen und er wusste, dass sie erwacht war.

In diesem Moment raschelte es im Gebüsch. Der besondere Moment der Verbundenheit zerbrach. Lina drehte den Kopf. Glenn und Yorick sprangen auf, kampfbereit, doch dann sahen sie das Eichhörnchen. Es sprang aus dem Schutz des Dickichts heraus in den Steinkreis. Als es an Lina vorbeihuschte, blieb es kurz stehen und zwinkerte ihr zu. Dann hüpfte es hastig weiter zu Brendan, stellte sich vor ihm auf die Hinterbeine und keckerte laut. Brendan hörte aufmerksam zu. Seine Miene verfinsterte sich und er sprang auf.

»Tails hat die Reste eines Rituals gefunden«, informierte er Glenn und Yorick. »Er will uns hinführen.«

Das Eichhörnchen war bereits Richtung Birken gesprungen und drehte den Kopf, als wolle es die Anwesenden zur Eile anhalten.

Auch Lina erhob sich. Nur kurz hinterfragte sie, ob das kleine Tier gerade tatsächlich mit Brendan kommuniziert hatte. Dann zuckte sie mit den Schultern. Außergewöhnlicher als alles andere, an das sie zu glauben beschlossen hatte, war das auch nicht.

Sie folgte den Männern auf die andere Seite des Birkentores. Das Eichhörnchen sprang einige Meter am Rand der Wiese entlang und schlug sich zielsicher in eine Schwarzdornhecke. Ohne auf die Dornen zu achten, folgte Brendan ihm.

Nur einen Augenblick später hörten sie ihn rufen.

»Hier ist etwas! Kommt her, es ist genügend Platz.«

Glenn folgte dem Aufruf, ohne zu zögern. Mit seinem rechten Arm hielt er die dornigen Zweige zurück und erleichterte Lina so den Zugang. Sie schlug die Kapuze ihres Hoodies hoch und zog die Ärmel des Pullovers so weit wie möglich über ihre Hände, um sich vor den Dornen zu schützen. Dann trat sie zu Glenn. Yorick blieb auf der Wiese zurück, um den Eingang zu bewachen.

Zu ihrer Überraschung war die Hecke weit weniger dick als gedacht. Nach etwa einem Meter befanden sie sich in einem runden Areal mit etwa drei Metern Durchmesser, das ringsherum von Hecken begrenzt wurde. Am Boden jedoch war nichts als nackte Erde, die aufgewühlt aussah, als hätte erst vor Kurzem jemand dort alle Pflanzen herausgerissen. Brendan kniete in der Mitte der freien Fläche. Durch seine Hand rieselte feiner Staub, den er scheinbar aus einer Vertiefung im Boden genommen hatte.

»Kristallasche«, sagte er.

Er begann, die Asche in der Vertiefung zu durchwühlen. Einen Augenblick später hielt er einen kleinen Gegenstand in die Höhe. Lina trat einen Schritt näher, um ihn besser sehen zu können. Er sah aus wie ein länglicher Kristall, ähnlich den Bergkristallanhängern, die oft in Esoterikläden angeboten wurden, doch war dieser hier nicht klar und durchscheinend, sondern trüb und von dunklen Schlieren durchzogen.

Glenn begann, den Rand des Platzes abzulaufen. Er ging dabei gebückt, als würde er den Boden absuchen. Als er wieder bei Lina ankam, nickte er Brendan zu.

»Kerzenreste«, sagte er und deutete auf verschiedene Stellen rings um den Platz. »Da, da und dort.«

»Eine vierte müsste bei euch positioniert gewesen sein«, erwiderte Brendan.

Lina sah zurück zu der Stelle, an der sie durch die Hecke getreten waren, konnte jedoch nichts erkennen. Sie ging in die Hocke. An einer Stelle hatte Glenns Stiefel einen tiefen

Abdruck hinterlassen. Als sie mit der bloßen Hand durch die Erde fuhr, blitzte etwas Hellgrünes auf. Sie schob die Erde beiseite und entdeckte einen Wachsrest, den sie herauszog und Glenn zuwarf. Dieser nickte bestätigend.

Brendan stand auf und sah sich prüfend in dem kleinen Areal um. Vom Zentrum aus ging er jeweils einen Schritt auf die Stellen zu, auf die Glenn zuvor gedeutet hatte, dabei wischte er mit dem Fuß über den aufgewühlten Boden. Was er sah, schien ihn nicht zu erfreuen.

Das Eichhörnchen begleitete ihn und sprang keckernd zwischen seinen Beinen umher.

»Du hast recht, mein Freund«, wandte sich Brendan an den kleinen Nager. »Hier hat es stattgefunden.«

»Was denn?«, wollte Lina wissen.

»Das Ritual«, mischte Glenn sich ein.

Lina schauderte. »Ich hoffe, du meinst damit nicht, dass hier jemand eine Katze geopfert hat, oder so.«

Glenn schüttelte den Kopf. Brendan trat an sie heran.

»Das nicht. Aber was sie getan haben, ist um vieles schlimmer.« Er sah Lina an. Zu ihrem Entsetzen stellte sie fest, dass seine Augen voller Tränen waren.

»Irgendjemand hat gestern Nacht hier ein Ritual abgehalten und das Tor zwischen unseren Welten zerstört.«

»Woher hatten sie solche Macht?« Auch Glenn klang betroffen.

Brendan hob die Hände. »Ich habe keine Ahnung. Sie müssen sehr viel mächtiger sein, als wir wussten.«

»Meinst du mit »sie« die Leute, die uns gestern angegriffen haben?«

Brendan nickte.

»Ja«, sagte er bedächtig. »Vermutlich.«

Tiefe Schatten lagen unter seinen Augen.

»Momentan können wir hier nichts ausrichten. Lasst

uns zurück ins Haus meines Vaters gehen und dort besprechen, was zu tun ist.«

»Warum machen wir nicht auch ein Ritual und öffnen ein neues Tor?«

Sie saßen im Haus des ceannard. Lynn hatte sie mit einer Kanne heißen Tees empfangen, als hätte sie gewusst, dass die kleine Gruppe gleich zurückkehren würde. Lina legte dankbar die Hände um die heiße Tasse und genoss den warmen, nach Kräutern duftenden Dampf. Glenn saß ihr gegenüber und schraubte den Deckel vom silbernen Flachmann ab, um einen kräftigen Schluck daraus in seinen Tee zu kippen. Dann reichte er die Flasche wortlos an Yorick weiter, der seit ihrer Rückkehr unruhig zwischen Fenster und Tisch hin- und herlief. Das Eichhörnchen saß auf der Fensterbank und knabberte an einer Nuss, die Lynn ihm hingelegt hatte. Im Gegensatz zu allen anderen schien der kleine Nager völlig entspannt.

Lina sah zu Brendan hinüber, der am Kopfende des Tisches saß und in seine Tasse starrte. Seit er Lynn in knappen Worten berichtet hatte, was sie im Inneren der Hecke vorgefunden hatten, hatte er geschwiegen. Auch Linas Frage beantwortete er nicht.

»Weil wir es nicht können«, sagte stattdessen Yorick schlicht.

»Vielleicht doch«, warf Lynn zögernd ein.

Yorick schnaubte.

»Seit wann bist du eine draoidh? Nur weil du in die Zukunft sehen kannst, kannst du noch lange keine Übergänge öffnen.«

Lynn hob abwehrend die Hände.

»Das behaupte ich auch gar nicht. Aber vielleicht gibt es einen Weg, wenn wir zusammenarbeiten. Die anderen haben es doch auch geschafft.«

»Die anderen hatten auch einen Dvergaquarz«, warf Glenn ein. Erneut schraubte er den Deckel des Flachmanns auf, um etwas daraus in seine Tasse zu schütten, doch dann zuckte er mit den Schultern und genehmigte sich einen Schluck direkt aus der Flasche.

»Also müssen wir als Erstes einen solchen Kristall finden?«, fragte Lina. »Wo gibt es sie? Im Mitternachtsladen würden wir bestimmt einen bekommen. Vielleicht hat dein Vater hier einen versteckt? Oder gibt es einen ähnlichen Laden, wie den in meiner Welt, auch auf dieser Seite?«

»Dvergaquarze sind äußerst selten, und nur schwer zu finden«, sagte Lynn. »Ich selbst habe bis heute keinen gesehen.«

»Außerdem ist Portalmagie verboten.« Brendans Stimme klang heiser.

Alle wandten sich zu ihm.

Lina schnaubte.

»Und warum sollten wir uns daran halten? Die anderen haben es offensichtlich auch nicht getan, sonst säßen wir nicht hier.«

»Weil es gefährlich ist«, antwortete Brendan sachlich. »Das Gefüge zwischen unseren Welten ist sehr zerbrechlich. Die wenigen Übergänge, die es noch gibt, sind miteinander verbunden, und niemand kann wissen, welche Auswirkungen es hat, wenn an ihnen herumgepfuscht wird.«

Darauf erwiderte niemand etwas. Lynn stand auf, um einen zweiten Kessel Tee aufzusetzen. Lina starrte in ihre Tasse.

»Aber ich muss doch wieder nach Hause«, murmelte sie fast tonlos. »Was machen wir denn jetzt?«

Brendans Stimme war fest und bestimmt, als er ihr antwortete.

»Wir suchen einen anderen Übergang. Ich bringe dich zurück, das verspreche ich dir.«

Glenn rollte die Karte auf dem Tisch aus und benutzte die leeren Teetassen, um die Ränder zu fixieren. Lina staunte. Als Brendan Lynn aufgefordert hatte, eine Karte zu holen, hatte sie mit einem Atlas oder einem Straßenplaner gerechnet, nicht jedoch mit diesem überdimensionierten Stück vergilbtem Papier, das an eine Schatzkarte aus alten Piratenfilmen erinnerte. Die Oberfläche war über und über mit Linien, Zeichen und Wörtern beschriftet. Lina konnte die Umrisse Mittel- und Nordeuropas erkennen. Im Lauf der Zeit waren zusätzlich zur ursprünglichen Karte viele Markierungen angebracht, neue Linien gezogen und Symbole durchgestrichen worden.

»Hier sind wir.« Glenn deutete auf einen Punkt auf der Karte und fuhr dann suchend mit dem Finger darüber. Dann tippte er auf eine zweite Markierung.

»Und hier ist der nächste Übergang.«

Lina beugte sich vor. Glenns Finger ruhte neben einem Symbol, das einen Kreis mit einem sichelförmigen Ausschnitt zeigte. Sonne und Mond, dachte sie. Neben dem Zeichen standen zwei Worte: Augusta Treverorum.

»Trier!«, rief sie aus. Die anderen schauten überrascht zu ihr hinüber. Lina wurde rot.

»Augusta Treverorum, das ist die römische Siedlung, aus der die Stadt Trier hervorgegangen ist. Mit dem Zug sind wir in weniger als zwei Stunden dort.«

Lina fiel ein Stein vom Herzen. Noch bevor der Tag zu Ende ging, wäre sie wieder zu Hause. Noch war ihr nicht klar, wie sie ihrer Mutter ihre Abwesenheit erklären sollte, aber da würde ihr schon etwas einfallen. Sie schaute in die Runde. In den Gesichtern der anderen war nichts von ihrer Begeisterung zu lesen.

»Was ist denn?«, fragte sie. »Das sind doch gute Nachrichten!«

»Prinzipiell schon.« Brendans Worte kamen gedehnt, als versuche er, sich noch etwas Zeit zu verschaffen, bevor er die nächsten sprach.

»Nur gibt es hier in der Anderwelt keine Züge. Wenn wir kein anderes Transportmittel finden, werden wir zu Fuß gehen müssen.«

Lina schluckte.

»Aber das sind gut vierzig oder fünfzig Kilometer!«

Yorick lachte.

»Über unsere Wege ist es etwas näher, ich schätze um die 35 km. In acht Stunden sollten wir es schaffen.«

»Acht Stunden? Seid ihr verrückt?«

»Willst du nach Hause, oder nicht?«, mischte Brendan sich ein. »In unserer Welt laufen die Dinge eben etwas anders als bei euch. Und wir waren nicht darauf vorbereitet, heute Nacht eine längere Strecke zurückzulegen, sonst hätten wir uns Pferde besorgt. Aber nun muss es eben ohne gehen.«

Lina war nicht entgangen, dass Brendan von der kommenden Nacht gesprochen hatte.

»Wir gehen nicht direkt los?«

Brendan schüttelte den Kopf.

»Wir warten, bis der Mond aufgegangen ist. Bis dahin haben wir genügend Zeit, um uns auszuruhen und uns auf die Wanderung vorzubereiten.«

»Du solltest dich auch noch ein wenig hinlegen.« Lynns Stimme war sanft.

Nach ihrer Unterhaltung hatten sie und Glenn den Vormittag damit verbracht, die Vorräte des Meisters zu durchsuchen und für die Wanderung zu packen. Brendan hatte sich nach draußen aufgemacht, ohne zu sagen, was er dort wollte. Lina kam sich zunächst etwas verloren vor, doch die beiden anderen zogen sie in ihre Vorbereitungen mit ein, sodass ihr keine Zeit blieb, um zu grübeln. Außerdem hatte sie so die Gelegenheit, weitere Fragen zu stellen. Glenn hatte ihr erklärt, warum sie erst am Abend aufbrechen würden.

»Unser Rhythmus ist anders als der von euch Menschen. Während ihr in der Regel tagsüber wacher und aktiver seid, sind wir Nachtwesen. Erst wenn der Mond am Himmel steht, sind wir im Vollbesitz unserer Kräfte.«

»Aber bei uns gibt es doch auch Menschen, die lieber nachts wach sind. Mir fällt es auch schwer, abends früh ins Bett zu gehen, besonders wenn Vollmond ist«, widersprach Lina und ergänzte in Gedanken, dass sie morgens auch nicht im Vollbesitz ihrer Kräfte war und sich nur aus dem Bett quälte, weil sie zur Schule musste.

»Denk mal darüber nach.« Das war alles, was Glenn ihr augenzwinkernd darauf antwortete, bevor er es sich zusammen mit Yorick auf den Bänken neben dem Ofen bequem machte. Auch Lina legte sich wieder ins Bett, doch es dauerte lange, bis der Schlaf kam. Ihre Gedanken kreisten um die Geschehnisse der letzten Tage. Vor allem dachte sie an ihre Mutter, die bestimmt schon krank vor Sorge war. Wenn sie ihr oder Nele wenigstens eine Nachricht hinterlassen hätte. Sie verwarf den Gedanken sofort wieder. In dem Fall würde vermutlich bereits ein Suchtrupp der Polizei den Wald durchkämmen. Finden würden sie nichts, außer ihrem verlassenen Auto. Sie selbst war ja in dieser Anderwelt gefangen! Ein plötzlicher Gedanke beunruhigte sie: Was, wenn hier, wie in den alten Geschichten beschrieben, die Zeit anders verging als in der realen Welt? Vielleicht waren bei ihr zu Hause Jahre vergangen, während sie hier um ein Feuer getanzt hatte? Vielleicht, versuchte sie sich selbst zu beruhigen, war es aber auch genau andersherum und die Zeit verging hier schneller? In dem Fall hätte ihre Mutter ihr Fehlen vielleicht noch gar nicht bemerkt. Mit etwas Glück würde sie es schaffen, rechtzeitig zurückzukehren, bevor sie die Polizei einschaltete.

Endlich fiel sie in einen leichten Schlaf und für die nächsten Stunden machte Lina sich keine Sorgen, weder um ihre Mutter noch um sich selbst. Und schon gar nicht über seltsame Rituale und über den Boden auf sie zu rasende Wurzeln.

Als der Mond am Himmel erschien, brach die kleine Gruppe auf. Alle trugen Gürteltaschen und ein Bündel auf dem Rücken, in dem sie die wichtigsten Sachen für den Weg verstaut hatten. Nur Lina hatte man nichts gegeben.

»Für dich wird die Wanderung auch ohne Gepäck anstrengend genug«, hatte Yorick gemeint und ihr wohlwollend auf die Schulter geklopft. »Aber keine Sorge, zur Not haben wir etwas dabei, um dich wieder munter zu machen.« Er klopfte auf seine Brusttasche, wo er, wie Lina wusste, seinen Flachmann untergebracht hatte.

Brendan war erst kurz zuvor wieder mit tiefen Ringen unter den Augen in die Hütte zurückgekehrt. Schnell hatte er die Reste des Eintopfs, den sie gemeinsam zum Abendessen gekocht hatten, heruntergeschlungen und hatte zum Aufbruch gedrängt, sobald die Nacht hereinbrach.

Kurz bevor sie die Hütte verließen, hatte er Lina beiseite gezogen und ihr ein Bündel in die Hand gedrückt. Es war ein hauchdünner Überwurf aus einem ihr unbekannten Stoff, der sich wunderbar weich anfühlte.

»Den habe ich heute für dich angefertigt, damit du unterwegs nicht frierst.«

Lina drehte das Stück Tuch in ihren Händen. Sie konnte zwar nicht glauben, dass dieser dünne Umhang sie wärmen konnte, trotzdem rührte sie Brendans Geste.

»Danke«, sagte sie und umarmte ihn, einer plötzlichen Eingebung folgend. Einen Moment lang war Brendans Körper steif, doch dann wurde er weicher und schmiegte sich an ihren. Einen kurzen Moment lang verharrten sie so, dann strich Brendan Lina über den Kopf.

»Lass uns aufbrechen.«

»Ich glaube, es ist Zeit für eine Rast.«

Brendan hatte die Worte kaum ausgesprochen, da ließ Lina sich bereits auf den Boden sinken. Auf den ersten Kilometern waren sie noch gut vorangekommen und sie hatte sich der Illusion hingegeben, die Strecke ohne größere Probleme meistern zu können. Doch je weiter die Nacht vorangeschritten war, desto mehr hatten ihre Knie und Füße zu schmerzen begonnen, und sie war froh gewesen, kein Gepäck tragen zu müssen. Nun stand der Mond hoch am Himmel und auf den letzten Kilometern war sie immer öfter hinter der kleinen Gruppe zurückgefallen. Ihr war klar, dass Brendan die Pause nur ihretwegen einlegen ließ.

Sie wollte gerade ihre Chucks ausziehen, um ihre schmerzenden Füße auszustrecken, als Yorick zu ihr trat.

»Tu das nicht«, riet er ihr und ließ sich neben ihr auf den weichen Waldboden sinken.

»Es wird dir für einen kurzen Moment Erleichterung verschaffen, aber danach wirst du kaum mehr in deine Schuhe hineinkommen, weil deine Füße anschwellen werden.«

Lina stöhnte, band die Schnürsenkel aber wieder zu. Dann ließ sie sich nach hinten an einen Baumstamm sinken. Das Bündel mit Brendans Geschenk schob sie sich hinter den unteren Rücken, um es etwas bequemer zu haben.

»Wie schafft ihr das nur?«, fragte sie. Sie rieb sich mit der Hand über die schmerzenden Augen. Sie war hundemüde.

»Angeborener Vorteil«, grinste Yorick. »Und natürlich

Übung. Du willst gar nicht wissen, wie viele Kilometer wir schon zu Fuß zurückgelegt haben.«

Er zog seinen Flachmann aus seiner Brusttasche und hielt ihn Lina hin.

»Hier, trink das«, forderte er sie auf. »Und danach schließ die Augen und ruh dich für eine Weile aus. Ich wecke dich, wenn wir aufbrechen. Du wirst sehen, dann wird es dir wieder leichter fallen.«

Lina war zu müde, um zu protestieren. Sie nahm die Flasche und trank einen Schluck. Die Flüssigkeit war warm und von sirupartiger Konsistenz. Sie schmeckte nach Honig, Zimt und einer Menge Alkohol. Lina hustete, trank aber noch einen Schluck. Sofort fühlte sie sich wie in Watte gepackt. Bevor sie die Flasche zurückgab, schaute sie sich das Gefäß genauer an. Es war aus silbernem Metall gefertigt und rund, aber sehr flach. Auf einer Seite war eine detailreiche Distel eingraviert. Lina fuhr ehrfürchtig mit einem Finger darüber.

»Ein Familienerbstück«, sagte Yorick. »Diese Sporranflasche gehörte schon meinem Urgroßvater.«

Lina reichte sie ihm und lehnte sich wieder an den Baumstamm. Die Erschöpfung übermannte sie und sie schloss die Augen.

»Ruh dich aus, Kleines«, murmelte Yorick, doch Lina hörte ihn schon nicht mehr.

Wie versprochen, weckte Yorick Lina. Sie wusste nicht, wie viel Zeit vergangen war, doch sie fühlte sich merklich erholt. Auch ihre Füße schmerzten nicht mehr so wie zuvor. Sie blickte sich um. Die anderen waren bereits fertig zum Abmarsch. Lina erhob sich etwas unbeholfen und streckte sich, um die Steifheit aus ihren Armen und Beinen zu vertreiben. Zu ihrer Überraschung fühlten sich ihre Gelenke sehr viel geschmeidiger an.

»Wie neugeboren, was?« Yorick grinste sie an und klopfte vielsagend auf seine Hemdtasche. Lina erwiderte sein Lächeln.

»Dann mal los!«, rief sie in die Runde und die kleine Gruppe setzte ihren Weg fort.

Wenn Lina insgeheim geglaubt hatte, der Weg durch die nächtliche Anderwelt würde ihr weitere Geheimnisse und Zauber offenbaren, so wurde sie enttäuscht. Die Wanderung bot ihr nichts anderes als die schlichte Schönheit eines dichten Waldes und die mystische Anmut weiter Abgeschiedenheit. Wie anzunehmen war, trafen sie auf ihrem Marsch durch die Nacht keine anderen Wesen, weder Mensch noch Síodhach. Auch kein Tier ließ sich blicken, mit Ausnahme des Eichhörnchens. Es sprang durch die Äste der Bäume um sie herum, sauste Stämme hoch und runter und hangelte sich von Zweig zu Zweig. Ab und an gesellte es sich zur Gruppe, wobei es meist Brendans Nähe suchte. Einmal sprang es auch auf Linas Schulter und rieb seine Nase an ihrer Wange, bevor es wieder von dannen hüpfte.

In den frühen Morgenstunden wurde es kühl. Lina löste das Bündel, das sie um ihre Hüften trug, und wickelte den leichten Überwurf aus, den Brendan ihr gegeben hatte. Der Stoff war rechteckig geschnitten, die Seiten mit langen Fransen versehen. In der Mitte war ein Loch, durch das sie den Kopf steckte. Als sie ihren Zopf richtete, griff sie automatisch an ihren Hals, um zu überprüfen, ob sich ihre Halskette in dem Stoff verhakt hatte. Ihre Finger tasteten ins Leere. Sie zog den Umhang weiter nach unten und griff in den Ausschnitt ihres Hoodies, konnte aber nichts ertasten. Ob sie die Kette mit der Meerjungfrau verloren hatte? Lina fühlte kurzes Bedauern und Schuld gegenüber Nele. Dann zuckte sie mit den Schultern. Wenn sie das Schmuckstück verloren hatte, konnte sie jetzt nichts mehr daran ändern. Vielleicht war die Kette gerissen, als sie auf der Party gestürzt war. Oder sie hatte sich in ihrem Pullover verhakt, als Lynn sie ausgezogen hatte, und lag nun irgendwo im Haus des Meisters auf dem Boden. So oder so war sie wohl nicht mehr auffindbar und es brachte nichts, weiter darüber nachzudenken. Sie zupfte das neue Cape über ihrem Pullover zurecht. Es lag nahezu ohne Gewicht auf ihren Schultern und störte sie in keiner ihrer Bewegungen. Dennoch spürte Lina sofort, wie es ihren Schulterbereich wärmte und die durch die Kälte drohende Verspannung auflöste. Für einen kurzen Augenblick dachte sie an Brendans Umarmungen, fühlte seinen Arm um ihren Körper und spürte seinen Atem auf ihrer Haut. Dann zog sie den Stoff noch etwas enger um sich und beeilte sich, zu den anderen aufzuschließen.

Sie erreichten Augusta Treverorum im Morgengrauen. Lina staunte, als sie aus dem Wald heraustraten und die unter sich liegende Stadt sahen. In der Schule hatte sie zwar gelernt, dass Treveris mit einer fünfstelligen Einwohnerzahl eine der größten Siedlungen der römischen Kaiserzeit gewesen war, dennoch verschlug ihr die Größe den Atem. Vor ihr erstreckten sich nicht nur Fachwerkgebäude mit roten Dächern, sondern eine Vielzahl rechtwinklig angelegter Straßen, die die Stadt wie ein Raster aufteilten. Lina erkannte zudem verschiedene repräsentative Bauten, an deren Überresten sie erst vor Kurzem bei ihrer Shoppingtour vorbeigekommen war, unter anderem die Porta Nigra. Sie erinnerte sich an ein Modell der römischen Siedlung, das sie im Landesmuseum gesehen hatte. Doch dies hier war kein Modell. Vor ihr lag kein Abbild, kein Nachbau. Vor ihr lag tatsächlich die römische Siedlung Augusta Treverorum.

»Wahnsinn«, entfuhr es ihr.

»Wunderschön, nicht wahr?« Lynn war an ihre Seite getreten. »Wir haben in der Anderwelt nicht viele große Städte. Mir raubt es auch jedes Mal den Atem, wenn ich hier stehe.« Sie lächelte Lina von der Seite an.

»Lass uns sehen, ob wir noch Mustacei essen können, bevor wir zurück in deine Welt wechseln.«

Sie betraten die Siedlung durch das Handwerkerviertel. Lynn war schon öfter in Treveris gewesen und führte die anderen zielstrebig durch die mit Kies bedeckten Straßen. Es war noch früh am Morgen und nur vereinzelt sah man Menschen auf den Straßen, die bereits mit ihrem Tagwerk begonnen hatten. Die meisten trugen typisch römische Kleidung, meist einfache Tuniken aus ungefärbter Wolle. In einer Schmiede konnte Lina jedoch auch einen Mann beobachten, der gerade kalte Asche aus der Esse räumte. Er trug eine Leinenhose und ein Fell über dem sonst nackten Oberkörper. Lina hatte sich beim Betreten der Stadt unwohl gefühlt mit ihrer Kleidung, doch die Einwohner störten sich nicht daran.

»Sie sind an anders Aussehende gewöhnt«, erklärte Glenn auf ihre Nachfrage. »Du darfst nicht vergessen, dass wir hier nicht im historischen Treveris sind, sondern in dessen Version in der Anderwelt.«

Lina verstand. Auch wenn es so aussah – sie waren nicht in die Vergangenheit zurückgereist. Vielmehr waren sie in ein Treveris gekommen, das sich so in ihrer Welt niemals entwickelt hatte.

Lynn war derweil an einem kleinen Marktstand stehen geblieben, an dem eine Frau Backwaren feilbot. Sie trug einen langen rechteckigen Schal über ihrer Tunika, der an ihrer rechten Schulter mit einer reich verzierten Brosche befestigt war und bis zum Boden reichte. Wild gestikulierend gab sie einem jungen Burschen Anweisungen, der daraufhin mit einem hölzernen Schieber weitere Brötchen aus einem kuppelförmigen Ofen zog.

Lynn zog einen Lederbeutel aus einer ihrer Taschen und drückte der Frau einige Münzen in die Hand. Als sie zu ihnen zurückkam, trug sie ein Bündel in der Hand. Als sie es öffnete, kamen würzig duftende Brötchen zum Vorschein.

»Mostbrötchen«, schwärmte sie. »Ein Genuss! Ich esse immer welche, wenn ich hier bin.«

Lina nahm sich eines der duftenden Backwerke. Erst jetzt merkte sie, wie sehr ihr Magen knurrte. Das leicht rötliche Gebäck war noch warm und duftete nach Anis und Kreuzkümmel.

»Die Farbe kommt vom Traubensaft«, erklärte Lynn, die mit sichtlichem Genuss bereits ihr zweites Brötchen kaute.

Auch Lina biss in ihr Brötchen. Erst jetzt entdeckte sie die darin verarbeiteten Schafskäsewürfel. Am Boden des Brötchens war ein Lorbeerblatt eingebacken. Es schmeckte in der Tat köstlich.

»Das tut gut«, gab auch Yorick zu. Innerhalb kurzer Zeit hatten sie alles aufgegessen und Glenn reichte eine Flasche Wasser herum.

Mittlerweile waren die Straßen etwas belebter und sie mussten einem Karren Platz machen.

»Lasst uns zum Portal aufbrechen«, meinte Brendan schließlich und warf Lina einen Seitenblick zu.

»Schließlich sind wir hier, um unseren Gast wieder nach Hause zurückzubringen.«

Lina seufzte. Die römische Siedlung faszinierte sie und sie wäre liebend gern noch geblieben, um durch die Straßen zu streifen und sich alles anzusehen. Doch Brendan hatte natürlich recht, sie musste so schnell wie möglich in ihre Welt zurückwechseln und ihre Mutter anrufen.

Sie gingen in eine ruhige Seitenstraße, wo sie in einem Hauseingang die Karte des ceannard ausrollten. Neben dem Symbol für das Portal, der Sonnenscheibe mit der integrierten Mondsichel, waren drei übereinander liegende wellenförmige Linien eingezeichnet. Glenn runzelte die Stirn.

»Was meint ihr, was das bedeuten soll?«, fragte er die anderen.

»Das Tor muss irgendwo sein, wo sich Wasser befindet«, überlegte Lina. »Entweder irgendwo in der Mosel…«

»…was schlecht wäre«, fiel ihr Yorick ins Wort. »Das könnte ja überall sein.«

»…oder in einer der Thermen«, beendete Lina ihre Überlegungen.

»Im Norden der Stadt gibt es ein Badehaus«, rief Lynn aus.

»Das sollten wir uns ansehen«, beschloss Brendan und die kleine Gruppe machte sich auf den Weg.

Ihr Weg führte sie über das Forum, eine weitläufige Freifläche, die auf beiden Längsseiten von großen Häusern umsäumt wurde. Hinter den vorgelagerten Arkaden befanden sich Ladengeschäfte, in denen Lebensmittel wie Wein und Oliven, aber auch Keramik und Stoffe angeboten wurden. Das von Lynn erwähnte Badehaus lag kurz dahinter. Lina staunte über die Ausmaße der zweistöckigen Gebäude, die anscheinend um einen Innenhof herum gruppiert waren. Unter den rot gedeckten Dächern konnte Lina breite Fenster mit rundgemauerten Bögen erkennen. Direkt vor ihnen konnte man die Anlage über eine breite Freitreppe betreten.

»Jetzt kommt der schwierige Teil.« Lynn zeigte auf eine Tafel, die am Eingangsbereich stand. »Das Badehaus hat zwei getrennte Bereiche für Männer und Frauen, das bedeutet, wir können nicht gemeinsam hineingehen.«

»Ich gehe sowieso nicht in ein römisches Bad«, brummte Yorick. Glenn boxte ihn spielerisch in die Seite.

»Immer noch wasserscheu, was?«

Yorick brummte noch etwas vor sich hin, was niemand verstand.

»Der Übergang ist nicht im Badehaus.«

Überrascht drehten sich alle zu Brendan um. Er deutete auf die Wand neben dem Eingangsbereich, wo ein ausladender Brunnen plätscherte. Das Wasser floss aus mehreren Rohren, die in die Hauswand eingelassen waren, und ergoss sich über zwei Stufen in ein halbrundes Becken mit mehreren Metern Durchmesser. Auf den Stufen befanden sich Statuen aus hellem Stein in Form von Seejungfrauen, die sich über die Haare strichen und sehnsüchtig in die Ferne blickten. Im Becken erkannte Lina weitere Skulpturen: neben Fischen und Delfinen auch Gegenstände wie Amphoren und sogar eine Schatzkiste. Die mannshohe Darstellung eines männlichen Meereswesens mit langem Bart, einer Krone und einem Dreizack in der Hand überragte die ganze Szenerie.

Brendan trat einen Schritt näher an den Brunnen heran und setzte sich auf seinen Rand. Langsam tauchte er eine Hand in das Wasser. Als er sie wieder herauszog, nickte er.

»Hier sind wir richtig.«

Lina hob die Augenbrauen.

»Und jetzt?«

»Jetzt wird es Zeit für ein Bad«, lachte Lynn. »Aber keine Sorge: In der Regel kommt man auf der anderen Seite trocken an.«

Hoffentlich, dachte Lina. Es hätte ihr gerade noch gefehlt, klatschnass in Trier aufzutauchen.

Lynn umarmte sie.

»War schön, dich kennengelernt zu haben«, sagte sie.

»Kommst du nicht mit?«

Lynn schüttelte den Kopf und deutete zu Glenn und Yorick.

»Wir bleiben hier. Die beiden sind nicht passend angezogen. Und im Gegensatz zu unseren Leuten sind die Menschen in der Beziehung nicht sonderlich tolerant.«

»Außerdem wollen wir zurück zum Haus des ceannard«, ergänzte Yorick. »Wenn Brendan zurück bei seinem Vater ist, werden die beiden versuchen, einen Weg zu finden, einen Durchgang zu öffnen. Vielleicht können wir von der anderen Seite aus irgendwie helfen.«

Lina trat auf Glenn zu und umarmte ihn. Yorick schlug ihr wohlwollend auf die Schulter.

»Mach's gut, Kleines. Mögest du den Wind immer im Rücken haben.«

Lina nickte.

»Danke für den Trank heute Nacht.«

Sie wandte sich zu Lynn.

»Und dir danke ich dafür, dass du meine Verletzung so gut versorgt hast.«

Die junge Frau umarmte sie.

»Das habe ich gern gemacht. Pass gut auf dich auf. Und nimm dich vor Wurzeln in Acht!« Sie zwinkerte.

Lina wandte sich ab. Obwohl sie die drei erst seit weniger als zwei Tagen kannte, machte der Abschied sie traurig. Doch selbst wenn sie gewusst hätte, wie schnell sie ihre neuen Freunde wiedertreffen würde, wäre ihr der Abschied nicht leichter gefallen. Zu diesem Zeitpunkt allerdings wusste Lina noch nichts von den Gefahren und Wundern, die noch vor ihr lagen. Alles, was sie wusste, war, dass sie wieder zurück nach Hause musste. Dass sie nach Hause wollte. Und so stieg sie mit einem beherzten Schritt auf die kleine Mauer, die den Brunnen umgab. Brendan erwartete sie dort bereits. Er streckte seine Hand aus.

»Vertraust du mir?«, flüsterte er erneut und wieder erschien das schiefe Grinsen auf seinem Gesicht, das sie in den letzten Stunden so vermisst hatte. Sie nickte. Als sie zeitgleich einen Fuß nach vorne setzten, schloss sie die Augen.

»Die Fundamente dieser Anlage wurden erst in den 80er Jahren bei Bauarbeiten entdeckt.«

Statt kaltem Wasser spürte Lina festen, aber unebenen Boden unter ihren Füßen. Um sie herum hörte sie unterdrücktes Gemurmel und das Geräusch aneinanderschabender Rucksäcke und Jacken. Brendans Hand lag immer noch in ihrer. Sie öffnete die Augen und stellte fest, dass sie in einer Ruine standen. Hinter ihr erhob sich eine hohe Glaswand.

»Das muss das Museum sein, das über den Grabungsfunden errichtet worden ist«, flüsterte sie Brendan zu.

»Ihr zwei da hinten!«, ertönte die Stimme von eben wieder. »Bitte nicht auf die Ausgrabungsteile treten!«

Erst jetzt bemerkte Lina die Gruppe von Senioren, die nur wenige Meter von ihnen entfernt stand, und anscheinend gerade an einer Führung durch das Museum teilnahm. Die Leiterin der Gruppe, eine hagere Frau mittleren Alters, winkte Lina und Brendan ungeduldig zu.

»Kommen Sie bitte zurück auf den Weg!«

Erst jetzt verstand Lina, dass die Frau mit ihnen sprach. Wortlos zog sie Brendan mit sich und trat näher an die Gruppe heran, um weiteres Aufsehen zu vermeiden. Die Museumsmitarbeiterin wirkte zufrieden.

»Bei der nächsten Gelegenheit setzen wir uns ab.« Sie wisperte, um sich nicht erneut dem Unmut der Vortragenden auszusetzen. Brendan nickte zustimmend.

»Wenn sie mir dann alle bitte folgen würden.«

Die Begleiterin ging voran und die Gruppe setzte sich folgsam in Bewegung. Zum Glück schien niemandem aufzufallen, dass Lina und Brendan gerade erst zu ihnen gestoßen waren. Die beiden folgten den Besuchern auf dem angedachten Weg, doch nach der nächsten Abzweigung deutete Brendan auf ein Schild, das in Richtung Ausgang wies, und zog Lina mit sich. Wenige Augenblicke später verließen sie den Glasbau und standen auf einem offenen Platz, der teilweise mit roten Pflastersteinen bedeckt war. Sie bildeten ein Muster überkreuzter Linien auf dem Boden. Ihnen gegenüber befand sich ein Café, in dem ein Kellner damit beschäftigt war, die Außenbestuhlung für die ersten Gäste herzurichten.

Lina atmete tief aus. Sie kannte diesen Platz. Sie war wieder in ihrer Welt. Sie drehte sich zu Brendan um.

»Wir haben es geschafft! Wir sind auf dem Viehmarkt! Von hier aus sind wir in knapp zwanzig Minuten am Hauptbahnhof und in zwei Stunden sind wir zu Hause.« Sie griff in ihre Hosentasche. »Aber als Erstes rufe ich meine Mutter an. Keine Ahnung, was ich ihr erzählen …«

»Lina!«, unterbrach Brendan sie und packte ihren Arm. Seine Stimme war angespannt. Verwirrt blickte Lina ihn an.

»Was ist los?«

Statt zu antworten, zog Brendan sie in eine enge Umarmung. »Ich befürchte, man hat uns erwartet«, flüsterte er in ihr Ohr. »Schau mal zu dem Hauseingang hinter dem Café.«

Vorsichtig, ohne sich aus der Umarmung zu lösen, drehte Lina ein wenig den Kopf und blickte in die angegebene Richtung. Hinter den Stühlen und Tischen des Bistros konnte sie die Häuserwand erkennen. Und richtig, neben den großen Glasfenstern des Cafés, an einem Hauseingang, stand eine dunkle Gestalt. Die Kleidung des Mannes war unauffällig und auch sonst konnte Lina nichts ausmachen, was darauf hingedeutet hätte, dass es sich um ein Wesen der Anderwelt handelte. Er zog an einer Zigarette und warf den Stummel auf die Straße. Dabei blitzte in der Morgensonne etwas an seiner linken Hand auf: ein Ring, wie Lina vermutete. Immer wieder blickte der Mann zum Museum hinüber, doch nichts ließ erkennen, ob er Lina und Brendan entdeckt hatte oder sich für ihre Anwesenheit interessierte.

»Wie kommst du darauf, dass er wegen uns hier ist?«, flüsterte sie zurück. Dabei berührten ihre Lippen kurz Brendans Ohr. Sie spürte, wie er leicht erschauerte. Wie als Antwort strichen seine Finger kurz sanft über ihren Rücken.

»Intuition«, antwortete er ihr. »Außerdem trägt er einen Erkennungsring, wenn ich mich nicht täusche.«

»Was machen wir jetzt?«

»Wir tun so, als hätten wir nichts bemerkt, und gehen los. Mit etwas Glück erreichen wir den Bahnhof.«

Brendan löste sich von ihr.

»Welche Richtung?«

Lina überlegte kurz und entschied sich dann, nicht den direkten Weg zu nehmen, der sie näher an das Café und den unbekannten Beobachter geführt hätte. Stattdessen zog sie Brendan in die andere Richtung und führte ihn zwischen dem Museum und dem Sparkassengebäude entlang zu einer Straße. Brendan sah sich um. Niemand folgte ihnen.

Bereits nach wenigen Minuten machte die Straße einen Knick nach rechts und mündete in eine T-Kreuzung.

»Wenn wir hier links gehen, kommen wir direkt zum

Hauptmarkt«, sagte Lina, blickte dabei aber in die andere Richtung.

»Verdammt!«, entfuhr es ihr. Brendan zuckte zusammen.

»Der Mistkerl ist uns gefolgt.« Jetzt konnte auch Brendan den Mann sehen, der noch vor einigen Minuten in der Nähe des Museums herumgelungert hatte. Er schloss langsam, aber zielstrebig zu ihnen auf, wobei er sich genüsslich ein Kaugummi in den Mund schob. Das Papier ließ er achtlos auf den Boden fallen. Plötzlich beschleunigte er seine Schritte.

»Er hat uns entdeckt!« Brendan griff Lina an der Hand und zog sie links die Straße hinauf.

»Wenn wir es bis zum Markt schaffen, können wir dort vielleicht in der Menschenmenge untertauchen.«

Lina wollte ihm gerade zustimmen, doch sie hatte keine Zeit dazu. Ein zweiter Mann kam ihnen entgegen, ähnlich unauffällig gekleidet wie der erste, doch an dem triumphierenden Lächeln, das auf seinem Gesicht erschien, als er sie entdeckte, konnten sie erkennen, dass der Fremde nicht zufällig ihren Weg kreuzte. Hinter sich konnten sie hören, wie ihr erster Verfolger zu ihnen aufschloss.

Brendan sah sich hektisch um.

»Da lang!«, rief er und deutete auf den Eingang eines großen Kaufhauses, das auf der Ecke zwischen den beiden Straßen stand. Lina zögerte keine Sekunde und folgte ihm durch die breite Glastür ins Innere des Gebäudes. Im Inneren des Ladens war es kühl und still. Zu dieser Tageszeit fanden nur wenige Kunden ihren Weg hierher. Sie verlangsamten ihren Schritt und versuchten, sich einen Überblick zu verschaffen, ohne stehenzubleiben. Als sie im hinteren Bereich eine Rolltreppe entdeckten, reichte ein kurzer Blick, um eine Entscheidung zu treffen. An den verschiedenen Auslagen der aktuellen Sommermode vorbei gelangten sie zur Treppe. Brendan hatte bereits die erste Stufe betreten, als Lina einen Blick zurückwarf. Genau in diesem Moment betraten die beiden Männer den Laden. Derjenige, der sie bereits am Viehmarkt beobachtet hatte, entdeckte die beiden sofort. Er rief seinem Kumpan etwas zu und sprintete los, wobei er rücksichtslos eine Verkäuferin umstieß, die gerade eine Kleiderstange mit Ware an ihm vorbeirollte. Der Rollständer fiel laut polternd in eine Auslage und riss dabei zwei Schaufensterpuppen mit sich.

»Hey!«, rief die Verkäuferin, doch der Mann achtete nicht auf sie und lief weiter. Der andere wollte ihm folgen, wurde jedoch von dem verursachten Chaos behindert. Die kurze Verzögerung reichte den hauseigenen Sicherheitsleuten, um den Mann abzufangen. Es kam zu einem Handgemenge, doch Lina blieb keine Zeit, den Ausgang zu verfolgen. Sie hastete Brendan hinterher, der, immer zwei Stufen nehmend, bereits am oberen Ende angekommen war und sich nun zu ihr umdrehte.

»Komm!«, rief er und streckte die Hand nach ihr aus. Sie ergriff sie und ließ sich von ihm in die Herrenabteilung ziehen, wo sie sich hinter ein halbhohes Regal mit Pullovern duckten.

»Was machen wir nun?«, flüsterte Lina.

Brendan verzog den Mund.

»Wir müssen einen anderen Weg hier heraus finden«, antwortete er.

Vorsichtig schaute er hinter dem Regal hervor, zog sich aber direkt wieder zurück. Lina konnte ein Poltern hören und empörte Rufe. Ihr Verfolger hatte den oberen Stock erreicht. Sie runzelte die Stirn, als sie angestrengt nachdachte.

»Die Treppe«, entfuhr es ihr dann, zum Glück nur halblaut. Brendan sah sie fragend an.

»Es muss doch ein Treppenhaus hier geben, für Notfälle«, erklärte sie leise.

Brendan nickte. Beide ließen ihren Blick durch den Raum schweifen, soweit sie ihn überblicken konnten. Und tatsächlich konnten sie nicht allzu weit von ihnen entfernt ein grünes Schild mit einem weißen Pfeil erkennen.

»Versuchen wir es.«

Vorsichtig und in gebückter Haltung schlichen sie durch die Gänge und fanden an der Rückwand tatsächlich eine Tür mit der Aufschrift »Notausgang«. Ein schwerer Riegel lag davor.

Wie auf ein geheimes Kommando rannten sie los. Lina erreichte die Tür als Erste und drückte den Stangengriff nach unten. Sofort erfüllte ohrenbetäubender Lärm das Haus. Sie öffnete den Ausgang trotzdem vollständig, sodass Brendan hindurchschlüpfen konnte. Das Schrillen der Sirene hatte auch ihren Verfolger auf sie aufmerksam gemacht. Suchend schaute er sich im Raum um, bis sein Blick auf Lina und den geöffneten Notausgang fiel. Er rannte los. Lina ging von der Tür weg, doch bevor sie ins Schloss fallen konnte, schob sich ein Arm dazwischen und der Fremde drückte sie wieder auf. Lina schrie erschrocken auf. Wie hatte er sie so schnell erreichen können? Panisch fühlte sie, wie jemand sie am Handgelenk packte. Vergebens versuchte sie, ihren Angreifer abzuschütteln, der sich mittlerweile ganz durch die Tür geschoben hatte und sie mit einem hinterhältigen Grinsen ansah.

»Hab ich dich«, zischte er und wollte auch ihren zweiten Arm packen, als Brendan ihm einen Schlag gegen den Kopf versetzte. Ihr Angreifer sackte kurz zusammen. Lina ergriff die Chance und riss an ihrem Arm, bis ihr Handgelenk wieder frei war. Dabei fiel ihr Blick auf die linke Hand ihres Gegners. An seinem Mittelfinger trug er einen auffälligen Ring, der mit dem Sonne-Mond-Symbol verziert war, das sie bereits von der Karte kannte.

Schnell wich sie einen Schritt nach hinten. In dem Moment richtete sich der Fremde wieder auf und versuchte, Lina erneut zu packen. Geistesgegenwärtig streckte Lina ihr rechtes Bein vor. Der Mann blieb daran hängen, strauchelte und verlor das Gleichgewicht. Mit einem Aufschrei fiel er die steinernen Stufen hinunter und landete auf dem Treppenabsatz, wo er benommen liegen blieb. Brendan pfiff anerkennend.

»Gut gemacht! Und jetzt komm, bevor das Personal hier ist.«

Sie liefen die Treppe nach unten, wobei Lina versuchte, auf dem Treppenabsatz möglichst viel Platz zwischen sich und den immer noch am Boden liegenden Mann zu bringen. Als sie unten ankamen, konnten sie von oben lautes Rufen hören. Das Sicherheitspersonal hatte die Fluchttür erreicht und den verletzten Mann entdeckt. Rufe nach einem Krankenwagen wurden laut. So leise wie möglich öffnete Brendan die Tür nach draußen, die zum Glück nicht alarmgesichert war. Er bedeutete Lina mit einer Geste zu warten, und ging hinaus, wo er prüfend die Straße auf- und abblickte. Dann nickte er Lina zu, die ebenfalls durch die Tür schlüpfte und sie hinter sich ins Schloss zog. Aber erst als sie in eine kleine Nebenstraße einbogen, löste sich ihre Anspannung.

KAPITEL VII

Lange konnten sie allerdings nicht verschnaufen. Sie hatten kaum den Hauptmarkt erreicht, als Brendan Lina am Arm packte.

»Siehst du die Frau dort vorne?« Brendan deutete mit dem Kinn zur Mitte des Platzes, wo eine große Säule aufragte. Sie trug auf ihrer Spitze ein rot-goldenes Kreuz mit dem Abbild eines Lammes. Auf den beiden Stufen am unteren Ende der Säule erkannte Lina eine Frau, die mit dem Rücken zu ihnen stand. Sie trug Jeans, Turnschuhe und ein einfaches weißes T-Shirt. Ihre Haare waren schwarz und raspelkurz. Als die Frau ihre Hand hob, konnte Lina einen großen Ring an ihrem Mittelfinger entdecken.

»Verdammt«, entfuhr es ihr. Sie mussten hier weg, ehe sie entdeckt wurden! Der Weg zur Porta Nigra und Richtung Bahnhof war ihnen allerdings versperrt.

»Rückzug«, wies Lina Brendan an. Sie drehten sich um und gingen zurück in die Richtung, aus der sie gekommen waren, bogen dann aber am Spielzeugmuseum in eine Seitengasse. Angespannt lauschte Lina, ob jemand hinter ihnen herkam, vermied es jedoch, sich umzudrehen.

»Was machen wir jetzt?«, wollte sie von Brendan wissen, ohne ihren Schritt zu verlangsamen. In diesem Moment sprang sie etwas von der Seite an. Lina schrie auf und machte vor Schreck einen Schritt zurück. Dann erkannte sie ihren Angreifer und musste lachen. Vor ihr saß eine rotweiß getigerte Katze und schaute sie aufmerksam an.

»Du hast mich ganz schön erschreckt«, schmunzelte Lina, wurde aber direkt wieder ernst. »Leider habe ich keine Zeit für dich.«

Sie versuchte, an der Katze vorbeizugehen, doch diese drückte sich eng an ihren Beinen entlang. Um ein Haar wäre Lina gestolpert.

»Blödes Vieh«, schimpfte Lina. Die Katze antwortete mit einem lauten Miauen und lief vor ihnen die Straße entlang, blieb dann aber an einer Querstraße stehen und sah zu ihnen zurück.

Lina kümmerte sich nicht weiter um das Tier. Sie warf einen nervösen Blick nach hinten. Gerade rechtzeitig, denn in diesem Moment sah sie die Fremde weiter oben am Spielzeugmuseum stehen. Sie spähte die Straße hinunter, hatte Lina und Brendan aber noch nicht entdeckt.

»Zeit, hier abzuhauen«, sagte Lina und wollte weitergehen, doch als sie auf Höhe der Seitengasse ankam, sprang die Katze erneut zwischen ihre Füße.

»Verdammt, was soll das denn?« Lina mochte Katzen, doch die Ereignisse der letzten Stunden hatten an ihren Nerven gezehrt und sie hatte keine Geduld, sich mit verrückt gewordenen Tieren auseinanderzusetzen. Vorsichtig schob sie die Katze mit einem Fuß beiseite und wollte weitereilen, als Brendan sich niederkniete und die Katze genau ansah.

»Sie will, dass wir ihr folgen«, erklärte er Lina.

»Sie will was?« Sie hob die Hände. »Okay, schön, ist mir gleich. Ist auch nicht verrückter als Eichhörnchen, die Briefe überbringen. Dann folgen wir eben einer Katze. Aber lass uns endlich hier verschwinden!«

Den letzten Satz hatte sie mit solchem Nachdruck hervorgebracht, dass selbst der Katze die Dringlichkeit bewusst zu werden schien. Sie sprang auf und bog in die Seitenstraße ein. Brendan und Lina folgten ihr über einen Hof an einer Bar vorbei, passierten eine Einfahrt zwischen zwei Häusern und nahmen eine Abkürzung über einen mit Bäumen bepflanzten Platz. Schließlich schlüpfte die Katze durch eine offenstehende Ladentür. Lina wollte Brendan einen fragenden Blick zuwerfen, doch dieser war ihrem tierischen Begleiter bereits ins Innere des Gebäudes gefolgt. Sie drehte sich noch einmal um und beobachtete aufmerksam die Straße, dann tat sie es ihm nach.

Das Erste, was Lina auffiel, als sie den Laden betrat, war der Geruch: irgendwie süßlich und würzig zugleich, und auf eine seltsame Art … alt. Es war nicht der gleiche Duft, den sie aus dem Mitternachtsladen kannte, doch er vermittelte ihr auf ähnliche Weise ein Gefühl der Heimkehr. Nur spärlich fiel Licht durch das Schaufenster und erhellte den Laden. Als ihre Augen sich ans Halbdunkel gewöhnt hatten, erkannte Lina den Grund für den staubigen, modrigen Geruch. Alle Wände des Raumes waren mit deckenhohen Bücherregalen zugestellt, in die ohne erkennbares System dicke Folianten, Bände mit abgegriffenen Ledereinbänden und schmale Heftchen eingeräumt waren. Vor den Regalen befanden sich mehrere Tische, auf denen neben Büchern auch Zeitschriften und lose Blätter lagen. Sogar auf dem Boden stapelten sich Bücher zu wackligen Türmen. Sie waren in einer Buchhandlung, genauer gesagt: in einem Antiquariat.

»Wir sollten ins Hinterzimmer gehen. Hier kann man uns durch das Fenster beobachten.«

Lina suchte nach dem Ursprung der Stimme und entdeckte eine junge Frau, die in der hinteren Ecke in einem braunen Lehnsessel saß. Auf ihrem Schoß hatte es sich die getigerte Katze gemütlich gemacht. Die Frau streichelte das Tier mit einer Hand, während sie in der anderen ein kleines Buch hielt, in dem sie wohl bis eben gelesen hatte. Sie legte es auf einen kleinen Tisch neben ihrem Sessel, schubste die Katze sanft von ihrem Schoß und stand auf. Sie trug eine enge schwarze Hose, dazu ein weißes Longsleeve und eine Art Anzugweste. Ihr kupferrotes Haar reichte ihr bis zum Kinn. Sie sah so gar nicht wie eine Buchhändlerin aus. Mit geschmeidigen Bewegungen glitt sie an Lina vorbei und trat zur Ladentür. Der Schlüssel steckte von innen im Schloss. Sie drehte ihn zweimal um und zog eine Jalousie herunter. Dann wandte sie sich Lina zu und streckte ihre Hand aus.

»Ich bin Claudine.«

»Lina«, antwortete diese und ergriff die dargebotene Hand. Dabei überprüfte sie unauffällig, ob die Fremde womöglich einen ebensolchen Ring wie ihre Verfolger trug. Erleichtert stellte sie fest, dass dies nicht der Fall war. Brendan trat neben sie und schüttelte ebenfalls die Hand ihrer Gastgeberin.

»Mein Name ist …«, wollte auch er sich vorstellen, doch die Frau unterbrach ihn.

»Brendan. Brendan Fenway. Ich weiß, wer du bist. Und ich weiß auch, warum du hier bist.« Brendan nickte.

»Aber lasst uns erst nach hinten gehen.« Claudine wandte sich um.

Sie folgten ihr in den hinteren Bereich des Ladens. Durch einen Perlenvorhang betraten sie eine Küche. Auch hier waren überall Bücher verstreut. Claudine schob die Bücher vom Küchentisch zur Seite und räumte einen weiteren Stapel von einem der Stühle auf die Arbeitsplatte neben dem Herd. Mit der gleichen Bewegung drückte sie auf den Knopf der Kaffeemaschine. Sie bedeutete ihren Gästen, sich zu setzen und schwang sich selbst rittlings auf einen der abgewetzten Küchenstühle. Die Katze war ihnen ebenfalls in die Küche gefolgt und strich Lina schnurrend um die Beine.»Am besten beginne ich«, fing sie an. »Dein Vater«, sie schaute Brendan an, »hat sich mit mir in Verbindung gesetzt, als klar wurde, dass er nicht zurück in die Anderwelt wechseln konnte.«

Lina fiel auf, welche Worte Claudine gewählt hatte. Bestimmt hatte der ceannard die Antiquarin weder angerufen noch ihr eine Textnachricht geschickt.

»Da du bis zum Morgen nicht im Laden aufgetaucht warst«, fuhr Claudine fort, »ging er davon aus, dass du bereits in der Anderwelt warst und ebenfalls feststeckst. Er nahm an, dass du das Naheliegende versuchen und über Treveris hierher nach Trier wechseln würdest.«

Brendan nickte wieder.

»Von einer Begleitung hat er allerdings nichts erwähnt.« Sie schaute zu Lina, die errötete.

»Das war mein Verschulden«, warf Brendan schnell ein. »Ich habe sie eingeladen, mit mir zu einer Party zu gehen, und sie in die Anderwelt gebracht.«

Claudine schlug sich die Hände vor die Augen.

»Ich weiß«, murmelte Brendan. Es klang schuldbewusst.

»Nun, es ist, wie es ist«, meinte Claudine schließlich.

Sie stand auf und ging zur Arbeitsplatte, um den fertigen Kaffee in drei Becher einzugießen. Sie goss Milch und Zucker in jede Tasse und stellte sie auf den Tisch. Dankbar griff Lina nach einer großen weißen Tasse mit einem gesprungenen Henkel und der Aufschrift »C'est la vie«.

»Ich habe Lord Fenway …«

Lina horchte auf.

»Lord?«, fragte sie dazwischen, doch Brendan hob abwehrend die Hand.

»Später«, versprach er ihr.

»… versprochen, nach dir Ausschau zu halten, und Mrs Chippy losgeschickt, um euch aufzuspüren und hierherzubringen.«

Sie bückte sich und hob die Katze auf ihren Schoß, die sich schnurrend an ihrem Kinn rieb.

»Zum Glück«, entfuhr es Lina und fasste kurz die Geschehnisse seit ihrer Ankunft am Museum zusammen. Als sie den auffälligen Ring erwähnte, den ihre Verfolger getragen hatten, runzelte Claudine die Stirn.

»Warum sollten euch die Grenzwahrer verfolgen? Was ist in der Anderwelt passiert?« Sie richtete das Wort direkt an Brendan, der einen letzten Schluck Kaffee trank, bevor er antwortete.

»Arvid und seine Kumpane haben uns auf der Feuerwiese angegriffen. Wir konnten sie in die Flucht schlagen, aber Lina wurde verletzt. Deshalb haben wir sie in das Haus meines Vaters gebracht, damit ihre Wunden versorgt werden und heilen konnten. Als mein Vater am nächsten Morgen nicht auftauchte, sind wir zurück zum Übergang, um nachzusehen, was geschehen ist. Dort mussten wir – wie ihr schon vermutet habt – feststellen, dass wir nicht wechseln konnten.«

»Arvid hat euch angegriffen?« Claudine rührte mit einem Löffel in ihrer Kaffeetasse. »Die Fronten müssen sich extrem verhärtet haben.«

»Welche Fronten?«, fragte Lina. »Kann mich mal jemand aufklären? Immerhin geht es hier augenscheinlich auch um mich.«

Claudine nickte verständnisvoll.

»Nicht alle Bewohner der Anderwelt«, begann sie, »sind euch Menschen freundlich gesinnt wie Lord Fenway oder ich. Manche von uns meiden eure Gegenwart, aus Angst, entdeckt zu werden.«

Lina nickte. Das passte zu dem, was Brendan erzählt hatte, und war vielleicht der Grund, warum sie ihren Job im Mitternachtsladen verloren hatte.

»In der Vergangenheit«, fuhr Claudine fort, »haben sich die Menschen den Síodhach gegenüber nicht immer nett verhalten …«

»Und umgekehrt«, brummte Brendan.

»Ich weiß. Beide Seiten haben sich einiges zuschulden kommen lassen. Aber während die Menschen sich entschieden haben, nicht mehr an uns zu glauben, haben die Síodhach nie vergessen. Und deshalb fürchten viele die Menschen.«

»Andere hingegen hassen sie sogar«, fuhr Brendan fort.

»Die Grenzwahrer wollen jeglichen Kontakt zwischen Síodhach und Menschen unterbinden. Deshalb war es ihnen ein Dorn im Auge, dass Brendan dich mit in die Anderwelt gebracht hat.«

»Und dass ich im Mitternachtsladen gearbeitet habe«, überlegte Lina laut.

»Wo?«

»Im Mitternachtsladen. So nenne ich das Geschäft von Brendans Vater, weil ich immer spätestens um Mitternacht verschwunden sein musste.«

Claudine lachte amüsiert. Lina jedoch war etwas eingefallen.

»Ich glaube, dein Vater hatte deswegen auch schon Ärger«, sagte sie und berichtete von dem unheimlichen Besucher, der zweimal im Laden aufgetaucht war, und von dem Streit, den die beiden Männer beim zweiten Mal gehabt hatten. Claudine und Brendan hörten mit besorgten Mienen zu.

»Wie sah der Mann aus?«, wollte Brendan wissen, nachdem Lina ihre Schilderung beendet hatte. Sie beschrieb ihn.

»Bernulf.« Claudines Stimme klang bestimmt.

Brendan nickte.

»Arvids Vater«, ergänzte er in Linas Richtung gewandt.

»Das bedeutet nichts Gutes.«

Claudine sah richtig besorgt aus. Sie stand auf, um allen Kaffee nachzuschenken.

»Es kommt noch schlimmer«, sagte Brendan düster.

»Wie meinst du das?«

»Wir vermuten, dass der Übergang an der Feuerwiese absichtlich verschlossen wurde.« Er berichtete von den Überresten des Rituals, das sie entdeckt hatten. Während er sprach, lehnte Claudine sich weiter in ihrem Stuhl zurück und strich sich übers Kinn.

»Das sind wahrlich schlechte Neuigkeiten. Ich will mir gar nicht ausmalen, was es bedeutet, wenn du mit deiner Annahme recht hast.«

Sie stand auf.

»Nimm Kontakt zu deinem Vater auf, ich suche in der Zwischenzeit nach einem Buch, um mehr über die Dvergaquarze herauszufinden.«

Sie verließ den Raum. Brendan folgte ihr. Im Vorbeigehen strich er Lina kurz über den Rücken.

»Wir reden später ausführlicher«, versprach er ihr. »Mach dir keine Sorgen, ich achte darauf, dass dir nichts geschieht.«

Als die beiden gegangen waren, saß Lina eine Weile verloren am Küchentisch. Sie griff nach ihrer Tasse, doch sie war leer. Seufzend stellte sie den Becher wieder ab und rieb sich mit den Händen über die Stirn. Plötzlich schrak sie hoch. Ihre Mutter! Sie musste endlich zu Hause anrufen!

Sie kramte aus der Gesäßtasche ihrer Hose ihr Handy hervor und schaltete es an. Erleichtert stieß sie die Luft aus, als sie sah, dass sie sowohl einen halb vollen Akku als auch Empfang hatte. Nervös wählte sie die Nummer ihrer Mutter. Als sie es am anderen Ende der Leitung klingeln hörte, wurde ihr schlecht. Sie hatte keine Ahnung, wie sie all das hier erklären sollte. Die Wahrheit konnte sie auf keinen Fall erzählen. Zum einen würde niemand ihr glauben, zum anderen wollte sie ihre Mutter nicht in Gefahr bringen, indem sie sie in die Geheimnisse der Anderwelt einweihte.

»Lina, Schatz, wie schön, von dir zu hören!« Die Stimme ihrer Mutter klang überrascht und erfreut, kein bisschen sauer oder sorgenvoll. »Ich hatte gar nicht damit gerechnet, so schnell von dir zu hören. Wie geht es dir in London?«

London?

»Ich bin ja so stolz auf dich«, fuhr ihre Mutter fort. »Ich gebe zu, dass ich nicht gedacht hätte, dass du für ein Sommerstipendium ausgewählt werden würdest. Ich war auch ziemlich überrascht, dass das alles so schnell gehen musste. Aber der nette Herr vom Deutschen Historischen Institut – so heißt es, richtig? – hat mir alles genau erklärt. Es war so freundlich von ihm, zu mir nach Hause zu kommen. Er hatte sogar Gebäck dabei! Ein wirklich feiner Mensch, wenn auch etwas altmodisch gekleidet. Naja, das passt ja zu einem Historiker.«

Langsam dämmerte Lina, was passiert war. Wenn sie richtig vermutete, hatte Lord Fenway ihre Mutter aufgesucht und ihr irgendeine Geschichte aufgetischt, warum sie nicht nach Hause gekommen war. Aber ausgerechnet ein Stipendium? Lina konnte kaum glauben, dass ihre Mutter ihm das abgenommen hatte. Vermutlich hatte er mit ein wenig Feenstaub nachgeholfen.

»Bist du noch dran?«

»Ja, Mama.« Sie überlegte fieberhaft, was sie antworten sollte, ohne sich zu verraten.

»Es tut mir auch leid, dass ich mich nicht verabschiedet habe, für mich kam das auch alles total überraschend. Aber es geht mir gut und ich habe hier schon viele nette Leute kennengelernt.«

»Das freut mich, mein Schatz. Ja, wirklich schade, dass dein Flieger so schnell ging und wir uns nicht mehr sehen konnten. Ist dein Koffer mit deinen Sachen angekommen, den ich dir nachgeschickt habe?«

»Ja, ist er«, log Lina. Sie unterhielten sich noch eine Weile, wobei sie darauf bedacht war, mehr ihre Mutter erzählen zu lassen, um nicht selbst etwas zu sagen, was ihre Geschichte auffliegen lassen würde.

»Ich muss jetzt leider los zur Arbeit. War schön mit dir zu plaudern, mein Schatz. Lass es dir gut gehen und melde dich bei Gelegenheit wieder, ja?«

Lina versprach es und legte auf. Obwohl sie es nicht schön fand, ihre Mutter anzulügen, war sie doch froh, dass diese sich keine Sorgen hatte machen müssen. Sie bewunderte Fenway für seine Geistesgegenwart. Doch woher hatte er eigentlich gewusst, dass Brendan sie mit in die Anderwelt genommen hatte? Vielleicht konnte er ihr mehr sagen, wenn er mit seinem Vater gesprochen hatte. Sie stand auf und verließ die Küche, um ebenfalls nach nebenan zu gehen.

Brendan befand sich in einer Art Lagerraum, der an die Küche angrenzte. Er stand mit dem Rücken zu ihr. An der Wand vor ihr hing ein großes Bild von Brendans Vater. Im Hintergrund erkannte sie die Einrichtung des Mitternachtsladens. Als sie näher trat, erkannte sie, dass die Oberfläche des vermeintlichen Gemäldes aus Glas bestand. Es war ein Spiegel, doch seltsamerweise zeigte er kein Abbild des

Raumes, in dem sie sich befanden. Sie zuckte zusammen, als das Abbild von Lord Fenway zu reden begann.

»Nachdem ich mit Claudine gesprochen hatte, habe ich Mara losgeschickt, um nach Lina zu sehen. Als wir sie nirgends fanden, war uns klar, dass du sie mitgenommen haben musstest. Ich brauche dir wohl nicht zu sagen, in welche Gefahr du sie damit gebracht hast.«

Brendan senkte beschämt den Kopf, doch sein Vater wirkte gütig.

»Ich verstehe schon«, war das Einzige, was er sagte. »Schließlich war ich auch einmal jung. Und in der Tat ist an Lina etwas Außergewöhnliches. Wie dem auch sei, als klar wurde, dass auch Lina nicht in die Menschenwelt zurück konnte, habe ich ihre Mutter aufgesucht, um sie zu beruhigen.«

Lina trat zum Spiegel.

»Das war sehr freundlich von Ihnen«, bedankte sie sich.

Fenway schien erfreut, sie zu sehen.

»Lina, du bist wohlbehalten, wie es mir scheint.«

Sie nickte.

Fenway wandte sich wieder an seinen Sohn.

»Noch hat der Verlust des Übergangs keine Auswirkungen. Momentan haben wir den Laden geschlossen, Mara hat sich im Pausenraum ein Schlaflager errichtet und ruht sich gerade aus. Ich selbst werde mich nach unserem Gespräch in den Wald zurückziehen. Heute Nacht werden wir, wie gewohnt, öffnen. Ich vermute, dass dann schon die ersten Síodhach eintreffen, die festgestellt haben, dass sie nicht in die Anderwelt zurückkehren können. Wir werden Vorbereitungen treffen müssen, um sie alle sicher unterzubringen. Morgen werden wir Reisemöglichkeiten nach Trier organisieren, damit der Übergang dort genutzt werden kann.«

Er machte eine kurze Pause. Als er weitersprach, überschattete Besorgnis seine Züge.

»Die Tragweite dieses Ereignisses ist noch nicht abzusehen. Mara und ich wollen so lange wie möglich hier ausharren, um unsere Leute zu unterstützen. Außerdem will ich so lange wie möglich ein Auge auf die Grenzwahrer haben. Aber wir können nicht ewig in der Menschenwelt bleiben, ohne Energie aufzutanken. Wir werden eine kurze Zeitspanne überbrücken können, wenn wir regelmäßig den Wald aufsuchen. Außerdem habe ich noch einige Vorräte für den Notfall.«

Er hob kurz seinen Arm. In seiner Hand hielt er eine winzige Phiole aus Glas, in der silbernes Licht waberte.

»Solange der Übergang geschlossen ist, sind wir von jedem Nachschub abgeschnitten. Das bedeutet, wir können weder unsere Leute noch die Menschen versorgen. Zwar gibt es noch den Übergang in Treveris, aber wer weiß, welche Pläne die Grenzwahrer verfolgen. Nicht auszudenken, wenn sie noch mehr Übergänge schließen.«

Lina horchte auf. Was war in der Phiole? Brendan war jedoch an etwas anderem interessiert.

»Das heißt, man könnte den Übergang wieder öffnen?«

»Wenn es möglich ist, einen Übergang mit einem Ritual zu verschließen, wäre es denkbar, den Prozess umzukehren und ein neues Tor zu öffnen«, griff Fenway den Gedanken auf, den auch Lynn schon geäußert hatte.

Brendan nickte nachdenklich. Unbewusst legte er Lina den Arm um die Hüfte und zog sie näher zu sich.

»Dafür bräuchte man vermutlich einen Dvergaquarz.«

»Das vermute ich auch. Sie sind nicht leicht aufzutreiben, aber ich habe einen Verdacht, wer einen haben könnte. Es gibt im Dom zu Köln einen Küster, der zu unserem Volk gehört. Er kümmert sich dort um die Gargoyles. Er hatte schon immer eine geheime Vorliebe für Steine aller Art. Ich könnte mir vorstellen, dass er einen Dvergaquarz besitzt.«

»Demnach soll ich nach Köln reisen und den Küster aufsuchen?«

Fenway nickte.

»Es wäre einen Versuch wert.«

»Dann werde ich gleich heute Abend aufbrechen. In der Zwischenzeit versuchen wir gemeinsam mit Claudine, mehr über die Dvergaquarze herauszufinden. Vielleicht finden wir einen Weg, das Ritual umzukehren.«

»Sei vorsichtig, Junge.«

Brendan versprach es. Dann verblasste das Bild seines Vaters und die Oberfläche wurde zu einem gewöhnlichen Spiegel.

Gemeinsam gingen sie wieder nach vorne in den Ladenraum, wo sie Claudine inmitten eines Stapels alter Wälzer auf dem Boden sitzend vorfanden. Brendan fasste kurz zusammen, was er mit seinem Vater besprochen hatte. Claudine zeigte auf eines der Bücher in ihrem Schoß.

»Vielleicht habe ich schon einen Hinweis gefunden. Professor Lawrence erwähnt in seiner Abhandlung über die Rasenna, dass die Auguren in den alten Tagen Übergänge nach Belieben öffnen und schließen konnten.«

Sie vertiefte sich wieder in ihre Lektüre. Nach einer Weile schaute sie wieder auf.

»Ihr seid ja noch da.«

Sie hob ihren Po ein wenig vom Boden an, um in ihre Gesäßtasche greifen zu können. Sie zog einen Schlüssel heraus, den sie Lina reichte.

»Es ist schon spät und ihr müsst todmüde sein von der langen Reise und der Verfolgungsjagd. Über dem Laden ist meine kleine Wohnung. Geht hinauf und ruht euch aus.

Heute Abend ist noch genügend Zeit, weitere Pläne zu schmieden. Ich suche in der Zwischenzeit nach weiteren Hinweisen.«

»Musst du nicht auch tagsüber schlafen?«, fragte Lina.

Claudine lachte.

»Normal schon. Aber wenn mich das Recherchefieber gepackt hat, kann mich nichts mehr aufhalten.«

Lina schaffte es kaum noch, die Stufen des schmalen Treppenhauses hinaufzusteigen. Nachdem die letzte Anspannung von ihr abgefallen war, spürte sie jeden Muskel und jeden Knochen ihres Körpers und ihre Fußsohlen brannten in den Chucks wie Feuer. Diese Schuhe waren einfach nicht für lange Wanderungen gemacht. Und schon gar nicht dafür, Verfolgern zu entkommen. *Zum Glück habe ich für die Party keine hochhackigen Pumps angezogen,* dachte sie und schnaubte leise.

Brendan, der dicht hinter ihr war, gab ein fragendes Geräusch von sich. Er war anscheinend ebenfalls zu müde für eine tiefschürfende Konversation.

»Ach, nichts«, wiegelte Lina ab. »Ich bin einfach nur hundemüde.« Die Wohnung lag direkt unter dem Dach. Auf dem winzigen Treppenabsatz vor der Eingangstür war gerade genügend Platz für sie beide. Brendan stand so dicht hinter ihr, dass er sie leicht berührte. Der Schlüssel glitt mühelos ins Schloss und die Tür öffnete sich. Die Wohnung dahinter war klein und vollgestopft mit allen möglichen Sachen, insbesondere Büchern, Papieren und Schreibmaterialien. Als sie eintraten, drückte sich die Katze zwischen ihren Beinen hindurch und verschwand durch eine angelehnte Tür in einem der Zimmer.

Claudines Zuhause war übersichtlich: Von dem kleinen Flur, in dem sie standen, gingen drei Türen ab. Eine führte zu einer unbenutzt aussehenden Küche, eine zu einem winzigen Badezimmer und die dritte Tür führte zum Schlafzimmer, in dem sich, neben einem Kleiderschrank und einer Kommode, ein Bett befand. Kein allzu breites Bett. Eine Weile sagte keiner der beiden etwas.

»Ich schlafe auf dem Boden.« Brendan räusperte sich.

Lina schüttelte den Kopf.

»Blödsinn. Du brauchst genauso Schlaf wie ich. Wir werden beide im Bett schlafen. So eng ist es auch wieder nicht.«

Sie biss sich auf die Lippen. Würde Brendan ihr Angebot missverstehen? Sie wusste selbst nicht genau, was sie mit ihrem Vorschlag gemeint hatte. Wollte sie, dass Brendan und sie sich näherkamen? Oder hatte sie einfach nur nett sein wollen? Sie war einfach zu müde, um klar zu denken. Sie murmelte eine Entschuldigung und flüchtete ins Bad.

Dort drehte sie als Erstes den Hahn auf und wusch sich das Gesicht. Kurz spielte sie mit dem Gedanken, die Dusche zu benutzen, aber so verlockend der Gedanke an heißes Wasser auch war, sie war zu erschöpft, um sich noch länger auf den Beinen zu halten. Stattdessen zog sie sich bis auf die Unterwäsche aus, löste vorsichtig den Verband um ihre Rippen und begutachtete die Stelle. Von dem blauen Fleck war so gut wie nichts mehr zu sehen und auch als sie vorsichtig darüberstrich, tat die Stelle nicht mehr weh. Lina wusch sich halbherzig und band sich die Haare zu einem festen Zopf. Auf einem kleinen Regal entdeckte sie einen Stapel frisch gewaschener Wäsche. Sie nahm an, Claudine hätte nichts dagegen, wenn sie sich etwas davon lieh, und schlüpfte in ein großes rotes T-Shirt. Bevor sie die Tür öffnete, atmete sie noch einmal tief durch.

Brendan lag bereits im Bett. Er hatte die Augen geschlossen und atmete regelmäßig, sodass sie annahm, er würde bereits schlafen. Doch als sie näher ans Bett trat, öffnete er halb die Augen und schlug die Decke zurück. Erleichtert bemerkte Lina, dass er zwar sein Hemd ausgezogen hatte, aber seine Hose noch trug. Sie setzte sich auf die Bettkante, ihre Finger spielten nervös miteinander.

»Vertraust du mir?«, hörte sie Brendan leise flüstern. Und wie zuvor ließ sie sich fallen, wörtlich und im übertragenen Sinn. Sie sank auf die Matratze und schmiegte sich in Brendans Arm. Die Beuge an seinem Schlüsselbein war wie für sie geschaffen. Sie konnte sich nicht daran erinnern, jemals so bequem gelegen zu haben. Ihre Sorgen perlten von ihr ab wie Regentropfen von einem Lotusblatt. Die Angst vor ihren Verfolgern, die Gefahr, in der sich Fenway und die anderen Síodhach in der Menschenwelt befanden, die Sorgen um ihre Mutter, alles rückte in weite Ferne. Und während Lina sich noch wunderte, wieso das so war, fiel sie in einen tiefen, traumlosen Schlaf.

Sie lagen immer noch in derselben Position, als sie am frühen Abend erwachten. Noch bevor Lina die Augen aufschlug, nahm sie einen Geruch wahr. Es roch nach Tannennadeln und darunter etwas anderes, schwer und süßlich: Brendans Geruch. Fast ohne ihr Zutun glitten ihre Fingerspitzen zögerlich über seine nackte Brust. Als stünden sie in einer geheimen Verbindung, begannen auch Brendans Finger, sich zu bewegen und streichelten sanft ihren Rücken. Eine Weile lagen sie so da und genossen die Gegenwart des anderen, bis sie plötzlich das laute Maunzen von Mrs Chippy hörten. Unwillig öffnete Lina die Augen und blickte direkt in Brendans Gesicht. Er lächelte.

»Gut geschlafen?«

Lina kuschelte sich noch etwas fester in seinen Arm.

»Erstaunlich gut.«

Die Katze miaute erneut, diesmal lauter und fordernder.

»Ich glaube, da möchte jemand, dass wir aufstehen«,

grinste Brendan. Lina seufzte. Das Bett schien ihr wie ein sicherer Hafen und sie wollte nicht zurück in die Welt, wollte nicht an die Grenzwahrer denken und die Gefahr, in der sie sich befanden. Die Katze maunzte zum dritten Mal und sprang dann mit einem gewaltigen Satz auf das Bett. Sie landete unsanft auf Linas Bein und wanderte von dort aus nach oben, um beiden mit ihrer rauen Zunge über das Gesicht zu lecken.

Lina schüttelte sich und wehrte das Tier lachend ab. Dann setzte sie sich auf und schlug die Decke zurück.

Das warme Wasser, das aus dem Duschkopf über ihre Haut rann, machte den Verlust von Brendans Nähe wieder wett. Lina duschte ausgiebig und wusch sich die Haare. Auf dem Regal mit den Handtüchern entdeckte sie ein paar frische Socken, Unterwäsche und ein T-Shirt, an dem noch ein Etikett hing. Auch für Brendan lag Wechselkleidung bereit. Allem Anschein nach hatte Claudine für sie einige Besorgungen erledigt. Sogar an Zahnbürsten hatte sie gedacht, wie Lina freudig feststellte. Sie putzte sich gründlich die Zähne und schlüpfte in die neuen Sachen. Darüber zog sie ihre Jeans. Den Hoodie band sie sich um die Hüfte. Als sie zurück ins Schlafzimmer kam, saß Brendan immer noch mit nacktem Oberkörper am Rand des Bettes und streichelte Mrs Chippy. Beide sahen auf, als sie den Raum betrat: Brendan erfreut, die Katze eher unwillig.

»Das Bad ist jetzt frei«, meinte Lina. »Ich gehe schon runter zu Claudine.« Sie drehte sich noch einmal um, bevor sie durch die Tür ging. »Sie war so nett, uns neue Sachen zu besorgen, sie liegen im Bad.«

»Warte kurz!« Brendan schob die Katze von seinem Schoß und erhob sich. Lina wurde flau im Magen, als er zu ihr trat. Er nahm sie fest in beide Arme und drückte ihr einen Kuss auf die Stirn.

»Jetzt kannst du gehen.«

Lina fand Claudine in der kleinen Küche. Auf dem Tisch stapelten sich Boxen und Tüten verschiedener Take-Away-Läden.

»Ich dachte mir, ihr müsst total ausgehungert sein«, meinte Claudine mit einem Augenzwinkern und reichte Lina eine kleine Flasche Cola. Lina nickte. Jetzt, da sie ausgeschlafen war, meldete ihr Körper andere Bedürfnisse an. Ihr Magen knurrte laut und sie schnappte sich eine Box mit gebratenen Nudeln von einem Chinaladen. Noch im Stehen schlang sie die ersten Bissen runter.

»Köstlich!«, schwärmte sie, nahm einen großen Schluck aus der Flasche und setzte sich hin. »Danke. Auch für die Wechselklamotten.«

Claudine winkte ab.

»Keine Ursache.«

Ihr Blick wurde schelmisch.

»Gut geschlafen?«

Lina schoss die Röte ins Gesicht.

»Ja, sehr gut. Danke.«

Claudine setzte sich ihr gegenüber und nahm sich ebenfalls etwas zu essen.

»Was läuft denn zwischen dir und Brendan?«

Lina verschluckte sich fast an ihren Nudeln.

»Nichts.« Sie räusperte sich. »Glaube ich. Also, ich weiß es nicht genau«, räumte sie schließlich ein.

Claudine wirkte amüsiert.

»Aber du magst ihn?«

Lina dachte daran, wie sicher sie sich in Brendans Armen gefühlt hatte. Sie nickte.

»Und er mag dich, so viel ist klar. Sonst hätte er dich nie mit zur Feuerwiese genommen.«

Linas Herz machte einen kleinen Hüpfer, doch als Claudine weitersprach, versetzte sie ihrer Freude einen kleinen Dämpfer.

»Er hat damit eines der wenigen wichtigen Gesetze unseres Volkes gebrochen: Bringe nie einen Menschen in die Anderwelt.«

Obwohl es nicht ihre Entscheidung gewesen war, fühlte Lina sich plötzlich schuldig. Claudine wischte sich den Mund mit einer Serviette ab und fuhr nachdenklich fort.

»Andererseits hat Lord Fenway sich schon auf dünnes Eis begeben, als er dich eingestellt hat. Aber das hat ihn noch nie abgehalten. Wie kam es eigentlich, dass du für ihn gearbeitet hast?«

Lina berichtete kurz von ihrer Autopanne und dem Schokoriegel, der ihr den Physiktest gerettet hatte.

»Als ich in den Laden zurückkehrte, um mir wieder einen zu kaufen und vielleicht herauszubekommen, was es damit auf sich hat, hing ein Aushang da und so bekam ich den Job«, schloss sie und erwartete, dass Claudine sie wegen ihrer Vermutung auslachen würde. Die Buchhändlerin lachte tatsächlich, aber aus einem anderen Grund.

»Der alte Trick! Funktioniert doch immer wieder gut.«

Lina schaute sie fragend an.

»Fenway wird den Schokoriegel mit einem Hilfezauber belegt haben. Und als du das nächste Mal sozusagen in Not warst, hat der Riegel sich entsprechend verändert, um dir zu helfen. Jemand anderes hätte vielleicht eine wichtige Telefonnummer oder eine eingebackene Feile darauf gefunden.«

Sie zwinkerte Lina zu, doch diese war nicht überzeugt.

»Warum sollte Lord Fenway das getan haben?«

Claudine wurde ernst.

»Zum einen ist es sein Bestreben, den Menschen Gutes zu tun. Und zum anderen …« Sie machte eine kurze Pause.

»… denke ich, dass er bei deinem ersten Besuch irgendetwas in dir gesehen hat, was wir nicht wissen. Vielleicht hat er eine besondere Verbindung zu dir gespürt. Und er wusste, dass sein Sohn ihn bald besuchen würde. Es würde mich nicht wundern, wenn er sich auch dabei etwas gedacht hätte.«

»Wobei?«

Brendan stand in der Tür. Sein nasses Haar stand ihm vom Kopf ab und er lächelte sein typisches schiefes Lächeln. Er trat zum Tisch.

»Essen!«, seufzte er glücklich und nahm sich einen Burger.

»Nichts, nichts«, wiegelte Claudine schnell ab und zwinkerte Lina verschwörerisch zu. Sie wischte sich die Finger ab und stand auf.

»Aber gut, dass du da bist, dann kann ich euch berichten, was ich herausgefunden habe.«

Sie verließ das Zimmer. Als sie zurückkam, brachte sie einen dicken Wälzer mit, den sie auf dem Küchentisch ablegte. Sie blätterte eine Zeit lang durch die Seiten, dann tippte sie triumphierend auf eine Stelle.

»Hier ist es.«

Lina und Brendan beugten ihre Köpfe über das Buch. Der Text war klein gedruckt und in einer Sprache, die zumindest Lina nicht verstand. Die Illustration, die die ganze linke Seite des Folianten einnahm, kam ihr allerdings merkwürdig bekannt vor.

»Ist das der Aufbau des Rituals?«, fragte sie in die Runde.

Claudine nickte bestätigend.

»Für das Ritual werden vier Kerzen im Kreis aufgestellt.« Sie deutete auf vier Punkte innerhalb der Zeichnung. »Für jede Himmelsrichtung in einer anderen Farbe:

gelb für Osten, rot für Süden, im Westen blau und im Norden grün. Die Kerzen werden mit Schnüren aus Einhornhaar miteinander verbunden, das bedeutet dieses Gewirr an Linien auf der Zeichnung. Der wichtigste Teil des Aufbaus befindet sich allerdings hier im Zentrum. Um das Ritual durchzuführen, wird eine Schale aus Glas mit Eis gefüllt und auf einem Feuer erhitzt. In die Mitte des Eises wird der Dvergaquarz eingelassen. Durch die Hitze – und begleitet durch die entsprechenden rituellen Worte – wird die Energie des Kristalls aktiviert.«

»Die Menge an Energie ist ausreichend, um den Übergang zu schließen, wenn man sie dorthin lenken kann«, folgerte Brendan.

»Richtig. Deshalb muss das Ritual in der Nähe des Übergangs stattfinden. Und natürlich eignen sich manche Orte besser als andere, um ein Tor zu erschaffen. Wie die Energie geleitet wird, wird leider nicht ausgeführt. Ich habe den Text für euch übersetzt und auch eine Kopie der Illustration angefertigt.«

Sie zog einige Blätter aus dem Buch und reichte sie Brendan.

»Ich weiß gar nicht, wie ich dir danken soll. Damit haben wir alles zusammen, was wir brauchen. Bis auf den Kristall natürlich. Aber die anderen Paraphernalien sind einfach zu besorgen. Ich bin sicher, mein Vater ist in der Lage, das Ritual umzukehren.«

»Und das Seil aus Einhornhaar?«, wandte Lina ein.

Brendan winkte ab.

»Das gibt es bei uns überall. Ich wette, mein Vater hat auch welches im Laden.«

Aber Lina wollte noch etwas wissen.

»Warum hilfst du uns so?«, wandte sie sich an Claudine.

Diese sah sie ernst an.

»Indem ich euch helfe, helfe ich mir und allen anderen. Den Grenzwahrern muss unbedingt Einhalt geboten werden. Niemand will in einer Zeit leben, in der die beiden Welten unwiederbringlich voneinander getrennt sind.«

Lina dachte an den Mitternachtsladen, an die Glasblumen und die Kristallkugeln. Sie dachte daran, wie sich das Holz der Regale unter ihren Händen angefühlt hatte und an den atemberaubenden Anblick der kleinen Lichtung mit dem Steinkreis. Sie erinnerte sich an Brendans Lippen auf ihren und an das warme Gefühl in ihrem Bauch, wenn er sie umarmte. Würde all das verschwinden, wenn die beiden Welten voneinander getrennt wären? Die Menschen würden definitiv einiges verlieren – aber die Síodhach? Wären sie ohne die Menschen nicht besser dran?

»Es ist also beschlossen«, unterbrach Brendan ihre Gedanken.

»Ich wechsle heute noch in die Anderwelt und reise dort nach Köln. Ich wette, die anderen sind noch in Treveris, vielleicht wollen sie mich begleiten.«

»Es ist sicher klug, heute noch aufzubrechen.« Claudine brach sich ein Stück von einem Macadamiacookie ab.

»Hier seid ihr nicht sicher, früher oder später werden die Grenzwahrer hier auftauchen, auch wenn ich einen Schutzzauber um den Laden gelegt habe.«

Brendan stand auf.

»Aber vorher bringe ich Lina zum Bahnhof.«

Lina sah ihn überrascht an.

»Was? Wieso? Nein!«

»Du musst zurück nach Hause und ich möchte, dass du sicher am Bahnhof ankommst. Wenn du den Zug nimmst, bist du in wenigen Stunden zurück bei deiner Mutter.«

Die Aussicht auf Normalität im eigenen Zuhause klang verlockend, doch Lina schüttelte den Kopf.

»Ich will dich nach Köln begleiten.«

»Das kannst du …«, begann Brendan, doch Lina ließ ihn nicht ausreden. Sie stand ebenfalls auf.

»Seit dein Vater mich im Mitternachtsladen angestellt hat, stecke ich in dieser Sache mit drin. Und nach dem Vorfall auf der Feuerwiese erst recht. Wer hilft mir, wenn die Grenzwahrer mich zu Hause in Noswendel aufspüren?«

Brendan blickte sie nur stumm an. In seinem Gesicht spiegelte sich der stumme Kampf wieder, der in seinem Inneren stattfand. Es war Claudine, die das Schweigen brach.

»Durchaus vernünftig, würde ich sagen. Lasst uns packen.«

»Warum fahren wir nicht einfach mit dem Zug nach Köln?«

Skeptisch betrachtete Lina die beiden olivgrünen Wanderrucksäcke, die vor ihr auf dem Küchentisch standen. Nachdem ihr gemeinsamer Aufbruch beschlossene Sache war, war Claudine durch den Laden und ihre Wohnung gewuselt und hatte nicht nur Wechselkleidung, Handtücher und allerlei Campingbedarf zusammengesucht, sondern auch die beiden Ungetüme mit den dicken Tragegurten, in die sie nun ihre Ausrüstung packten.

»Ich möchte meine Kräfte lieber aufsparen. Wer weiß, was uns noch bevorsteht.« Brendan zerrte an einem der Reißverschlüsse. Da er noch zwei Cargohosen für Glenn und Yorick dabei hatte, war sein Rucksack praller gefüllt als Linas.

»Wir brauchen nicht nur feste Nahrung, sondern vor allem Mondenergie. Deshalb feiern wir in den Vollmondnächten auch gern die ganze Nacht lang. So tanken wir unsere Energiereserven auf. In der Menschenwelt ist die Energie sehr viel geringer, weswegen wir uns hauptsächlich nachts bei euch aufhalten. Wenn wir uns tagsüber in eurer Welt bewegen, kostet uns das sehr viel Kraft. Aus diesem Grund verbringt mein Vater jeden Tag in seinem eigenen Haus in der Nähe des Übergangs und öffnet den Laden nur nachts. Aus dem gleichen Grund war es meinem Vater übrigens auch so wichtig, dass du den Laden vor Mitternacht verlässt. Zwischen Mitternacht und Morgengrauen ist die Mondenergie am höchsten, also kommen um diese Zeit die meisten Kunden in den Laden. Mein Vater wollte verhindern, dass du gleich in der Anfangszeit auf sie triffst.«

Lina nickte langsam. Von dieser Warte aus gesehen, bekam das Verhalten des ceannard einen Sinn. Dann kam ihr eine andere Frage in den Sinn.

»Aber Claudine lebt doch auch hier?« Lina schaute zu der Buchhändlerin.

»Das stimmt. Allerdings bin ich keine reine Síodhach. Meine Mutter stammt aus der Anderwelt, aber mein Vater war ein Mensch. Ihm gehörte auch dieser Buchladen, bevor er starb. Ich kann länger in der Menschenwelt ausharren, aber von Zeit zu Zeit muss auch ich einen Abstecher nach Treveris machen, zum Beispiel heute.«

»Du begleitest uns?«

»Ja, es ergibt sich gerade ganz gut. Ich wollte sowieso in den nächsten Tagen hin und auf diese Weise habt ihr noch ein drittes Paar Augen und Ohren auf dem Weg zum Museum.«

Als die Dunkelheit hereinbrach, öffnete Claudine die Ladentür und ließ Mrs Chippy hinaus. Es dauerte nicht lange, bis die Katze wieder maunzend vor der Tür stand. Geschickt schlüpfte sie durch den einen Spaltbreit geöffneten Zugang und schmiegte sich an Claudines Bein. Diese ging in die Hocke.

»Hast du die Lage für uns ausgekundschaftet?« Claudine kraulte das Tier hinter einem Ohr. Zur Antwort maunzte die Katze wieder.

»Mrs Chippy konnte nichts Ungewöhnliches entdecken. Die nähere Umgebung scheint sicher zu sein.« Claudine stand wieder auf und zog einen Schlüsselbund aus der Hosentasche.

»Wir sollten schnell aufbrechen, bevor sich das ändert.«

»Könnt ihr eigentlich alle mit Tieren sprechen?«, flüsterte Lina Brendan zu, als Claudine die Tür hinter sich ins Schloss zog und zweimal absperrte.

»Ich würde es nicht direkt sprechen nennen«, antwortete Brendan. »Aber ja, wir können mit Tieren kommunizieren und verstehen, was sie uns mitteilen wollen. Wenn sie aus der Anderwelt stammen, ist es einfacher. Bei allen anderen fällt es schwer, ihr Bewusstsein zu erreichen. Es ist meist so, als würden sie schlafen.« Er zwinkerte ihr zu. »Und mit manchen versteht man sich so gut, dass man sie losschicken kann, um einer Frau eine Botschaft zukommen zu lassen.«

Lina musste lachen. Dann beschleunigten sie ihre Schritte, um zu Claudine aufzuschließen.

»Das haben wir nicht bedacht.«

Die drei hatten den Viehmarkt ohne Zwischenfälle erreicht und standen nun vor dem riesigen Glasbau, der sich über die Ausgrabung der alten Thermenanlage wölbte. Da es mitten in der Nacht war, war das Museum natürlich geschlossen. Ratlos schaute Lina die beiden anderen an, die ihre Besorgnis jedoch nicht zu teilen schienen.

»Lasst uns einfach einen Moment hier warten … ah, da

kommt er ja schon.« Claudine winkte einem Mann zu, der gerade auf der anderen Seite des Platzes um die Ecke bog. Als er näher kam, konnte Lina erkennen, dass er eine Jacke mit dem Logo einer Securityfirma trug. Ein breites Lächeln erschien auf seinem Gesicht, als er Claudine sah. Die beiden begrüßten sich mit einem Küsschen auf die Wange. Dann stellte Claudine dem Sicherheitsmann ihre beiden Begleiter vor.

»Albert, das sind Brendan, der Sohn von Lord Fenway …« Der Mann zog seine Baseballkappe vom Kopf und nickte Brendan zu. »… und Lina, seine Freundin.« Lina spürte, wie sie rot wurde. Zum Glück war es dunkel.

»Brendan, Lina, das ist Albert. Seinen Großvater verschlug es seinerzeit durch Zufall in die Anderwelt. Seitdem arbeiten alle Nachkommen für das Rheinische Landesmuseum und beschützen somit den Übergang in die Anderwelt.«

Albert nickte. »Und …«, fügte er hinzu und zog etwas, das aussah wie eine Scheckkarte, aus einer Brusttasche. »… manchmal verschaffe ich interessierten Besuchern nachts Zutritt zu den Ausgrabungsstätten.« Er grinste breit.

»Großartig«, lachte Brendan.

»Aber lasst uns schnell machen. Mein linker Zeh juckt und das ist immer ein Zeichen für Gefahr.«

Sie umrundeten das Gebäude, bis sie zu einem Hintereingang kamen. Neben der Tür befand sich ein schwarzer Kasten mit einem Schlitz und einem Zahlenfeld. Albert hatte die Karte durchgezogen und wollte gerade eine Zahlenkombination eintippen, als Brendan leise fluchte.

Lina und Claudine fuhren herum und entdeckten sogleich, was los war. Aus der Dunkelheit trat eine Frau auf sie zu. Es war dieselbe, die sie am Vormittag auf dem Hauptmarkt gesehen hatten.

»Scheiße«, entfuhr es Lina.

»Mach schnell«, drängelte Claudine. Albert drehte sich nur kurz um, erkannte die Lage mit einem Blick und wandte seine Aufmerksamkeit wieder der Tür zu. Es piepste, als er die Zahlen in die Tastatur tippte. Dann gab es ein knackendes Geräusch und Albert konnte die Tür öffnen.

»Los, los!« Ungeduldig schob er die drei durch die Tür.

»Aber …«, wollte Brendan einwenden, doch Albert unterbrach ihn.

»Ich komme zurecht, macht euch keine Sorgen. Er klopfte auf ein Walkie-Talkie, das an seinem Gürtel hing. »Die Kollegen sind schon informiert. Aber jetzt macht schnell, damit ich die Tür hinter euch schließen kann. Ohne Zahlenkombination können sie euch nicht folgen.«

»Danke.« Claudine drückte Albert einen schnellen Kuss auf die Wange, dann trieb sie die anderen zur Eile an. Die Tür fiel hinter ihnen ins Schloss.

»Kann ich etwas für Sie tun?«, hörten sie noch Alberts Stimme durch die geschlossene Tür. Die Antwort der Frau konnten sie nicht verstehen, doch ein dumpfer Schlag gegen das Tor zeugte davon, dass es auf der anderen Seite handgreiflich zuging.

»Sollten wir ihm nicht helfen?« Lina blieb stehen, doch Claudine zog sie weiter.

»Er kann gut auf sich selbst achtgeben, glaub mir. Und den Übergang zu schützen, ist das, was er als Aufgabe gewählt hat. Also lass ihn seinen Job machen, wir machen unseren.«

Sie eilten zu der Stelle, an der Brendan und Lina nur wenige Stunden zuvor angekommen waren. Von einer Sekunde auf die nächste war Claudine verschwunden. Brendan grinste Lina an.

»Auf ein Neues!«

»Auf ein Neues!«, antwortete sie ihm und schloss erneut die Augen.

KAPITEL VIII

Lina strauchelte und rutschte mit dem rechten Fuß ab. Sie spürte, wie jemand sie am Arm packte und festhielt. Als sie die Augen öffnete, sah sie die gewaltige Statue des Meermannes vor sich. Sie stand auf dem Rand des Brunnens. Brendan hatte sie davor bewahrt, dass sie in das Becken schlitterte.

Claudine hatte nicht so viel Glück gehabt. Sie stand direkt vor ihr im Becken, bis zu den Knien im Wasser.

»Das lerne ich auch nie«, schimpfte sie halblaut mit sich selbst, lachte dabei aber und kletterte neben Lina auf das Mäuerchen.

»Da war ich wohl ein wenig zu stürmisch. Gut, dass es recht warm ist.« Sie zog ihre Schuhe aus, knotete die Schnürsenkel zusammen und warf sie sich über die Schulter.

Brendan blickte sich aufmerksam um. Der Vorplatz der Therme war voller Menschen, doch niemand schenkte ihnen Beachtung. Auch in der Brunnenanlage blieb es still.

»Alles ruhig. Anscheinend ist es Albert gelungen, unsere Verfolgerin aufzuhalten.«

»Vielleicht wollte sie uns auch gar nicht in die Anderwelt folgen? Viel wahrscheinlicher wäre doch, dass sie uns daran hindern wollte, die Welten zu wechseln.« Lina wollte sich neben Claudine auf den Beckenrand setzen, doch Brendan hielt sie auf.

»Falls sie uns doch folgt, sollten wir uns nicht gerade hier aufhalten, wo sie buchstäblich über uns fallen würde. Wir sollten …«

»Brendan!«

Hinter ihnen ertönte eine weibliche Stimme. Bevor Lina sich umdrehen konnte, um nach der Sprecherin Ausschau zu halten, wurde sie von hinten in eine Umarmung gerissen.

»Lina, wie schön, dich so rasch wiederzusehen.« Es war Lynn. Sie ließ Lina los und umarmte auch Brendan. Dann hielt sie Claudine die Hand hin, die sie mit einem fragenden Blick ergriff.

»Das ist Lynn. Sie hat uns zusammen mit ihren Brüdern nach Treveris begleitet«, stellte Brendan den Neuankömmling vor. »Was machst du denn hier?«

»Nachdem ihr heute morgen durch den Übergang gewechselt seid, haben wir uns erst einmal eine Caupona gesucht. Wir haben ein Zimmer gemietet und den ganzen Tag geschlafen.« Sie hakte sich bei Brendan ein. »Glenn und Yorick sind noch dort, sie haben ein Würfelspiel für sich entdeckt und ziehen den anderen Gästen die Münzen aus der Tasche.«

Sie lachte kurz auf, wurde dann aber ernst.

»Mich überkam eine seltsame Vorahnung, deshalb habe ich mich auf den Weg hierher gemacht. Und siehe da, sie hat mich nicht getäuscht.« Sie musterte Brendan und Lina kritisch.

»Geht es euch gut?«

Kurz berichteten Lina und Brendan abwechselnd, was ihnen im Lauf des Tages widerfahren war.

»Wir haben vor, nach Köln zu reisen und den Küster um einen Dvergaquarz zu bitten«, schloss Brendan ihren Bericht. Lynn klatschte begeistert in die Hände.

»Das wird ein Spaß!«

»Heißt das, du begleitest uns?«

Lynn nickte eifrig.

»Und ich nehme an, auch die Jungs wollen sich das nicht entgehen lassen. Lasst uns direkt zur Taverne aufbrechen und ihnen von den Neuigkeiten berichten.«

Lynn führte sie einige Straßen weiter zu dem Gasthaus, das schon von weitem durch ein großes Schild erkennbar war. Es war in Form einer Amphore gearbeitet und trug, in den typischen römischen Schriftzeichen, die Aufschrift »Caupona laetitiae«. Direkt neben dem Eingang des schmalen Gebäudes sorgte eine Tänzerin für zusätzliche Aufmerksamkeit. Sie trug eine kurze blaue Tunika und einen roten Schal, den sie durch die Luft wirbelte, als sie sich zur Musik des Flötenspielers bewegte, der neben ihr auf dem Boden saß. Die Tänzerin huschte ein wenig zur Seite, damit die kleine Gruppe eintreten konnte, nicht ohne Brendan kurz zuzuzwinkern. Als Brendan die Fremde anlächelte, verspürte Lina einen kleinen Stich im Magen.

Im Inneren der Taverne war es dunkel. Durch das schmale Fenster neben dem Eingang fiel nur wenig Licht, der Rest des Raumes wurde von Öllampen aus Ton beleuchtet, die auf den Tischen standen und auch an den Wänden hingen. Der Raum erstreckte sich weit nach hinten. Am anderen Ende konnte Lina eine L-förmige Theke ausmachen. Auf den Regalen dahinter standen verschiedene Amphoren und Krüge, die Wein, Bier, aber auch Oliven, Würste und andere Speisen enthalten mochten. Auf einem offenen Feuer köchelte ein Eintopf.

Eine große Anzahl an Gästen war da, ohne dass der Raum überfüllt gewesen wäre. Allerdings drängelten sich die meisten gerade um einen Tisch auf der rechten Seite.

Es war kaum möglich zu erkennen, was da gerade vor sich ging. Lynns Gesichtsausdruck zufolge hatte sie aber bereits eine Ahnung. In diesem Moment ertönte ein lauter Triumphschrei aus der Mitte der Menschenmenge. Ein Teil der Zuschauer stimmte in den Jubel mit ein, während andere murrend und kopfschüttelnd zu ihren Tischen zurückgingen. Innerhalb kurzer Zeit hatte sich die Ansammlung aufgelöst. Zurück blieb nur Yorick, der gerade mehrere Stapel Münzen in seinen Beutel strich, und dann lachend mit der Faust auf den Tisch schlug. Glenn, der hinter seinem Bruder stand, setzte sich auf einen der frei gewordenen Stühle und trank einen tiefen Schluck aus einem großen Tonbecher. Dabei blickte er auf und entdeckte Lynn und die anderen. Ohne sein Getränk abzusetzen, winkte er sie eifrig zu sich an den Tisch.

»Yorick hat gerade mächtig abgesahnt«, begrüßte er sie. Yorick grinste breit und klopfte auf den Beutel an seinem Gürtel. Dann drehte er sich zum Wirt um.

»Noch eine Amphore Cervesia. Und vier Becher!«

»Setzt euch!«, wandte er sich wieder an die Runde. Der Wirt, ein stämmiger Mann mit Glatze und freiem Oberkörper, brachte das Gewünschte. Yorick öffnete die Amphore und schenkte großzügig ein.

»Sláinte!«

Sie stießen die Tongefäße aneinander und tranken. Glenn rülpste laut.

»Aber jetzt erzählt, wieso ihr wieder hier seid. Konntet ihr etwas herausfinden?«

Brendan berichtete kurz von ihrer Verfolgung durch die Grenzwahrer und dem Gespräch mit seinem Vater. Glenn nickte erleichtert, als er hörte, dass mit dem Lord alles in Ordnung war. Danach fasste Claudine kurz zusammen, was sie aus ihren Büchern herausgefunden hatten.

»Demnach wollt ihr jetzt nach Köln reisen und versuchen, einen solchen Kristall zu bekommen?«

Brendan nickte. Glenn strahlte begeistert.

»Großartig! Ich bin schon lange nicht mehr im Rhein gereist.«

Lynn grinste.

»Ich habe euch doch gesagt, wir sind dabei.«

Lina glaubte jedoch, sich verhört zu haben.

»Im Rhein?«, vergewisserte sie sich.

Glenn nickte.

»Zeit für das nächste Wunder, Menschenmädchen!«

Sie nahmen sich die Zeit, die Amphore in Ruhe zu leeren, wobei dies bei dem kräftigen Zug, den die beiden Brüder an den Tag legten, nicht lange dauerte. Lina hielt sich mit dem Trinken zurück, sie mochte generell kein Bier, aber das Cervesia schmeckte besonders bitter und so nippte sie nur an ihrem Becher. Auch Lynn und Brendan füllten ihre Gefäße nicht nach. Einzig Claudine trank ihres in einem Zug aus und schenkte sich selbst nach.

»Zeit aufzubrechen.« Yorick stellte seinen Becher mit einem lauten Knall auf dem Tisch ab und wischte sich mit seinem Ärmel den Schaum vom Mund. Die anderen stimmten ihm zu. Claudine begleitete sie noch vor die Tür, wo die Tänzerin gerade eine kleine Pause machte und sich mit einem Schluck Wasser erfrischte. Dann verabschiedete Claudine sich von ihnen. Sie umarmte Lina und hielt sie dann eine Armweite von sich.

»Pass gut auf dich auf. Die Reise, die vor dir liegt, birgt viele Gefahren, aber dafür wirst du auch viel Erstaunliches sehen.« Sie deutete kurz mit dem Kinn hinüber zu Brendan. »Und was den hübschen jungen Mann angeht: Genieß jede Minute, die du mit ihm verbringst.«

Lina spürte, wie ihre Wangen heiß wurden. Sie konnte

nicht leugnen, dass der Wunsch, weiter bei Brendan zu sein, nicht nebensächlich gewesen war bei ihrer Entscheidung, mit nach Köln zu reisen. War sie so einfach zu durchschauen? Claudine brach das peinliche Schweigen, indem sie sich Brendan zuwandte und ihm fest auf die Schulter klopfte.

»Und du sorgst dafür, dass unser Menschenmädchen heil nach Hause zurückkehrt«, ermahnte sie ihn laut. Brendan versprach es lachend. Claudine schüttelte den Geschwistern noch die Hand.

»War nett, euch kennengelernt zu haben. Habt eine gute Reise. Ich werde jetzt prüfen, was das Nachtleben hier zu bieten hat.

Sie hob noch einmal die Hand zum Gruß, dann verschwand sie in der Gasse und die kleine Gruppe machte sich auf den Weg.

Sie verließen Treveris über das Handwerkerviertel im Süden der Stadt. Kurze Zeit später befanden sie sich in dem Wald, durch den sie in der Nacht zuvor gewandert waren. Lina warf ihren Rucksack zu Boden und atmete tief ein. Die Waldluft war würzig und warm.

»Korrigiert mich, wenn ich falsch liege, aber liegt der Rhein nicht nördlich von Treveris?«

Brendan schlüpfte ebenfalls aus den Trägern seines Rucksacks und streckte sich mit geschmeidigen Bewegungen.

»Richtig, aber wir beginnen unsere Reise bereits auf der Mosel. Unsere Zugangsmöglichkeit liegt östlich von hier. Aber wir warten noch auf jemanden.«

Lina warf ihm einen fragenden Blick zu. In diesem Moment raschelte es über ihr im Laub. Sie sah nach oben und entdeckte das Eichhörnchen, das von Ast zu Ast hüpfte und dann den Stamm neben ihr herunterkletterte. Lina ging in die Hocke.

»Was machst du denn hier? Hast du etwa auf uns gewartet?«

Wie zur Antwort keckerte das Eichhörnchen, stupste sie mit der Nase an und sprang dann hinüber zu Brendan. Geschickt kletterte es an seinem Hosenbein hinauf und machte es sich auf seiner Schulter bequem. Vorsichtig streichelte Brendan ihm über das Köpfchen, dann nickte er den anderen zu.

»Wir sind vollzählig!«

Seufzend hob Lina ihren Rucksack hoch und schnallte ihn auf den Rücken. Eins war klar: Sobald sie diese Reise hinter sich hatte, wäre sie um einiges fitter.

»Habt ihr euch schon überlegt, wie wir die Überfahrt bezahlen wollen?« Lynn vergrößerte ihre Schritte, um zu Brendan aufzuschließen, der zusammen mit Tails voranging. Das Eichhörnchen lief munter auf dem Boden vor ihm, sprang von rechts nach links und verschwand immer wieder für kurze Strecken in den umliegenden Bäumen.

Brendan strich sich mit der Hand über das Gesicht.

»Noch nicht wirklich«, gestand er.

»Brauchen wir Geld?« Lina dachte an den Umschlag, den Lord Fenway ihr überreicht hatte, und dessen Inhalt zum größten Teil in einem Holzkästchen in ihrem Zimmer lag.

»Nixen sind nicht interessiert an Reichtum«, warf Glenn von hinten ein.

»Nixen?« Lina blieb so abrupt stehen, dass Lynn in sie hineinlief und fiel. Glenn lachte.

»Entschuldige, ich vergesse immer, dass du nicht von hier bist.« Er streckte Lynn die Hand hin, um ihr aufzuhelfen.

»Alles in Ordnung?«

Lynn klopfte sich etwas Dreck von der Hose und untersuchte kurz ihre nackten Beine. Es waren keine Verletzungen zu sehen. Sie winkte ab.

»Nichts passiert«.

Die kleine Gruppe setzte sich wieder in Bewegung.

»Die Meerwesen kontrollieren schon seit jeher alle Wasserwege in der Anderwelt, gleich, ob auf oder unter der Oberfläche. Über die Jahrhunderte hinweg haben sie ein richtiges Unternehmen daraus gemacht. Es begann damit, dass sie Schutzgelder von den Fährleuten und Schiffern einforderten. Zahlte man nicht, konnte es sein, dass man auf plötzliche Wasserstrudel stieß oder die Besatzung aus unerklärlichen Gründen von Bord verschwand. Mittlerweile bieten die Meerwesen eigene Transportmittel an und man kann eine Überfahrt bei ihnen buchen. Vorausgesetzt, man kann bezahlen.«

»Die Nixen gehören zu den reichsten Völkern in der Anderwelt«, ergriff Lynn das Wort. »Sie bergen Schätze aus gesunkenen Schiffen und tauchen nach Flussperlmuscheln. Deswegen sind sie an Geld nicht interessiert. Ihre große Sehnsucht ist das Festland, das sie wegen ihrer Fischschwänze nicht betreten können.«

Lina dachte an die Geschichte der kleinen Meerjungfrau. Wie viele Märchen und Sagen aus ihrer Welt hatten wohl noch ihren Ursprung in der Anderwelt?

»Aus diesem Grund lieben die Meerwesen Geschichten, die nicht in ihrem Unterwasserreich spielen, sondern auf dem Land. Und am liebsten hören sie Geschichten aus der Menschenwelt, die sie oft besuchen.«

Vor ihnen blieb Brendan stehen und drehte sich um.

»Demnach wird Lina dafür verantwortlich sein, unsere Reise nach Köln zu bezahlen.«

Lina wollte protestieren, doch in diesem Moment deutete Brendan nach vorne. Der Wald lichtete sich und zwischen den Bäumen konnte man das Ufer der Mosel erkennen.

»Wir sind da.«

Das Ufer des Flusses, der ruhig in seinem breiten Bett vor ihnen lag, ließ nicht darauf schließen, dass hier Meerjungfrauen oder andere Märchenwesen lebten. Auf ihrer Seite wurde der Boden steinig und ging dann sanft ins Wasser über. Gegenüber erhoben sich die Moselberge. Lina sah sich suchend um, konnte aber keine Schiffsanlegestelle oder Vergleichbares entdecken. Sie wollte gerade nachfragen, ob sie auch an der richtigen Stelle waren, da begann das Wasser, sich zu kräuseln. An mehreren Stellen im Fluss entstanden kleine Strudel, als sich langsam etwas an die Oberfläche schob. Es schienen Steinsäulen verschiedener Größe zu sein, die aus dem Wasser auftauchten. Nach einigen Minuten beruhigte der Fluss sich wieder. Vor ihnen ragten mehrere steinerne Plattformen aus dem Wasser. Etwa acht kleinere bildeten eine Art Weg über die Mosel hin zu einem größeren Felsen mit etwa zwei Metern Durchmesser, der in der Mitte des Gewässers lag.

In diesem Moment begann das Eichhörnchen, wild zu keckern. Als Lina sich zu ihm umdrehte, sah sie, dass das Tier sich vor Brendan aufgebaut hatte. Es stand auf den Hinterbeinen, reckte die Vorderpfoten in die Luft und schimpfte laut vor sich hin. Offensichtlich war es verärgert, aber es wirkte durch seine Gebärden mehr als niedlich.

»Wie putzig«, meinte auch Lynn. Der Nager drehte sich zu ihr um, starrte die Frau einen Moment lang an und sprang dann einige Meter Richtung Wald. Dort saß er mit erhobenem Schwanz und drehte ihnen den Rücken zu.

»Was war das denn?«

Brendan trat näher ans Flussufer heran.

»Tails ist klar geworden, dass wir mithilfe der Nixen reisen werden. Als Waldtier ist Wasser nicht gerade sein Element und er fürchtet sich vor der Passage.« Er setzte vorsichtig einen Fuß auf einen der Steine, um zu prüfen, ob er Halt fand.

»Natürlich würde er das niemals zugeben. Außerdem vertraut er den Meerwesen nicht.«

Er streckte Lina seine Hand hin.

»Vertraust du mir?«

Da war es wieder. Und wieder legte Lina ihre Hand und ihr Geschick sorglos in die Hände des jungen Lordsohns. Hätte sie geahnt, wie selten ein Síodhach seine Hand darbot, hätte sie vielleicht noch schneller zugegriffen – oder ihre Hand verweigert, denn Feenwesen lassen sich selten festhalten. Beziehungen zwischen Síodhach und Menschen enden immer mit Leid – aber meistens sind sie es auch wert. All dies wusste Lina noch nicht und so war es erneut nur eine einfache Hand, die sie umschloss, um Halt auf den Steinen und in ihren Gefühlen zu finden.

Die Felsen waren gerade so weit voneinander entfernt, dass man ohne Anstrengung von einem zum nächsten wechseln konnte. Brendan wechselte mit der ihm eigenen Leichtigkeit sicher von einem Stein zum anderen und zog Lina mit sich. Die Oberfläche der Felsen war gleichmäßig und etwas angeraut, sodass sie nicht abrutschte. Ohne Zwischenfälle erreichten sie die Plattform in der Mitte des Flusses. Obwohl sie genügend Platz für sie beide bot, drängte Lina sich nah an Brendan und spähte aufmerksam über die Wasseroberfläche.

»Und jetzt?«

»Jetzt warten wir.«

Auch Brendan beobachtete das Wasser aufmerksam. Lina entging nicht, dass sein ganzer Körper angespannt war. Er legte einen Arm um ihre Hüfte und zog sie etwas hinter sich. Diese fürsorgliche Geste machte Lina nervös.

Sie zuckte zusammen, als sie vor sich unter der Wasseroberfläche einen Schatten ausmachte, der sich schnell auf sie zubewegte. Im selben Augenblick hörte sie hinter sich ein leises Geräusch, das sanfte Schlagen kleiner Wellen an die harten Kanten der Felsen. Als sie sich umdrehte, entfuhr ihr ein kleiner Schreckenslaut. Direkt vor ihr tauchte ein Meerwesen auf. Es war ein Mann mit nacktem Oberkörper. Das Gesicht war von einem langen Bart eingerahmt, in dem sich Algen und kleine Steine verfangen hatten. Seine bleichen Arme hatte der Flussmann auf den Felsen geschoben. Zwischen seinen ausgestreckten Fingern konnte Lina Schwimmhäute erkennen. Das Wesen hatte keinen Fischschwanz, sondern mehrere dunkelgrüne Tentakel anstelle der Beine, die sich abwechselnd durch die Luft erhoben und durch das Wasser peitschten. Als es die beiden ansprach, entblößte es zwei Reihen spitzer Zähne.

»Was ist euer Begehr?« Das Monster sprach leise und säuselnd. Lina lief es kalt den Rücken herunter.

Unwillkürlich drängte sie sich näher an Brendan, hielt den Blick aber fest auf das Wesen vor ihr geheftet. Aus den Augenwinkeln bemerkte sie, dass noch weitere der Kreaturen auftauchten. Schon hatten sie die kleine Plattform umringt. Hilfesuchend blickte sie zum Ufer.

»Wir begehren eine Überfahrt nach Köln.« Brendans Stimme klang fest.

»Ist dem so?«, zischelte das Ungeheuer. »Und wie gedenkt ihr, eure Überfahrt zu bezahlen?«

»Mit Geschichten, wie es Tradition ist.«

Das Wesen klatschte einen seiner Tentakel auf den Felsen. Langsam kroch er auf Brendans Fuß zu und umschlang seinen Knöchel.

»Wer bist du, dass du glaubst, Geschichten zu wissen, die wir nicht bereits seit Jahrhunderten kennen?«

Es grinste höhnisch.

Lina hörte, wie auch an anderen Stellen Tentakel über den Stein krochen. Mutig trat sie hinter Brendan hervor.

»Nicht er wird euch Geschichten erzählen, sondern ich. Geschichten aus der Menschenwelt.«

Der Meermann sah sie einen Moment lang prüfend an, dann drehte er sich um und entfernte sich einige Meter von der Plattform. Er rief etwas in einer fremden Sprache, anscheinend eine Aufforderung an seine Gefährten. Die anderen Meerwesen folgten ihrem Wortführer und bildeten einen Kreis. Lina konnte sehen, wie sie kurz miteinander diskutierten. Ihre Tentakel peitschten aufgewühlt durch das Wasser, doch dann schienen sich die bedrohlichen Wesen geeinigt zu haben. Mit Ausnahme des Meermannes, der mit ihnen gesprochen hatte, tauchten alle unter und verschwanden unter der Wasseroberfläche. Ihr Wortführer schwamm mit wenigen kräftigen Zügen zu ihnen zurück.

»So sei es«, zischelte er und deutete mit einem seiner mit Saugnäpfen besetzten Tentakel zum Ufer, von wo die Geschwister das Geschehen auf der Flussmitte aufmerksam beobachteten.

»Holt eure Freunde herbei, es geht gleich los.« Nun blickte er Lina direkt in die Augen. »Sechs Passagiere, das sind sechs Geschichten, junges Menschenmädchen.«

Ohne eine Antwort abzuwarten, tauchte er unter. Kurz war noch sein Schatten unter der Wasseroberfläche zu sehen, dann war er verschwunden. Lina schluckte.

»Kommt zu uns!«, rief Brendan und gestikulierte wild mit den Armen.

Anscheinend hatten die anderen seine Botschaft verstanden, denn sie schnallten sich ihre Taschen und Rucksäcke um. Lynn ging in die Hocke, nahm Tails in den Arm und steckte ihn behutsam in einen weiten Schal, den sie sich kreuzförmig um den Oberkörper geschlungen hatte. Dann trat sie als Erste auf die Steine. Glenn und Yorick folgten ihr in einigem Abstand. Während Lynn fast ebenso mühelos wie Brendan von Stein zu Stein wechselte, hatte Yorick größte Mühe, das Gleichgewicht zu halten. Mehr als einmal bewahrte ihn nur das beherzte Eingreifen seines Bruders davor, in die Mosel zu stürzen. Schließlich standen sie alle dicht gedrängt auf der Plattform und wagten kaum noch, sich zu rühren.

Bevor sie sich fragen konnten, was nun weiter geschehen würde, begann das Wasser neben ihnen erneut zu brodeln, viel stärker als zuvor. Yorick pfiff leise durch die Zähne, als sie die drei Barken erkannten, die vom Grund des Flusses auftauchten. Jede wurde von zwei Meermännern gezogen. Sie mochten früher einmal weiß gewesen sein, doch nun blätterte die Farbe an vielen Stellen ab und ließ das faulende Holz darunter erkennen. Algen und Moose hatten die mastlosen Schiffe übernommen und verdeckten die ehemals kunstvollen Schnitzereien und Verzierungen. Auf jeder Barke war ein kutschenähnlicher Aufbau angebracht. Die großen Fenster auf allen Seiten hatten den Passagieren früher sicher eine atemberaubende Aussicht auf eine Welt erlaubt, die ihnen sonst verborgen war. Doch nun waren die Scheiben trüb und stumpf. Alles an den Booten zeugte vom Glanz vergangener Zeiten.

Ein weiteres Meerwesen kam an die Oberfläche, doch diesmal war es keiner der Furcht einflößenden Meermänner. Lina hielt den Atem an. Es war eine Nixe, schöner als jedes Bild, das sie sich jemals von einem solchen Wesen gemacht hatte. Ihr langes Haar war weiß wie die Meeresgischt und fächerte sich neben ihr in den leichten Wellen der Mosel auf, als sie sich aus dem Wasser erhob. Ihre Haut war bleich und ihre Augen waren von einem solch dunklen Grün, dass sie fast schwarz wirkten. Sie trug ein Diadem aus Muscheln und Perlen, in dem sich Algen verfangen hatten, was seine Schönheit noch betonte. Ihr Oberkörper war nackt und entgegen der Abbildungen, die Lina aus den Büchern ihrer Kindheit kannte, wurden ihre kleinen, festen Brüste nicht von Muscheln verdeckt. Sie wurde rot, als sie die aufgereckten Brustwarzen mit den blassen Vorhöfen sah, und führte ihren Blick weiter nach unten, wo man im Wasser einen anmutigen Fischschwanz erkennen konnte.

»Ich grüße euch, Reisende«. Im Gegensatz zu ihren Gefährten klang die Stimme der Nixe weich und melodisch. Sie deutete auf die Barken. »Wir werden euch gleich behilflich sein, eure Unterkunft zu betreten. Die Reise nach Köln wird nicht lange währen und ihr könnt sie unbesorgt genießen. Im Inneren der Kabinen findet ihr jeglichen Komfort, den ihr euch wünschen könnt. Zu eurem eigenen Schutz bitten wir euch, sie nur in unserer Begleitung zu verlassen. Die Strömung könnte euch sonst hinfortreißen. Doch zuvor …« Sie unterbrach sich. Ein bezauberndes Lächeln erschien auf ihrem Gesicht. Neckisch zwinkerte sie Glenn zu.

»Du bist schon einmal mit mir gereist, nicht wahr?«

»Aye«, bestätigte dieser. Vorsichtig, um die anderen nicht von der Plattform zu stoßen, ging er in die Hocke. Die Nixe schwamm dichter an den Felsen heran, hob sich weiter aus dem Wasser und näherte sich seinem Gesicht. Lina traute ihren Augen nicht, als sie sah, wie das Wasserwesen ihre Lippen auf Glenns legte und ihn sanft, aber intensiv küsste. Glenn schloss genießerisch die Augen. Als die Nixe sich von ihm löste, wirkte sein Blick für einen Moment verklärt, dann grinste er, ergriff die Hand, die die Meerjungfrau ihm darbot, und sprang geschickt mit einem Satz auf eine der Barken.

Lynn verlor beinahe das Gleichgewicht, als Yorick sich ungestüm nach vorne drängte.

»Ein Kuss von einer solch schönen Maid? Das lass ich mir nicht entgehen! Komm her, Süße!« Er kniete sich an den Rand der Plattform und streckte die Arme aus. Die Nixe lächelte neckisch, legte ihre Hand in Yoricks Nacken und küsste auch ihn. Die Berührung dauerte länger als die vorherige. Als die Wasserfrau sich löste, packte Yorick sie an den Hüften und drückte ihr einen weiteren herzhaften Kuss auf die Lippen. Lina hätte sich nicht gewundert, wenn er der Meerjungfrau noch einen Klaps auf das Hinterteil gegeben hätte.

»Aye! Süßer als chouchen!« Yorick richtete sich auf und lachte laut auf. Dann folgte er seinem Bruder, der bereits in der Kajüte der Barke verschwunden war.

»Der Kuss der Meerjungfrau versorgt unsere Lungen mit Luft, sodass wir unter Wasser nicht zu atmen brauchen«, raunte Brendan Lina zu, als Lynn nach vorne trat und sich im Schneidersitz niederließ. Sie nestelte an dem Schal herum, den sie um ihre Brust geschlungen hatte, und zog Tails heraus. Mit beiden Händen streckte sie der Wasserfrau das Eichhörnchen entgegen, das in eine Schockstarre verfallen war. Ohne zu zögern nahm die Nixe das winzige Köpfchen in ihre schlanken Hände. Behutsam küsste sie das kleine Tier. Tails rührte sich nicht, doch als die Nixe sich von ihm löste, riss er sich von Lynn los, nieste einige Male und sprang laut keckernd zu Brendan. Die Nixe ergriff Lynns Hand, die immer noch mit überschlagenen Beinen am Rand der Plattform saß. Einen Moment lang sahen sich die beiden Frauen tief in die Augen, dann neigten sie gleichzeitig ihre Köpfe zueinander. Nachdem auch sie den Kuss der Nixe empfangen hatte, rappelte Lynn sich auf.

»Danke«, flüsterte sie der Wasserfrau zu. Sie drehte sich noch einmal zu Brendan und Lina um, hob die Hand zum Gruß und ließ sich von ihrem Bruder auf die Barke helfen.

Als auch sie in dem kleinen Aufbau verschwunden war, überprüfte einer der Meermänner mit seinen Tentakeln, ob die Türen geschlossen waren. Dann gab er seinen Gefährten, die vor der Barke angeschirrt waren, ein Zeichen. Sie stemmten sich gegen die ledernen Riemen. Ihre Tentakel pulsierten im Gleichtakt durch das Wasser. Langsam setzte sich die Barke mit Glenn, Yorick und Lynn in Bewegung und nahm Fahrt auf, während sie sich von der Plattform entfernte. Dann bäumten sich die Meermänner auf und tauchten kopfüber in die Mosel. Die Barke neigte sich gefährlich vornüber, dann senkte sich ihr Bug ins Wasser. Wenige Augenblicke später war sie verschwunden und die Wasseroberfläche wieder glatt. Lina richtete ihre Aufmerksamkeit wieder auf die Nixe vor ihr, die sie abwartend musterte. Ihr Blick wirkte amüsiert.

»Du zuerst.«

Lina schob Brendan nach vorne.

Er hob eine Augenbraue.

»Sicher?«

Lina nickte heftig. Sie hatte noch nie eine andere Frau geküsst, geschweige denn eine Meerjungfrau. Als Brendan nach vorne trat und den Arm um ihre Hüfte löste, strich er sanft mit seinen Fingern über ihren Rücken.

»Wir sehen uns gleich in der Barke.« Seine Stimme war wie immer beruhigend, doch Linas Mund war zu trocken, um zu sprechen. Sie nickte nur.

Brendan trat an den Rand der Plattform. Anders als die anderen setzte er sich an den Rand des Felsens und ließ die Beine ins Wasser baumeln. Die Nixe schwamm dicht an seine Seite und legte ihre Hände auf seine Oberschenkel. Brendan sagte leise etwas zu ihr, was Lina nicht verstand. Die Nixe ließ ein glockenhelles Lachen ertönen, als Brendan seine Hand in ihren Nacken schob. Halb beugte er sich zu ihr hinab, halb zog sie sich zu ihm hinauf. Ihre Lippen trafen einander und diesmal war es nicht die Meerfrau, die die Initiative ergriff. Lina spürte ein Grummeln tief in ihrem Bauch. Sie wollte wegsehen, doch der Anblick der beiden Síodhach, in stiller Umarmung versunken, war so liebreizend, dass sie es nicht ertragen konnte. Erleichtert atmete sie auf, als der Kuss endlich endete. Die Nixe ergriff Brendans Hand und zog ihn zu sich ins Wasser. Er lachte, als er spritzend ins Wasser fiel, tauchte unter und kam hinter der schönen Fremden wieder zum Vorschein. Er winkte Tails zu, der mit einem geschmeidigen Sprung auf seinen Rücken hüpfte. Mit einigen kraftvollen Zügen schwamm er zur zweiten Barke, die etwas weiter entfernt im Wasser schaukelte. Mühelos zog er sich hoch und kletterte über die niedrige Reling. An Bord legte er den Kopf in den Nacken und strich sich das Wasser aus den Haaren. Er winkte Lina noch einmal, verneigte sich kurz achtungsvoll vor der Meerjungfrau und verschwand in der Kajüte.

»Nun bist nur noch du übrig.«

Die Nixe hatte recht. Lina bekam weiche Knie, aber so sehr sie es sich auch wünschte, sie konnte den Moment nicht weiter hinauszögern. Aus den Augenwinkeln beobachtete sie, wie die Barke mit Brendan sich in Bewegung setzte, und als wäre dies der letzte Anstoß, den sie benötigte, trat nun auch Lina an den Rand der Plattform. Dort blieb sie stehen und wusste nicht, was sie tun sollte. Die Nixe ließ wieder ihr helles Lachen hören.

»Hab keine Angst.« Ihre Stimme war leise, doch eindringlich. Sie legte beide Hände auf den Felsen, stemmte sich hoch und setzte sich auf den Rand, sodass ihr Fischschwanz zum Vorschein kam. Die hellgrünen und silbernen Schuppen glitzerten in der Sonne. Lina sah, dass ihr Gegenüber keinen Bauchnabel hatte. Sie fühlte eine Hand in ihrer, kalt, aber nicht unangenehm. Sie blickte hinunter und schaute direkt ins Gesicht der Nixe. Sanft zog sie an Linas Arm. Sie konnte gar nicht anders, als der stummen Aufforderung Folge zu leisten. Wie von selbst beugten sich ihre Beine, sie sank auf die Knie. Fast im gleichen Moment legte die Nixe Lina eine Hand unter das Kinn. Als sie näher kam, konnte Lina den Blick nicht mehr von den Augen des Meerwesens lösen. Erst aus dieser Nähe konnte sie erkennen, dass das dunkle Grün von helleren Punkten durchsetzt war, die wie Sterne funkelten. Die Nixe roch nach frischer Meeresluft, nach Algen und Fisch und sonnenwarmem Sand. *Seltsam, dass ich ihren Atem nicht spüre,* dachte Lina. Doch als sich der kalte Mund der Nixe auf ihre warmen Lippen legte, dachte sie nichts mehr.

»Nun komm«, sagte die Nixe lächelnd, als sie sich von Lina löste, und deutete auf die mittlere Barke, die bislang noch niemand betreten hatte. Sie war etwas größer als die beiden anderen.

»Es wird Zeit für deine erste Geschichte.«

Zögerlich folgte Lina der Nixe in die Kabine. Sie musste sich bücken, um durch die niedrige Tür zu gehen, und auch im Inneren war kaum genug Platz, um sich aufzurichten. Dafür war nahezu der gesamte Raum mit wuchtigen Polstermöbeln ausgefüllt, die Lina an alte Zugabteile erinnerte. Die Sitze waren mit dunkelblauem Cord bezogen, der auf den Sitzflächen und in Höhe der Kopflehnen stark abgewetzt war. Darüber befanden sich Gitter, die nach hinten leicht abfielen und zur Aufbewahrung von Gepäckstücken dienten. Unter dem Fenster gegenüber der Tür war ein schmaler Tisch angebracht. Lina konnte sogar einen der typischen Mülleimer aus Metall erkennen, der am Tisch befestigt war. Sie sah zur Ablage, entschied sich aber, ihren Rucksack bei sich zu behalten und setzte sich, die Tasche wie einen Schild vor den Bauch gedrückt, auf eine der beiden Bänke. Beim absurden Versuch unsichtbar zu werden, drückte sie sich so dicht wie möglich in ihre Ecke. Die Nixe nahm auf der anderen Seite Platz. Anmutig drapierte sie ihren Fischschwanz neben sich auf dem Polster. Draußen überprüfte einer der Meermänner die Tür. Kurz darauf setzte sich die Barke in Bewegung.

»Kann ich dir etwas anbieten?«

Lina schüttelte den Kopf und drückte den Rucksack fester an sich. Der Mut, mit dem sie sich dem Meermann entgegengestellt hatte, war mit Brendan verschwunden. Sie vermisste den Lordsohn und seine warme, beruhigende Hand in ihrer. Die Meerjungfrau griff nach einem Holzkistchen, das auf dem Tisch stand, und öffnete es behutsam. Darin lagen mehrere Muscheln. Sie waren länglich geformt und von mattfarbener, ungleichmäßiger Oberfläche. Die Nixe schaute den Inhalt einen Moment lang prüfend an, dann entnahm sie eine. Behutsam zog sie die beiden Schalen auseinander und legte die Muschel mit der Öffnung nach oben auf den Tisch.

»Wir haben etwa fünf Stunden, bis wir Köln erreichen. Genug Zeit, um deine Geschichten zu erzählen, Menschenmädchen. Du kannst frei entscheiden, welche Episode aus deinem Leben du mit meinem Volk teilen willst, doch ich warne dich: Wähle gut.« Sie lehnte sich zurück und kuschelte sich an die Polster in ihrem Rücken, sichtlich erwartungsvoll. Linas Atem ging schwerer.

»Was ...« Sie räusperte sich. »Was passiert, wenn euch meine Geschichten nicht gefallen?«

Die Nixe lächelte, doch diesmal war ihr Lächeln kalt.

»Sechs Geschichten für sechs Passagiere, so ist die Abmachung. Für jedes Ende, das nicht meinen Gefallen findet, endet auch für einen deiner Freunde die Fahrt.«

Sie beugte sich vor. »Doch nun fang endlich an!«

Lina begann fieberhaft zu überlegen. Ihr Leben kam ihr plötzlich unbedeutend und langweilig vor. Die Meerjungfrau musste schon tausend und abertausend Wunder mit eigenen Augen und durch die Augen ihrer Passagiere erlebt haben, was konnte sie schon erzählen, was das Leben ihrer Gefährten aufwog? Hätte sie gewusst, wie aufregend selbst der gewöhnlichste Alltag eines Menschen für ein Wesen war, dessen höchste Sehnsucht es war, auf zwei Beinen zu gehen, hätte Lina sich entspannen können. So jagten ihre Gedanken wild durch ihren Kopf. Hilfesuchend blickte sie sich um. Ihr Blick fiel auf ihre Schuhe. Ihre karierten Chucks hatte sie in Trier gelassen, stattdessen trug sie ein paar sportliche Halbstiefel, die Claudine als tauglicher für die lange Reise durch die Anderwelt erachtet hatte. Ein Urlaub kam ihr in den Sinn, der letzte, den sie mit ihrer Mutter und ihrem Vater gemeinsam verbracht hatte: ihre letzten gemeinsamen Familienferien. Sie waren in die Alpen gefahren und jeden Tag zu einer anderen Wanderung aufgebrochen. Lina dachte an die neuen Schuhe, die ihr Vater ihr vor dem Urlaub gekauft hatte, und daran, wie stolz ihr Vater auf sie gewesen war, als sie den schwierigen Aufstieg zu einer Berghütte gemeistert hatte. Stockend begann sie zu erzählen.

Sie sah die Nixe nicht an, während sie sprach, und so

entging ihr, dass sich eine Art Nebel in der kleinen Kajüte bildete. Er war hellblau, wogte in dünnen Schlieren durch den Raum und sammelte sich in dessen Mitte, genau über dem Tisch mit der geöffneten Muschelschale. Als sie geendet hatte, dauerte es noch einen Moment, bis Lina wagte, den Blick wieder zu heben. Die Nixe schaute sie aufmerksam an, als hätte sie die ganze Zeit über nichts anderes getan. Ihre Miene war unbewegt und nichts deutete darauf hin, ob ihr Linas Geschichte gefallen hatte. Einen Moment lang herrschte Schweigen. Dann richtete die Nixe ihren Blick auf den Nebel, der noch immer über der Muschelschale schwebte. Lina staunte, als der blaue Nebel sich zu drehen begann. Immer schneller drehte er sich und verdichtete sich zu einer kleinen pulsierenden Wolke. Diese verharrte einen Moment lang still in der Luft, dann sackte sie jäh nach unten ab und landete mitten in der geöffneten Muschelschale. Die Meerjungfrau nickte. Ein kleines Lächeln umspielte ihre Lippen, als sie sich nach vorne neigte und mit einer Fingerspitze die obere Muschelhälfte berührte. Die Muschel schloss sich. An der Stelle, an der die beiden Hälften sich berührten, knisterten helle Funken von einer Seite zur anderen, als hätte man eine Wunderkerze entzündet. Als das Funkeln erlosch, schob die Meerjungfrau die Muschel näher Richtung Fenster, öffnete die Schatulle und bereitete eine neue Muschel vor. Dann lehnte sie sich wieder zurück und forderte Lina mit einer Geste auf fortzufahren.

Ermutigt von der Reaktion ihrer Gastgeberin ging Lina die Stationen ihres Lebens durch und entschied sich für weitere Erlebnisse, die sie mit der Nixe teilen wollte. Sie erzählte vom Sportunterricht in der Schule, der im Sommer hauptsächlich aus Leichtathletik bestand, und von ihrem achten Geburtstag, als sie mit ihren Freundinnen zum Schlittschuhlaufen gegangen war. Beide Male materialisierte sich ein hellblauer Nebel im Inneren der Kabine, während sie sprach, und wurde in einer Muschel eingeschlossen.

Als vierte Geschichte wählte Lina den Tag, an dem sie ihre Führerscheinprüfung bestanden hatte. Bei der Erinnerung an das Chaos, das entstanden war, als der Prüfer ihre Unterlagen mit denen ihres Klassenkameraden Tobias vertauscht hatte, musste sie lachen. Diesmal war der Nebel orange.

Während sie sprach, schaute Lina aus dem Fenster. Das Fenster war trüb und erlaubte keine weite Sicht. Sie fuhren dicht über dem Boden. Die Strömung wirbelte kleine Steine und Erde vom Flussbett auf. Knapp vor sich konnte Lina die Barke erkennen, die Brendan bestiegen hatte. Vom dritten Schiff fehlte jede Spur. Sie erschrak, als ein großer Fisch dicht an ihrem Fenster vorbeischwamm und für einen kurzen Moment mit kalten Augen in das Innere der Kajüte zu starren schien. Schnell wandte Lina ihren Blick ab und konzentrierte sich wieder auf ihre Erzählungen.

Als die Nixe die vierte Muschel in die Reihe der übrigen schob, schaute sie Lina ernst an.

»Gut gemacht, Menschenmädchen. Die Barke mit den Geschwistern wird wohlbehalten in Köln ankommen, darauf gebe ich dir mein Wort. Nun wird es Zeit, für die Überfahrt des Lordsohns zu bezahlen.«

Lina schluckte. Die Worte der Nixe waren freundlich, und doch hörte sie deutlich die darin liegende Warnung. Um Brendans Sicherheit zu gewährleisten, musste sie eine Geschichte erzählen, die mehr bot als die vorherigen. Krampfhaft dachte sie nach, doch der Gedanke an Brendan schob sich immer wieder in den Vordergrund. Sie erinnerte sich an den ersten Moment, in dem sie ihn im Mitternachtsladen gesehen hatte, und wie er ihr in der Eisdiele seinen Löffel zum Probieren hingehalten hatte. Sie dachte an den Brief, den Tails ihr überbracht hatte, und sah Brendan vor sich, wie er die Hand ausstreckte, um ihr im nächtlichen Wald über den umgestürzten Baumstamm zu helfen. Fast unbeabsichtigt erzählte sie, wie sie durch das Portal in die Anderwelt getreten waren, von ihrer Begegnung mit Lynn und den Brüdern und von ihrem wilden Tanz um das Feuer.

Die Nixe öffnete eine kleine Klappe unter ihrem Sitz und zog eine mit Wasser gefüllte Keramikschüssel hervor. Sie war dunkelblau lasiert und hatte an einer Seite einen großen Sprung. In der Mitte lag ein grobporiger Schwamm. Die Nixe ergriff ihn und betupfte damit ihren Fischschwanz. Lina merkte, dass auch ihr Mund trocken war. Sie griff nach ihrem Rucksack, den sie irgendwann während der dritten oder vierten Geschichte vor sich auf den Boden gestellt hatte, und kramte ihre letzte Dose Cola hervor. Nachdem sie einen großen Schluck getrunken hatte, erzählte sie weiter. Sie erzählte von Arvid und dem Kampf, der dort im Wald entbrannt war. Wieder spürte sie die Angst, als sie der Nixe beschrieb, wie sich die Wurzeln durch das Erdreich gebahnt hatten, um ihr Bein zu umschlingen.

Die Geschichte hatte länger gedauert als die vorherigen und der Nebel war dicht und von strahlendem Rot, das das Innere der Kajüte in ein geheimnisvolles Licht tauchte. Erst als die Meerjungfrau die Muschel verschloss und zu den anderen stellte, wurde das Licht wieder trüb. Wieder öffnete die Nixe die Holzschatulle. Eine einzige Muschel lag noch darin. Linas Muschel. Jetzt galt es, ihr eigenes Leben zu retten.

Mit einem Mal erschien Lina die kleine Kabine, in der sie die letzten Stunden verbracht hatte, winzig. Ein Gefühl der Enge machte ihr das Atmen schwer. War in dem kleinen Raum genügend Sauerstoff oder hatte sie den Vorrat bereits aufgebraucht? Sie dachte an den Kuss der Nixe, doch plötzlich war sie sich nicht mehr sicher, ob sie nicht in eine Falle getappt war. Ihr Atem ging schneller. Sie schaute aus dem Fenster auf den Grund des Flusses. Wie tief sie wohl unter der Oberfläche waren? Aus dem Schulunterricht wusste sie, dass auch bei größeren Flüssen die Fahrrinne selten tiefer als zwei oder drei Meter war, aber in der Anderwelt galten sicher andere Regeln. Zumindest konnte sie keinen Lichteinfall von oben mehr ausmachen. Müssten die Wassermassen die kleine Kajüte nicht einfach zerdrücken? Lina konnte das Klopfen ihres Herzens spüren, das dem schnellen Rhythmus ihres Atems folgte. Ihr wurde schlecht. Sie musste hier raus! Doch wohin sollte sie fliehen? Sie versuchte, sich zu beruhigen. Nur ein einziges Mal hatte sie sich in ihrem Leben so gefühlt …

Es war an einem Freitag gewesen. Es war ein typischer Novembertag. Den ganzen Vormittag über hatte es geregnet, und auch als es am Nachmittag aufhörte, blieb der Himmel wolkenverhangen. Lina ging nach der Schule mit Nele, die schon damals ihre beste Freundin war, nach Hause. Wie verabredet fuhr Neles Vater sie gegen sechzehn Uhr nach Wadern, wo sie sich im Kino den ersten Teil von »Mockingjay« ansahen. Lina hatte von ihrem Vater ein paar Extrascheine zugesteckt bekommen und spendierte Nele zu der Riesenportion Nachos mit Käsesauce und der Megatüte Popcorn auch noch ein Eis. Als Neles Vater sie nach der Vorstellung abholte, waren die beiden Mädchen zwar so satt, dass ihnen fast schlecht war, aber sie hatten

Spaß und diskutierten die ganze Rückfahrt über aufgeregt über den Film. Neles Vater setzte Lina direkt zu Hause ab. Sie bedankte sich, verabschiedete sich von ihrer Freundin und schloss gut gelaunt die Tür des kleinen Einfamilienhäuschens auf, in dem sie mit ihren Eltern lebte.

»Bin wieder da!«, rief sie laut, während sie ihre Schuhe auszog und achtlos im Flur stehen ließ. Als sie keine Antwort bekam, warf sie erst einen Blick ins Wohnzimmer und ging dann hinüber zur Küche, wo sie ihre Eltern beim Abendessen vermutete. Als sie durch den Flur ging, fiel ihr Blick auf zwei große Koffer, die neben der Garderobe standen. Sie runzelte die Stirn. Musste ihr Vater wieder auf Dienstreise? Sie betrat die Küche. Ihre Mutter saß mit gesenktem Blick am Küchentisch. Ihr Vater stand mit dem Rücken zu ihr am Fenster. Er drehte sich nicht um, aber ihre Mutter hob den Kopf. Offenbar hatte sie geweint.

»Was ist los?«, fragte Lina. »Muss Papa wieder verreisen? Ich habe die Koffer draußen stehen sehen.«

Ihre Mutter schüttelte den Kopf.

»Setz dich, Liebes«, sagte sie. »Dein Vater und ich müssen mit dir reden.«

Noch immer drehte ihr Vater sich nicht zu ihr um. Lina trat zum Tisch, zog sich einen Stuhl heran und setzte sich. Irgendetwas war hier ganz und gar nicht in Ordnung. Eine dunkle Vorahnung beschlich sie. Sie schaute zu ihrem Vater hinüber, der weiter aus dem Fenster starrte. Seine Hände spielten mit einem Schlüsselbund.

»Lina …« Die Stimme ihrer Mutter klang zögerlich. »Es stimmt, die Koffer im Flur sind von deinem Vater. Aber er muss nicht auf Dienstreise.« Sie brach ab.

Lina schaute verwirrt von einem zum anderen. Ihre Kehle fühlte sich plötzlich an, als trüge sie einen zu engen Rollkragen, und sie wünschte sich, sie hätte im Kino nicht so viel Popcorn gegessen. Das war doch der Grund, warum ihr plötzlich so übel war? Endlich drehte ihr Vater sich zu ihr um. Seine Miene war ausdruckslos.

»Lina, das wird schwer für dich zu verstehen sein, aber deine Mutter und ich haben beschlossen, dass es besser ist, wenn wir uns trennen.«

»Ich habe gar nichts beschlossen«, murmelte Linas Mutter, doch ihr Mann ignorierte ihren Einwand.

»Ich werde ausziehen. Heute noch. Deshalb habe ich meine Koffer gepackt.«

Lina sprang auf.

»Einfach so?« Sie spuckte ihrem Vater die Worte entgegen. »Was soll das genau heißen? Wann kommst du zurück?«

»Lina …« Ihre Mutter legte eine Hand auf ihre, um sie zu beruhigen, doch Lina schüttelte sie ab.

»Ich habe dich was gefragt!« Sie sah ihren Vater herausfordernd an, doch er blieb unbeeindruckt von ihrem Wutausbruch. Deutlich schüttelte er den Kopf.

»Nein, Lina, ich werde gar nicht zurückkommen.«

Lina starrte ihn fassungslos an.

»Was meinst du damit?«

Endlich löste sich ihr Vater von dem Fensterbrett, trat zu Lina und legte eine Hand auf ihre Schulter.

»Wir werden in Ruhe über alles reden«, versprach er ihr. »Doch erst, wenn sich alle beruhigt haben.«

»Beruhigen?« Linas Stimme war schrill. Ihr Herz pochte wie verrückt. Sie musste hier raus.

»Darauf kannst du lange warten.« Ihr Stuhl kippte, als sie die Hand ihres Vaters abschüttelte, und fiel mit lautem Krachen auf den Boden. Lina achtete nicht darauf, sondern stürmte aus der Küche hinaus, die Treppe hoch in ihr Zimmer, wo sie sich verbarrikadierte.

Behutsam legte die Nixe die letzte Muschel in die Holzschatulle und schloss den Deckel. Dann sah sie Lina lange an.

»Ich danke dir, Menschenmädchen«, sagte sie schließlich leise. »Mit deinen Geschichten hast du dir nicht nur eine sichere Überfahrt erkauft, sondern meinem Volk einen großen Dienst erwiesen. Es ist selten geworden, dass welche aus deinem Volk uns besuchen und selbst wenn, haben sie meist wenig zu erzählen. Manchmal haben wir jedoch Glück und können Erzählungen aus der Menschenwelt in unsere Muscheln einschließen, wo einige von ihnen zu wunderschönen Perlen werden.«

Sie nestelte in ihrem Haar und reichte Lina einen winzigen Gegenstand. Lina nahm ihn und bestaunte die kleine Kostbarkeit auf ihrer Handfläche. Es war ein filigraner Ring, der schimmerte, als sie ihn in ihren Fingern drehte.

»Solltest du jemals auf einem Wasser der Anderwelt in Not geraten, wirf den Ring in die Fluten und wir werden kommen, um dir zu helfen.«

Verblüfft schaute Lina die Meerjungfrau an.

»Ich weiß gar nicht … danke!«, brachte sie hervor.

Die Nixe lächelte.

»Du hast es dir verdient. Ich würde mich freuen, dich eines Tages wiederzusehen und weitere Geschichten von dir zu hören, Lina Meeresfreundin.«

In diesem Moment stoppte die Barke. »Wir haben unser Ziel erreicht.«

Augenblicklich erschien einer der Meermänner an der Tür. Mit einem seiner Tentakel öffnete er eine kleine Luke. Sofort drang Wasser durch den zentimeterbreiten Spalt in das Innere der Kabine. Lina schluckte und sie spürte, wie Panik nach ihr griff. Nach wenigen Minuten war das Wasser bereits auf Höhe der Sitzpolster gestiegen. Die Nixe tauchte genießerisch ihren Fischschwanz in das Nass und seufzte wohlig.

»Keine Angst«, beruhigte sie Lina. »Mein Zauber hält, was er verspricht. Bleibe nur dicht bei mir und atme gleichmäßig weiter.«

Mittlerweile war das Wasser auf Hüfthöhe gestiegen. Die Nixe glitt von ihrem Sitz herunter und reichte Lina die Hand. Diese zog ihren Rucksack auf den Rücken und sicherte ihn mit dem Bauchgurt. Dann ergriff sie die dargebotene Hand. Noch immer hatte sie keine Vorstellung davon, wie der Zauber der Meerjungfrau funktionieren sollte, aber was blieb ihr für eine Wahl? Der Griff der Meerjungfrau wurde fester, fast hätte Lina aufgeschrien, als sie ihr die Finger zusammenquetschte. Sie konnte die Schwimmhäute der Nixe spüren.

»Los geht es.« Die Meerjungfrau nickte ihr noch einmal zu. Dann ging alles blitzschnell. Der Meermann öffnete trotz des Wasserdrucks mühelos die Tür. Ein Schwall Wasser toste in das Innere der Kabine und hätte Lina augenblicklich von den Füßen gerissen, doch der Griff der Nixe umklammerte sie erbarmungslos. Panisch versuchte Lina, ihr Gleichgewicht zu finden und atmete unwillkürlich tief ein, als das kalte Wasser ihr ins Gesicht klatschte. Sie erwartete, sich zu verschlucken, spürte schon das Nass in ihren Lungen und wollte husten, um sich davon zu befreien. Doch dann stellte sie fest, dass all dies nicht wirklich geschah.

Sie öffnete die Augen, die sie zum Schutz geschlossen hatte. Fast erwartete sie, eine Luftblase vor ihrem Mund vorzufinden, doch sie sah nichts dergleichen. Dennoch füllte sich ihr Mund nicht mit Wasser, als sie ihn versuchsweise ganz leicht öffnete. Zögernd ließ sie den Atem los, den sie entgegen der Anweisung der Nixe angehalten hatte. Er sprudelte in kleinen Bläschen aus ihrem Mund heraus. Einige Augenblicke lang versuchte Lina noch, den einsetzenden Atemreflex zu unterdrücken, doch der Druck in ihrer Brust wurde schnell größer. Sie konnte es nicht länger verhindern, ihr Körper übernahm das Regime und sie atmete ein. Luft strömte durch ihren Mund in ihre Lungen – doch das Wasser blieb draußen. Ungläubig schüttelte Lina den Kopf. Wie war das möglich? Wieder atmete sie langsam aus, wieder perlte ihr Atem sichtbar durch das Wasser vor ihr. Diesmal atmete sie bewusst durch die Nase ein, aber auch jetzt wurde das Wasser auf magische Weise daran gehindert, in ihren Körper einzudringen.

Jemand zog an ihrer Hand. Die Nixe schwamm in der Türöffnung und sah Lina ungeduldig an. Sie drückte sich vom Boden ab und ließ sich von der Nixe, die mit kräftigen Stößen voranschwamm, aus der Kabine ziehen. Draußen war es dunkel und das Wasser um einiges kälter als in der Kabine. Lina hatte Schwierigkeiten, sich zu orientieren, und verstärkte ihren Griff um die Hand der Nixe, die anmutig durch ihr Element schoss. In einiger Entfernung konnte sie einen Lichtschimmer ausmachen. Ob das Brendans Barke war? Lina versuchte, ihre Bewegungen ihrer Begleiterin anzupassen, was ihr jedoch nur mäßig gelang. Sie ruderte wild mit dem rechten Arm und strampelte mit beiden Beinen, was wenig elegant aussah, sie aber zumindest mithalten ließ. Es dauerte nicht lange, bis sie erkannte, dass sie tatsächlich auf die zweite Barke zuschwammen. Auch diese hatte angehalten und Lina sah, wie einer der Meermänner die Tür öffnete und Brendan im Rahmen erschien.

Suchend schaute er sich um. Als er Lina erblickte, wurden seine Gesichtszüge weicher. Er hob die Hand. Auch Lina lächelte, schämte sich aber zugleich des Anblicks, den sie neben den eleganten Bewegungen der Nixe bieten musste. Sie erreichten die Barke. Mit einem letzten kraftvollen Stoß schwamm die Meerjungfrau zum Eingang der Kajüte und zog Lina so schwungvoll zu sich hinauf, dass sie fast gegen Brendan geprallt wäre. Ihr Zopf hatte sich gelöst und ihre langen Haare wirbelten ihr um den Kopf, versperrten ihr die Sicht. Sie spürte Brendans Arm um ihre Hüfte. Als er sie näher zog, ließ die Nixe ihre Hand los. Sie deutete eine Verbeugung vor Brendan an, nickte Lina noch einmal zu und verschwand dann in den Fluten. Lina sah ihr einen Moment lang nach, doch dann spürte sie eine Berührung an ihrem Kinn. Sanft drehte Brendan ihren Kopf zu sich, dann strich er ihr die Haare aus dem Gesicht. Wenn der Zauber der Meerjungfrau es ihnen auch ermöglichte, unter Wasser zu atmen, so war es ihnen doch nicht möglich zu sprechen. Aber Worte waren auch nicht nötig: In Brendans Blick lag mehr Erleichterung, Lina wohlbehalten wiederzusehen, als er es hätte jemals ausdrücken können. Und Lina begriff, dass sie ihr Leben jederzeit wieder riskieren würde, wenn es um Brendan ging, nicht ahnend, dass auch der Lordsohn dasselbe für sie tun würde. Ohne darüber nachzudenken, küsste sie ihn und in diesem Kuss lag mehr Leidenschaft als in den vorherigen. Für einen Moment war der Zauber der Meerjungfrau entbehrlich, denn sie atmeten die Luft des anderen. Als sie sich voneinander lösten, deutete Brendan nach rechts, wo ihre Gefährten bereits ebenfalls aus ihrer Barke ausgestiegen waren.

KAPITEL IX

Zwei der Meermänner schwammen auf Brendan und Lina zu. Einer ergriff Linas freie Hand und begann, mit kräftigen Stößen von der Barke wegzuschwimmen. Sie brauchte kaum etwas beizusteuern, das Wesen zog sie mühelos hinter sich her. Ihre andere Hand lag immer noch in Brendans. Auch er hatte einen Meermann an seiner Seite. Ihre Freunde folgten ihnen, ebenfalls in Begleitung. Es dauert nicht lange, da hielten die Meermänner inne und deuteten auf eine unscheinbare Stelle vor ihnen. Lina verstand: Vor ihnen lag der Übergang. Gleich würde der Wassermann sie loslassen, dann musste sie schnellstmöglich durch das Tor tauchen und zur Oberfläche gelangen. Sie schaute zu Brendan hinüber, hob die Hand, die seine hielt, und streckte den Daumen nach oben. Brendan erwiderte ihre Geste. Lina blickte zurück und nickte ihm zu. Urplötzlich spürte sie einen gewaltigen Ruck. Der Meermann hatte sie mit einem kräftigen Schwung nach vorne katapultiert. Während sie nach vorne strudelte, ließ er ihre Hand los. Brendan war dicht an ihrer Seite. Sie ruderten mit Armen und Beinen, um weiter nach vorne zu kommen. Lina hoffte, dass Brendan den Übergang mit seinen Feensinnen erspüren konnte, denn für sie selbst sah alles unter Wasser gleich aus. Eine Weile lang schwammen sie vorwärts, dann zog Brendan sie am Arm. Als sie zu ihm schaute, legte er seine freie Hand über Mund und Nase. In diesem Moment spürte auch Lina, dass der Zauber der Nixe zu schwinden begann. Sie hatten das Tor passiert! Brendan änderte die Richtung und schwamm nach oben. Lina spürte, wie ihre Lungen zu schmerzen begannen, der Druck zu atmen wurde größer, doch bevor er unerträglich wurde, durchbrachen sie die Wasseroberfläche.

Lina schnappte nach Luft und strich sich mit beiden Händen die Haare aus dem Gesicht. Dann drehte sie sich um die eigene Achse, um sich zu orientieren. Um sie herum lag der nächtliche Rhein. In einiger Entfernung konnte sie Schiffe ausmachen und an beiden Ufern erkannte sie Häuser und weitere Anzeichen der Zivilisation. Sie waren wieder zurück in der Menschenwelt. Neben ihr tauchten prustend und schnaubend Yorick und Glenn auf. Wenige Sekunden später erschien auch Lynn an der Oberfläche. Sie lächelte und reckte den Daumen in die Luft zum Zeichen, dass mit ihr alles okay war. Gemeinsam begannen sie, Richtung Land zu schwimmen. Das Ufer des Rheins war an dieser Stelle flach, sodass sie nach wenigen Metern Boden unter den Füßen hatten und den Rest des Weges laufen konnten. Als sie am kleinen Sandstrand angekommen waren, löste Lina den Gurt ihres Rucksacks und ließ ihn zu Boden fallen. Zitternd schlang sie die Arme um ihren Körper. Trotz des Sommers war es in der Nacht stark abgekühlt.

»Was für ein Abenteuer!« Yorick grinste breit. Die Kälte schien ihm nichts auszumachen. »Nur schade, dass nicht ich mit dieser süßen Wasserfrau allein in einer Kabine war.« Er zwinkerte Lina schelmisch zu. »Sie hätte ihren Spaß gehabt, das kann ich euch versichern. Was machen wir jetzt?«

»Als Erstes müssen wir aus den nassen Klamotten raus«,

schaltete Lynn sich ein. Auch sie schien zu frieren. Brendan öffnete seinen Rucksack und ließ Tails heraus. Das Eichhörnchen sprang ohne Zögern in den weichen Sand und begann, sich zu putzen. Suchend schauten die Freunde sich um. Ein Auto fuhr an der nahe gelegenen Straße entlang, ohne sein Tempo zu verlangsamen. Anscheinend waren nächtliche Schwimmer im Rhein nichts Außergewöhnliches. Lina kam eine Idee.

»Wenn mich nicht alles täuscht, gibt es in der Nähe eine Strandbar.« Sie deutete das Ufer entlang, wo man in einiger Entfernung weiße Sonnenschirme erkennen konnte. Nele hatte im letzten Sommer Verwandte in Köln besucht und ihr Fotos von dem Strandcafé geschickt.

»Wenn wir dort reinkommen, können wir uns umziehen.«

Die anderen waren einverstanden. Klatschnass machten sie sich auf den Weg. Bereits nach kurzer Zeit standen sie vor einem weiß gestrichenen Holzzaun.

»Und nun?« Lina verließ der Mut. Ihr war kalt, sie war müde und sie wollte aus den nassen Kleidern raus.

»Klettern wir über den Zaun«, antwortete Glenn schlicht und warf seinen Rucksack über die Absperrung. Dann ging er ein wenig in die Knie und verschränkte beide Hände ineinander. Lynn schnallte ebenfalls ihr Gepäck ab und ließ es auf den Boden fallen. Dann stützte sie sich auf Glenns Schultern ab, stieg mit einem Fuß in seine Hände und zog sich die kleine Holzwand hoch. Mühelos schwang sie ein Bein darüber und schaute sich um.

»Hier ist keiner. Ihr könnt rüberkommen.« Sie schwang auch ihr zweites Bein über den Zaun, drückte sich ab und war verschwunden.

Als Nächstes stieg Brendan hinauf. Oben angekommen, streckte er Lina die Hand hin. Yorick half Lina, das Gleichgewicht zu behalten, als sie auf Glenns improvisierte Leiter stieg. Als sie sich hochzog, fühlte sie seine Hände auf ihrem Hintern.

»Hey!«, protestierte sie, doch ihr Gefährte grinste nur schelmisch, sodass sie lachen musste. Oben nahm Brendan sie sicher in Empfang. Sie schaute skeptisch in die Tiefe, schloss die Augen und sprang. Der Aufprall war hart, aber immerhin gelang es ihr, das Gleichgewicht zu halten. Dann nahm Brendan die Gepäckstücke an, die die Brüder ihm von der anderen Seite aus reichten, und warf sie zu Lynn und Lina hinunter. Schließlich sprang er leichtfüßig wie eine Katze hinterher. Von der anderen Seite hörte man Ächzen und Stöhnen, dann streckte Yorick seinen Kopf über den Zaun. Von oben half er Glenn, den Zaun zu erklimmen. Dann waren auch die beiden Männer bei ihnen, und als Tails sich mit seinen Krallen die Holzbretter hinaufhangelte, war die Gruppe wieder vereint.

Die Szenerie, in der sie sich befanden, ähnelte einem Karibiktraum. Unter ihren Füßen befand sich feiner, hellweißer Sand. Im Halbdunkel erkannte Lina sorgfältig aneinandergereihte Liegestühle, mächtige Palmen in holzumtäfelten Kübeln und mehrere Sitzbänke unter ausladenden Sonnensegeln. Alles war in strahlendem Weiß gehalten. Zielstrebig ging Lina zu einem der großen Himmelbetten, die im hinteren Bereich des Areals aufgebaut waren, und ließ sich seufzend auf einer der Matratzen nieder. Sie öffnete ihren Rucksack und begann, den Inhalt auf dem Bett zu verteilen. Die Sachen waren natürlich bei ihrem Tauchgang ebenfalls nass geworden. Sie breitete sie auf einem der Liegestühle aus. Dann suchte sie bang in den Tiefen der Tasche nach ihrem Handy. Da sie gewusst hatte, dass sie es in der Anderwelt nicht brauchen würde, hatte sie es zusammen mit den wenigen Drogerieartikeln, die Claudine ihnen besorgt hatte, in einem Ziplock-Beutel verstaut. Sie hoffte, dass dies zusammen mit der Schutzhülle ausgereicht hatte, das Gerät sicher zu verwahren. Tatsächlich war der Inhalt des Täschchens trocken geblieben. Lina schaltete das Gerät ein und seufzte erleichtert auf, als nach wenigen Sekunden das Logo ihres Netzbetreibers auf dem Display erschien. Kurz tippte sie auf der Oberfläche herum, dann winkte sie ihren Freunden zu.

»Der Club ist unter der Woche geschlossen. Mit etwas Glück taucht auch heute niemand vom Personal auf und wir können erst einmal hier bleiben.«

»Klingt gut. Wobei es mir lieber wäre, wir könnten schneller aufbrechen. Aber bis zum Einbruch der Nacht werden wir wohl ausharren müssen.« Brendan trat an die Liegewiese heran. Auch die anderen nickten zustimmend. Sie hatten sich ebenfalls daran gemacht, ihre Taschen auszuleeren und ihre Kleider zum Trocknen aufzuhängen. Tails hatte eine der Palmen erklettert und war sichtlich froh, sich wieder ungehindert bewegen zu können. Yorick hatte sich bereits bis auf die Shorts, die er unter seiner Hose trug, ausgezogen. Auch Lynn entledigte sich gerade ihres Oberteils und warf es über eine der Verstrebungen ihres Bettgestells. Lina zögerte. Sie musste ihre nassen Kleider loswerden, so viel war klar, doch so locker wie ihre Freunde war sie nicht. Plötzlich stand Brendan vor ihr und spannte eine große Decke zwischen seinen Armen auf, die er von einem Stapel neben der Bar heruntergenommen hatte. Ohne ein Wort zu sagen, drehte er den Kopf ein wenig zur Seite. So schnell es ging, schlüpfte Lina aus den an ihr klebenden Kleidern, bis sie nur noch BH und Slip trug. Dann nahm sie Brendan die Decke aus der Hand und wickelte sie um sich.

»Danke.«

Neben ihnen ertönte ein lautes Lachen, als Glenn Yorick halb nackt mit seinem nassen Shirt über den Platz jagte. Lina grinste. Die beiden hatten in jeder Situation nur Blödsinn im Kopf. Lynn hatte es sich mit mehreren Decken auf dem Bett gemütlich gemacht und schloss bereits die Augen. Tails sprang zu ihr hinauf und kuschelte sich in ihren Arm. Auch bei Lina machte sich die Anspannung der letzten Stunden bemerkbar. Sie gähnte herzhaft und streckte sich aus. Die Kissen waren herrlich weich und dufteten nach Kokos. In Gedanken kehrte sie in die Kajüte zurück und sah noch einmal die Muscheln vor sich, wie sie säuberlich aufgereiht auf dem Tisch lagen. Welche ihrer Geschichten wohl zu einer Perle wurde? Kurz kam ihr der Anhänger in den Sinn, den Nele ihr geschenkt und den sie auf der Feuerwiese verloren hatte. Ob manchmal Perlen aus der Anderwelt in die Menschenwelt kamen und dort zu Schmuck verarbeitet wurden? Der Gedanke gefiel ihr. Brendan breitete eine weitere Decke über ihr aus, dann legte er sich ebenfalls hin und schob einen Arm um sie. Eine Weile hörte Lina noch dem sanften Plätschern des Rheins und dem einsetzenden Zwitschern der Vögel zu, dann schlief sie ein.

Als sie erwachte, stand die Sonne hoch am Himmel. Beschämt bemerkte Lina, dass sie sich im Schlaf ihrer Decken entledigt hatte und nur in Unterwäsche auf der Liege lag. Schnell griff sie nach dem weißen Überwurf, bevor sie sich aufrichtete. Brendan lag neben ihr. Er stützte seinen Kopf auf seinen linken Arm und schaute sie an. Auch er war nicht mehr zugedeckt, hatte aber bereits seine Hose angezogen. Aus den Hosenbeinen schauten seine nackten Füße hervor.

»Ausgeschlafen?«

Lina nickte. Glenn und Lynn saßen zusammen an der

Bar. Scheinbar hatten sie sich an den Vorräten der Strandbar bedient, denn jeder hatte ein kaltes Getränk vor sich. Yorick lag noch laut schnarchend auf einem der Liegestühle.

»Wie spät ist es?«

»Gegen drei Uhr nachmittags. Wir hatten Glück, es ist tatsächlich niemand außer uns hier, sodass wir ausschlafen konnten. Wie geht es dir?« Er legte seine Hand auf ihren Rücken. Die Wärme lief ihre Wirbelsäule hinunter und sammelte sich in ihrem Bauch.

»Gut«, murmelte sie tonlos, ohne ihn anzuschauen. Die körperliche Nähe erinnerte sie daran, dass ihre Kleider noch zum Trocknen ausgebreitet lagen. Sie wickelte die Decke enger um sich und stand auf. Erleichtert stellte sie fest, dass ihre Klamotten nicht mehr nass waren, und schlüpfte in Hose und T-Shirt. Dann erst drehte sie sich wieder zu Brendan um, der sie scheinbar die ganze Zeit über weiter beobachtet hatte. In seinem Gesicht lag ein merkwürdiger Ausdruck, den Lina nicht zu deuten wusste.

»Was steht als Nächstes an?«

Brendan schwang seine Beine über den Rand der Liege.

»Wir warten, bis es dunkel wird, dann gehen wir zum Dom und suchen den Küster.«

Er stand auf und streckte sich, wodurch sich an seinem nackten Bauch deutlich Muskeln abzeichneten. Die Sonne malte helle Flecken in Brendans ungekämmtes Haar. Ganz in den Moment versunken stand er in der Sonne und genoss offensichtlich die warmen Strahlen auf seiner bloßen Haut. Lina beobachtete ihn einige Augenblicke lang, doch dann wandte sie den Blick ab. Sie war doch keine verliebte Närrin, die ihren Traumboy anhimmelte! Nele würde sich vor Lachen krümmen, wenn sie sie jetzt sehen könnte. Sie überlegte kurz, ihre beste Freundin anzurufen, entschied sich jedoch dagegen. Sie würde ihr am Telefon sowieso nicht begreiflich machen können, was gerade passierte. Und sie hatte Angst, Nele würde vielleicht ihr Geheimnis aus Sorge um sie verraten. Brendan deutete zur Bar, wo sich Lynn gerade eine neue Flasche Cola aus dem Eisfach holte. Lina stimmte zu und sie schlenderten gemeinsam hinüber.

»Wollt ihr auch eine?« Sie hielt Lina eine kleine, mit Eis überzogene Flasche hin, die sie dankend annahm.

»Zum Glück war hier nichts abgesperrt.« Lina setzte sich auf einen der Barhocker.

»Trotzdem wird es Zeit, dass wir aufbrechen und uns was zu essen suchen.« Glenn deutete auf mehrere leere Packungen Erdnüsse vor ihm. »Auf Dauer werde ich davon nicht satt.«

Auch Linas Magen knurrte. Seit sie aus Trier aufgebrochen waren, hatte sie nichts mehr gegessen. Die anderen stimmten Glenn ebenfalls zu und so machten sie sich daran, ihre Sachen zu packen.

Kurz nach Anbruch der Dunkelheit standen sie auf der Domplatte. Rings um sie herum tummelten sich Menschenmengen, Touristen mit ihren Kameras und Smartphones, Jugendliche auf der Suche nach Abwechslung und vorbeihastende Stadtbewohner. Dank der Wechselkleidung, die Claudine besorgt hatte, fielen auch Glenn und Yorick zwischen den Menschen nicht auf. Die beiden hatten einem der Punks, die auf der Treppe saßen und Bier tranken, sein Skateboard abgeschwatzt und tobten damit halsbrecherisch über den Platz. Lynn schaute beeindruckt zum Dom hinauf, dessen Türme sich vor dem dunkel werdenden Himmel abzeichneten.

»Ich wusste gar nicht, dass Menschen so hoch bauen können«, sagte sie mit einem Anflug von Bewunderung.

»Der Kölner Dom ist mit 157 Meter Höhe die dritthöchste Kirche der Welt«, zitierte Lina aus einem Faltblatt, das sie aus einem Ständer gezogen hatte. »Nur eine Kirche in Afrika und das Ulmer Münster sind höher.« Auch sie schaute gebannt auf das Gebäude, das nicht nur durch seine Höhe, sondern auch durch seine überreichen Verzierungen beeindruckte. Wohin das Auge auch blickte, erhoben sich Türmchen, Pfeiler und Verstrebungen und jede noch so kleine Nische war mit Figuren geschmückt.

Hinter ihr ertönte ein lautes Johlen und riss sie aus ihrer Betrachtung. Bevor sie sich umdrehen konnte, fuhr Yorick mit dem geliehenen Skateboard zu ihr heran und nutzte eine Umarmung, um sich abzubremsen. Lina schimpfte, doch der Síodhach grinste nur.

»Was für ein Spaß«, lachte er. Mit einem Blick zum Dom wurde seine Miene jedoch ernst.

»Wo finden wir unseren Mann?«

Brendan zuckte mit den Schultern.

»Keine Ahnung. Am besten gehen wir in den Dom hinein und versuchen dort, ihn zu finden.«

Yorick nickte. Er winkte Glenn zu, stellte das Skateboard auf den Boden und gab ihm einen ordentlichen Schubs. Es rollte auf die andere Seite des Platzes, wo sein Bruder es in Empfang nahm und seinem Besitzer zurückgab. Dann schloss er zu seinen Freunden auf. Gemeinsam gingen sie zum großen Eingangstor. Es war verschlossen.

»Der Dom wird erst morgen früh um sechs Uhr wieder für die Öffentlichkeit aufgesperrt«, sagte Lina mit Blick in ihren Prospekt.

»So lange können wir nicht warten.« Brendan sah sich suchend um. »Wir versuchen, einen anderen Zugang zu finden.«

Die Art, wie er das Wort »Zugang« betonte, machte deutlich, dass er damit nicht unbedingt eine Tür meinte. Lina verzog das Gesicht. Wenn das so weiter ging, würden sie alle im Gefängnis landen. Trotzdem folgte sie ihren Freunden, als diese um die Kirche herumgingen und unauffällig die seitlichen Türen des Doms überprüften, aber sowohl das Nord- als auch das Südportal waren verschlossen. Als Letztes umrundeten sie den Chor auf der Rückseite des Doms, konnten aber auch dort keinen Zugang entdecken.

»Das kann doch nicht wahr sein«, schimpfte Glenn. Brendan hob die Hand, um ihn zu beruhigen.

»Seit Jahrhunderten ist der Kölner Dom eine Anlaufstelle für uns Síodhach. Es muss einen Zugang geben, der auch in der Nacht offen ist.« Er winkte Lynn zu sich. Gemeinsam begannen die beiden, so dicht wie möglich an der Fassade entlangzugehen. Dabei nahmen sie jeden Kreuzbogen und jedes Fenster genau in Augenschein.

»Hier ist etwas!« Lynn wurde halb von einem Busch verdeckt, der an der Mauer wucherte. Sie lugte hervor und winkte heftig. »Hier ist eine kleine Tür!«

»Na also«, brummte Glenn. Gemeinsam traten sie zu Lynn. Tatsächlich war hinter dem Gestrüpp eine unscheinbare Tür verborgen. Sie war so niedrig, dass Lynn sich etwas bücken musste, um zu klopfen. Doch bevor ihre Hand das Holz erreichte, wurde die Pforte aufgerissen und ein Mann schaute ihnen böse entgegen. Unzählige Falten durchzogen sein Gesicht und das Alter hatte ihn gebeugt, sodass er problemlos in den Türrahmen passte. In der rechten Hand hielt er einen Gehstock, den er wild schwenkte.

»Was wollt ihr hier? Verschwindet!« Lynn wich erschrocken zurück. Dann erst erblickte der Alte Brendan. Er ließ seinen Stock sinken. Seine Stimme klang spöttisch.

»Ah! Der Sohn des Feenlords beehrt uns mit seiner

Anwesenheit! Tretet ein!« Er trat einen Schritt zurück, machte eine übertriebene Verbeugung und ließ sie ein.

Der Alte führte sie durch einen schmalen Gang, dessen Decke so niedrig war, dass die fünf Freunde aufpassen mussten, sich nicht den Kopf zu stoßen. Der Weg führte sie in einer leichten Biegung nach links. Lina vermutete, dass der Alte sie hinter dem Chorgang des Doms entlangführte. Der Gang endete in drei kleinen Stufen, die der Küster mühsam erklomm. Durch einen schweren Samtvorhang erreichten sie eine winzige Kammer, die spärlich mit einigen Stühlen und einem Holztisch eingerichtet war. Alle Möbel machten den Eindruck, als hätten sie schon bessere Tage gesehen. Mit gespielter Unterwürfigkeit bedeutete der Alte ihnen, Platz zu nehmen. Brendan setzte sich ans Kopfende, die beiden Frauen nahmen an den Seiten Platz. Glenn und Yorick blieben stehen und positionierten sich rechts und links hinter Brendan. Noch nie hatte der Lordsohn so sehr in seine Rolle als künftiger Lord gepasst. Der Alte zog sich den letzten Stuhl zurecht und setzte sich umständlich Brendan gegenüber; offensichtlich unbeeindruckt von dessen Auftritt.

»Nun«, krächzte er. »Welcher Anlass führt solch hohen Besuch in meine bescheidene Hütte?«

Lina verzog den Mundwinkel. Den Kölner Dom als bescheiden zu bezeichnen, war wahrlich feinste Ironie.

»Wir sind gekommen, um Eure Hilfe zu erbitten.« Brendan beugte sich ein wenig nach vorne und sah den Alten eindringlich an. Trotz seiner Stellung als Lordsohn war er sich nicht zu fein, eine Bitte auszusprechen. Lina fragte sich insgeheim, wie der Alte reagiert hätte, wenn Brendan ihn schlichtweg aufgefordert hätte, den Dvergaquarz herauszugeben. Vorausgesetzt, er bewahrte überhaupt einen im Dom auf, wie sie vermuteten.

»Und wie kann der alte Barthel Euch helfen?« Der Greis breitete fragend die Arme aus. Auch diese Geste der Bescheidenheit wirkte übertrieben.

Brendan fasste kurz zusammen, was in den letzten Tagen geschehen war. Dabei betonte er die Gefahr, die von den Grenzwahrern ausging.

»Ihr wisst selbst am besten, was passiert, wenn die Unseren nicht mehr in die Heimat zurückkehren können.« Brendans Stimme klang eindringlich. Der Alte verzog jedoch keine Miene. Lina hob fragend die Augenbrauen. Unter dem Tisch legte Brendan ihr eine Hand auf den Oberschenkel. Er schaute nur kurz zu ihr hinüber, doch mittlerweile verstand sie ihn wortlos. Er würde ihr später mehr erklären, jetzt war keine Zeit für Fragen. Sie hoffte nur, dass sie irgendwann tatsächlich die Gelegenheit finden würden, all die offenen Fragen zu klären.

»Wir haben alte Schriften über das Ritual gefunden, das die Grenzwahrer verwenden, und glauben, dass wir einen Weg finden können, es so umzukehren, dass die verschlossenen Übergänge wieder genutzt werden können.« Lynn zog die Abschriften, die Claudine für sie gefertigt hatte, aus einer ledernen Rolle an ihrem Gürtel und schob sie über den Tisch zu Barthel. Der Alte nahm sie und schaute sie sich aufmerksam an. Dabei murmelte er leise vor sich.

»In der Tat, in der Tat, das könnte funktionieren.« Ein spitzbübisches Grinsen erschien auf seinem Gesicht. Er spielte mit ihnen. »Allein fehlt Euch ein Dvergaquarz, wenn ich das richtig sehe, und ich muss Euch wohl nicht sagen, dass diese schwer zu finden sind.«

Brendan lächelte ebenfalls.

»Wir wissen aber auch, dass sich wohl einer in Eurer sicheren Verwahrung befindet.«

Das Grinsen des Alten wurde erst zu einem breiten

Lächeln, dann lachte er laut los, wobei er eine breite Zahnlücke präsentierte.

»Führwahr, Euch kann man nichts vormachen, Sohn des ceannard.« Er erhob sich vom Stuhl. »Folgt mir hinauf über die Dächer von Köln.«

Erstaunlicherweise führte Barthel sie zunächst in den Innenraum des Doms, wo sie die Kirche durch eines der Seitentore verließen. Umständlich sperrte er das Portal mit einem der Schlüssel, die er an einem großen Bund am Gürtel trug, zu und vergewisserte sich sorgfältig, dass der Zugang auch wirklich abgesperrt war. Dann wackelte er mit gebeugtem Rücken über die Domplatte zu einem kleinen Bauwerk mit Glasfront. Auch hier holte Barthel wieder seinen Schlüsselbund hervor. Nacheinander betraten sie den engen Raum und folgten Barthel eine Treppe hinunter.

»Ja, ja«, krächzte der Alte. »Wer hoch hinaus will, muss erst nach unten. Alles neu gemacht vor ein paar Jahren.« Er deutete auf einen Ticketschalter am Fuß der Treppe.

»Ein Ticket braucht ihr heute aber nicht kaufen. Geht aufs Haus.« Er grinste, dann setzte er seinen Weg fort. Die Freunde folgten ihm durch einen unterirdischen Stollen, der durch die Fundamente des Doms führte. Dann erreichten sie die Treppe.

»Bevor ihr fragt: Es sind 533 Stufen bis nach oben. Aber keine Sorge, wir steigen nur bis zum Glockenstuhl.«

Glenn stöhnte.

»Ich bleibe lieber hier. Immerhin muss jemand darauf achten, dass die Grenzwahrer euch nicht folgen.«

Yorick stellte sich neben seinen Bruder und verschränkte die Arme.

»Ich bleibe bei dir. Allein würdest du mit denen niemals fertig werden.«

Empört boxte Glenn seinem Bruder in die Seite und schon war wieder ein Gerangel im Gang.

»Prima Ausrede.«

Lynn schüttelte den Kopf, drückte sich an den Streithähnen vorbei und folgte dem Küster, der bereits hinter einer Biegung der Wendeltreppe verschwunden war. Lina folgte ihr. Brendan bildete den Schluss. Die ersten Stufen waren neu und gut zu begehen, doch je weiter sie nach oben vordrangen, desto abgewetzter und rutschiger wurden sie. Auch wurde das Treppenhaus nach oben hin immer schmaler und Lina war froh, dass sie ihre Taschen am Ticketschalter zurückgelassen hatten. Tagsüber, wenn der Zugang offiziell für die Touristen geöffnet war, herrschte hier bestimmt ein unangenehmes Gedränge. Nach etwa zehn Minuten machte Lina die ständige Linksdrehung zu schaffen und ihr wurde schwindlig. Zum Glück öffnete sich die Wand rechts kurz danach zu einer kleinen Nische. Lina trat hinein und verschnaufte kurz. Durch ein kleines Fenster konnte sie sehen, wie hoch sie bereits waren.

»Alles in Ordnung?«

Brendan hatte sie erreicht. Während des Aufstiegs hatte er etwas Abstand zu ihr gelassen.

Lina nickte.

»Mir ist nur ein wenig schwindlig, aber es geht gleich wieder.«

Er nahm ihre Hand und trat so dicht an sie heran, dass sie zurückwich und die Mauer in ihrem Rücken spürte. Seine Haare fielen ihm in die Stirn und kitzelten sie im Gesicht. Er schaute ihr in die Augen, als würde er ihre Zustimmung suchen, und zur Antwort legte sie ihren freien Arm um seine Hüfte. Sie spürte, dass sein Atem schneller ging. Er nahm ihre Hand, hob sie über ihren Kopf und drückte sie gegen die Mauer. Dann küsste er sie. Nicht zaghaft wie die vergangenen Male. Kaum hatte er seinen Mund auf ihren gepresst, öffnete er seine Lippen und tastete mit seiner Zungenspitze nach ihrer. Lina erwiderte seinen Kuss und zog ihn näher an sich heran. Ihre Hand wanderte seinen Rücken hinauf zu seinem Nacken. Brendan stöhnte leise. Seine rechte Hand hielt immer noch Linas an die Mauer gedrückt. Mit seiner linken Hand strich er von ihrer Hüfte an ihrem Körper hinauf. Lina hielt den Atem an, als er seitlich ihre Brust berührte. Eine bislang nicht gekannte Leidenschaft ergriff sie.

»Lina …« Brendans Stimme klang rau.

»Wo bleibt ihr denn?« Lynns Stimme klang von oben zu ihnen hinunter. »Nur noch ein paar Meter, dann habt ihr den Glockenturm erreicht.«

Zögernd löste Brendan sich von Lina. Verlegen grinste er sie an und ließ ihre Hand los. Lina zog ihn noch einmal zu sich heran und küsste ihn. Dann machten sie sich weiter an den Aufstieg.

Sie erreichten eine Plattform, auf der Lynn sie bereits erwartete.

»Da seid ihr ja.« Lynn schmunzelte, als die beiden Nachzügler auf der Zwischenplattform ankamen, auf der die Glockenstube lag. Lina wurde rot. Eiligst trat sie hinaus und tat so, als würde sie die Glocken bewundern. Sie hatte sich nie Gedanken darüber gemacht, wie groß Kirchenglocken waren, doch wenn man darüber nachdachte, dass ihr Geläut weit in der Stadt zu hören war, war es nicht verwunderlich, dass die größte der Glocken beinahe doppelt so hoch war wie Lina. Ihr Tönen musste unvorstellbar laut sein. Sie trat auf die Aussichtsplattform und schloss für einen Moment die Augen. Ein sanfter Wind umwehte den Turm und brachte ihr etwas Abkühlung. Erst als sie wieder halbwegs vernünftig atmen konnte, schaute Lina sich um. Auch hier oben herrschte ein Labyrinth von Strebebögen und Pfeilern. Wohin sie auch blickte, sah sie aus Stein gehauene Ornamente, Pflanzen und Türmchen. Besonders die Statuen zogen ihre Aufmerksamkeit auf sich. Es mussten Hunderte sein. Lina sah steinerne Engel und Teufel, geflügelte Drachen und seltsame Mischwesen, aber auch eine Statue mit Bauarbeiterhelm und sogar ein typisch rheinisches Funkenmariechen.

»Der Legende nach hat Gott die Gargoyles erschaffen, indem er Teufelchen, die im Dom die Kirchgänger erschreckten, zur Strafe in Stein verwandelte.«

Lina zuckte zusammen, als sie die kratzige Stimme des Küsters hinter sich hörte. Sie war so in die Betrachtung der Figuren vertieft gewesen, dass sie nicht bemerkt hatte, wie Barthel zu ihr getreten war.

»Aber wir beide wissen es besser, nicht wahr, mein Lordsohn?«, wandte sich der Alte an Brendan. Dann wandte er sich um und ging zum hinteren Teil des Raumes. Lynn folgte ihm. Lina jedoch rührte sich nicht und schaute fragend zu Brendan hinüber. Er trat zu ihr und schaute ebenfalls nach draußen.

»Vor langer Zeit«, begann er, »gab es in meiner Heimat ein Volk. Sie nannten sich selbst die Sylphiden. Heute trifft man sie so selten, dass man glauben könnte, es handle sich nur um eine alte Sage. Der Legende nach beschlossen die Sylphiden nach der Trennung unserer Welten, in der Menschenwelt zu bleiben und nicht mehr in die Anderwelt zurückzukehren.« Er setzte sich auf einen Mauervorsprung und zupfte an einem Grashalm. Überall sprossen Gräser und Farne aus den Ritzen zwischen den Steinen wie bei einer alten, verfallenen Burg.

»Sie wussten noch nicht, dass wir Síodhach nicht unbegrenzt in eurer Welt leben können. Zunächst wurden sie nur schwächer und ermüdeten schnell, doch bald schon fiel es ihnen schwer, ihre Muskeln zu benutzen. Ihre Körper wurden steif und schwer und sie konnten sich nicht mehr in der Luft halten. So kam es, dass viele der Sylphiden auf den Dächern der Kirchen und anderer hoher Gebäude landeten. Barthel war damals schon Küster hier im Dom. Er kümmerte sich um die Sylphiden, brachte ihnen Essen, wärmte sie und blieb bei ihnen, wenn sie letztlich zu Stein erstarrten.« Brendans Stimme wurde leiser. Lina setzte sich zu ihm. Ihr Blick glitt über die Umgebung. Wie viele Sylphiden mochte es hier geben?

»Die Zeit zog ins Land, aber Barthel blieb, auch als keine Sylphiden mehr zu ihm fanden. Jeden Tag steigt er die vielen Stufen hier herauf und schaut nach jedem einzelnen seiner Schützlinge. Auch wenn sie es nicht mehr zeigen können, hat er die Hoffnung, dass tief im Inneren noch ein Funke Leben in ihnen übrig ist. Und dass sie vielleicht zum Leben erweckt werden könnten, wenn unsere Welten wieder näher zusammenrücken. Er hat geschworen, sich um sie zu kümmern, bis diese Hoffnung eines Tages wahr wird, und sein Schwur hat sein Leben weit über das Menschenübliche hinaus verlängert.«

Lina betrachtete eine der Figuren an der Außenseite des Turms. Es war eine Frau, die mit schmerzerfüllter Miene an ihrem Kopftuch zerrte. Wie mochte es sich anfühlen, wenn der eigene Körper immer unbeweglicher wurde? Zu spüren, wie er nach und nach zu einem Gefängnis wurde? Hatten die Sylphiden noch lange mit der Enge und Abgeschlossenheit leben müssen oder war ihr Bewusstsein gleichsam mit ihrem Körper versteinert? Eine Träne rann über ihre Wange. Brendan strich sie ihr sanft aus dem Gesicht.

»Unsere Welt hat nicht nur schöne Seiten.« Seine Stimme

klang brüchig. Unwillkürlich fragte sich Lina, wie lange Brendan schon lebte, und was er schon alles gesehen hatte. Drohte ihm das gleiche Schicksal wie den Sylphiden, wenn der Plan der Grenzwahrer aufginge und ihre beiden Welten für immer getrennt wären? Entschlossen wischte sie sich die Tränen ab und stand auf, mehr denn je entschlossen, den Kampf aufzunehmen. Niemals würde sie zulassen, dass Brendan, Lynn oder die Brüder zu Stein erstarrten und hilflos Wind und Wetter ausgeliefert waren. Als sie sprach, klang ihre Stimme fest.

»Lass uns den Kristall finden und das Tor in Noswendel öffnen.«

Barthel und Lynn waren während ihrer Unterhaltung weiter die Treppen hinaufgestiegen. Brendan und Lina beeilten sich, zu ihnen aufzuschließen.

Mit einem Mal blieb der Küster stehen. Langsam tastete er an der Außenwand entlang.

»Ja, ja, hier ist es«, murmelte er vor sich hin. »Habe lange nicht mehr danach gesehen, aber der alte Barthel hat ein gutes Gedächtnis. Hier habe ich versteckt, was ihr so dringend benötigt.«

Langsam ging er in die Hocke. Lynn zwängte sich am Alten vorbei und positionierte sich einige Stufen weiter oben und spähte die Treppe hinauf. Brendan schob Lina an sich vorbei, sodass sie direkt neben Barthel stand, und drehte ihr den Rücken zu, um die Treppe nach unten zu sichern. Lina ging neben dem Küster in die Knie, dessen Hände weiter die Wand abtasteten. Er drückte gegen einen der Steine, der daraufhin etwas nach außen sprang. Es gab ein schleifendes Geräusch, als Barthel die passgenau gearbeitete Steinplatte herauszog und vorsichtig an die Mauer lehnte. Einige weitere kleinere Steine folgten. Dann griff Barthel in die entstandene Öffnung. Als er die Hand wieder herauszog, kam ein dunkelblaues Tuch zum Vorschein. Der Alte legte es vorsichtig in eine Hand und schlug es mit der anderen auf. Dann stutzte er. Er drehte das Tuch mehrfach herum und griff schließlich wieder in die Öffnung. Sein Arm verschwand bis zum Ellbogen. Barthel brummte.

»Was ist los?« Brendan war zu ihnen getreten, seine Stimme klang alarmiert. Lynn stand noch immer auf ihrem Platz, aber auch sie hatte sich zu ihren Freunden umgedreht. Barthel antwortete nicht. Immer hektischer suchte er den Boden und die Innenwände des Geheimverstecks ab. Als er sich schließlich zu ihnen umdrehte, war seine Miene fassungslos.

»Weg«, stammelte er. »Der Dvergaquarz ist verschwunden.«

KAPITEL X

»Schneller«, trieb Brendan sie zur Eile an. Lina keuchte. Ihre Lungen brannten und ihre Beine fühlten sich an, als wären ihre Schuhe mit Blei gefüllt. Trotz aller Bemühungen, mit den anderen Schritt zu halten, war sie bereits weit zurückgefallen. Die anderen achteten nicht auf sie. Nachdem sie oben im Glockenturm eine Zeitlang beobachtet hatten, wie Barthel erschüttert auf das leere Tuch in seinen Händen gestarrt hatte, war Brendan plötzlich mit einem Fluch aufgesprungen und losgerannt, unmittelbar gefolgt von Lynn. Lina hatte einen kurzen Moment länger gebraucht, um aus ihrer Lethargie zu erwachen.

Sie hatten den Küster allein im Turm zurückgelassen, waren halsbrecherisch die schmale Wendeltreppe hinuntergestürzt und über die Domplatte gehetzt. Glenn und Yorick hatten sich ihnen, ohne nachzufragen, angeschlossen. Noch im Laufen hatten sich alle ihre Rücksäcke umgeschnallt und das zusätzliche Gewicht behinderte Lina. Im Laufen informierte Lynn ihre Brüder knapp, dass der Dvergaquarz offensichtlich gestohlen worden war.

Zum Glück war es Nacht, sodass sie nur wenigen Passanten ausweichen mussten und ungehindert vorankamen. Gemeinsam rannten sie über die Hohenzollernbrücke, deren Strebebögen kunstvoll beleuchtet waren. Auf der anderen Seite angekommen, wandte Brendan sich nach links. Wollte er zurück zum Strandbad? Von dort aus hatten sie am frühen Abend etwa zwanzig Minuten bis zum Dom gebraucht. Lina bezweifelte, dass sie dieses Tempo bis dorthin durchhalten würde, aber sie biss die Zähne zusammen und versuchte, die anderen wenigstens nicht aus den Augen zu verlieren.

Brendan führte sie tatsächlich zum kleinen Strandclub, in dem sie den Tag verbracht hatten, blieb jedoch nicht stehen, sondern rannte weiter. Mit einem Mal begriff Lina die Eile, mit der ihre Freunde Richtung Rheinufer rannten. Die Grenzwahrer hatte den Dvergaquarz in ihren Besitz gebracht und würden sicher versuchen, auch den Kölner Übergang zu schließen! Sie mussten sie aufhalten! Lina gelang es, letzte Kraftreserven aus ihrem müden Körper herauszuholen und zu Yorick aufzuholen. Gemeinsam liefen sie über die asphaltierte Straße, die am Rhein entlangführte. Brendan war immer noch an der Spitze. Plötzlich hörte sie ihn laut etwas rufen, was sie leider nicht verstand. Er beschleunigte seinen Lauf und bog nach links ab, doch kaum hatte er die Sandfläche betreten, schrie er wie vor Schmerzen auf, griff mit beiden Händen an seine Brust und brach zusammen. Sofort war Lynn bei ihm. Glenn und Yorick liefen links und rechts an den beiden vorbei. Achtlos warfen sie ihre Gepäckstücke in den Sand. Yorick fluchte heftig, während Glenn an seinem Gürtel nestelte und etwas hervorzog, was wie drei miteinander verbundene Schnüre aussah, an deren Enden große blauweiße Perlen hingen. Noch im Laufen begann er, zwei der Schnüre über seinem Kopf zu schwingen.

Dann sah Lina es. Sie waren nicht allein am Strand. Mehrere Gestalten liefen laut johlend Richtung Wasser. Einer von ihnen blieb kurz stehen, drehte sich zu ihnen um und machte eine obszöne Geste. Sein Lachen blieb ihm im Hals stecken, als Glenn seine Schleuder losließ. Die rotierenden Seile wickelten sich um die Beine des Fremden und brachten ihn zu Fall. Sofort rannte Glenn los, doch sein Opfer konnte sich befreien. Triumphierend reckte er die Faust zum Himmel, wartete jedoch nicht ab, bis Glenn ihn erreicht hatte, sondern folgte seinen Kameraden ins Wasser, wo sie kopfüber in die Fluten sprangen und verschwanden. Yorick hatte in der Zwischenzeit eine weitere Person entdeckt: eine Frau, die in einer kleinen Sandkuhle hockte. Sie hantierte mit einigen Gegenständen, die vor ihr auf dem Boden lagen, und ließ sich vom Geschehen um sie herum nicht stören. Yorick stürmte auf sie zu, warf sich auf sie und riss sie um. Eine Weile rangen die beiden Kontrahenten auf dem Boden miteinander. Die Frau war klein und schmächtig, trotzdem konnte sie sich erstaunlich gut gegen Yorick zur Wehr setzen. Ihre Lippen bewegten sich, als würde sie unablässig etwas vor sich hin murmeln. Yorick gelang es, sie auf den Boden zu drücken, und sich rittlings auf sie zu setzen. Er holte aus, um ihr ins Gesicht zu schlagen, doch die Frau nutzte den Moment, griff neben sich in den Sand und schleuderte ihn Yorick ins Gesicht. Unwillkürlich wich der große Kämpfer zurück und es gelang der Frau, ihn abzuwerfen. Ehe Yorick sich aufrappeln konnte, war sie wieder zu der kleinen Kuhle hinübergerobbt. Sie nahm etwas aus einer kleinen Tasche und richtete sich auf. Mit hoch erhobenem Haupt schrie die Frau etwas in einer fremden Sprache. Gleichzeitig warf sie etwas auf den Boden. Flammen loderten in der kleinen Kuhle auf. Brendan wand sich schreiend am Boden. Angstvoll sah Lina zu ihm hinüber. Auch Lynn hielt sich den Kopf. Yorick hatte sich aufgerappelt und rannte von hinten auf die Frau zu, die plötzlich einen blitzenden Dolch in den Händen hielt. Blitzschnell drehte sie sich zu ihrem Angreifer um und stach zu. Yorick ging zu Boden. Zufrieden lächelnd wandte sich die Frau wieder dem Feuer zu. Fassungslos beobachtete Lina, wie sie die geschwungene Klinge zum Himmel richtete und in einer geschmeidigen Bewegung über ihre eigene Kehle gleiten ließ. Die Flammen schlugen höher und wechselten ihre Farbe, als das Blut ins Feuer tropfte. Immer noch lächelnd sank die Frau zu Boden.

»Scheiße!«, murmelte Lina. Gleichzeitig entfuhr auch Yorick ein lauter Fluch. Der Hüne wickelte sich gerade notdürftig einen Verband um den Oberschenkel, wo der Dolch der Fremden ihn getroffen hatte. Sie standen in einem Kreis um die Kuhle im Sand, in der noch immer das Ritualfeuer flackerte. Die Leiche der Síodhach lag zusammengesunken zwischen ihnen auf dem Boden. Das Blut, das aus ihrer Kehle geronnen war, hatte dunkle und klebrige Spuren auf ihrer Kleidung hinterlassen. Die ersten Fliegen krabbelten auf dem besudelten Oberkörper umher. Saurer Magensaft stieg Linas Kehle hinauf.

»Wir müssen uns beeilen.« Brendans Stimme war brüchig.

Überrascht sah Lina auf. Es hatte einen Moment gedauert, bis der Lordsohn in der Lage gewesen war, sich aufzurappeln. Wie ohnmächtig hatte er am Boden gelegen, reglos, den Kopf in den Händen vergraben. Lina hatte zu ihm gehen wollen, doch Lynn, der Tränen über die Wangen strömten, hatte ihr mit einer Geste bedeutet, fernzubleiben. Sie hatte sich an den Straßenrand gesetzt, bis Brendan mühsam aufgestanden war, der Schmerz stand ihm noch immer deutlich ins Gesicht geschrieben. Auch jetzt sah er bleich aus. Die Auswirkungen des Rituals hatten ihm körperliche Schmerzen bereitet, doch Lina wurde den Verdacht nicht los, dass da noch mehr war.

Lynn deutete auf den Rhein hinaus, wo bereits die ersten Sonnenstrahlen erkennbar waren.

»Die Sonne geht bald auf und wer weiß, wann die ersten Jogger oder Hundegänger hier auftauchen. Wir können nicht riskieren, dass jemand die …« Ihr Blick ging zu der Toten zu ihren Füßen. »… die Überreste des Rituals findet.«

»Aye«, murmelte Glenn zustimmend.

»Lina, Lynn, ihr beiden sucht den Strand ab – nach Ritualgegenständen und allem, was die Grenzwahrer zurückgelassen haben.«

Lynn nickte und machte sich sogleich daran, die Anweisung zu befolgen.

»Glenn, Yorick«, wandte Brendan sich an die beiden Brüder. Seine Stimme war wieder fest und befehlsgewohnt. »Ihr werft den Körper in den Rhein.«

»Seid ihr verrückt?« Lina war fassungslos. »Ihr könnt doch nicht eine Leiche verschwinden lassen. Wir müssen die Polizei rufen!« Brendan schaute sie verärgert an; sein Blick war kalt. Lina wurde klar, dass er keinen Widerspruch dulden würde. Doch bevor Brendan antwortete, legte Yorick eine Hand auf ihren Arm.

»Schon gut, Kleines.« Er sprach langsam und eindringlich.

»Der Körper der Frau wird sich in Kürze auflösen, wie es bei allen Síodhach geschieht, die in deiner Welt getötet werden.« Er sah kurz auf den Leichnam. »Oder sich selbst das Leben nehmen, wobei ich mich nicht erinnern kann, dass das jemals vorgekommen ist. Wäre der Übergang noch offen, würden wir den toten Körper in die Anderwelt bringen, damit ihre Leute sie in Würde bestatten.«

»Diese Möglichkeit hat sie sich selbst genommen, als sie den Übergang verschlossen hat.« Brendans Stimme war eisig. »Deshalb bleibt uns nur, uns darum zu kümmern, dass niemand die Leiche entdeckt und Fragen stellt.«

Lina starrte auf die tote Frau vor ihr. Welch ein Hass musste in ihr gelodert haben, dass sie nicht nur ihren eigenen Tod in Kauf nahm, sondern auch die ewige Verbannung aus der Anderwelt. Ihr Körper würde zu Staub zerfallen und kein Grabmal, kein Gedenkstein würde in ihrer Welt an sie erinnern. Ob ihre Freunde und Verwandten wussten, was geschehen war? Oder würden sie vergeblich nach ihr suchen? Trotz allem, was die Fremde getan hatte, drückte Mitleid Lina die Kehle zu. Sie spürte, wie Glenn den Arm um sie legte und sie sanft zur Seite zog.

»Schau dir das nicht an«, sagte er sanft und zerstrubbelte ihr das Haar. Dann begann er zusammen mit seinem Bruder, den Körper Richtung Fluss zu ziehen, wobei sie eine deutliche Spur im Sand hinterließen. Lina drehte sich um und begann, den Strand abzusuchen, wie Brendan sie geheißen hatte. Sie entdeckte die Reste zweier Kerzen. In einiger Entfernung lagen neben einem niedrigen Busch eine kleine Umhängetasche aus dunklem Leder, mehrere halbtrockene Handtücher und zwei Paar Schuhe. Lina klaubte alles zusammen und trug es zurück zur Ritualstelle. Das Feuer war inzwischen gelöscht. Auch die anderen hatten ihre Aufgaben verrichtet und versammelten sich wieder. Glenn und Yorick waren bis zum Bauch durchnässt. Anscheinend hatten sie nicht nur den Leichnam weit in den Fluss hinausgebracht, sondern gleichzeitig auch das Blut von sich gewaschen. Wortlos reichte Lina ihnen die Handtücher. Von der Spur, die die Brüder hinterlassen hatten, als sie den Leichnam durch den Sand gezogen hatten, war nichts mehr zu sehen. Lynn hatte ebenfalls Kerzenreste entdeckt, sie hielt die roten und grünen Stumpen fest an sich gedrückt. Brendan kniete auf dem Boden und wühlte mit beiden Händen durch die nasse Asche. Tails hockte an seiner Seite und scharrte ebenfalls im Sand. Schließlich fanden sie, was sie gesucht hatten. Das Licht der aufgehenden Sonne brach sich in dem Kristall. Genau wie der, den sie in Noswendel gefunden hatten, war er trüb und von dunklen Schlieren durchzogen. Sorgsam wischte Brendan ihn ab und verstaute ihn in einem der Beutel, die er an seinem Gürtel trug. Dann erhob er sich und schob mit seinen Füßen so lange Sand über die Asche, bis nichts mehr davon zu sehen war.

»Wir entsorgen alles in der Stadt in verschiedenen öffentlichen Mülleimern.« Er streckte die Hand aus und Lina reichte ihm die Ledertasche. Sie enthielt einen Beutel Tabak, eine Packung Streichhölzer, von denen einige bereits abgebrannt waren, einen Beutel mit einigen Münzen sowie mehrere gefaltete Zettel. Brendan drückte Lynn die Tasche in die Hand und begann, die Papiere zu untersuchen. Die ersten beiden waren mit Skizzen bedeckt, ähnlich denen, die Claudine in ihren alten Büchern entdeckt und ihnen kopiert hatte. Das dritte Papier zeigte eine detaillierte Zeichnung. Es war das Porträt eines kleinen Jungen. Lina schätzte ihn auf drei oder vier Jahre. Er hatte kurzes, lockiges Haar, das ihm in die Stirn fiel, und trug ein einfaches Hemd, das vorne geschnürt war. Unter das Porträt hatte eine Kinderhand drei Figuren gemalt, zwei große, die eine kleinere zwischen sich an den Händen hielten. Lina schluckte. Von den anderen sagte keiner ein Wort. Schweigend faltete Brendan die Zettel wieder zusammen und steckte sie zurück in die Tasche.

»Vielleicht finden wir das Kind in der Anderwelt und können ihm die Sachen zurückgeben«, murmelte er leise.

»Aber was haben sie auf der anderen Seite getan? Meint ihr, die Meerjungfrauen haben ihnen geholfen?« Lina nahm den Löffel aus ihrem Kakao und sah die anderen fragend an.

Nachdem sie die Hinterlassenschaften der Grenzwahrer entsorgt hatten, hatten sie sich ein abgelegenes Café gesucht, das um diese frühe Uhrzeit schon geöffnet hatte.

Glenn hob die Arme.

»Zuzutrauen wäre es ihnen«, sagte er. »Wenn der Preis stimmt.«

Lynn schüttelte den Kopf.

»Ich kann mir nicht vorstellen, dass die Meerwesen auf der Seite der Grenzwahrer stehen. Bedenkt doch mal, wie begierig sie auf Geschichten aus der Menschenwelt sind.«

»Ich halte es für wahrscheinlicher, dass ein Teil ihrer Truppe auf der anderen Seite in Booten auf sie gewartet hat und sie nach dem Ritual eiligst geflüchtet sind, bevor die Meerwesen bemerkt haben, was geschehen ist«, stimmte Brendan ihr zu.

»Wir müssen diese Drecksäcke suchen und ausschalten.« Yorick klang so wütend, es hätte Lina nicht gewundert, wenn er mit der Faust auf den Tisch gehauen hätte. Ängstlich sah sie sich um, ob jemand seinen Ausbruch bemerkt hatte. Die Bedienung schaute kurz zu ihnen hinüber, wandte sich dann aber wieder ihrer Tageszeitung zu. Anscheinend war sie einiges gewöhnt.

Glenn schüttelte den Kopf.

»Wie stellst du dir das vor? Erstens ist uns der Weg in unsere Welt versperrt, zweitens wissen wir nicht, wohin sie abgehauen sind, nachdem sie die Welten gewechselt haben, und drittens sind die Grenzwahrer keine kleine Gruppe. Mit allen kannst selbst du es nicht aufnehmen.«

Yorick wollte aufspringen, doch ein einziger Blick von Brendan hielt ihn davon ab.

»Mein Vater sitzt immer noch in seinem Laden fest und

kann nicht zurück in unsere Welt. Mara ebenso. Das hat für mich oberste Priorität.«

»Dann gehen wir zurück nach Hause?« Lynn sah den Lordsohn fragend an.

»Und dann?« Glenn schob seinen leeren Teller von sich. »Dort können wir auch nichts tun. Wenn wir einen Kristall hätten, könnten wir versuchen, das Ritual umzukehren und einen Übergang zu öffnen. Aber wir haben keinen. Oder glaubst du, es wäre deinem Vater möglich, ihn wieder aufladen?«

Brendan schüttelte den Kopf.

»Nein, dazu ist auch er nicht mächtig genug, vor allem nicht in der Menschenwelt. Aber ich kenne jemanden, der es vielleicht kann.« Er setzte seine Tasse an seine Lippen, stellte sie aber wieder ab. »Meine Tanten.«

»Deine Tanten?« Lina hatte sich noch nie über Brendans weitere Familie Gedanken gemacht.

»Ja. Sie leben auf dem Land meiner Familie in Breizh. Das Land dort ist sehr mächtig und meine Tanten auch. Sie könnten es schaffen, den Kristall wieder aufzuladen.«

»Wären alle damit einverstanden?« Brendan schaute in die Runde. Alle nickten.

»Auf nach Frankreich!« Yorick schien froh darüber zu sein, dass ein Plan gefasst war. »Aber wie wechseln wir in die Anderwelt?«

Lynn griff nach ihrem Gepäck, um die Karte herauszuholen, doch Brendan hielt sie davon ab.

»Der nächste Übergang, den ich kenne, liegt in Paris.« Der Anflug eines Lächelns flog über sein Gesicht. »Es ist einer der am besten gehüteten Übergänge Europas. Ich bin sicher, die Grenzwahrer haben dort keinen Zugang. Und ich weiß, wir werden dort mit offenen Armen empfangen.«

»Notre Dame?«, fragte Lina und dachte an Barthel.

»Nicht ganz«, antworte Brendan und zwinkerte ihr zu.

Wenig später saßen sie im Zug nach Paris. Brendan hatte die Karten besorgt und Lina hatte nicht nachgefragt, wie er ohne Geld an die Tickets gekommen war. In einem der Wagen hatten sie zwei nebeneinanderliegende Vierersitze ergattert. Glenn und Yorick hatten, ohne zu fragen, einen davon in Beschlag genommen und es sich, über jeweils zwei Sitze ausgestreckt, gemütlich gemacht. Kurze Zeit später fingen beide vernehmlich an zu schnarchen. Brendan und Lina saßen auf der anderen Waggonseite gegen die Fahrtrichtung. Der Lordsohn hatte sich in die Ecke zwischen Fenster und Sitzpolster gelehnt und Lina an sich gezogen. Lynn saß ihnen gegenüber, die Augen geschlossen und Kopfhörer in den Ohren. Für Tails hatte sie ihren Pullover auf den Sitz neben sich gelegt. Der kleine Nager hatte sich ganz darin verkrochen, nur die feinen Härchen auf seinen Ohren schauten hervor.

Gedankenverloren strich Brendan Lina übers Haar.

»Kann ich dich etwas fragen?«, flüsterte sie. Seine Hand hielt einen Moment inne, fuhr dann aber weiter, glitt ihren Hals hinunter.

»Natürlich.«

»Wenn wir keinen Übergang finden … werdet ihr alle dann ebenfalls zu Stein?«

Die Hand streichelte ihre Schulter.

»Nein.« Doch er klang ernst. »Das ist von Volk zu Volk unterschiedlich. Gemeinsam ist uns allen nur, dass wir nicht dauerhaft in deiner Welt sein können. Wir brauchen die Kraft unseres Mondes, um zu überleben. Wenn wir diese nicht bekommen, werden wir schwächer.«

Brendan blickte durch die Ritze der Jalousie, die sie zum Schutz gegen die Sonne heruntergelassen hatten. Lina wartete. Sie legte ihre Hand in Brendans.

»Manche von uns werden zu Stein, wie du bereits gehört hast, manche verwandeln sich auch in Bäume. Einige sterben einfach. Sie werden jeden Tag müder, schlafen viel und eines Tages stehen sie nicht mehr auf. Am schlimmsten aber ergeht es denen, die vergessen. Sie erinnern sich nicht mehr daran, wer sie sind und wo sie herkommen. Sie hören den Ruf des Mondes nicht mehr. Sie können das, was ihr Magie nennt, weder ausüben noch erkennen. Sie …«

»… werden zu Menschen«, ergänzte Lina. Brendan nickte. Ihre Finger verflochten sich miteinander. Einen Moment lang war es still.

»Warum sind die Grenzwahrer so darauf aus, die Übergänge zu schließen?«, fragte Lina nach einer Weile. Sie dachte an die Frau, die sich am Kölner Rheinufer das Leben genommen hatte, und an das Lächeln auf ihrem Gesicht. Wie viel Hass musste man im Herzen tragen, um das eigene Leben zu opfern? Trotz der Scheidung ihrer Eltern war Lina behütet aufgewachsen. Sie hatte noch nicht erfahren, dass Hass nur ein Deckmantel der Angst war. Und dass Furcht oft aus einem viel stärkeren Gefühl geboren wurde: der Liebe. Erst viel später, wenn sie selbst Kinder haben würde, würde sie verstehen, dass dieses stärkste aller Gefühle auch eine dunkle Seite hatte.

Brendan richtete sich etwas auf und blickte sich im Abteil um. Es war bis auf drei andere Reisende leer, die am anderen Ende des Wagens saßen. Seine Stimme war leise und tonlos, als er antwortete.

»Die Trennung unserer Welten verlief nicht ganz so friedlich, wie wir es bislang dargestellt haben. Tatsächlich ist der Große Krieg, wie wir ihn nennen, das dunkelste Kapitel in der Geschichte unserer Welten. Nach Menschenjahren gemessen ist er etwa 500 Jahre her, doch bereits viel früher begannen unsere Welten auseinanderzudriften. Ob die Menschen aufhörten, an Magie zu glauben, oder ob erst die Síodhach sich zurückzogen, bis die Menschen ihre Existenz vergaßen, weiß niemand mehr. Doch einmal begonnen war die Spirale unaufhaltsam. Je seltener wir uns den Menschen zeigten, desto weniger glaubten sie an uns. Und je weniger sie an uns glaubten, desto schwieriger wurde es für uns, mit ihnen zusammenzukommen. Zu Beginn war es so, dass wir bestimmte Orte einfach nicht mehr erreichen konnten. Wir nahmen den gewohnten Weg, aber kamen einfach nicht mehr dort an, wo wir früher angekommen wären. Den Menschen ging es ähnlich. Wir hatten immer weniger miteinander zu tun, und als wir uns fremder wurden, begannen wir, uns voreinander zu fürchten. Die Fronten verhärteten sich, als die Welten sich weiter voneinander entfernten. Wir verstanden den anderen immer weniger. Angehörige unseres Volkes besuchten des Nachts die Menschen in ihren Häusern, doch die Menschen erschraken, wenn sie aus dem Schlaf gerissen wurden, und glaubten, böse Dämonen würden sie heimsuchen. Die Menschen wiederum drangen in die Anderwelt ein, weil sie vom Zauber dort angelockt wurden. Doch wenn sie staunend vor den Schätzen standen, die sie dort vorfanden, glaubten die Síodhach, die Menschen wollten sie bestehlen. Es kam zu ersten Kämpfen. Am Ende konnte niemand mehr sagen, wer Schuld trug. Beide Seiten hatten sich schlimmer Verbrechen schuldig gemacht. Kinder wurden geraubt, Schätze gestohlen, Haine abgeholzt und Dörfer niedergebrannt. Auf keiner der beiden Seiten gab es eine Familie, die nicht einen Sohn, eine Mutter oder einen besten Freund verloren hatte.«

Lina dachte an die Zeichnung, die sie in dem Lederbeutel am Strand gefunden hatten. Was würde sie tun, wenn jemand ihre Familie bedrohte?

»Jede Tat zog einen Racheakt nach sich, bis die beiden

Welten komplett auseinanderbrachen. Danach wurden die Übergriffe weniger. Die Síodhach sind vorsichtig, wenn sie in deine Welt wechseln, sie halten sich versteckt und achten darauf, dass niemand ihr wahres Wesen erkennt. Dass ein Mensch in unsere Welt wechselt, geschieht äußert selten, oft durch Zufall. Noch seltener wird ein Mensch willentlich eingeladen, die Anderwelt zu betreten.«

Er zog Lina an sich und sie schmiegte sich an ihn. Nie würde sie den Anblick der Feuerwiese vergessen, wie sie im nächtlichen Mondschein vor ihr lag. Dieses Erlebnis würde sie wie einen kleinen Schatz in ihrem Inneren verschließen. Nur ganz selten würde sie jemandem davon erzählen können, doch in stillen Momenten würde sie ihr Schatzkistchen öffnen, um sich an diesen besonderen Tag zu erinnern, als der Sohn des ceannard sie mit in sein Reich genommen hatte. Um sie dann in einen Krieg hineinzuziehen.

»Es ist so traurig«, meinte sie leise.

»Fürwahr. Und doch hat ein Teil meiner Leute die Hoffnung nicht aufgegeben, dass unsere Welten irgendwann wieder vereint werden. Deshalb hat mein Vater den Laden eröffnet; nicht zum ersten Mal übrigens. Er hat schon in ganz Europa Läden eröffnet, immer an eher ruhigen Orten und natürlich in der Nähe eines Portals. Und früher ist er mit den Schaustellern durch die Lande gereist und hat angebliche Wundermittelchen verkauft.«

Lina lächelte. Sie konnte sich Lord Fenway gut auf der Bühne eines Jahrmarktes vorstellen. Brendan drückte ihr einen Kuss aufs Haar.

»Aber jetzt schlaf. Wir haben eine anstrengende Nacht hinter uns und wer weiß, was uns in Paris erwartet.«

»Das Moulin Rouge?« Lina riss die Augen auf. Auch ohne den großen Schriftzug an der Hausfront hätte sie das rot beleuchtete Gebäude erkannt. Die rote Miniaturmühle auf dem Dach war weltbekannt.

»Das wird eine Nacht!« Yorick rieb sich die Hände. Auch seine Geschwister schienen erfreut über das Ziel ihres Spaziergangs durch das nächtliche Paris. Brendan hatte ein Geheimnis daraus gemacht, wo sich der Übergang befand, und hatte sie mit einem unterdrückten Grinsen an den Fuß des Montmartre geführt. Nun drehte er sich mit ausgebreiteten Armen zu seinen Freunden um.

»Ja, das Moulin Rouge! Seit über hundert Jahren bietet dieser Ort glamouröse Shows und beste Unterhaltung – und für wenige Eingeweihte einen Übergang in die Anderwelt. Aber nicht nur das! Die Tänzerinnen des Moulin Rouge sind nicht ohne Grund die Besten, die die Menschenwelt je gesehen hat.«

»Die Tänzerinnen sind Síodhach?« Der Ausruf war zu laut gewesen. Rasch blickte Lina sich um, ob jemand sie gehört hatte, doch in dem Trubel, der auf der überfüllten Straße herrschte, kümmerte sich niemand weiter um sie. Brendan zwinkerte ihr zu.

»Das überrascht mich jetzt nicht. Viel mehr würde mich interessieren, wieso der wohlbehütete Sohn unseres vielgeachteten Lords gerade von diesem Übergang weiß«, sagte Glenn feixend.

»Mais oui! Jeder hat seine Geheimnisse.« Brendans Lächeln wurde noch breiter. Lina spürte einen Stich im Magen. Gleich schalt sie sich eine Närrin. Natürlich hatte Brendan Geheimnisse. Sie kannten sich erst seit kurzer Zeit und auch sie hatte ihm bei weitem nicht alles über sich erzählt. Trotzdem hätte sie gern mehr erfahren.

»Aber jetzt kommt.« Brendan machte eine ausholende Bewegung mit der Hand und trat auf die Straße. »Wenn ich mich richtig erinnere, ist die erste Show gleich zu Ende, und wir haben etwas Zeit, bevor Fantine wieder auf die Bühne muss.«

Die anderen folgten ihm. Vor dem Eingang des Varietés hatte sich eine große Traube Menschen angesammelt. Einige standen an, um die nächste Show zu sehen, andere versuchten nur, einen Blick in das Innere des berühmten Etablissements zu erhaschen. Gelbe Leuchtbuchstaben über der Eingangstür verkündeten den Titel der aktuellen Show: »Féerie«. Lina grinste. Die Feentänzerinnen waren wohl gut drauf. Was die Zuschauer wohl sagen würden, wenn sie erführen, dass tatsächlich Wesen aus einer anderen Welt für sie die Beine in die Luft warfen?

Zu ihrer Überraschung führte Brendan sie links am Eingang vorbei und bog in eine schmale Seitengasse.

»Sieh mal einer an, unserer Lordsöhnchen kennt sogar den Hintereingang«. Yorick konnte es nicht lassen, Brendan aufzuziehen, doch dieser ließ sich davon nicht beirren, sondern klopfte an eine unscheinbare Tür. Dreimal lang, viermal kurz, kurze Pause. Dann erneut. Dreimal lang, viermal kurz, Pause. Als Brendan zum dritten Mal die Hand hob, öffnete sich die Tür. Eine Frau stand dahinter. Es war die schönste Frau, die Lina jemals gesehen hatte.

Sie trug eine Art Bikini, dessen silberne Pailletten bei jeder Bewegung glitzerten. Das Höschen war knapp geschnitten und auch das Oberteil bedeckte die vollen Brüste der Frau nur knapp. An ihrem Hals funkelte ein mehrreihiges Collier. Die Tänzerin hatte sich einen roten Seidenmantel übergeworfen, der nur wenig verdeckte. Yorick pfiff leise durch die Zähne, was Lynn mit einem bösen Blick quittierte.

Als die Tänzerin Brendan erkannte, begann sie, über das ganze Gesicht zu strahlen. Schnell griff sie nach seiner Hand und zog ihn in den Gang hinein.

»Brendan, mon cher!« Ein Wortschwall auf Französisch folgte.

Mit einer kurzen Handbewegung bedeutete sie den anderen, ebenfalls einzutreten und die Tür hinter sich zu schließen. Dann fiel sie Brendan um den Hals. Glenn und Yorick grinsten breit, als sie sahen, wie die Fremde Brendan auf den Mund küsste, der sich nicht gegen die ungewöhnliche Begrüßung wehrte. Als er seine Hand um ihre Taille legte, verrutschte der leichte Mantel und legte ein Stück nackter Haut an ihrer Taille frei.

Lina löste den Blick von den beiden und starrte auf ihre Schuhe. Ihre Finger spielten nervös miteinander.

Lynn warf ihr einen schnellen Blick zu, dann räusperte sie sich.

»Willst du uns nicht erst einmal vorstellen?«

Brendan befreite sich lachend aus der Umarmung.

»Das ist Fantine, Leiterin der Tanzgruppe des Moulin Rouge, und Hüterin des Übergangs. Fantine, das sind meine Freunde Yorick, Glenn, Tails, Lynn und Lina.« Sein Blick ruhte einen Moment länger auf ihr, als er alle vorstellte.

»Ich freue mich. Brendans Freunde sind hier stets willkommen.« Fantines Akzent war entzückend. Sie trat vor und hauchte jedem einen Kuss auf die Wange. Ein süßlicher Duft stieg von ihr auf: nach Vanille, Maiglöckchen und heißer Haut.

»Aber jetzt vite, vite. Ich muss gleich auf die Bühne. Ihr könnt euch die Abschlussnummer ansehen, danach habe ich Zeit für euch.«

»Wie könnten wir uns das entgehen lassen?«, antwortete Brendan. Auch die anderen stimmten begeistert zu. Selbst Lina. Eifersucht hin oder her, die berühmte Show des Moulin Rouge wollte sie sich nicht entgehen lassen.

»Haben meine Mädchen euch gefallen?« Fantines roter

Seidenmantel blähte sich auf, als sie sich zu ihnen gesellte. Sie befanden sich im Hauptsaal des Moulin Rouge, wo im hinteren Bereich immer ein Tisch für besondere Gäste freigehalten wurde, wie die Tänzerin ihnen mit einem Augenzwinkern mitgeteilt hatte, bevor sie hinter die Bühne verschwunden war.

»Gefallen?« Yorick ließ einen zufriedenen Laut ertönen, der Lina an ein Grunzen erinnerte. »Wie könnten einem diese Prachtstücke nicht gefallen! Ich würde keine von ihnen von meiner Bettstatt stoßen!«

Fantine kicherte und sank, ohne zu zögern, auf Brendans Schoß, obwohl noch ein Stuhl am Tisch frei war. Tails, der mitten auf dem Tisch saß, sah kurz auf und wandte sich dann wieder einem Schälchen mit Erdnüssen zu. Ein gut gekleideter Kellner hatte sie unaufgefordert mit einer Auswahl an Knabbereien und einer Flasche Crémant in einem Eiskübel versorgt.

Ohne zu fragen griff Fantine nach einem Sektglas und trank elegant ein Schlückchen. Ihr roter Lippenstift zeichnete sich am Glasrand ab.

»Hattest Du auch Gefallen an der Show?«, wandte sie sich direkt an Lina. Diese nickte zögerlich. Natürlich hatte ihr die Nummer gefallen, schließlich war das Moulin Rouge bekannt für seine spektakulären Darbietungen. Und zwar zu recht, wie Lina zugeben musste, wobei sie sich fragte, wie viel Magie dabei im Spiel war.

Lina bemerkte, dass alle am Tisch zu ihr hinübersahen und auf eine Antwort warteten. Sie räusperte sich.

»Ja, natürlich hat mir die Show gefallen, sehr sogar. Wer könnte sich schon dem Zauber des Moulin Rouge entziehen.« Erst als Fantine ein glockenhelles Lachen ertönen ließ, fiel ihr die Doppeldeutigkeit dessen, was sie gerade gesagt hatte, auf. Sie wurde rot.

»Ich meine, also, ich wollte nicht unterstellen, dass …«

»Keine Sorge, Schätzchen, wir sind doch entre nous«, beruhigte sie die Französin. »Alle meine Mädchen tragen Síodhachblut in sich und es wäre schade, wenn sie ihre Gabe nicht nutzen würden, nicht wahr? Natürlich zusätzlich zu den Gaben, die jede Frau hat, Fee oder nicht.« Sie zwinkerte Lina verschwörerisch zu, doch diese hatte keine Lust, sich mit der Tänzerin zu verbrüdern. Fantine mochte nett sein und sie überaus gastfreundlich behandelt haben, sie wollte sie trotzdem nicht mögen.

Die Französin schien Linas Unmut zu spüren. Sie drückte Brendan einen leichten Kuss auf die Wange und erhob sich mit einer geschmeidigen Bewegung.

»Alors, ich würde nur zu gern weiter eure Gesellschaft genießen, aber ich befürchte, ihr seid nicht zum Amüsement hergekommen.«

»Leider nicht.« Brendan streckte seine Beine unter dem Tisch aus. Zufällig berührte sein Fuß dabei Linas Unterschenkel. Sie zuckte zusammen und zog ihr Bein zurück. Brendan fasste kurz die Ereignisse der letzten Tage zusammen.

»Achte gut auf deine Mädchen. Ich habe keine Ahnung, wie weit die Grenzwahrer gehen werden, wenn sie vom Übergang hier bei euch erfahren«, schloss er seinen Bericht.

Fantines Miene war bestürzt.

»Sie wenden Blutmagie an, um die Übergänge zu schließen? Wir haben hier schon Gerüchte gehört, aber das ist schlimmer als befürchtet. Kann ich einen Blick auf eure Karte werfen?«

Lynn nickte und zog das Schriftstück hervor. Sie schoben die Gläser und Schüsseln beiseite, was Tails mit einem unzufriedenen Keckern monierte, und breiteten die Karte auf dem Tisch aus.

»Hier ist der Übergang in der Nähe des Ladens, den Lord Fenway eröffnet hat.« Sie tippte auf die Karte. »Hier ist Treveris und hier … der Übergang im Rhein, der nun ebenfalls verschlossen ist.«

Fantine schaute konzentriert auf die Karte, dann stieß sie mit dem silbern lackierten Nagel ihres Zeigefingers auf eine Stelle. »Unsere Kolleginnen vom Friedrichstadt-Palast haben berichtet, dass sie Schwierigkeiten hatten, den Übergang in Berlin zu erreichen. Ich kann nicht sagen, ob er ebenfalls zerstört wurde.«

Yorick knurrte.

»Die Vermutung liegt nahe«, bekannte Brendan. Lynn nickte zustimmend. Lina schaute beklommen auf die Karte. Wenn Fantine recht hatte, waren bereits drei Übergänge geschlossen, und das waren nur die, von denen sie wussten. Wie viele Síodhach mochten derzeit in der Menschenwelt gefangen sein? Sie überflog die Markierungen auf der Karte. In ganz Europa waren nicht mehr als ein grobes Dutzend Portale eingezeichnet. Wenn die Grenzwahrer im bisherigen Tempo weitermachten, waren die Welten bald auf ewig voneinander getrennt. Sie stand so überstürzt auf, dass ihr Stuhl nach hinten kippte und mit einem lauten Knall zu Boden krachte.

»Wir müssen aufbrechen, bevor noch Schlimmeres geschieht.«

Auch die anderen erhoben sich. Yorick stürzte den restlichen Inhalt seines Glases hinunter.

»Was?«, verteidigte er sich, als er die Blicke der anderen bemerkte. »Das gute Zeug kann man doch nicht verkommen lassen. Und wer weiß, wann wir wieder so etwas bekommen!«

Sie folgten Fantine, die sich bei Brendan eingehakt hatte. Die beiden unterhielten sich leise. Ihr Weg führte durch einen engen Gang, der hinter der Bühne an den Tänzerinnengarderoben entlanglief. Schließlich gelangten sie zu einer Treppe, die nach unten in den Keller führte. Fantine betätigte einen Lichtschalter und eine nackte Glühbirne warf spärliches Licht auf die schmalen Stufen.

»Achtet darauf, dass ihr nicht ausrutscht«, warnte sie Fantine und verschwand in der Tiefe, dicht gefolgt von Brendan. Der Keller wurde offensichtlich zur Lagerung von Requisiten und Bühnenbildern genutzt. Lina sah große Palmen aus Pappmaschee, spanische Wände und sogar eine große Torte, die an der Seite eingerissen war. Es roch muffig. Am Ende des Ganges befand sich eine schwere Tür aus rot lackiertem Metall. Fantine griff nach oben an den Türrahmen und nahm einen Schlüssel herunter, mit dem sie das Schloss aufsperrte. Die Scharniere quietschten, als sie die Tür aufschob. Dahinter lag ein Heizungskeller.

»Wir heizen schon lange nicht mehr mit Öl, deswegen kommt so gut wie niemand jemals hierher«, verriet Fantine.

Lina lugte an ihr vorbei, um einen Blick in den Raum zu werfen. Im Schein des spärlichen Lichts, das aus dem Flur hineinfiel, konnte sie mehrere große Tanks aus Metall ausmachen.

»Das ist auch gut so, denn derjenige würde sich wundern, wo er stattdessen herauskommt, wenn er durch die Tür geht«, fuhr Fantine fort und kicherte ein wenig. Es war kühl hier unten, doch schien ihr das nichts auszumachen, obwohl sie immer noch lediglich ihr Auftrittskostüm trug.

»Wo kommen wir denn heraus?« Auch Glenn versuchte, einen Blick ins Innere des Raumes zu werfen.

»In einer alten Schmiede«, antwortete Fantine. »Sie ist aber schon lange nicht mehr in Betrieb.«

»Wie passend«, murmelte Yorick.

»Lasst uns keine weitere Zeit mehr verlieren.« Brendan drängte zum Aufbruch. »Yorick, du gehst direkt nach mir, danach folgen die Mädchen und Glenn macht die Nachhut.«

»Aye«, bestätigte Glenn und fasste an seinen Gürtel, um den Sitz seiner Schleuder zu überprüfen. Yorick drängte sich an Lina und Lynn vorbei und stellte sich neben Brendan auf. Der Lordsohn legte seine Hände um Fantines Oberarme und sagte ein paar Worte in einer fremden Sprache. Sie sah, wie Brendan eine Phiole in die Hand der Französin legte und ihre Finger darum verschloss. Sie ähnelte der, die Lord Fenway ihnen bei Claudine gezeigt hatte. Das Lächeln, das bislang nie vom Gesicht der schönen Tänzerin verschwunden war, erstarb und ihre Miene wurde ernst. Sie legte eine Hand auf Brendans Wange und küsste ihn leicht auf den Mund. Dann trat sie einen Schritt zurück und ließ ihn passieren. Brendan vergewisserte sich mit einem Blick zurück, dass alle bereit waren. Lina glaubte, dass er sie einen Moment länger ansah als die anderen, und nickte zum Zeichen, dass auch sie zum Aufbruch fertig war. Er drehte sich um, trat durch die Tür und war im nächsten Moment verschwunden. Yorick folgte ihm augenblicklich, nicht jedoch, ohne Fantine noch einen Klaps auf den Hintern zu geben, was diese mit einem nicht allzu erbost klingenden Quietschen honorierte. Lynn ließ Lina den Vortritt. Wie immer schloss sie die Augen, als sie durch den Übergang trat. Ihre Hand fühlte sich seltsam leer und kalt an. Nach drei vorsichtigen Schritten veränderte sich die Atmosphäre um sie herum. Es wurde wärmer und ein milder Wind umwehte sie. Er trug den Duft nach Holz und kalter Asche mit sich.

Sie öffnete die Augen. Sie befand sich in einem gemauerten Häuschen, das vormals an drei Seiten geschlossen gewesen, doch nun von eingefallenen Mauern umgeben war. Auch vom Dach war nicht mehr viel übrig. Durch die Öffnung vor ihr konnte sie auf eine weite Ebene hinausblicken, die mit dunklem Gras bedeckt war. Brendan und Yorick waren bereits nach draußen getreten. Neben ihr befanden sich die Überreste eines großen Schmiedefeuers, in dem noch Reste erkalteter Asche lagen. Plötzlich stupste sie etwas in den Rücken.

»Nicht stehen bleiben«, grinste Lynn sie an. Lina entschuldigte sich und wollte gerade zur Seite treten, als etwas sie am Bauch traf. Sie taumelte nach hinten, prallte gegen Lynn, die beinahe gestürzt wäre, wenn Glenn, der gerade durch den Übergang kam, sie nicht geistesgegenwärtig aufgefangen hätte. Lina stieß mit dem Kopf an die Halterung für den Blasebalg, die von einem Balken an der Decke hing und klirrend zu Boden krachte. Sie presste eine Hand auf ihren Bauch, konnte jedoch keine Verletzung ausmachen. Verwirrt sah sie sich um. In diesem Moment wurde sie erneut getroffen, diesmal am Oberarm. Der Aufprall war so heftig, dass es sie erneut von den Füßen riss. Im Fallen schrie sie auf und sah noch, wie Brendan alarmiert zu ihnen herüber sah. Im gleichen Moment wurde auch Yorick von einer unsichtbaren Kraft zu Boden geworfen.

KAPITEL XI

»Unten bleiben!«, schrie Glenn. Lina zuckte zusammen und drückte sich näher an den Boden. Die Reste einer Außenmauer versperrten ihr die Sicht, doch sie wagte nicht, den Kopf noch einmal zu heben. Mit einem lauten Kampfschrei stürzte Glenn an ihr vorbei auf die offene Wiese. Im Laufen zog er seine Schleuder vom Gürtel und legte eine Steinkugel in die Schlinge. Schon war er aus ihrem Blickfeld verschwunden, aber Lina hörte einen Mann aufschreien. Sie erschrak, als sie eine Bewegung neben sich spürte. Lynn legte beschwörend einen Finger auf ihre Lippen, dann deutete sie auf die gemauerte Feuerstelle. Lina nickte. Ohne sich zu erheben, krochen die beiden Mädchen über den schmutzigen Boden und gingen hinter der niedrigen Steinmauer in Deckung.

»Was ist hier los?«, flüsterte Lina mit dem Rücken an den kalten Stein gepresst.

Lynn zog die Augenbrauen zusammen.

»Ich vermute, die Grenzwahrer haben uns aufgelauert«, gab sie leise zurück. In diesem Moment hörten sie Glenn.

»Thoir an aire!«

Der Boden wurde von einem leichten Beben erschüttert, das Lina an die Vorkommnisse auf der Feuerwiese erinnerte. Vor ihrem inneren Auge sah sie wieder die Ranken auf sich zukommen. Sie wollte aufspringen, doch Lynn hielt sie zurück. Dann lugte die Síodhach vorsichtig am Kamin vorbei.

»Ich kann nichts sehen«, flüsterte sie Lina zu.

Lina packte sie am Arm.

»Wir müssen nach draußen und ihnen helfen.«

Lynn nickte, sah aber ratlos aus.

»Was sollen wir tun? Ich kann keine Kampfmagie und du … du bist nur ein Menschenmädchen.«

»Nur ein Menschenmädchen?« Lina lächelte grimmig. Dieser Satz genügte, um sie ihre Angst vergessen zu lassen und ihren Widerstand anzustacheln.

»Das wollen wir doch mal sehen.« Sie blickte sich suchend um und entdeckte rechts von sich einen massiven Amboss. Sie richtete sich etwas auf. Vielleicht hatte sie Glück und … tatsächlich: Hinter dem Amboss lag halb im Dreck verborgen ein länglicher Gegenstand. Auf Händen und Knien legte Lina die kurze Distanz zurück. Triumphierend hob sie den Gegenstand hoch: Es war ein massiver Schmiedehammer. Der Stiel aus Holz war im Laufe der Zeit brüchig geworden, doch der Kopf aus rußig-schwarzem Metall saß noch fest, wie sie mit einigen Schwüngen feststellte.

»Was hast du vor?«

Lina deutete auf den Hammer in ihrer Hand, dann nach draußen.

»Das ist Wahnsinn!«

»Besser als hier abzuwarten«, gab Lina zurück. »Wenn die Grenzwahrer unsere Jungs überwältigen, sind wir auch dran. Und zurück können wir nicht, sonst führen wir sie direkt zu Fantine und ihren Mädchen.«

Lina mochte sich gar nicht vorstellen, welches Blutbad die Kämpfer unter den leicht bekleideten Tänzerinnen anrichten könnten, falls sie ihnen in blinder Wut nach Paris folgten.

Lynn erwiderte nichts. In ihrem zarten Gesicht arbeitete es. Dann zog sie ein kleines Messer mit einer etwa fingerlangen Klinge aus ihrem Gürtel.

»Dann los.«

Geduckt schlichen die beiden zur Außenmauer, die ihnen etwas Deckung bot. Yorick lag am Boden, dicke Wurzeln fesselten ihn an Beinen und Armen an die Erde. Brendan kniete über ihm. In seiner rechten Hand hielt er den Dolch, den er bereits auf der Feuerwiese gezogen hatte. Die andere Hand streckte er nach vorne, wie um einen unsichtbaren Gegner abzuwehren. Immer wieder wurde er von einer unsichtbaren Kraft getroffen, die ihn zu Boden zu werfen drohte. Nur mit offensichtlicher Mühe gelang es ihm, seine Stellung zu verteidigen. Lina folgte mit ihrem Blick der ausgestreckten Hand und erschrak.

»Arvid!«, entfuhr es ihr.

Der Anführer der Grenzwahrer war noch gut zwanzig, dreißig Schritt von Brendan entfernt. Er wurde von vier Gefährten begleitet, die langsam hinter ihm hergingen. Eine von ihnen, die einzige Frau, hatte ihm den Rücken zugewandt und sicherte die Gruppe nach hinten mit erhobenem Bogen. Langsam, fast gemächlich schritt Arvid auf die beiden am Boden Liegenden zu. Seine Hand vollführte eine seltsame, kreisende Bewegung, dann holte er weit nach hinten aus und zog seinen Arm nach vorne, als würde er einen Ball werfen. Das unsichtbare Geschoss riss Brendan von den Knien. Arvid lächelte, doch noch bevor er erneut ausholen konnte, hatte Brendan sich bereits wieder aufgerichtet. Er hatte den Dolch fallen lassen und streckte seinem Feind nun beide Hände entgegen.

Plötzliche Kampfgeräusche ließen Lina nach links blicken. Glenn war in Schwierigkeiten. Gleich zwei Gegner hatten ihn eingekreist. Er warf seine nutzlose Schleuder dem ersten Angreifer ins Gesicht, doch in diesem Moment sprang bereits der zweite Mann auf ihn, umklammerte ihn von hinten und presste ihm die Arme an den Leib. Glenn brüllte laut vor Zorn und versuchte, sich zu befreien, doch sein Gegner schien übermenschliche Kräfte zu besitzen. Sein Kumpan nutzte die Gelegenheit und schlug Glenn mit voller Wucht ins Gesicht. Blut lief Glenn aus der Nase und er spuckte aus, konnte sich aber immer noch nicht befreien.

Die beiden Frauen schauten sich an, und ohne ein Wort zu verlieren, sprang Lynn über die kleine Mauer. Sie schlug einen Haken und näherte sich der Gruppe in einem weiten Bogen von rechts.

»Lass sofort meinen Bruder in Ruhe!«, schrie sie und zog damit die Aufmerksamkeit der beiden Schläger auf sich. Der erste ließ den Arm sinken, den er zu einem erneuten Schlag erhoben hatte, und legte die Hand in einer spöttischen Begrüßung an seine Stirn.

»Oh, Familienbesuch. Sehr erfreut.«

Sein Kampfgefährte grinste nur, hielt Glenn aber unerbittlich fest, obwohl dieser seine Anstrengungen verdoppelte.

»Lynn, nicht!«, flehte er, doch seine Schwester ignorierte ihn. Sie blieb in einiger Entfernung stehen.

»Komm doch!«, forderte sie den Ersten auf. Dieser lachte amüsiert, trat aber einige Schritte auf sie zu.

Das war Linas Chance. Sie verstärkte den Griff um den Hammer in ihrer Hand, sprang über die Mauer und hielt direkt auf den zweiten Mann zu, der ihr den Rücken zuwandte. Im Laufen hob sie den Hammer hoch über den Kopf. Im letzten Moment hörte ihr Gegner sie und drehte sich halb zu ihr herum, doch da ließ sie das Werkzeug bereits gegen seinen Kopf donnern. Der Hammer rutschte an der Schläfe ihres Gegners ab und prallte gegen seine Nase. Der Schwung des schweren Hammers brachte Lina ins Wanken. Sie taumelte ein paar Schritte von ihrem Gegner weg. Trotzdem hörte sie das ekelhafte Knacken, mit dem das Nasenbein brach. Der Mann sackte in sich zusammen und blieb auf dem Boden liegen. Glenn war frei. Er warf Lina einen kurzen anerkennenden Blick zu, wand ihr den Hammer aus der Hand und stürzte sich noch im selben Augenblick auf den zweiten Mann. Dieser versuchte auszuweichen, doch der Hammerkopf fuhr ihm in den Magen. Er krümmte sich zusammen. Glenn zögerte keine Sekunde und ließ das schwere Werkzeug in seinen Nacken fallen. Reglos fiel der Mann zu Boden.

»Kommt!«, schrie Lynn und rannte zu Brendan und Yorick. Ihr Bruder lag immer noch am Boden. Lina folgte ihr. Ein rascher Blick auf die Gegner zeigte, dass diese ihren kurzen Kampf bemerkt hatten. Arvid ging unbeirrt auf Brendan zu, doch zwei seiner Gefährten lösten sich von der kleinen Gruppe und kamen nun auf die beiden Frauen zu. In diesem Moment rannte Glenn an Lina vorbei und stürmte auf die beiden Männer zu. Noch im Lauf holte er mit dem Hammer aus und schleuderte ihn gegen einen der Angreifer und traf ihn mitten ins Gesicht, sodass dieser zu Boden ging. Der andere warf einen kurzen Blick auf seinen Kumpan, stieß ein unmenschliches Grunzen aus und zog ein Messer mit einer armlangen Klinge. Breitbeinig baute er sich vor dem Gefallenen auf, der sich schreiend am Boden wälzte. Glenn blieb in sicherer Entfernung stehen. Er tastete an seinem Gürtel, doch seine Schleuder hatte er bereits im ersten Kampf verloren. Einen Moment lang stand er einfach nur da, dann bückte er sich und zog drei kleine Wurfsterne aus seinem Stiefel. Sein erster Wurf verfehlte den Schwertkämpfer, doch der zweite traf ihn am rechten Unterarm. Mit einem Schrei ließ er das Schwert fallen und versuchte, den mit Widerhaken bestückten

Wurfstern herauszuziehen. Diese Pause nutzte Glenn, um loszustürmen. Mit voller Wucht prallte er gegen seinen Gegner und riss ihn zu Boden.

Lynn warf sich neben Brendan zu Boden. Ohne Zeit zu verlieren, nahm sie den Dolch und begann, die Wurzeln zu durchtrennen, die Yorick fesselten. Lina duckte sich, um nicht von irgendwelchen Geschossen getroffen zu werden. Sie kam sich entsetzlich nutzlos vor. Brendan hatte immer noch beide Hände zu einer Schutzgeste erhoben. Schweißtropfen sammelten sich auf seiner Stirn und bei jedem der unsichtbaren Geschosse, die Arvid in immer schnellerem Tempo in seine Richtung schleuderte, ging ein Zittern durch seinen ganzen Leib. Lange würde er das – was auch immer er da tat – nicht durchhalten.

»Mach schneller«, drängte Yorick wie zur Bestätigung von Linas Gedanken. Lynn hatte bereits seinen rechten Arm freigeschnitten. Dort, wo sie die Wurzeln abgetrennt hatte, waren nur noch schwarze, vertrocknete Stümpfe zu sehen, doch neue Ranken krochen schon um seine Handgelenke. Er richtete sich halb auf, um weniger Angriffsfläche zu bieten, und begann, die Wurzeln mit der nackten Faust aus dem Boden zu reißen, leider mit wenig Erfolg.

Arvid war stehen geblieben, anscheinend konnte er die verborgene Schutzwand, die Brendan mit seinem Zauber erschuf, nicht überwinden. Noch nicht. Ein kleines Lächeln umspielte seine Lippen. Um seine Füße rankten sich Wurzeln, sie brachen aus dem Boden, umzüngelten seine Füße, tasteten den Rand des unsichtbaren Hindernisses ab. Wieder kreiste seine rechte Hand in der Luft, schien etwas daraus aufzusammeln und zu einem Ball zu formen. Doch statt ihn zu werfen, legte Arvid sein magisches Geschoss in die linke Hand, und begann, mit dem rechten Arm eine zweite Kugel zu formen. Lina verstand: Ihr Gegner holte zum letzten Schlag aus. Sie schaute zu Brendan. Sorge stand in seinem Gesicht. Er wusste, dass er einem geballten Schlag Arvids nicht würde standhalten können.

Kurz überlegte sie, hinter der Schutzwand hervorzubrechen und sich auf Arvid zu stürzen, doch dann fiel ihr Blick wieder auf die Wurzeln, die um seine Beine züngelten. Sie würde es nicht schaffen, den Anführer der Grenzwahrer zu erreichen – selbst wenn die Pflanzen sie nicht aufhielten, war da immer noch der letzte Kämpfer der Truppe, der sich schräg hinter Arvid aufgebaut hatte und mit der rechten Faust in seine linke Hand schlug, als könne er es gar nicht erwarten, endlich zuzuschlagen. Auch die Bogenschützin stand noch einige Schritte hinter Arvid und hielt ihrem Anführer den Rücken frei.

Mittlerweile hatte Lynn es geschafft, Yorick loszuschneiden. Er richtete sich auf und schüttelte die verschrumpelten Reste seiner Fesseln von sich. Auch er sah aus, als könne er sich nur mit Mühe davon abhalten loszustürmen. Suchend sah er sich um. Lina folgte seinem Blick und sah, dass Glenn seinen Gegner gerade mit einem Fußtritt einen kleinen Hügel hinabbeförderte. Auch er blickte sich suchend um. Als er seinen Bruder entdeckte, nickte er ihm zu. Yorick sprang auf und stürmte mit einem lauten Kampfschrei, der Lina erschrocken zusammenzucken ließ, auf Arvids Leibwächter zu und hieb ihm die Faust ins Gesicht. Die Wucht des Hiebes hätte einen Baum zertrümmert, doch Yoricks Gegner spuckte nur kurz aus und rieb sich mit der Hand über das Kinn. Dann holte auch er zum Schlag aus. Seine Faust traf Yorick in die Magengrube. Yorick krümmte sich zusammen. Als er sich wieder aufrichtete, traf ihn ein Hieb von unten links gegen das Kinn. Doch anstatt zu Boden zu gehen, lächelte er nur grimmig. Der Kampf schien ihm Spaß zu machen. Er warf den Kopf nach hinten und stieß einen weiteren Schrei aus, nein, das Geräusch klang wie das laute Jaulen eines wilden Tieres. Eines Bären? Als er erneut zuschlug, glaubte Lina, Andeutungen von Fell auf seinem Handrücken zu sehen.

Glenn hatte in der Zwischenzeit einen seiner Wurfsterne vom Boden aufgehoben und gegen die Frau mit dem Bogen geschleudert. Als hätte sie das sich nähernde Geschoss gehört, drehte sie sich um und wich dem Geschoss in einer eleganten Bewegung aus, das ihr sonst die Seite aufgeschlitzt hätte.

Arvid warf einen kurzen Blick über seine Schulter, dann wandte er sich wieder Brendan zu. Er sah dem Sohn des ceannard aufmerksam ins Gesicht. Seine Hände spielten mit der unsichtbaren Kugel in seiner Hand, die mittlerweile auf die Größe eines Fußballs angewachsen schien. Linas Magen krampfte sich zusammen. Wenn sie doch nur mehr über Magie wüsste! In ihrer Erinnerung blitzten Bilder auf. Die Trommler auf der Feuerwiese. Der Kuss der Wasserfrau. Die Grenzwahrerin am Strand …

»Gib mir den Dolch!«, schrie sie Lynn an.

»Was?«

Sie riss Lynn den Dolch aus der Hand und warf sich hinter Brendan. Dieser zitterte mittlerweile am ganzen Körper. Lina packte den Dolch fester und hob ihre Hände über Brendan. Als Arvid ausholte, schnitt sie mit einer raschen Bewegung über ihre linke Handfläche. Der Schmerz brannte höllisch, doch Lina achtete nicht darauf. Sie ballte ihre linke Hand zur Faust und presste das Blut aus der Wunde. Quälend langsam sammelte sich ein Tropfen an ihrer Handkante. Arvid ließ seine magische Kugel los. Im gleichen Augenblick als sie auf die unsichtbare Schutzwand traf, löste sich der Tropfen Blut an Linas Faust und fiel auf Brendans erhobene Hand. Brendan schrie auf und kippte nach hinten um, wobei er Lina mitriss. Für einen kurzen Moment flackerte die Luft um die Schutzwand auf und Lina hörte ein Knistern ähnlich dem Geräusch, das eine Fliege macht, wenn sie in einer elektrischen Insektenfalle verbrennt.

Dann riss eine gewaltige Druckwelle Arvid mit sich. Er flog mehrere Meter durch die Luft und krachte unsanft auf den Boden. Der Kraftstoß hatte auch die beiden Kämpfenden unterbrochen. Glenn, der gerade mit einem weiteren Wurfstern ausgeholt hatte, verharrte mitten in der Bewegung. Die Bogenschützin hatte sich zu ihrem Anführer umgedreht und starrte mit weit aufgerissenen Augen auf die Szenerie.

Einen Moment lang war alles still.

Dann bewegte sich Arvid am Boden. Mit der Geschmeidigkeit einer Katze kam er erst auf die Knie, dann erhob er sich. Er schaute an sich hinab, schüttelte den Kopf und klopfte sich den Dreck von der Hose. Erst dann blickte er wieder auf, doch sein Blick suchte nicht Brendan. Lina bekam Gänsehaut, als er sie ansah. Obwohl er leise sprach, verstand sie jedes Wort.

»Du überraschst mich, Menschenmädchen.« Er lachte kurz auf. »Du hast keine Ahnung, auf was du dich gerade eingelassen hast.«

Er lüpfte seinen Hut.

»Wir sehen uns bald wieder.«

Damit drehte er sich um und bedeutete seinen Gefährten, ihm zu folgen.

Yorick stieß ein Knurren aus und wollte seinen Gegner an der Flucht hindern, doch in diesem Moment war seine Schwester schon bei ihm. Sie umschlang seinen massigen Körper mit ihren zierlichen Armen und redete beruhigend auf ihn ein.

Lina starrte ihm nach. Sie wusste selbst nicht genau, was gerade passiert war. Brendan lag schwer auf ihr. Er ächzte, als er sich entgegen seiner Art ungelenk von ihr herunterwälzte. Mühsam richtete sie sich ebenfalls auf. Als sie sich abstützte, durchzuckte sie Schmerz. Sie hob die Hand vor ihr Gesicht. Der Schnitt, den der Dolch hinterlassen hatte, reichte quer über ihre Handfläche. Er war nicht sehr tief, doch in Lina zog sich alles zusammen, als sie den Schnitt betrachtete und noch einmal die Berührung des kalten Metalls zu spüren glaubte. In der Wunde hatte sich Gras und Erde festgesetzt, sie würde sie rasch säubern müssen. Ob Lynn noch etwas von der Salbe des Meisters dabeihatte?

»Was hast du dir nur gedacht?«

Sie zuckte zusammen. Der Lordsohn kniete neben ihr und hatte seinen Oberkörper aufgerichtet. Sein Gesicht war blutleer und das Haar stand ihm wirr um den Kopf. Seine ganze Körperhaltung war kraftlos, doch in seinen Augen funkelte Zorn. Lina schluckte.

»Ich weiß nicht … ich habe nichts gedacht«, stammelte sie.

»Nichts?«

Nie hätte sie geglaubt, dass dieser sonst so besonnene und sanftmütige Mann so wütend werden konnte.

»Nein, wirklich nicht«, beteuerte sie, ganz verwirrt von seiner heftigen Reaktion.

»Es war ein Impuls, ich hätte nie gedacht, dass es überhaupt etwas bringt. Ich meine, ich bin doch keine Magierin oder …« Sie brach ab, als Brendan sich näher zu ihr beugte.

»Umso schlimmer ist das, was du getan hast. Blutmagie …«, er presste das Wort zwischen den Lippen hervor, »… wird von uns seit Jahrhunderten nicht mehr eingesetzt. Sie lässt sich selbst von den begabtesten und erfahrensten

Wesen kaum kontrollieren. Es hätte sonst was passieren können!«

»Ist es aber nicht.«

Lynns Stimme klang sanft und beruhigend. Lina schaute zu ihr hinüber. Die Síodhach war unbemerkt an sie herangetreten. Yorick stand dicht hinter ihr, sie hielt noch immer seine Hand. Aus der Nähe konnte Lina deutlich einen Rest von dunklem Fell auf seinem Handrücken sehen und sein sonst recht gepflegter Bart war zerzaust. Glenn stand immer noch etwas abseits und beobachtete die Szene.

»Lina hat etwas Unüberlegtes getan, aber wir haben Glück gehabt. Und es ist ihr gelungen, unsere Widersacher in die Flucht zu schlagen. Ich finde, Lina hat einen Dank verdient. Wenn du unbedingt jemandem einen Vorwurf machen willst, dann mir. Immerhin habe ich ihr den Dolch gegeben.«

Brendan knurrte nur kurz.

»Außerdem musst du zugeben, dass Arvids Gesichtsausdruck es wert war. Ihr habt ihm einen ordentlichen Schlag verpasst«, fuhr Lynn grinsend fort. Ihr Bruder ließ ein grunzendes Lachen ertönen.

»Aye!«

Einen Moment lang rührte Brendan sich nicht. Auch Lina wagte nicht, sich zu bewegen, und schaute ihn abwartend an. Schließlich nickte der Lordsohn und ein kleines Lächeln erhellte seine Züge.

»Lasst uns einen sicheren Lagerplatz suchen.«

Etwas später saßen sie im Schutz einer Baumgruppe um ein hell loderndes Feuer. Obwohl die verfallenen Reste der Schmiede ihnen mehr Schutz geboten hätten, hatten sie nicht gewagt, länger als unbedingt nötig am Übergang zu verweilen. Deshalb waren sie etwa eine Stunde lang Richtung Norden gewandert, bis die Landschaft sich allmählich verändert hatte. Schweigend hatten Linas Gefährten begonnen, ein kleines Lager zu errichten. Während Glenn und Yorick ein Tuch zwischen zwei Bäumen spannten, um den Wind abzuhalten, begann Brendan, eine Feuerstelle auszuheben. Lynn sortierte derweil ihre Vorräte und suchte im Schatten der Bäume nach Kräutern. Lina hatte zunächst dem eingespielten Team bei seiner Arbeit zugesehen und sich nutzlos gefühlt, doch dann hatte sie sich aufgemacht, um etwas Brennholz zu sammeln. Tails war ihr gefolgt, war von Ast zu Ast gesprungen oder im Gras vor ihr hergehüpft. Lina fragte sich insgeheim, ob der kleine Nager zu ihrer Beobachtung abgestellt worden war. Als sie zurückkam, waren auch die anderen mit ihren Arbeiten fertig. Dankbar nahm Yorick ihr den Stapel Holz aus dem Arm und stapelte ihn in der Feuerstelle auf. Kurze Zeit später loderte ein helles Feuer und Lynn stellte einen Topf mit Wasser in die Flammen, um aus den gesammelten und mitgebrachten Kräutern einen Tee aufzubrühen.

Da sie nicht für alle Geschirr mitgenommen hatten, ließen sie einen großen Holzbecher kreisen. Natürlich hatte Yorick es sich nicht nehmen lassen, vorher einen großen Schluck aus seinem Flachmann hineinzuschütten. Während der Becher die Runde machte, hingen die Freunde ihren Gedanken nach. Keiner sprach ein Wort. Lina hatte sich ihren Umhang um die Schultern gelegt und der warme Tee tat sein Übriges, um sie aufzuwärmen. Brendan saß neben ihr, doch obwohl sie ihn leicht hätte berühren können, blieb sie auf Distanz, zu unsicher war sie nach seinem Ausbruch. Sie dachte an den Kampf zurück. Noch immer war ihr nicht klar, wie sie es geschafft hatte, Arvid zu besiegen. Sie vermutete, dass ihr Blut Brendans Zauber irgendwie verstärkt hatte, und dass die zusätzliche Energie eine Art Druckwelle ausgelöst hatte. Doch wieso ihr Blut diese Wirkung hatte, war ihr schleierhaft.

»Ich verstehe immer noch nicht, warum ich es nicht habe kommen sehen.«

Lynns Stimme riss Lina aus ihren Gedanken. Die Síodhach drehte den Becher in ihren Händen, dann nahm sie noch einen Schluck und reichte ihn an ihren Bruder weiter.

»Wie meinst du das?« Glenn nahm ihr den Becher ab.

»Ich bin doch die Hellseherin in dieser Gruppe. Warum können die Grenzwahrer uns unbemerkt angreifen?«

Yorick brummte und stupste seinem Bruder in die Seite, damit dieser den Becher weiterreichte.

»Hast du denn in letzter Zeit deine Kristallkugel befragt?«

Lynn schüttelte den Kopf.

»Nein, dafür war wenig Gelegenheit. Aber zumindest eine Vorahnung hätte ich doch haben müssen!«

»Mach dir keine Vorwürfe«, mischte Brendan sich ein. »Wir sind in den letzten Tagen verfolgt worden, mussten mehrfach die Welten wechseln und machen uns Sorgen um die Síodhach in der Menschenwelt. Da ist es doch kein Wunder, dass du vielleicht für die ein oder andere leichte Schwingung nicht empfänglich warst.«

Lynn sah nicht überzeugt aus.

»Diese Idioten nutzen bestimmt auch Verschleierungszauber«, brummte Yorick.

Einen Moment lang hingen alle wieder ihren Gedanken nach. Es war Glenn, der schließlich die Stille durchbrach.

»Aber ist es nicht in der Tat seltsam, dass die Grenzwahrer anscheinend immer wissen, wo wir sind?«

Lynn nickte eifrig.

»Darüber habe ich auch schon nachgedacht. Es war leicht abzuleiten, dass wir Lina nach Trier bringen würden, und das Zusammentreffen in Köln lag daran, dass die Grenzwahrer dort an einen Dvergaquarz gelangen konnten. Aber hier in der Pariser Ebene?«

Glenn nickte zustimmend.

»Von Köln aus hätten wir überall hingehen können. Ob sie geahnt haben, dass Brendan zu seiner Familie will? Aber selbst dann hätten wir doch mehrere Wege nehmen können. Und vom Übergang in den Kellern des Moulin Rouges weiß doch niemand.«

»Oder sie haben irgendeine Art Verbindung zu uns.« Brendans Stimme war leise und er kniff die Augen zusammen, als würde er konzentriert nachdenken.

»So etwas wie ein Seelenband?«, fragte Lynn. »Aber niemand von uns hat eine enge Beziehung zu einem der Grenzwahrer.«

Brendan schüttelte den Kopf.

»Das meinte ich. Vielleicht gelingt es ihnen anders, eine Verbindung zu einem von uns aufzubauen. Etwa über einen besonderen Gegenstand.« Er beugte sich vor und seine Stimme klang aufgeregt.

»Überlegt mal, wäre es möglich, dass die Grenzwahrer sich etwas von uns besorgt haben? Ein Stück Stoff oder ein Teil unserer Ausrüstung?«

Einer nach dem anderen schüttelte den Kopf.

»Kann ich mir nicht vorstellen«, sagte Glenn. »Beim Kampf am Rheinufer hatte ich keinen körperlichen Kontakt und Yoricks Gegnerin hat, wie wir wissen, keine Gelegenheit gehabt, etwas weiterzugeben.«

»Ich bin zum Glück diesen Verrückten nur im Kaufhaus einmal wirklich nahegekommen. Auch sonst fällt mir nichts ein, was …« Lina verstummte.

Brendans Kopf ruckte zur Seite. Er musterte sie aufmerksam.

»Was?«, fragte er leise.

»Nichts … nur … mir ist gerade eingefallen, dass meine Freundin Nele mir vor Kurzem eine Kette mit einem außergewöhnlichen Anhänger geschenkt hat. Angeblich nichts Besonderes, aber seit wir bei den Nixen waren, habe ich mir überlegt, ob er vielleicht doch eine Bedeutung hat.« Sie wurde hektisch. »Das wäre natürlich ein großer Zufall, aber in den letzten Tagen ist ja einiges passiert, was ich vorher nicht geglaubt hätte. Der Anhänger war nämlich ebenfalls eine Meerjungfrau. Sie saß auf einer Perle.«

Lina schluckte und sah in die Runde. Alle schauten sie gebannt an. Lynns Miene hatte einen bestürzten Ausdruck angenommen. Auch Brendans Blick ruhte weiterhin ausdruckslos auf ihr.

»Was ist aus dem Anhänger geworden?«, fragte er, jedes Wort langsam betonend.

Lina wagte kaum zu atmen. Sie zögerte. Brendan wiederholte seine Frage, eindringlicher diesmal.

»Ich habe ihn verloren.«

»Was?« Brendan sprang auf. »Und das sagst du mir erst jetzt? Wann?«

Lina hob abwehrend die Hände.

»Auf der Feuerwiese schon. Es … es tut mir leid, ich war an dem Tag sowieso schon so verwirrt und ich habe dem keine größere Bedeutung beigemessen.«

Brendan starrte sie an, sichtlich um Fassung bemüht.

»Brendan …« Lynns Stimme war leise, aber eindringlich. Der Lordsohn sah sie an, blickte dann wieder zu Lina. Mit einem Mal drehte er sich um und stürmte in die Dunkelheit hinaus. Lina sprang auf und wollte ihm folgen, doch Lynn hielt sie zurück.

»Lass ihm etwas Zeit«, bat sie. »Er wird von selbst darauf kommen, dass es nicht deine Schuld ist.«

Sie saßen noch eine Weile am Feuer, doch nachdem Brendan davongestürmt war, war die Stimmung niedergeschlagen und so hing jeder still seinen Gedanken nach. Nach einiger Zeit nahm Yorick einen Schluck aus seinem Flachmann. Dann erhob er sich mühsam.

»Ich lege mich schon mal hin. Es ist zwar noch Nacht, aber der Kampf hat mich ziemlich erschöpft.«

»Ich schließe mich dir an.«

Auch Lynn erhob sich. Sie warf Lina einen Blick zu.

»Was ist mit dir?«

Lina schüttelte den Kopf. Sie war viel zu aufgewühlt und konnte jetzt sicher nicht schlafen.

»Nein, ich bleibe noch wach.«

Die beiden schlugen ihr Lager auf und ließen sich in Umhänge und Decken eingehüllt am Feuer nieder. Kurze Zeit später war lautes Schnarchen zu hören.

»Ich drehe eine Runde ums Lager.«

Glenn legte ein weiteres Stück Holz ins Feuer, dann erhob er sich.

»Mal sehen, ob alles ruhig ist. Oder hast du Angst allein?«

Lina zögerte kurz, doch dann schüttelte sie beherzt den Kopf. Sie hatte die Gruppe genug belastet. Glenn deutete auf die Flammen, die gierig am frischen Brennstoff leckten. »Lass das Feuer nicht ausgehen.«

Lina nickte. Neben der Feuerstelle lagen noch einige Äste, die für die nächste Zeit reichen würden. Glenn verschwand nahezu lautlos hinter dem gespannten Tuch. Dann war alles still. Selbst Yorick hatte aufgehört zu schnarchen. Tails lag friedlich in Lynns Armen eingekuschelt. Lina schaute die beiden einen Augenblick lang an, dann seufzte sie und trank den letzten Schluck Tee aus ihrem Becher. Er war mittlerweile kalt geworden. Sie zog ihren Umhang enger um sich und starrte in die Flammen. Das Feuer hatte das Holz in knisternde Glut verwandelt, nur hier und da züngelte es noch hervor. Orangefarbene und rote Flecken pulsierten über die Zweige und verliehen ihnen etwas Lebendiges. Unwillkürlich musste Lina an einen goldgeschuppten Drachen denken. Sie ahnte nicht, dass an einem anderen Ort, weit entfernt, ein Drache von einem Mädchen träumte, das allein an einem Feuer saß. Doch das ist eine andere Geschichte, die später erzählt werden soll.

Lina griff nach einem großen Zweig, brach ihn über ihrem Knie in zwei Stücke und legte die beiden Teile ins Feuer. Sofort stiegen Flammen auf. Plötzlich berührte sie etwas am Arm. Sie fuhr herum und hätte beinahe laut aufgeschrien, doch dann erkannte sie Brendan. Der junge Mann stand direkt vor ihr. Seine Augen waren tief umschattet und sein Haar fiel ihm wirr in die Stirn. Etwas Wildes, fest Entschlossenes lag in seinem Ausdruck. Seine Kleidung war mit dunklen Flecken übersät. Gras, Erde, Schweiß… und vielleicht auch ihr Blut. Unwillkürlich wich Lina zurück. Da erst sah sie die Hand, die Brendan ihr entgegenstreckte. Sie starrte ihn an. Er blickte kurz auf seine rechte Hand, die er ihr entgegenhielt, dann wieder direkt in ihr Gesicht. Er wartete, lautlos, geduldig. Zögernd hob Lina ihre Linke. Unter dem Verband begann die Dolchwunde zu schmerzen. *Vertraust du mir?*, fragte Brendan stumm.

Und wieder einmal vertraute sie ihm. Sie ließ ihre Hand in seine sinken, die ihre fest umschloss.

Ohne ein Wort zu sagen, drehte Brendan sich um und zog Lina mit sich. Aus den Augenwinkeln sah Lina noch, wie

Tails sich aus Lynns Armen erhob und auf einen der Baumstämme am Feuer sprang, um das Lager zu bewachen.

Sie gingen eine Weile ohne ein Wort, doch die Stille war nicht bedrückend. Trotz ihres Schuhwerks spürte Lina den weichen Boden unter ihren Füßen, als sie über die Wiese wanderten. Die Kälte hatte in den frühen Morgenstunden noch einmal angezogen, doch die Wärme von Brendans Hand, die ihre fest und sicher hielt, machte die fehlende Behaglichkeit des Feuers wett. Sie stiegen einen kleinen Hügel hinauf. Linas Herz klopfte laut. Nicht wegen der Anstrengung. Sie fragte sich, wohin Brendan sie führte. Ein wenig fürchtete sie sich vor dem Zorn, der in seinen Augen gelodert hatte, als sie ihm von dem verlorenen Anhänger erzählt hatte. Sie fürchtete sich vor diesem anderen Brendan, den sie noch nicht gekannt hatte.

Als sie die Kuppe des Hügels erreichten, blieb Lina kurz stehen. Vor ihr erstreckte sich ein kleines Tal, in dessen Senke sie einen See erkannte. Sein Ufer war von hohem Schilf gesäumt. Der Mond spiegelte sich in der Wasseroberfläche und ließ sie geheimnisvoll glitzern.

Brendan zog an ihrer Hand und sie sah zu ihm hinüber. Immer noch sprach er kein Wort, aber er lächelte und deutete auf eine Stelle etwas abwärts des Hügels. Im Halbdunkel erkannte Lina, dass Brendan dort seinen Mantel auf dem Gras ausgebreitet hatte. Fragend hob sie die Augenbrauen, doch Brendan sagte immer noch nichts, sondern zog sie nur mit sich. Am Lager angekommen, setzte er sich und Lina tat es ihm nach. Sie zog ihr Schultertuch enger um sich und schaute hinunter auf den See. Brendan legte den Arm um sie und nach einer Weile schmiegte sie sich an ihn.

Eine Zeit lang saßen sie still nebeneinander, bis Lina sich ein Herz fasste.

»Ich wusste nicht …«, begann sie zaghaft, doch Brendan unterbrach sie.

»Nicht jetzt«, sagte er leise und strich ihr eine Haarsträhne aus dem Gesicht. Dann deutete er mit der rechten Hand nach vorne.

Lina folgte seinem Blick, konnte jedoch zunächst nichts erkennen. Dann sah sie einen kleinen Lichtfleck, der einige Meter vor ihr etwa einen Meter über dem Gras tanzte. Sie beugte sich vor, um besser zu sehen. Es war nicht ein, sondern zwei, nein, es waren drei bläulich schimmernde Punkte, die einander zu umkreisen schienen. Lina schaute ihrem Tanz gebannt zu. Immer mehr Leuchtpunkte erschienen und schlossen sich dem Reigen an. In Lina regte sich der Wunsch, ihnen näher zu kommen. Unwillkürlich erhob sie sich, doch Brendan hielt sie zurück. Sein Arm schloss sich enger um sie und sie hörte, wie er ein einzelnes Wort flüsterte.

In diesem Moment begann die Welt um sie herum zu leuchten.

Unzählige weitere Lichtpunkte erschienen in der Luft. Sie flogen aufeinander zu und bildeten einen schimmernden Ball, nur um gleich darauf wieder in alle Richtungen voneinander wegzustieben. Immer neue Formationen bildeten die Punkte, flogen geschlossen gen Himmel, um von dort wie Regen auf Lina herabzunieseln, oder sie drehten sich im Kreis um Lina herum.

Gleichzeitig erglühte auch die Wiese selbst, jedoch nicht in blau, sondern in einem warmen Goldton ähnlich einer Kerze.

Lina konnte ihre Augen nicht von dem Schauspiel abwenden. Wie die Zuschauerin eines geheimen Balletts saß sie gebannt auf ihrem Platz und wagte kaum zu atmen, um die geheimnisvollen Wesen nicht zu stören.

Als sie sich nach einer Weile zu Brendan umwandte, sah sie, dass der Lordsohn sie unverwandt anschaute.

»Das ist wunderschön«, wisperte sie und ihre Augen strahlten mit den Lichtwesen um die Wette.

»Will-o'-the-wisps«, antworte Brendan ebenso leise.

»Sie tanzen uns zu Ehren.«

Ungläubig schaute Lina zuerst ihn an, dann wieder die kleinen Wesen, die immer noch um sie herumwirbelten und immer neue leuchtende Bilder vor dem Nachthimmel erschufen.

»Ich weiß nicht, ob es eine Bedeutung hat, dass deine Menschenfreundin dir diesen Anhänger geschenkt hat«, flüsterte Brendan neben ihr. Seine Stimme war rau. »Ich weiß nicht, warum dein Blut mir geholfen hat, Arvid zu vertreiben, oder warum mein Vater entschieden hat, ausgerechnet dich einzustellen.«

Er machte eine kurze Pause. Lina wartete stumm, den Blick immer noch auf das Schauspiel vor ihnen gerichtet.

»Aber ich weiß, dass das alles eine Bedeutung hat. Dass es einen Grund gibt, auch wenn ich ihn noch nicht kenne – dafür, dass du hier bist. In unserer Welt … und bei mir.«

Mit diesen Worten legte er eine Hand an ihr Kinn und drehte sanft ihren Kopf, sodass er ihr in die Augen blicken konnte. Auch in seinem Blick tanzten funkelnde Lichter. Als seine Lippen sich den ihren näherten, hielt Lina die Augen offen, suchte seinen Blick, den er erwiderte, auch noch, als sie eng umschlungen auf das Lager sanken.

Erst als die Will-o'-the-wisps eine Kuppel über ihrem Lager bildeten, schloss sie die Augen.

Etwas kitzelte sie im Gesicht. Lina zog die Nase kraus, öffnete die Augen aber nicht. Halb im Traum gefangen, spürte sie einen warmen Körper neben sich. Brendan. Sie verlor sich in der Erinnerung an die letzte Nacht. Wieder strich etwas Weiches, Pelziges über ihr Gesicht. Widerwillig schlug sie die Augen auf und starrte in die Knopfaugen des Eichhörnchens, das nur wenige Zentimeter vor ihr saß und mit seinem Puschelschwanz wippte. Unwillkürlich lachte sie auf und spürte, wie Brendan sich neben ihr bewegte.

»Du willst wohl, dass wir aufstehen, kleiner Freund?« Er hatte sich halb aufgerichtet, stützte seinen Kopf auf eine Hand und lugte über Linas Schulter hinüber zu Tails. Der Nager keckerte und deutete mit seinem Schweif in die Richtung, in der das Lager lag.

»Sag den anderen, wir sind schon unterwegs.«

Tails keckerte noch einmal zustimmend und sprang den Hügel hinauf.

»Gut geschlafen, mo cree?«

Brendan drückte ihr einen sanften Kuss auf die Schulter. Sie war nackt! Einen Moment lang wurde sie panisch, doch dann drehte sie sich zu Brendan um und küsste ihn auf den Mund.

»Ja, habe ich. Und wie es aussieht auch ganz schön lange.« Sie sah zum Himmel hinauf. Die Sonne senkte sich bereits über den See. Scheinbar hatten sie fast den ganzen Tag geschlafen.

»Wir sollten schnell zu den anderen zurückgehen. Sicher machen sie sich bereits Sorgen.«

Ein spitzbübisches Grinsen erschien auf Brendans Gesicht.

»Ich bin mir sicher, sie wissen, dass es uns gut geht.«

»Du meinst, sie ahnen, was wir … dass wir …«

Lina wurde rot. Brendan lachte leise und legte seine Stirn an ihre.

»Mo cree, ich befürchte, nach dem Tanz der Will-o'-the-wisps gibt es kein einziges Wesen in der näheren Umgebung, das nicht weiß, was heute Nacht hier geschehen ist.«

Lina stimmte in sein Lachen ein. Für einen kurzen Augenblick war es ihr peinlich, doch dann war es ihr egal. Sollte alle Welt, sollten beide Welten ruhig wissen, was sie und Brendan verband.

»Ich denke, spektakulärer kann das erste Mal kaum sein«, erwiderte sie trocken.

Brendans Lächeln verschwand. Ernst sah er sie an.

»Bereust du es?« Seine Stimme klang rau.

»Nie im Leben.« Ihre Antwort kam ohne Zögern. »Weder die letzte Nacht noch den Abend auf der Feuerwiese noch meinen Job im Mitternachtsladen. Nichts davon.«

Plötzlich kam ihr ein erschreckender Gedanke.

»Die Grenzwahrer werden allerdings nicht viel davon halten, dass der Sohn des Lords mit einem Menschenmädchen schläft.«

Brendan schnaubte.

»Was die Grenzwahrer denken, ist mir herzlich egal. Besonders wenn ich dich so vor mir sehe.«

Er lupfte die Decke einen Spalt und schaute auf Linas Körper. Sie kicherte und schlug ihm auf die Hand.

»Was bedeutet es eigentlich, dass du der Sohn des Lords bist? Wirst du irgendwann so etwas wie der Anführer aller Síodhach?«

Brendan löste sich aus der Umarmung und setzte sich auf. Die Decke rutschte von seinen Schultern und sein nackter Oberkörper wurde sichtbar.

»Nein. Es gibt keine Anführer. Zumindest nicht in dem Sinn, wie du es dir vorstellst. Wir haben keine Entscheidungsgewalt. Alle Wesen in der Anderwelt sind ihre eigenen Herren und können tun und lassen, was sie wollen. Aber meine Familie ist sehr alt und die Magie ist sehr mächtig in uns. Damit tragen wir große Verantwortung. Wir sind mit dem Geschick unserer Welt verbunden, mehr noch als alle anderen Síodhach. Der Herzschlag des Landes ist mit unserem verbunden.«

Brendans Miene war ernst geworden. Fasziniert schaute Lina in das Gesicht des jungen Mannes, der sie soeben noch so liebevoll geneckt hatte. Alles Jugendliche war aus seinem Blick verschwunden. An seine Stelle waren Ernsthaftigkeit, Verantwortungsbewusstsein und auch etwas Dunkles, Sorgenvolles getreten. Sie dachte daran, wie Brendan am Ufer des Rheins zusammengebrochen war. Der Eingriff der Grenzwahrer in das Gefüge der Welten hatte ihm körperliche Schmerzen bereitet. Sie schaute auf ihre Hand. Dank Lynns Salbe war der Schnitt schon fast verheilt, nur noch eine dünne, weiße Linie zog sich quer über die Handfläche. Sie ballte die Hand zur Faust und sah Brendan fest in die Augen.

»Ich werde an deiner Seite sein, komme, was wolle.«

Brendan schaute sie an, dann nahm er ihre Hand und küsste die kaum sichtbare Spur ihrer Verletzung.

»Aber vorher solltest du dir was anziehen«, grinste er.

Als sie zurück zum Lager kamen, hatten die anderen bereits alles zum Aufbruch fertig gemacht. Yorick grinste anzüglich, als er die beiden Hand in Hand kommen sah, und auch Lynn lächelte wissend.

»Ich freue mich für dich«, flüsterte sie, als sie Linas Wunde inspizierte. Lina lächelte.

»Die Wunde ist gut verheilt. Ich befürchte aber, die Narbe wird bleiben. Das liegt an dem Dolch, mit dem du sie dir zugefügt hast.«

Lina nickte ernst. Es machte ihr nichts aus, dass die feine weiße Linie für immer ihre Handfläche zieren sollte. Sie würde sie daran erinnern, was wichtig war.

»Lasst uns noch etwas essen, bevor wir aufbrechen. Wir haben einen weiten Weg vor uns«, rief Brendan sie alle zusammen. Wie am Abend zuvor gruppierten sie sich um das kleine Lagerfeuer, das einer der anderen wieder entzündet hatte. Statt Tee gab es allerdings eine kräftige Brühe, in der verschiedene Kräuter schwammen. Dazu teilten sie sich die Reste an Brot und Käse aus ihren Rucksäcken.

»Also gut, sind alle bereit?«, drängte Brendan zum Aufbruch, doch Lynn hielt ihn zurück.

»Bevor wir aufbrechen, möchte ich noch in meine Kristallkugel schauen.«

Alle Männer nickten zustimmend. Lynn kramte in ihrem Rucksack und zog eine handtellergroße Kristallkugel heraus. Sie erinnerte Lina an die Kugeln, die sie im Mitternachtsladen eingeräumt hatte. Mit dem Ärmel wischte Lynn über die Oberfläche der Kugel und schaute sie prüfend an. Dann nickte sie. Glenn stand auf und setzte sich hinter sie, sodass Lynn sich an seinen Rücken lehnen konnte. Sie schlug die Beine übereinander. Behutsam stellte sie die Kugel in eine kleine Mulde vor sich auf den Boden. Dann strich sie sich mit beiden Händen die Haare aus dem Gesicht, atmete einmal tief durch und begann, auf die Oberfläche zu starren.

Niemand sagte ein Wort. Gebannt verfolgte Lina das Schauspiel, konnte allerdings nichts erkennen. Nach einer gefühlten Ewigkeit, in der sie sich kaum zu bewegen wagte, neigte sich Lynn näher zur Kristallkugel. Lina folgte ihrem Blick, aber für sie blieb das Innere der Kugel leer. Außer einigen Schatten, den Spiegelungen der Baumwipfel und Lynns Gesicht konnte sie nichts erkennen. Yorick, dem das Warten offensichtlich schwerfiel, nestelte an seinem Gürtel. Brendan hielt den Blick gesenkt, als lausche er. Plötzlich hob er den Kopf und schaute zu Lynn herüber.

Die junge Frau atmete schneller, ihre Augen waren weit aufgerissen. Mit einer schnellen Bewegung stand sie auf und stieß dabei mit dem Fuß gegen die Kristallkugel. Ein untypischer Fluch kam über ihre Lippen.

»Konntest du nichts sehen, Schwester?« Glenn erhob sich.

»Am Anfang nicht. Ein Schleier liegt über unserer Zukunft, dichter als sonst.«

»Das könnte bedeuten, dass die Grenzwahrer in der Tat einen Verschleierungszauber nutzen«, überlegte Glenn laut. »Und wenn unsere Zukunft mit der ihren verbunden ist, kannst du nichts erkennen.«

Lynn nickte langsam.

»Das könnte sein.«

»Du hast gesagt, am Anfang konntest du nichts sehen«, warf Brendan ein. »Aber dann ist etwas passiert, richtig?«

Wieder nickte Lynn.

»Es ist mir gelungen, den Schleier ein wenig zu lüften, aber die Bilder blieben undeutlich. Ich habe keine Ahnung, was sie bedeuten könnten.«

Ihre Stimme klang deutlich frustriert.

»Erzähl uns trotzdem, was du gesehen hast«, bat Brendan.

»Es waren wirklich nicht mehr als einzelne Bilder, Fetzen. Ich konnte einen Wald sehen, nein, eher einen Waldrand. Dich, Brendan, und auch euch, Brüder. Ihr alle habt auf Pferden gesessen. Lina habe ich nicht gesehen. Und dann waren da Hufe, halb bedeckt von schwarzem Fell. Sie wirbelten durch die Luft.« Sie zuckte die Schultern. »Wenig hilfreich.«

Glenn legte den Arm um sie.

»Ist doch nicht deine Schuld. Die Zukunft zu sehen, ist eben nicht so einfach.«

»Und das ist auch gut so«, brummte Yorick. »Was wäre das für ein Leben, wenn wir alle wüssten, wann es uns letztlich erwischt?«

»Der Waldrand, den du gesehen hast, war vermutlich der Paimpont«, überlegte Brendan laut. »Auf dem Weg dorthin gibt es nur baumlose Ebenen.«

Plötzlich hellte sich seine Miene auf.

»Aber jetzt weiß ich, wie wir schneller dorthin kommen. Dass ich daran nicht gleich gedacht habe!«

Er schlug sich mit der flachen Hand an die Stirn.

»Lynn, du hast gesehen, dass wir zum Brocéliande reiten! Etwa eine Stunde Fußmarsch von hier entfernt lebt der Clan der Kerbernez. Sie sind bekannt für ihre Pferdezucht. Wir werden sie bitten, uns ein paar Pferde zu leihen. Dann reiten wir zu meiner Familie nach Norden. Wenn alles gut geht, sind wir in einer Woche dort.«

Lina verschluckte sich an ihrer Brühe.

»Was ist los, Kleines? Noch nie geritten?« Yorick lachte.

»Doch, schon. Aber noch nie so weite Strecken.« *Und noch nie ohne Aufsicht,* fügte sie in Gedanken hinzu.

»Das wird schon«, munterte Glenn sie auf und fügte trocken hinzu: »Es muss.«

Wie Brendan vorausgesagt hatte, kamen sie nach etwa einer Stunde am Gehöft der Kerbernez an. Es war noch nicht richtig dunkel, sodass Lina die in einem U angeordneten Gebäude gut erkennen konnte. In der Mitte schien sich das Wohngebäude zu befinden. Eine breite Treppe führte zu einer großen Eingangstür in der Mitte des Haupthauses. Rechts davon befanden sich die Stallungen, auf der linken Seite waren weitere Wirtschaftsräume untergebracht. Irgendetwas stimmte nicht mit den Proportionen, aber erst, als einer der Bewohner ein schwarzes Pferd aus einem der Ställe auf den Innenhof führte, wurde Lina klar, was: Im Gegensatz zu den Stallungen waren die Türen und Fenster des Wohnhauses viel niedriger als gewöhnlich. Der Grund war offensichtlich: Der Mann, der sich gerade daran machte, das Tier zu striegeln, reichte dem Pferd kaum an die Brust. Lina schätzte ihn auf etwa einen Meter. Er trug grüne Kniebundhosen mit weißen Strümpfen, darüber ein weißes Hemd. Auf seinem Kopf trug er einen ebenfalls grünen Hut. Überrascht sah Lina zu Brendan hinüber.

»Kobolde?«

»Etwas in der Art, allerdings würde ich dir raten, sie in ihrer Gegenwart nicht so zu nennen. Die Kerbernez sind eine alte bretonische Familie; sie sind mit den irischen Leprechaun verwandt, aber fast doppelt so groß wie diese.«

In der Zwischenzeit hatten sie den Innenhof des Gehöfts erreicht. Als der Kerbernez die Neuankömmlinge bemerkte, nickte er ihnen kurz zu, führte das Pferd zu einem Anbindepflock in der Mitte des Platzes und kam dann zu ihnen herüber. Er wischte sich die Hand an der Hose ab, bevor er sie Brendan hinstreckte.

»Seid gegrüßt, Lordsohn Fenway.«

Brendan ergriff die angebotene Hand und drückte sie kräftig.

»Es ist lange her, seit wir uns gesehen haben.«

»Umso mehr freue ich mich, Euch wiederzusehen. Und Freunde habt Ihr auch mitgebracht.«

Brendan stellte alle kurz vor. Als die Reihe an Lina kam, sah der Kerbernez sie kurz aufmerksam an, sagte aber nichts.

»Dies ist Patrick Kerbernez, Anführer des Clans und oberster Stallmeister«, stellte er ihren Gastgeber vor.

Patrick lüpfte kurz den Hut.

»Lasst uns einen Schluck trinken, dann könnt ihr mir berichten, was euch zu uns führt.«

Er führte die Gruppe zur Eingangstreppe, neben der ein grober Holztisch mit mehreren Stühlen stand.

In diesem Moment trat ein kleines Mädchen aus der Haustür. Es trug ein grünes Kleid und hatte die Haare zu zwei Zöpfen gebunden.

»Brianna, mein Schatz, richte deiner Mutter aus, dass wir Besuch haben. Und sag deinen Brüdern, sie sollen herauskommen und die Pferde versorgen.«

Das Mädchen musterte die Neulinge einen Moment lang neugierig, dann drehte es sich so schnell auf dem Absatz um, dass seine Zöpfe flogen, und verschwand im Haus. Kurze Zeit später erschien eine rundliche Frau auf der Türschwelle. Sie war ähnlich gekleidet wie das kleine Mädchen, hatte die Haare aber unter einem grünen Kopftuch mit weißen Blüten versteckt. Sie ging die Treppe hinunter und gab ihrem Mann einen Kuss auf die Wange.

»Das ist die Herrin des Hauses, meine Frau Fiona«, stellte Patrick sie vor. Fiona begrüßte jeden der Gäste mit einem festen Händedruck. Dann stellte sie ihren Korb auf den Tisch und zog einen Laib Brot sowie ein großes Stück Käse daraus hervor.

»Nun, Lordsohn Fenway, Ihr seid auf dem Weg nach Hause, nehme ich an?«, fragte Patrick, während er unter dem Tisch eine Flasche hervorzauberte. Er entkorkte sie und goss jedem einen Schluck in eines der kleinen Gläser, die umgedreht auf einem grün-weiß karierten Tuch in der Mitte des Holztisches standen.

»Richtig«, bestätigte Brendan. »Meine Freunde und ich sind durch das Tor bei Paris gekommen und sind unterwegs Richtung Nordwesten.« Er nippte an seinem Glas und nickte anerkennend.

»Quitte?«

»Selbst gebrannt«, bestätigte Patrick voller Stolz. Auch

die anderen tranken. Lina roch skeptisch an dem klaren Selbstgebrannten und beschloss, dass es unhöflich wäre, das hochprozentige Getränk abzulehnen. In einem Zug kippte sie den Inhalt des Glases hinunter. Erstaunlicherweise brannte der Schnaps gar nicht im Hals, wie sie es befürchtet hatte, sondern rann mit wohltuender Wärme ihre Kehle hinunter.

Zwei junge Männer, bei denen Lina vermutete, dass es Patricks Söhne waren, kamen plaudernd die Treppe herunter. Sie hoben kurz die Hand an ihre Hüte, bevor sie in den Stallungen verschwanden. Kurz darauf führte jeder von ihnen ein Pferd an den Anbindepflock, wo sie begannen, die Tiere zu striegeln und ihre Hufe zu säubern.

»Ich gestehe, wir sind nicht nur gekommen, um deinen Selbstgebrannten zu genießen«, gestand Brendan, nachdem sie sich eine Weile über Neuigkeiten im Gestüt unterhalten hatten.

Patrick nickte.

»Das habe ich mir schon gedacht. Ich nehme an, ihr wollt Pferde leihen, um schnell zum Brocéliande zu gelangen.«

»Ja, es ist wichtig, dass wir keine Zeit verlieren.«

Patricks Miene wurde finster.

»Gibt es Ärger?«

Kurz umriss Brendan, was sich in den letzten Tagen zugetragen hatte, erwähnte aber nicht, wie es Lina gelungen war, Arvid zurückzuschlagen. Als er endete, stand Sorge in der Miene des Kerbernez. Er stand auf.

»Lasst uns keine Zeit verlieren. Gawain, Finley!«

Seine beiden Söhne blickten auf. Ihr Vater wies sie an, ihnen Pferde fertig zu machen. Kurze Zeit später standen fünf wunderschöne Tiere bereit. Für Lina hatte Patrick eine Stute ausgesucht, deren rotbraunes Fell mit weißen Haaren durchsetzt war. Das stämmige Tier blieb geduldig stehen, als Lina sich näherte und ihr vorsichtig den Hals streichelte.

Während Brendan sich etwas abseits der Gruppe mit Patrick unterhielt, brachte Fiona ihnen etwas Reiseproviant, den sie aufteilten und in den Satteltaschen verstauten. Dann war alles zum Aufbruch bereit.

»Ich helfe dir beim Aufsteigen.« Glenn war neben Lina getreten. Sie lächelte ihn dankbar an, sammelte ihren Mut und setzte einen Fuß in den Steigbügel. Mit Glenns Unterstützung schwang sie sich in den Sattel und ergriff die Zügel. Ihre Stute blieb ruhig stehen. Es kam Lina fast so vor, als versuchte das geduldige Tier, sie nicht zu beunruhigen.

Brendan drückte Patricks Hand und schwang sich elegant in den Sattel.

»Los geht's«, rief er und trieb sein Pferd an. Die anderen folgten ihm und Lina war froh, dass ihre Stute sich ohne ihr Zutun zu der Gruppe gesellte.

Das Reiten fiel Lina leichter als gedacht. Ihre Stute, der sie insgeheim den Namen Falada gegeben hatte, nach einem Märchen, das sie als Kind sehr geliebt hatte, folgte meist einfach den anderen Pferden und Brendan, der die Gruppe anführte, achtete darauf, die Geschwindigkeit moderat zu halten – auch um die Pferde für die weite Strecke zu schonen.

Natürlich machte sich die ungewohnte körperliche Belastung bemerkbar und am Abend des dritten Tages hatte Lina nicht nur aufgerissene Hände, sondern war vom vielen Sitzen auch so steif, dass Brendan sie vom Pferd herunterheben musste. Aber mit Lynns Heilsalben und einigen Zügen aus Yoricks Flachmann, dessen Inhalt nie zu versiegen schien, waren die Schmerzen erträglich. Als der Morgen graute, schlugen sie ein Lager auf. Lynn kochte

Tee, Yorick bereitete aus dem Proviant und verschiedenen Wurzeln, die sie in der Gegend fanden, ein Abendessen zu und Glenn überraschte Lina, indem er alte Balladen sang. Zum Schlafen legten Lina und Brendan sich wie selbstverständlich nebeneinander und verbrachten die Tage eng aneinander geschmiegt. Allein waren sie jedoch nie.

Jeden Tag ritten sie durch die weite grasbedeckte Ebene, die sich kaum veränderte. Je länger sie unterwegs waren, desto unbeschwerter wurden sie, erzählten sich Geschichten oder sangen, von Yorick angestiftet, zotige Lieder. Tails hatte sich angewöhnt, von Pferd zu Pferd zu hüpfen, was sie alle zum Lachen brachte. Doch Lina entging nicht, dass Brendan umso schweigsamer wurde, je näher sie dem Ziel ihrer Reise kamen. Insgeheim hegte sie den Verdacht, dass er immer noch über den letzten Kampf mit Arvid nachdachte. Eines Morgens, als die anderen bereits schliefen, lag sie noch lange wach und grübelte. Sie konnte immer noch nicht verstehen, wie sie auf den Gedanken gekommen war, Lynn den Dolch zu entreißen und sich die Klinge über die Hand zu ziehen. Sie dachte daran, wie wütend Brendan gewesen war, und seufzte. Dann kam ihr in den Sinn, was Arvid gesagt hatte. »Du hast keine Ahnung, auf was du dich gerade eingelassen hast.« Was hatte er damit gemeint? Hatte er ihr nur gedroht – oder war da noch etwas anderes? Hatte sie mit ihrer Blutmagie irgendwas in Gang gesetzt? Sie brauchte Antworten. Jetzt.

»Brendan?«, flüsterte sie leise. Sofort schlug Brendan die Augen auf und wollte sich aufrichten. Sie hielt ihn zurück.

»Es ist nichts passiert. Ich wollte nur kurz mit dir sprechen.«

»Hat das nicht Zeit bis heute Abend?«

»Nein.« Ihre Stimme klang drängend. Brendan drehte sich zu ihr um und sah sie aufmerksam an.

»Was ist los, mo cree?«

»An der alten Schmiede…« Sie stockte kurz, als Brendans Gesichtsausdruck sich verfinsterte. »Was ist da eigentlich passiert? Wieso konnte mein Blut deinen Zauber verstärken? Und was hat Arvid gemeint, als er sagte, dass ich nicht wüsste, auf was ich mich einlasse?«

Brendan stieß den Atem aus.

»Das liegt auch für mich im Dunkeln. Seit dem Kampf denke ich darüber nach, was um alles in den Welten dich getrieben hat, dein Blut zu opfern.«

»Das weiß ich auch nicht«, gestand Lina. »Es war wie eine Eingebung. Als hätte mir jemand gesagt, dass ich das tun muss.«

Brendan überlegte.

»Blutmagie ist eine mächtige Kraft. Nicht umsonst haben die Grenzwahrer am Rheinufer Gebrauch davon gemacht. Sie funktioniert nur mit eigenem, nie mit fremdem Blut. Früher haben manche Síodhach die Macht ihres Blutes genutzt, um Zauber zu verstärken, doch nicht immer hatten sie diese Macht unter Kontrolle. Es war fast so, als würde die dadurch erweckte Magie eine Art Eigenleben entwickeln und sich gegen ihre Erschaffer wenden. Die Magie zerrte an ihrem Wesen, mergelte sie aus. Wenn die Síodhach nicht davon abließen, stand am Ende immer ihr Tod.«

Lina fröstelte. Brendan zog sie an sich.

»Ich habe noch nie gehört, dass ein Mensch darüber verfügen kann. Aber ich fürchte mich davor, was eine Magie, der nicht einmal die mächtigsten Síodhach widerstehen konnten, mit einem Menschenmädchen anstellt.«

Lina verstand immer noch nicht, wieso ihr Blut sich von dem anderer Menschen unterscheiden sollte. Sie war doch keine Fee oder sonst ein mystisches Wesen. Vielleicht war es auch nur Zufall gewesen und Brendan hätte Arvid auch ohne ihre Hilfe besiegt. Insgeheim wusste sie jedoch, dass sie sich etwas vormachte.

»Du machst dir Sorgen um mich.« Sie küsste ihn auf die Nasenspitze.

»Bitte verzeih mir. Ich wusste nicht, was ich tat, aber ich verspreche dir, in Zukunft keine Dolche mehr anzufassen.«

»Das wäre gut«, murmelte Brendan und strich ihr sanft übers Haar. »Und jetzt schlaf noch ein wenig.«

Lina kuschelte sich an ihn und schloss die Augen. Wenige Atemzüge später war sie eingeschlafen. So konnte sie nicht sehen, dass der Lordsohn den Rest des Tages mit offenen Augen neben ihr lag und sorgenvoll in den Himmel starrte.

KAPITEL XII

In der sechsten Nacht sahen sie am Horizont einen Wald. Ein Lächeln erschien auf Brendans Gesicht. Auch den anderen war die Erleichterung anzusehen. Fragend schaute Lina zu Lynn herüber.

»Das ist der Brocéliande«, erklärte die Síodhach und brachte ihr Pferd näher zu Linas Stute. »Die Heimat der Fenways.«

»Bald haben wir unser Ziel erreicht«, fügte Glenn hinzu, der ebenfalls zu den Frauen aufgeschlossen hatte. »Und das bedeutet: gutes Essen und noch bessere Getränke.«

Mit einem lauten Schrei trieb Yorick sein Pferd an und galoppierte hinter Brendan her, der bereits ein gutes Stück weiter vor ihnen ritt. Glenn und Lynn taten es ihm nach. Lina bewunderte die wilde Eleganz, mit der die Geschwister auf den Rücken ihrer Pferde dahinflogen. Glenn gelang es mühelos, zu seinem Bruder aufzuschließen, der sein Tier daraufhin noch mehr antrieb. Kopf an Kopf rasten die Pferde über die Ebene, die Hälse weit vorgestreckt, während ihre Reiter sie mit lauten Rufen anfeuerten. Lynns Haar hatte sich gelöst und wehte hinter ihrem Rücken. Tails kletterte aus ihrer Satteltasche, in der er ein Nickerchen gemacht hatte, und sprang am Hals des Pferdes hinauf. Mit wehendem Schwanz krallte er sich in der Mähne fest und schaute über den Pferdekopf nach vorne Richtung Waldrand.

Linas Pferd tänzelte unruhig und sie erlaubte ihm, in einen leichten Trab zu fallen und seinen Gefährten hinterherzulaufen. In den vergangenen Tagen hatte sie zwar immer mehr Sicherheit auf dem Rücken der Stute gewonnen, doch einen wilden Galopp traute sie sich nicht zu.

Brendan hatte fast den Waldrand erreicht, als sein Pferd sich aufbäumte.

Augenblicklich trieben die Geschwister ihre Pferde weiter an.

»Bleib zurück«, rief Glenn Lina über die Schulter zu, dann preschten die drei Richtung Waldrand, wo Brendan immer noch versuchte, sein Pferd zu beruhigen. Lina zügelte ihre Stute, die unruhig tänzelte und nur widerwillig stehenblieb. Ihre Stirn zog sich kraus, als sie versuchte, etwas zu erkennen. Der Wald hob sich dunkel gegen den Nachthimmel ab. Die Wipfel der Bäume waren im Schein des Vollmondes gut zu erkennen, doch am Boden verschluckten die dichtstehenden Stämme jedes Licht. Da! Lina machte eine Bewegung im Schatten aus. Sie beugte sich über den Hals ihrer Stute, um besser zu sehen. Mehrere Gestalten traten aus dem Dunkel hervor, blieben aber in der Deckung des Waldes. Lina konnte sieben Konturen ausmachen, ob Männer oder Frauen war nicht zu erkennen. Die anderen hatten Brendan mittlerweile erreicht und sich neben ihm postiert. Nahezu regungslos standen die Pferde in einer Reihe nebeneinander, ihre Reiter aufgerichtet und mit festem Blick nach vorne.

Lina drückte Falada die Unterschenkel in die Seite und ritt langsam weiter. Als sie näher kam, erkannte sie die Frau mit dem Bogen, die bereits an der Schmiede gegen sie gekämpft hatte. Linas Magen zog sich zusammen. Die Grenzwahrer hatten ihnen aufgelauert. Genau wie ihre Gefährten hatte die Bogenschützin zwar ihre Waffen zum

Angriff bereit in der Hand, bewegte sich jedoch nicht. Linas Augen suchten den Waldrand ab. Arvid war nirgends zu sehen. Wieso waren die Grenzwahrer ohne ihren Anführer gekommen?

Plötzlich kam Bewegung in die Reihen ihrer Gegner. Sie wandten ihre Köpfe und sahen in den Wald. Die Bogenschützin trat einen Schritt zurück und es kam Lina so vor, als zöge sie den Kopf ein. Dann sah sie es.

Ein schwarzer Schatten trat aus dem Wald, der die anderen um einen guten Meter überragte. Langsam schälte er sich aus dem Dunkel zwischen den Bäumen. Rauch drang aus seinen Nüstern und als das pferdeähnliche Wesen stieg, konnte Lina die gewaltigen Hufe erkennen.

»Und dann waren da Hufe, halb bedeckt von schwarzem Fell. Sie wirbelten durch die Luft.«

Die Erinnerung an Lynns Weissagung hallte in ihrem Kopf wider.

Als die Vorderläufe des Tieres auf den Boden donnerten, stoben Funken daraus hervor. Brendans Pferd versuchte erneut auszubrechen, doch es gelang ihm, es ruhig zu halten.

Das Wesen trat vollends aus dem Wald hervor. Sein Fell war so schwarz, dass es im Mondlicht glänzte. Eine dichte Mähne bedeckte seinen Hals und reichte fast bis zum Boden. In seinen Augen loderte Feuer und sein Schweif peitschte hin und her.

Auf dem Rücken des Nachtrosses saß Arvid.

Er ritt ohne Sattel. Niemals hätte ein solches Tier eine derartige Schmach geduldet. Als einziges Zugeständnis trug es ein dünnes Zaumzeug, dessen Zügel der Anführer der Grenzwahrer in der Hand hielt. In Stirnhöhe schien ein Anhänger befestigt zu sein, der im Mondlicht funkelte. Arvid lächelte.

Dann ging alles sehr schnell.

Das Nachtross stieg erneut auf seine Hinterläufe, dann preschte es nach vorne. Brendan gelang es in letzter Sekunde, sein Pferd herumzureißen, um nicht überrannt zu werden. Im Vorbeiziehen schlug der schwarze Riese mit den Hinterbeinen aus und traf den roten Hengst in die Seite. Das Pferd taumelte seitwärts, fiel aber nicht. Brendan beugte sich herab und tätschelte seinen Hals. Er schien ihm etwas zuzuflüstern, woraufhin das Tier sich seinem Gegner zuwandte. Drohend schritten die Tiere aufeinander zu.

Die Bogenschützin legte einen Pfeil an, doch bevor sie loslassen konnte, war Yorick bei ihr. Mit einem lauten Schrei sprang er vom Pferd und riss die Frau mit sich zu Boden. Seine Stute galoppierte weiter, wobei einer der Männer unter ihre Hufe geriet, und stob dann vom Wald weg. Lina hatte Mühe, ihre Stute unter Kontrolle zu halten, als Yoricks Brauner an ihnen vorbeiraste.

Glenn wendete ebenfalls sein Pferd und ritt einen weiten Bogen um die Kampfgruppe. Als er wieder auf den Wald zusteuerte, ließ er im vollen Galopp die Zügel los und griff nach seiner Schleuder. In sicherem Abstand, sodass die Waffen ihrer Gegner ihn nicht erreichen konnten, donnerte Glenn an den Reihen vorbei und schoss mehrere Kugeln mit seiner Schleuder ab. Die erste traf einen stämmigen Mann mit struppigem Bart und nacktem Oberkörper mitten auf die Stirn. Sofort platzte die Haut auf und Blut strömte über das Gesicht des Kerls. Er blieb jedoch stehen, reckte seine Faust in die Höhe, die einen massiven Holzstab umklammerte, und stieß einen Kampfschrei aus. Lina zweifelte nicht daran, dass er sich auf das Pferd gestürzt hätte, doch Glenn war bereits außer Reichweite. Er beruhigte sein Pferd, als er wieder in einem weiten Bogen an der Szenerie vorbeiritt und weitere Geschosse aus seiner Tasche nahm.

Lynn hatte das Geschehen bis dahin beobachtet, ohne anzugreifen, was einige der Grenzwahrer als Ermutigung betrachteten. Langsam, aber nicht zögerlich, traten drei Gestalten auf sie zu. Die linke war ein Mann. Er trug schwarze Hosen, schwere Stiefel und eine ärmellose karierte Tunika. In seiner rechten Hand hielt er kampfbereit ein Schwert. Neben ihm gingen zwei Frauen, beide in einfachen, knöchellangen Kleidern. Sie hielten sich an den Händen und waren scheinbar unbewaffnet. Lynn schaute sich hilfesuchend um und ihr Pferd machte einige Schritte rückwärts.

»Verdammt«, entfuhr es Lina. Glenns Anweisung missachtend ritt sie langsam auf die Kämpfenden zu. Auf der rechten Seite war Yorick noch immer in einen Kampf verwickelt. Er wälzte sich mit der Bogenschützin auf dem Boden, die sich erbittert wehrte. Ihren Bogen hatte sie fallen lassen, doch ihre rechte Hand umklammerte noch immer einen Pfeil, den sie in Yoricks Seite zu rammen versuchte. Es gelang ihm, die Frau zu entwaffnen, und sie mit dem Rücken auf den Boden zu werfen. Rittlings saß er auf ihr und drückte ihre Hände in den Waldboden. Er bemerkte nicht, dass zwei Männer, darunter der bärtige mit der Kopfwunde, ihn umkreisten.

Das Nachtross umtänzelte Brendans Hengst. Immer wieder versuchte es, ihn in den Hals zu beißen. Rauch stieg aus seinen Nüstern und wo seine Hufe den Boden berührten, hinterließen sie verbranntes Gras. Ein Lächeln erschien auf Arvids Gesicht. Er ließ die Zügel los und rutschte elegant vom Rücken seines Tieres hinab. Kaum berührten seine Füße den Boden, züngelten bereits kleine Wurzeln um ihn herum. Sein Lächeln wurde breiter, als er eine Hand hob und auf Brendans Pferd richtete.

Brendan versuchte auszuweichen, doch das Nachtross

ließ ihm keinen Raum. Schon gruben sich die Wurzeln durch das Erdreich auf ihn zu. Brendan schlang die Zügel um seine linke Hand und richtete die rechte gegen Arvid, um den Zauber abzublocken, doch es war zu spät: Die Wurzeln hatten sein Pferd erreicht und schlangen sich um seine Beine. Das Tier wieherte verzweifelt, als es erfolglos versuchte, sich loszureißen. Das Nachtross wieherte ebenfalls, schüttelte seine Mähne und biss seinem jetzt wehrlosen Gegner in den Hals. Rotes Blut tropfte auf den Boden.

In diesem Moment ritt Glenn herbei und drängte sich zwischen Brendans Hengst und das Nachtross. Es gelang ihm, das schwarze Untier zur Seite zu drängen. Brendan sprang vom Pferd. Weich federte er auf dem Boden ab, die Hand noch immer im Abwehrzauber gegen Arvid erhoben. Ohne ihn aus den Augen zu verlieren, zog er seinen Dolch und kniete sich neben das rechte Vorderbein seines Hengstes. Unschlüssig blickte er zwischen Arvid und seinem Tier hin und her. Lina drückte ihrem Pferd die Beine in die Flanken und trieb es zur Eile an. Als sie Brendan erreichte, zügelte sie es, schwang sich vom Pferderücken und gab der Stute einen Klaps auf das Hinterteil, sodass diese davonstürmte.

»Gib mir den Dolch!«

Brendan schüttelte den Kopf, ohne sie anzusehen. Auf seiner Stirn sammelten sich bereits Schweißtropfen und er atmete schwer. Arvid formte mit beiden Händen eine Kugel aus Magie. Ein Zittern lief durch Brendans Körper, als das Geschoss auf seinen Schutzwall traf.

»Vertrau mir!«, schrie Lina und griff nach dem Dolch. Einen Augenblick hielt Brendan ihn fest, dann ließ er ihn los. Blitzschnell hob er nun die freie Hand und verstärkte seinen Widerstand gegen Arvid. Lina ließ sich fallen und begann, mit dem Dolch die Wurzeln zu durchtrennen, die sich um die Fesseln des Pferdes rankten. Dabei flüsterte sie beruhigend auf das Tier ein, das vor Angst schwitzte und immer noch aus der Halswunde blutete. Lina wünschte, sie könnte wie Brendan die Sprache der Tiere, aber auch so schien das Tier ihre Absicht zu verstehen. Es stellte die Ohren an und blieb ruhig stehen, wenn es auch am ganzen Leib zitterte. Der Dolch lag kühl in ihrer Hand. Mühelos schnitt die Klinge durch das Holz. Nachdem sie die Vorderbeine befreit hatte, kroch Lina nach hinten, inständig hoffend, dass das Pferd sie nicht treten würde, aber das Tier blieb weiterhin ruhig. Sobald Lina die letzte Wurzel jedoch durchtrennt und sich in Sicherheit gebracht hatte, raste es los. Brendan hatte sich während der ganzen Zeit nicht ein Mal zu ihnen umgedreht, sondern sich voll und ganz auf Arvid konzentriert, der siegessicher vor ihm stand und mühelos ein magisches Geschoss nach dem anderen formte. Lina trat hinter Brendan, den Dolch in der Hand. Sie hob die Waffe und betrachtete seine blanke Klinge, die im Mondlicht glitzerte. Die feinen Verzierungen auf seinem Griff schienen sich zu verändern. Die Narbe in ihrer Hand pochte. Ein kurzer Schnitt nur und sie würde Arvid in die Flucht …

»Lina«, presste Brendan tonlos hervor. Das Haar fiel ihm in sein blasses Gesicht. Noch immer wandte er sich nicht zu ihr. Sie schaute nach oben und sah, dass Arvid sie aufmerksam beobachtete.

Entschlossen schob sie sich um Brendan herum und legte den Doch vor seinen Knien auf dem Boden ab, wo beide ihn sehen konnten.

»Ich halte mein Versprechen«, flüsterte sie.

Trotzig schaute sie Arvid ins Gesicht, als sie sich hinter Brendan stellte. Ihre Knie berührten seinen Rücken. Der Anführer der Grenzwahrer hob eine Augenbraue, dann zuckte er mit den Achseln. Seine Geschosse trafen den Schutzwall nun schneller hintereinander und mit größerer Wucht. Mehr als einmal konnte Lina feine Linien in der Luft erkennen, wo die unsichtbaren Kugeln auf die Wand aus Magie trafen. Brendans Körper zitterte mittlerweile ununterbrochen und der Lordsohn sah aus, als würde er jeden Moment zusammenbrechen.

Was sollte sie tun? Es musste einen anderen Weg geben, um Brendan zu helfen. Einem Instinkt folgend legte sie beide Hände auf Brendans Schultern. Sie dachte an die Nacht, in der die Will-o'-the-wisps für sie getanzt hatten, an Brendans Umarmung und seine zärtlichen Küsse. Wärme breitete sich in ihrem Bauch aus und floss durch ihren Körper, glitt durch ihre Brust in ihre Arme bis hinunter zu den Fingerspitzen. Brendans Zittern wurde schwächer. Arvids Lächeln verschwand. Wieder schaute er zu Lina, in seinem Gesicht spiegelten sich Überraschung und Neugier, dann Wut. Er bellte etwas zu seinen Gefährten hinüber, was Lina nicht verstand.

Wieder konzentrierte sie sich auf ihre Erinnerungen. Das Gras in ihrem Rücken. Der Vollmond am Himmel, vor dem sich Brendans Körper abhob. Seine nackte Haut auf ihrer. Der Moment ihrer Vereinigung, in dem sie sich nicht nur mit ihm, sondern mit allem verbunden gefühlt hatte. Mit jedem Atemzug konnte Lina die Magie spüren, die durch ihre Adern floss. Sie wusste nicht mehr, wo ihr Körper aufhörte und Brendans begann. Ihr Herzschlag verlangsamte sich.

»Wir sind mit dem Geschick unserer Welt verbunden, mehr noch als alle anderen Síodhach. Der Herzschlag des Landes ist mit unserem verbunden«, hörte sie Brendans Stimme in ihrer Erinnerung. War es nur eine Erinnerung?

Sie atmete tief ein und verteilte ihr Gewicht auf ihren

Füßen. Durch die Sohlen ihrer Schuhe spürte sie das Gras. Ein sanfter Wind glitt über sie und kühlte ihre vom Schweiß nasse Haut.

»Hilf uns«, bat sie stumm.

Und das Land unter ihr antwortete. Sie konnte nicht nur das Gras unter sich spüren. Sie fühlte das Erdreich, die verschiedenen Schichten darunter bis hin zum heißen Inneren der Erde. Die Energie stieg auf, Lina keuchte, als sie durch ihr Inneres brach und durch ihre Hände, durch Brendans Hände, und in den Schutzwall floss.

Der Mann mit der ärmellosen Tunika trat zu Arvid, das Schwert immer noch zum Kampf erhoben. Als sein Anführer ihm zunickte, kniete er sich auf ein Bein, legte den linken Arm auf seinem Oberschenkel ab und zog die Klinge seines Schwerts über seinen Unterarm. Augenblicklich klaffte eine große Wunde auf und Blut quoll hervor. Der Krieger ließ das Schwert fallen, rührte sich ansonsten aber nicht. Sein Gesicht war schmerzverzerrt, doch auch etwas anderes spiegelte sich darin. Stolz? Arvid achtete nicht auf den Mann, sondern griff mit beiden Händen in die Wunde. Als er die Arme wieder hob, waren sie blutbedeckt. Als das nächste Geschoss Brendans Schutzwall traf, zogen breite Risse aus flimmerndem Licht durch die Luft und eine Druckwelle rollte über sie hinweg. Ein Knurren entfuhr Brendans Kehle. Lina spürte, wie etwas an der Energie in ihr zog. Sie gab nicht mehr freiwillig, Brendan nahm sich, was er brauchte. Sie begann zu zittern und ihr wurde schwindelig.

Verzweifelt sah sie sich um. Rechts von ihr kämpfte Yorick mit gleich drei Gegnern. Seine Haut war von dunklem Fell bedeckt und er gab Laute von sich, die mehr an ein wildes Tier als einen Menschen erinnerten. Der Mann mit der Kopfwunde hatte einen Arm um seinen Hals geschwungen und verpasste ihm gerade einen Kinnhaken, während Yorick verzweifelt nach hinten austrat und die Bogenschützin umwarf. Sein Gegner warf sich herum, hielt Yorick aber fest umklammert. Ein zweiter Mann versetzte ihm einen Schlag in den Magen und Yoricks Beine knickten unter ihm weg.

Auf der anderen Seite versuchte Lynn verzweifelt, sich gegen die beiden Frauen zur Wehr zu setzen, die sich immer noch an den Händen hielten. Ihre Lippen bewegten sich unentwegt, doch sie waren zu weit von Lina entfernt, als dass sie etwas hätte verstehen können. Allem Anschein nach woben auch sie einen Zauber, denn das Pferd war wie versteinert und auch Lynn konnte nur noch ihren Oberkörper, nicht aber ihre Beine bewegen. Hilflos saß sie auf dem Rücken ihrer Stute und schwenkte die Arme durch die Luft, doch es gelang ihr nicht, sich loszureißen.

Das Nachtross jagte Glenn hinterher, der auf dem Rücken seines Pferdes waghalsige Haken schlug und das Ungeheuer mit gezielten Schüssen aus seiner Schleuder reizte. Das schwarze Ungetüm schnaubte und versuchte, an Glenn vorbei zurück zu Brendan zu gelangen, doch Glenn schnitt ihm immer wieder den Weg ab. Lynn schrie auf, als das Pferd bei einem rasanten Wendemanöver auf dem aufgewühlten Boden strauchelte und ihr Bruder beinahe von seinem Rücken rutschte. Es gelang ihm, sich wieder zu fangen, doch es war nur eine Frage der Zeit, bis das Tier unter ihm zusammenbrach.

Schwarze Schatten trübten Linas Blick. Nur mit Mühe konnte sie sich noch auf den Beinen halten. Brendan war in sich zusammengesunken und lehnte sich stärker an sie. Noch immer hielt er die Hände zur Abwehr gegen Arvid erhoben, doch sie zitterten merklich vor Anstrengung. Verzweiflung ergriff Lina. Noch konnten sie ihre Feinde auf

Abstand halten, doch es war nur eine Frage der Zeit, bis sie alle die Kraft verließ.

Glenns Pferd rutschte auf dem schlammigen Boden aus. Diesmal gelang es ihm nicht, sich zu halten. Wiehernd fiel das Tier zu Boden. In letzter Sekunde rollte Glenn sich auf der Wiese ab. Das Nachtross wieherte triumphierend. Als es auf seine Hinterbeine stieg, loderten Flammen um seine Vorderhufe. Wild schüttelte es den Kopf, seine schwarze Mähne wirbelte umher. Erneut wieherte das Untier laut und preschte in vollem Galopp davon. Es jagte so dicht hinter Lina vorbei, dass der entstehende Wind sie von den Füßen riss. Sie taumelte rückwärts und fiel ins Gras. Ihre Verbindung zur Erde zerriss. Schlagartig fühlte sie sich so erschöpft, dass es ihr kaum gelang, sich wieder aufzurichten. Von seiner Energiequelle abgeschnitten, brach auch Brendan zusammen, er ließ die Arme sinken und sackte in sich zusammen. Arvid warf den Kopf zurück und lachte triumphierend. Ein letztes Mal hob er seine blutbesudelten Hände, holte weit aus und feuerte ein Geschoss gegen den wehrlosen Brendan.

Ein gleißender Blitz tauchte die Szenerie in helles Licht. Instinktiv riss Lina einen Arm vor die Augen. Sie hörte Arvid aufschreien, es war ein Laut voller Zorn. Lina senkte den Arm und kniff die Augen zusammen. Direkt vor ihr, am Waldrand, schälte sich aus dem strahlenden Licht die Gestalt einer Frau. Sie trug ein knielanges Kleid über einfachen Hosen und hielt einen knorrigen Stab in den Händen. Sie ging leicht gebückt, aber dennoch strahlte ihre Erscheinung unnachgiebige Kraft aus. Sie richtete den Stab auf Arvid, der sich halb zu ihr umgedreht hatte und laut fluchte. Auch auf der rechten Seite kam Bewegung auf. Drei Männer rannten aus dem Wald und stürzten sich auf die Angreifer um Yorick. Es entstand ein wildes Handgemenge, kurz darauf ergriffen die Bogenschützin und einer der Männer die Flucht. Yorick, inzwischen über und über mit dunklem Fell bedeckt, stürzte sich in wilder Raserei auf den Mann mit der Kopfwunde und schlug ihm so hart mit der Faust ins Gesicht, dass dieser zu Boden ging und sich nicht mehr bewegte. Yorick legte den Kopf in den Nacken, schlug sich auf die Brust und stieß ein triumphierendes Geheul aus.

Eine weitere Frau trat in den Lichtkegel. Sie war ähnlich wie die Erste gekleidet, aber von schlankem und aufgerichtetem Wuchs. Ruhig trat sie auf die beiden Frauen zu, die ihre Litanei unterbrachen und sich angstvoll zum Neuankömmling umdrehten. Als die junge Frau nur noch wenige Schritte von ihnen entfernt war, blieb sie stehen. In einer gebieterischen Geste breitete sie die Arme aus. Der Boden unter den Hexenschwestern tat sich auf. Sie schrien auf, als ihre Füße und Beine in dem plötzlich entstehenden Loch versanken. Wild schlugen sie mit ihren Armen um sich, als der Boden unter ihnen sie tiefer und tiefer zog. Schon steckten die beiden Frauen bis zum Hals in der feucht glänzenden Erde. Ihre Hände, an denen sie sich immer noch hielten, waren nach oben gerichtet, beide hielten das Kinn nach oben gereckt, um keine Erde in den Mund zu bekommen. Einen Moment lang glaubte Lina, die fremde Frau würde ihre beiden Gegner tatsächlich ganz versinken lassen und wollte sich schon voller Grauen abwenden, da ließ die Unbekannte die Arme sinken. Sie trat einen Schritt auf Lynn zu, in deren Glieder gerade wieder Leben zurückkehrte. Auch das Pferd unter ihr begann, unruhig mit den Hufen zu scharren. Lynn tätschelte ihm den Hals, dann richtete sie sich auf und rollte beide Schultern nach hinten. Sie streckte ihr rechtes Bein aus und beugte es einige Male, um die Steifheit abzuschütteln.

Das Nachtross rammte sie ohne Vorwarnung.

Es preschte im vollen Galopp von links heran und stieß mit voller Wucht in die Flanke des Pferdes. Lynn, für einen Moment unachtsam, rutschte seitlich vom Pferd und knallte auf den Boden. Geistesgegenwärtig rollte sie sich zur Seite, um nicht unter die Hufe ihres Tieres zu geraten, das sein Gleichgewicht zu finden versuchte. Das Nachtross stemmte sich mit den Hufen in den aufgewühlten Boden und kam zum Stehen; ungerührt von der Wucht des Aufpralls. Es hob die Vorderläufe. Auf seiner Stirn glitzerte der silberne Anhänger. Im Mondschein konnte Lina ihn nun deutlich erkennen: Es war eine Meerjungfrau, die auf einer weißen Perle saß. Ihr Herz blieb für einen Moment stehen. Alles war ihre Schuld.

Als die Beine des Tieres auf die Erde krachten, stoben erneut glühende Funken auf. Sie wirbelten über den Boden und rissen tiefe Löcher in die Grasnarbe. Lina stieß den Atem aus, als ihre Freundin sich in sicherer Entfernung erhob. Suchend blickte sie sich um.

Arvid stieß einen lauten Pfiff aus. Das Nachtross schlug mit den Hinterbeinen aus und galoppierte auf seinen Meister zu. Im vollen Lauf krallte sich der Anführer der Grenzwahrer in der schwarzen Mähne fest und schwang sich mit ungeheurer Kraft auf den Rücken des riesigen Tieres. Dann floh er.

Der Lichtschein, den die Frauen mit sich gebracht hatten, erlosch.

Jetzt, da sie nicht mehr vom grellen Licht geblendet wurde, konnte Lina die Frau deutlich erkennen. Sie stützte sich auf ihren Stab und atmete schwer. Ihr Gesicht war voller Falten und ihr Haar, zu einem dicken Knoten geschlungen, fast weiß. Sie warf einen prüfenden Blick in die Umgebung, nickte bedächtig und trat langsam einige

Schritte auf Brendan und Lina zu. Der Lordsohn kniete noch immer auf dem Boden, doch als er die Unbekannte näher kommen sah, erhob er sich mühsam und streckte ihr beide Hände entgegen. Die Frau ergriff sie.

»Modryb«, sagte Brendan hörbar erschöpft. »Ihr seid zum richtigen Zeitpunkt erschienen.«

Die Alte nickte. Zärtlich strich sie Brendan eine Haarsträhne aus dem Gesicht.

»Ja, mein Junge, das bin ich wohl.«

Brendan ließ ihre Hände los und zog Lina nach vorne.

»Modryb, das ist Lina. Meine Gefährtin.« Erstaunt sah Lina auf, doch Brendan drückte beruhigend ihre Hand.

»Lina, das ist Maeva, meine modryb. Die Schwester meiner Mutter und Hüterin unseres Clans.«

Maeva schaute Lina einen Moment aufmerksam an, dann lächelte sie.

»Ich grüße dich, Lina Menschentochter, und freue mich, dich …«

»Nein!«

Lynns Schrei zerriss die Luft. Lina wandte den Kopf in die Richtung, aus der der Laut gekommen war. Ihre Freundin kniete auf dem Boden und hielt etwas in den Händen. Brendan rannte los. Ohne abzubremsen ließ er sich neben seine Freundin fallen. Er hob etwas vom Boden auf und drückte es an sich. Ein dumpfes Gefühl breitete sich in Linas Magen aus. Ohne ihr Zutun setzten sich ihre Füße in Bewegung, dabei wollte sie nicht sehen, was sie erwartete.

In Brendans Armen lag ein regloses Bündel aus silbergrauem Fell. Der einst so lustig wedelnde Puschelschwanz hing schlaff herab. Zwei dunkle Knopfaugen starrten in den Himmel, doch sie sahen nichts mehr.

Linas Kehle wurde eng: Schuld. Ihre Schuld. Sie wollte weinen, schreien, wehklagen, doch sie blieb stumm. Reglos stand sie einige Schritt von Brendan entfernt, der den kleinen toten Körper in seinen Armen wiegte.

Glenn trat zu der Szene. Er nahm seine Schwester in den Arm. Sie vergrub das Gesicht an seiner Brust und schluchzte.

»Aileen, kümmere dich um den Berserker«, wies Maeva die junge Frau an. Diese nickte und lief leichtfüßig hinüber zu Yorick, der immer noch brüllend und wild um sich schlagend am Waldrand hin- und herlief. Maeva legte eine Hand auf Brendans Schulter. Als er sein Gesicht hob, sah Lina, dass es tränenüberströmt war.

»Komm«, sagte sie sanft. »Lass uns nach Hause gehen.«

Sie erhoben sich und gingen Richtung Wald. Lina folgte ihnen mit einigem Abstand. Sie wollte Brendan trösten, ihn umarmen, ihm helfen, doch sie traute sich nicht.

»Was ist mit ihnen?« Glenn deutete auf die beiden Hexen, die immer noch bis zum Hals im Erdboden steckten. Maeva zuckte mit den Schultern.

»Es wird eine Zeit dauern, aber sie werden sich selbst befreien können.«

Die beiden Hexen schrien ihnen Verwünschungen hinterher, als sie die Pferde einfingen und im Wald verschwanden.

Sie folgten einem gewundenen Pfad durch den immer dichter werdenden Wald. Das Mondlicht brach nur schwach durch die Kronen der Laubbäume und Lina musste sich sehr konzentrieren, um nicht über durch den Boden brechende Wurzeln oder heruntergefallene Äste zu stolpern. Sie schaffte es kaum, den Blick zu heben. Ihre Arme und Beine waren schwer wie Blei. In der rechten Hand hielt sie die Zügel ihrer Stute, die brav und mit hängendem Kopf hinter ihr hertrottete. Maeva führte die kleine Gruppe an. Brendan lief neben ihr, in den Armen immer noch den reglosen Körper von Tails. Lynn und Aileen folgten den beiden. Glenn und Yorick, die sich um die anderen Pferde kümmerten, bildeten den Schluss. Yorick war noch immer an einigen Stellen von leichtem Fell bedeckt und sein nackter Oberkörper glänzte vom Schweiß. Aileen hatte ihn dazu gebracht, sich der Gruppe anzuschließen, doch er war nicht dazu zu bewegen gewesen, sich etwas anzuziehen. Immer wieder gab er leise brummende Geräusche von sich. Glenn zog ein Bein leicht nach, er schien sich bei seinem Sturz verletzt zu haben. Die drei Männer, die sich um Yoricks Gegner gekümmert hatten, hatten sich ihnen angeschlossen.

Schweigen lastete auf der ganzen Gruppe. Lina wünschte, irgendjemand würde die Stille unterbrechen, aber alle schienen ihren Gedanken nachzuhängen und sie selbst wusste auch nicht, was sie hätte sagen sollen. Nichts, was ihr in den Sinn kam, wäre passend gewesen. Sie hätte gerne gewusst, wohin sie gingen und wie lange es dauern würde, aber wie konnte sie sich über einen Fußmarsch beklagen, wo der arme Tails doch tot war? Sie schluckte schwer. Plötzlich wurde ihr schwarz vor Augen und sie stürzte zu Boden. Sofort war Aileen bei ihr, um ihr aufzuhelfen.

»Danke«, murmelte sie verlegen, als sie die angebotene Hand ergriff. Aileens blaue Augen ruhten sanft auf ihr.

»Du musst über alle Maßen erschöpft sein.«

Lina wollte den Kopf schütteln, nickte dann aber. Sie warf Brendan einen Blick zu, doch dieser hielt den Kopf noch immer gesenkt. Aileen folgte ihrem Blick.

»Er muss sich jetzt um andere Dinge kümmern, verstehst du das?«

Wieder nickte Lina.

»Komm«, sagte Aileen und half ihr auf. »Nimm für den

Rest der Strecke das Pferd. Deine Stute ist kräftig genug, um dich zu tragen.«

Lina wollte protestieren, doch Aileen schob sie nachdrücklich Richtung Falada. Sie gab nach, sie wollte nicht riskieren, die anderen aufzuhalten oder weiter zu belasten. Mit Aileens Hilfe schwang sie sich auf den Rücken der Stute und die Gruppe setzte sich wortlos wieder in Bewegung. Lina ließ die Zügel los und hielt sich nur noch am Sattelgriff fest. Das sanfte Schaukeln verstärkte ihre Müdigkeit noch und sie musste sich konzentrieren, um nicht einzuschlafen und vom Pferd zu rutschen.

Sie hatte keine Ahnung, wie lange sie schon unterwegs waren, als sie zu einem mitten im Wald gelegenen Holzhaus gelangten. Es stand auf einem kleinen Hügel und eine steile Treppe mit schmalen Stufen führte zum Eingang hinauf. Glenn und Yorick führten die Pferde auf einen großen Platz, wo die drei Männer, die mit Maeva und Aileen gekommen waren, sich direkt daran machten, sie abzusatteln und trockenzureiben. Einer von ihnen brachte einen Eimer Wasser und säuberte die Halswunde von Brendans Hengst.

Glenn trat zu Lina, um ihr vom Pferd zu helfen, und dankbar ließ sie sich in seine Arme rutschen. Brendan war bereits mit Maeva die Stufen zum Haus hinaufgegangen und Glenn bedeutete Lina, ihnen nachzugehen. Zusammen stiegen sie die Treppe hinauf, die aus Wurzelwerk zu bestehen schien. Anders als normale Wurzeln wuchsen diese jedoch fast waagerecht und formten gleichmäßig hohe Stufen, die einfach zu erklimmen waren. Dennoch musste sich Lina auf Glenn stützen. Mittlerweile zitterte sie am ganzen Leib vor Erschöpfung. Auch Glenn machte sein verletztes Bein sichtlich zu schaffen, dennoch blieb er an Linas Seite. Als die beiden die letzte Stufe erreicht hatten, mussten sie eine kurze Pause machen, um Luft zu holen.

Nachdem sie wieder zu Atem gekommen war, hob Lina den Blick und betrachtete das Gebäude näher. Es war größer, als es zunächst den Anschein gehabt hatte, und vollständig aus Holz erbaut. An den Wänden rankten Blätter empor, vielleicht Efeu oder Wein. An den Ecken des Hauses standen mächtige Bäume, deren Kronen über das Dach ragten. Nein … die Kronen bildeten das Dach, wie Lina erkannte. Und die Bäume standen nicht an den Ecken, wie sie zunächst geglaubt hatte, sondern waren so gewachsen, dass sie die Wände des Hauses bildeten. Nun erkannte sie auch mehrere Hecken und Sträucher, die ebenfalls in die Seitenwände des seltsamen Hauses eingebunden waren. Von der Treppe führte ein schmaler Pfad am Haus entlang, der vor einem großen Torbogen endete. Ein Vorhang aus dunkelgrünem, schwerem Gewebe verhinderte einen Blick ins Innere. Plötzlich wurde der Stoff beiseite geschoben und eine Frau trat aus dem Haus. Sie war alt. So alt, dass ihr Rücken rund gekrümmt und ihr Gesicht dem Boden zugewandt war. Tiefe Furchen durchzogen ihre Haut und ihre große Nase ragte weit aus ihrem Gesicht heraus. Ihr graues Haar war so dünn, dass die Kopfhaut durchschimmerte. Langsam schlurfte sie aus dem Haus heraus auf Brendan zu und hob ihm ihre dünnen Ärmchen entgegen. Maeva legte Brendan eine Hand auf den Rücken und nickte. Behutsam legte der Lordsohn sein Fellbündel in die Arme der Alten. Noch einmal strich er zärtlich über den leblosen kleinen Körper, dann straffte er sich. Die Alte nickte und verschwand hinter dem Vorhang. Maeva folgte ihr. Brendan blieb einen Augenblick reglos stehen, dann drehte er sich um. Sein Blick suchte Lina und sie atmete auf, als sie weder Wut noch Vorwürfe darin sah. Nur Trauer und Leid.

Er streckte die Hand aus und sie lief zu ihm, ergriff sie und gemeinsam betraten sie das Haus seiner Familie.

Wohlig seufzend ließ Lina sich in das warme Wasser gleiten. Die getrockneten Kräuter und Blumen, die in einem Beutelchen in der hölzernen Wanne hingen, verströmten einen herrlichen Duft. Eine junge Frau, die sich als Elaine vorgestellt hatte, hatte sie in das kleine, runde Bad im oberen Stockwerk gebracht, nachdem Maeva die Ankömmlinge mit kritischem Blick gemustert hatte.

»Sicher seid ihr hungrig, aber eine warme Mahlzeit und ein guter Schluck chouchen wird euch besser tun, wenn ihr euch den Dreck und das Blut abgewaschen habt.«

Ihr Tonfall duldete keine Widerworte. Maeva war es offenbar gewohnt, das Regiment zu führen. Lina hatte gezögert, Brendan zu verlassen, doch ein einziger Blick von ihm reichte, um sie zu beruhigen. Sie ließ seine Hand los, denn das Band, das zwischen ihnen bestand, würde nicht reißen.

Lina schloss die Augen und rutschte noch ein wenig tiefer, bis das Wasser ihren Hals erreichte. Ihre Muskeln lockerten sich und auch die Anspannung in ihrem Herzen ließ nach. Die Bilder in ihrem Kopf verstummten.

Einige Zeit später, als das Wasser schon kalt wurde, schrubbte sich Lina mit einem bereitliegendem groben Schwamm den Dreck aus den Poren und spülte ihre Haare aus. Dann entstieg sie der Wanne und trocknete sich ab. Elaine hatte ihre Kleider mitgenommen und frische Sachen für sie bereitgelegt. Zweifelnd hob Lina das dunkelblaue Kleid hoch. Der Stoff war grob, kratzte aber nicht und schmiegte sich an ihren Körper, als sie es überstreifte. Dazu legte sie eine Hose aus dem gleichen Stoff an, die am Bund von einer Kordel gehalten wurde. Ihre Haare flocht sie zu einem langen Zopf.

Dann strich sie den Vorhang aus Blättern beiseite und betrat den Flur. Am Fuß der Treppe hörte sie Stimmen. Sie folgte ihnen und betrat einen großen Raum. Obwohl es keinen Kamin gab, war es angenehm warm in dem Zimmer, dessen Wände aus fein gemasertem Holz bestanden. In der Mitte des Raumes befanden sich mehrere Sitzbänke mit hohen Lehnen. Alle waren rund geformt, sodass sie fast einen Kreis bildeten. In der Mitte stand ein kleiner Tisch, auf dem mehrere Flaschen und Holzbecher standen. Die anderen hatten sich bereits dort eingefunden. Auch Maeva und Aileen hatten Platz genommen. Alle hielten einen Becher in der Hand und unterhielten sich angeregt. Das Gespräch verstummte, als Lina den Raum betrat.

»Das ist sie ja!«, rief Yorick und hob ihr seinen Becher entgegen. »Fast hätte ich dich nicht erkannt in dem Kleid. Steht dir gut!«

Lina errötete. Brendan winkte sie zu sich heran. Er hatte neben sich einen Platz für sie freigehalten. Als sie durch die Lücke zwischen zwei Sitzbänken ging, strich ihre Hand wie von selbst über das glatte Holz der Rückenlehne. Das Material schien sich unter ihr zu bewegen und sich ihrer Berührung entgegenzustrecken. Unwillkürlich blitzen Erinnerungen an den Mitternachtsladen in ihr auf. Wie es Lord Fenway und Mara wohl gerade erging?

Sie ließ sich neben Brendan auf die Bank sinken. Sofort zog er sie in seinen Arm und sie legte ihren Kopf an seine Schulter. Aileen drückte ihr einen Becher in die Hand und sie nippte an dem warmen, honigsüßen Getränk, während die anderen ihre Gespräche wieder aufnahmen. Ehe sie sich versah, war sie eingeschlafen.

Als sie erwachte, lag sie in einem weichen Bett. Dunkel erinnerte sie sich daran, dass Brendan sie irgendwann aufgeweckt und sanft gezwungen hatte, mit ihm zu gehen.

Sie drehte sich um, doch der Lordsohn war nicht da. Sein Geruch hing noch leicht in dem dunklen Fell, auf dem sie lag. Sie gähnte und streckte sich. Ihre Muskeln fühlten sich warm und geschmeidig an, das Bad hatte Wunder gewirkt. Sie schlug die Bettdecke zur Seite und schwang sich aus dem Bett. Der Holzboden unter ihren Füßen war warm und glatt. Auf einer kleinen Kommode an der Seitenwand entdeckte sie außer einer Waschschüssel und einer gefüllten Kanne ihren Rucksack. Nachdem sie sich gewaschen und die Zähne geputzt hatte, zog sie sich an. Zusätzlich zu dem Kleid, das sie bereits in der Nacht zuvor getragen hatte, lag ein zweites auf der Kommode. Es war ärmellos und dunkelgrün. Daneben lagen zwei Broschen, die anscheinend dazu gedacht waren, die Träger des Überkleides zu schließen. Fasziniert betrachtete Lina die fein gearbeiteten Schmuckstücke. Beide waren rund und mit filigranen Knotenmustern verziert. Sie legte sie auf das Kleid, ergriff das ganze Bündel und machte sich auf die Suche nach den anderen.

Sie fand Maeva in dem großen Wohnzimmer, in dem sie gestern zusammengesessen hatten. Sie war allein und schaute gedankenverloren aus einem großen Fenster hinaus in den Wald. Als Lina eintrat, ließ sie einen Vorhang aus dichten Zweigen vor die Öffnung sinken und drehte sich zu ihr um. Der Blick aus ihren warmen Augen ruhte sanft auf dem Menschenmädchen.

»Ausgeschlafen?«

»Ja, tut mir leid, dass ich erst jetzt aufgewacht bin.« Sie streckte der Frau das Bündel mit dem Kleid und den Broschen entgegen. »Danke für die Sachen. Ich weiß leider nicht recht, wie man sie anzieht.«

»Komm her.«

Maeva zog ihr das grüne Kleid über den Kopf, legte die

Träger über die Schultern und befestigte sie sorgfältig mit den Broschen.

»Es ist gut, dass du so lange geschlafen hast. Die letzten Tage müssen sehr anstrengend für dich gewesen sein.« Sie machte eine kurze Pause. »Vor allem der letzte.«

Lina hob hilflos die Arme.

»Eigentlich habe ich gar nichts getan. Die anderen haben gekämpft. Ich habe nur bei Brendan gestanden und …«

Sie verstummte. Sie kannte keine Worte für das, was geschehen war, was sie gefühlt hatte.

Maeva schob sie eine Armlänge von sich und betrachtete sie. Dann nickte sie. Auf eine unbestimmte Art wirkte sie zufrieden.

»Du weißt selbst, dass du mehr getan hast. Ich kann spüren, Weltenverbinderin, wenn jemand die Kraft unseres Landes in sich aufnimmt. Du hast große Macht bewiesen. Nicht viele von uns können auf diese Weise Energie leiten. Und ich habe noch nie von einem Menschenmädchen gehört, dass dazu in der Lage gewesen wäre. Aber als magisches Gefäß zu dienen, birgt viele Gefahren, vor allem wenn man darin ungeübt ist. Man kann nicht immer unterscheiden, wo die fremde Energie aufhört und wo die eigene beginnt, und neigt dazu, sich völlig zu verausgaben.« Sie musterte Lina aufmerksam. Unvermittelt legte sie ihr eine Hand auf die Schulter und schloss die Augen, als lausche sie. Dann nickte sie wieder, öffnete die Augen und ließ Lina los.

»Du hast mehr Kraft, als du glaubst, Weltenverbinderin.«

Weltenverbinderin … Das Wort hallte in Lina nach. Sie dachte an das, was Brendan zu ihr gesagt hatte. Dass es eine Bedeutung hatte, warum sie hier in der Anderwelt war. War es so etwas wie ihre Bestimmung, hier zu sein?

War sie womöglich die Einzige, die Brendan im Kampf gegen Arvid und das schreckliche Pferdemonster hatte beistehen können? Entschieden schüttelte sie den Kopf. Seit wann glaubte sie an Schicksal? Und überhaupt – ohne sie wäre Brendan niemals in diese Lage gekommen – schließlich war es ihre Schuld, dass die Grenzwahrer sie hatten aufspüren können. Dieser verdammte Anhänger! Sie war schuld daran, dass Arvid sie gefunden und dieses Untier auf sie gehetzt hatte. Ihr stockte der Atem und Tränen schossen ihr in die Augen. Sie war schuld, dass Tails gestorben war. Und sie hatte noch nicht mit Brendan darüber gesprochen. Sie musste zu ihm.

»Wo sind eigentlich die anderen?«, fragte sie Maeva und bemühte sich, ihre Stimme fest klingen zu lassen.

»Sie sind bereits draußen«, antwortete die Frau. »Sie erweisen Tails die letzte Ehre.«

Die Gemeinschaft hatte sich in der Nähe des Hauses versammelt. Sie standen rund um einen mächtigen Baum, dessen Stamm so dick war, dass es drei Männer gebraucht hätte, ihn zu umfassen. Er war von dicker, knorriger Borke umgeben. Seine Äste begannen erst weit über den Köpfen der Versammelten und bildeten eine riesige, hellgrün schimmernde Krone. Am Fuße des Baumes stand die Alte, die sie bei ihrem Eintreffen kurz gesehen hatte, neben einem kleinen, mit einem Tuch bedeckten Tisch. Lina schluckte, als sie erkannte, was dort umsäumt von vier Kerzen lag. Tails hatte die Augen geschlossen und schien zu schlafen, doch Lina wusste, dass der friedliche Anblick trog. Maeva trat an die Seite der Alten, deren Blick seltsam leer war. Ihre Augen in den tiefen, faltenumrandeten Höhlen waren trüb.

Unwillkürlich fragte Lina sich, ob sie blind war. Dann

trat Lina zu Brendan, der ohne Zögern ihre Hand nahm. Kurz sah er sie an und ein Lächeln deutete sich auf seinem Gesicht an. Dann blickte er wieder nach vorn. Lina betrachtete ihn verstohlen von der Seite. Der Lordsohn sah verändert aus, nicht nur, weil er nun Hose und Tunika trug, die ihrer eigenen Kleidung sehr ähnelte. Sein Körper war gestrafft, er hielt sich gerade und mehr noch als sonst strahlte seine Miene Ernst und Gelassenheit aus: keine Trauer. Sie fragte sich, was in der Zeit, in der sie geschlafen hatte, geschehen war.

Die Alte vor ihr hob die Arme und begann, leise zu singen. War es zuvor schon ruhig gewesen, so umfing nun eine nahezu andächtige Stille den Ort. Linas Magen zog sich zusammen, sie hasste Beerdigungen. Sie schaute sich unauffällig um, konnte aber keine Grube oder Ähnliches entdecken. Brendans Daumen strich sanft über ihre Hand. Die Alte hatte ihren Gesang beendet und begann, in einer fremden Sprache zu reden. Lina konnte die Bedeutung der Worte nicht verstehen, aber sie spürte, dass es eine Art Anrufung sein musste. Dann kam Bewegung in die Gruppe. Wie auf ein geheimes Zeichen hin ging einer der Anwesenden nach dem anderen nach vorne. Yorick zog seinen Flachmann und prostete dem Eichhörnchen zu, bevor er einen kräftigen Schluck nahm, während sein Bruder Glenn nur eine Weile reglos an dem kleinen Tisch stand. Er nickte, als er sich abwandte. Lynn strich dem kleinen Nager zärtlich über das helle Fell, dann beugte sie sich nieder und flüsterte ihm etwas ins Ohr. Lina hatte erwartet, dass ihre Freundin weinen würde, doch ihre Miene zeigte keinerlei Trauer, sondern wie Brendans Gesicht lediglich ruhige Gelassenheit.

Schließlich waren nur noch Lina und Brendan übrig. Lina wollte den Kopf schütteln, doch Brendan nickte ihr beruhigend zu. Zögernd trat sie nach vorne. Noch nie hatte sie einen Toten gesehen – gut, einmal hatte sie eine tote Katze am Straßenrand gefunden, aber das war ein Tier gewesen. Ein Fremder. Tails war kein Fremder gewesen, sondern ihr Freund. Kurz rührte sich in ihrem Kopf eine Stimme, fragte spöttisch, wieso sie ein Tier, das nicht einmal sprechen konnte, als Freund bezeichnete, doch sie verstummte schnell. Lina musste all ihren Mut zusammennehmen, bevor sie Tails wirklich ansehen konnte. Sie fürchtete sich. Doch das Tierchen lag friedlich vor ihr, nicht als würde es schlafen, nein, aber sein Anblick machte ihr auch keine Angst. Er schien normal. Sie dachte an die vielen Momente, die sie geteilt hatten, den Tag in der Schule, als er ihr das Papier des Schokoriegels gestohlen hatte. Sie dachte an den Abend, als er ihr Brendans Brief gebracht hatte. Irgendwie hatte damit alles angefangen. Und wie hatte sie es ihm gedankt? Wieder dachte sie daran, dass es ihr Anhänger gewesen war, der Arvid zu ihnen geführt hatte, und Tränen stiegen ihr in die Augen. Ein sanfter Wind blies über die Szene. Der Baumwipfel über ihr rauschte und ein Blatt fiel vor ihr auf den Körper des toten Gefährten. Sie hob es auf und betrachtete es. Da war keine Schuld. Keine Vorwürfe. Keine Trauer. Ein tiefes Gefühl der Zuversicht erfüllte sie. Sie blickte wieder auf den Freund vor ihr.

»Danke«, flüsterte sie, dann trat sie zurück in den Kreis ihrer Freunde. Die Tränen, die sie nun weinte, waren weder Tränen der Schuld noch der Trauer.

Die Alte vor ihr begann wieder zu singen und alle Umstehenden fielen ein. Wieder konnte Lina die Worte nicht verstehen, aber die Melodie war, wenn auch nicht fröhlich, so doch nicht traurig. Sie erinnerte Lina an alte Balladen, die von Heldentaten erzählten. Plötzlich bewegte sich etwas in dem Baum vor ihr. Lina riss die Augen auf, als einer der

Äste sich herabneigte, bis seine Spitze den Tisch erreicht hatte. Links und rechts begannen frische Zweige zu sprießen, Knospen erschienen und öffneten sich zu Blättern, so dicht, dass eine kleine Bahre entstand. Die Alte hob Tails' Körper hoch und legte ihn sanft auf die Zweige. Diese wuchsen weiter, verschlangen sich miteinander und bildeten ein Dach über dem Eichhörnchen, von dem bald nichts mehr zu sehen war. Während die Stimmen ihrer Freunde lauter wurden und der Gesang anschwoll, bildete sich der große Ast zurück, zog sich in den Baumwipfel zurück und nahm den treuen Gefährten mit sich.

Der Gesang verstummte. Die Alte breitete erneut die Arme aus. Ihre Stimme war klar und deutlich.

»Werden und vergehen, geben und nehmen, geboren werden und sterben. Der Kreislauf ist ewig.«

Damit beendete sie das Ritual und die Anwesenden machten sich auf den Rückweg.

Nach ihrer Rückkehr versammelten sie sich wieder in dem großen Wohnzimmer, wo Getränke und Essen bereitstanden. Sie aßen, tranken und erzählten Geschichten über Tails, wie sie sich kennengelernt hatten oder welche Abenteuer sie miteinander erlebt hatten. Nach jeder Geschichte hob einer der Anwesenden – oft auch alle zusammen – seinen Becher und sprach:

»So wurde er geboren, so hat er gelebt und so erinnern wir uns an ihn.«

Je weiter die Nacht voranschritt, desto fröhlicher wurde die Stimmung. Zwar wurde auch die ein oder andere Träne vergossen, doch es wurde auch viel gelacht und in Erinnerungen geschwelgt. Am frühen Morgen saß Lina bei Lynn.

»Darf ich dich etwas fragen?«

»Immer gerne.«

»Sind eure …« Lina zögerte kurz, sprach jedoch in

Ermangelung eines anderen Wortes weiter. »… eure Beerdigungen immer so?«

Lynn sah sie fragend an.

»Was meinst du?«

»Bei uns zu Hause sind Beerdigungen sehr traurig. Die Menschen weinen nur, gelacht wird selten. Tut es dir nicht weh, dass Tails tot ist?«

Lynns Miene wurde ernst.

»Natürlich. Ich werde ihn sehr vermissen und es tut mir leid, dass sein Ende so brutal war. Aber er hat ein gutes Leben gehabt und sein Schicksal erfüllt. Außerdem werden wir uns ja wiedersehen.«

Lina hob überrascht den Kopf.

»Wiedersehen?«

»Aber ja! Nichts geht für immer. Der Tod ist nur eine weitere Schwelle und Teil des ewigen Kreislaufs.«

Lina schwieg eine Weile. Sie dachte an die Zeremonie zurück, an das Gefühl der Ruhe und der Zuversicht, das sie durchströmt hatte. Eine andere Frage kam ihr in den Sinn.

»Wer ist eigentlich diese alte Frau? Und warum ist sie nicht hier bei uns?«

Lynn hob die Schultern.

»Sie gehört zum Clan der Fenways, vermutlich ist sie Brendans Ururururgroßmutter. Das weiß keiner so genau. Sie ist so alt, dass niemand mehr ihren Namen kennt. Alle nennen sie nur La Vieille. Sie hält heute Nacht Wache am Totenbaum.«

Aus den Augenwinkeln beobachtete Lina, wie Maeva sich erhob und Brendan zunickte. Der Lordsohn erhob sich und folgte seiner Tante.

»Noch einen Schluck?«

Yorick ließ sich zwischen den beiden Frauen auf die Sitzbank fallen. Willig ließ sich Lynn ihren Becher nachfüllen und auch Lina wehrte nicht ab, als er nachschenkte. Aileen stand auf und nahm eine kleine Harfe von einem Regal an der Wand. Sie setzte sich, schlug prüfend die einzelnen Seiten an und stimmte dann ein Lied an. Ihre Stimme war tief und weich, als sie zu singen begann. Lina kuschelte sich in eines der herumliegenden Kissen, trank noch einen Schluck und ließ sich von der Melodie forttragen.

Als Aileen geendet hatte, stimmte sie direkt ein zweites Lied an, fröhlicher diesmal. Yorick klatschte im Takt auf seine Schenkel und es dauerte nicht lange, da sangen er und Glenn lauthals mit.

Der Morgen graute schon, als Lina sich erhob.

»Ich brauche ein wenig frische Luft«, erklärte sie Lynn und musste sich kurz festhalten, um nicht das Gleichgewicht zu verlieren. Lynn grinste.

Lina griff nach ihrem Schultertuch und verließ das Haus. Die Luft war klar und frisch und für einen Augenblick stand sie einfach an der Türschwelle und atmete. Der Mond stand schon tief, durch das dichte Blätterwerk konnte man ihn nur erahnen. Der Morgen kündigte sich durch Vogelgezwitscher an. Sie beschloss, eine Runde um das Haus zu gehen, ein bisschen Bewegung würde ihr guttun und sie war neugierig. Sie wollte gerade um die erste Ecke biegen, als sie eine Stimme hörte.

»Dann ist es also beschlossen: Die beiden Rituale müssen direkt nacheinander stattfinden, um Arvid und seinen Schurken keine Gelegenheit zu geben, uns den Dvergaquarz abzujagen.«

Maevas Stimme klang entschlossen.

»Ich werde die Männer zusammenrufen, damit sie uns schützen.«

»Wann?«

Es war Brendan, der antwortete. Lina war stehen geblieben, sie wollte das Gespräch nicht unterbrechen.

»Gleich morgen.«

Brendan antwortete nicht. Lina befürchtete, er würde aufstehen und sie entdecken, keinesfalls wollte sie beim Lauschen ertappt werden, auch wenn sie nur zufällig hier stand. Sie wollte sich gerade umdrehen, als sie wieder Maevas Stimme hörte.

»Mein Junge, was beschäftigt dich noch?«

Lina blieb das Herz stehen, als sie Brendans Antwort hörte.

»Lina.«

»Was ist mit der Weltenverbinderin?«

Brendan antwortete nicht sofort. Lina wagte kaum zu atmen. »An der alten Schmiede hat sie Blutmagie eingesetzt. Sie wusste nicht, was sie tat, aber ihre Energie war mächtiger als vieles, was ich je gespürt habe. Ich habe ihr verboten, dies jemals wieder zu tun. Aber als die Grenzwahrer den Übergang am Rheinufer geschlossen haben, hat eine ihrer Anhängerinnen sich mit einem Dolch getötet und so das Ritual vollendet.«

Er machte eine Pause.

»Was ist, wenn wir Linas Blut brauchen, um ein Tor zu öffnen? Was ist, wenn sie sterben muss?«

Lina riss die Augen auf. Sie wartete nicht ab, was Maeva antwortete, sondern schlich, so schnell es ging, zurück zum Hauseingang und in ihr Schlafzimmer. Als Brendan ihr kurze Zeit später nachkam, tat sie, als schliefe sie.

KAPITEL XIII

Sie erwachte am frühen Abend. Brendan stand bereits an der Kommode und wusch sich Gesicht und Oberkörper mit einem nassen Tuch. Einen kurzen Moment lang bewunderte sie das Spiel der Muskeln auf seinem Rücken. Sie wollte sich aus dem Bett schwingen und ihn von hinten umarmen, da kam ihr das Gespräch, das sie ungewollt belauscht hatte, wieder in den Sinn und sie zog sich die Decke über den Kopf. Brendan drehte sich zu ihr um.

»Was ist los, mo cree? Habe ich dich geweckt?«

Er setzte sich zu ihr an den Bettrand, zog die Decke weg und gab ihr einen Kuss auf die Stirn.

»Nein. Ja, schon. Aber das ist es nicht.«

Brendan runzelte die Stirn.

»Was hast du dann auf dem Herzen?«

Lina zögerte. Sollte sie Brendan wirklich gestehen, dass sie sein Gespräch mit Maeva belauscht hatte? Sie wollte nicht, dass er wütend wurde. Doch schließlich gab sie sich einen Ruck. Schließlich hatte sie sich nicht absichtlich an die beiden herangeschlichen und das Thema musste angesprochen werden.

»Ich war gestern noch kurz draußen. Ich hatte wohl etwas zu viel getrunken und brauchte frische Luft.«

Brendan sah sie abwartend an.

»Ich wollte es nicht, aber ich habe mitbekommen, dass

du dich mit Maeva unterhalten hast. Bitte werde nicht böse«, fügte sie hastig hinzu, als Brendan die Stirn runzelte.

»Es war wirklich nicht meine Absicht, euch zu belauschen, ich war nur zufällig dort. Und dann habe ich mich nicht getraut, auf mich aufmerksam zu machen. Ich würde auch gar nicht davon anfangen, wenn du nicht über mich gesprochen hättest.« Sie sprach immer schneller, ohne Brendan anzusehen, und rote Flecken erschienen auf ihren Wangen.

»Ich habe ja gesehen, was am Rheinufer geschehen ist, und ich habe gehört, was ihr vorhabt. Und dass ich irgendwie eine Rolle dabei spiele. Lynn hat mir gesagt, dass der Tod für euch nichts Schlimmes ist, aber ich bin noch nicht so weit.« Jetzt sah sie Brendan doch an.

»Brendan, muss ich sterben?«

Abrupt riss der Lordsohn sie in seinen Arm.

»Nein, mo cree, niemals. Nicht wenn ich es verhindern kann.«

Er schob sie ein wenig von sich und sah sie ernst an.

»Warum hast du mich nicht gleich angesprochen? Das ist der einzige Grund, warum ich dir böse sein könnte. Du hast unser Gespräch nicht bis zum Ende gehört, sonst würdest du dir keine Sorgen machen. Ja, ich hatte Angst. Angst, dass dein Blut der einzige Weg ist, ein Portal zu öffnen. Aber Maeva ist sich sicher, dass es noch eine andere Möglichkeit gibt. Du wirst am Ritual teilnehmen müssen, so viel ist klar. Aus irgendeinem Grund kann niemand so gut Energien zu mir leiten wie du. Wie beim Kampf mit dem Nachtross wirst du mir Kraft geben. Maeva und Aileen werden dich anleiten und Lynn wird dafür sorgen, dass du dich dabei nicht verlierst. Aber niemals, hörst du, niemals werde ich zulassen, dass dir etwas passiert. Und du musst mir versprechen, dass du unter keinen Umständen, egal, was passiert, dein Blut opfern wirst. Versprochen?«

»Versprochen.«

Sie umarmten sich lange und innig. Sie klammerten sich aneinander. Für einen Moment gab es nur noch sie beide, und doch spürten sie, dass am Ende dieser Nacht nichts mehr so sein würde wie zuvor.

Die komplette Gemeinschaft hatte sich im Wohnzimmer zu einer Lagebesprechung versammelt. Außer den Geschwistern sowie Maeva und Aileen waren zwei weitere junge Frauen und ein Mann mittleren Alters anwesend. Er hatte einen struppigen dunklen Bart, und um seine Hüfte war ein Schwert gegürtet.

Maeva fasste ihren Plan kurz für alle zusammen.

»Wir werden uns zur Pont de Mystère begeben und dort einen Ritualkreis errichten. La Vieille wird mit uns gehen. Sie, Aileen und ich werden den Dvergaquarz mit der Energie des Landes aufladen. Rhena und Slania«, sie deutete auf die beiden jungen Frauen, »werden unsere Ritualhelfer sein. Im Anschluss werden wir direkt versuchen, ein Tor zur Menschenwelt zu öffnen. Als Sohn und Erbe des rechtmäßigen Lords wird es Brendans Aufgabe sein, das Ritual zu leiten. Die Weltenverbinderin wird ihn dabei mit ihrer Kraft und der Kraft des Landes und unserer Familie unterstützen. Lynn, deine Aufgabe wird sein, dabei auf sie zu achten.« Sie sah ernst von einem zum anderen. »Ich will nicht verschweigen, dass dieses Unterfangen gefährlich ist. Nicht grundlos hat seit Jahrhunderten niemand mehr versucht, einen Übergang zu erschaffen. Wir wissen nicht, welche ungebetenen Mächte wir damit rufen, oder wie sehr das Weltengefüge darunter leiden wird. Auch müssen wir davon ausgehen, dass Arvid und seine Männer von unserem Vorhaben erfahren und uns angreifen. Aus diesem Grund habe ich Haerviu mit seinen Männern hergebeten. Sie werden einen Schutzkreis um uns bilden.« Der Bärtige nickte.

Maeva fuhr fort:

»Glenn, Yorick, euch bitte ich, euch zu Haerviu zu gesellen und ihn mit allen Kräften zu unterstützen, falls es zum Angriff kommt.«

»Aye.«

»Gibt es noch Fragen?«

Niemand antwortete. Lina hätte tausende gehabt, doch auch sie schwieg.

»Dann geht jetzt und bereitet euch vor. Wir brechen in einer Stunde auf.«

Als Lina sich ebenfalls zum Gehen wandte, hielt Maeva sie zurück.

»Bitte bleib«, sagte sie und bedeutete ihr, sich wieder zu setzen. Lina tat, wie ihr geheißen. In ihrem Kopf herrschte ein heilloses Durcheinander.

»Sicher hast du viele Fragen«, begann Maeva, unterbrach Lina jedoch direkt, die heftig nickte und bereits den Mund öffnete, um ihr zu antworten.

»Wir haben nicht die Zeit, auf alle einzugehen. Deshalb ist es wichtig, dass du mir jetzt aufmerksam zuhörst. Hast du das verstanden?«

Lina nickte.

»Du hast gehört, welche Rolle du in dem Ritual spielen wirst. Es ist wichtig, dass du dich ganz und ausschließlich auf deine Aufgabe konzentrierst. Nichts darf dich ablenken, wenn du die Energie des Landes sammelst und zu Brendan lenkst. Auch nicht, wenn es zum Kampf kommen sollte – und ich bin mir sicher, dass wird es. Wenn um dich herum der Kampf tobt, wenn Menschen schreien oder du sonstige Geräusche hörst: Lass dich nicht von deiner Aufgabe abbringen. Du hörst allein auf Lynn, sie wird auf dich achten. Hast du das verstanden?«

Diesmal war Linas Nicken zögerlich.

Maeva fuhr fort: »Du bist unerfahren in diesen Dingen und du bist nicht von hier, deshalb wissen wir nicht, was passieren wird. Vielleicht wirst du Schmerzen haben, vielleicht wird auch Brendan Schmerzen haben. Das alles darf dich nicht abhalten.«

Sie beobachtete Lina aufmerksam, die auf der Bank in sich zusammensank.

»Was ist, wenn ich es nicht schaffe?«, flüsterte sie leise.

»Dann ist es eben unser Schicksal«, antwortete Maeva gelassen. »Habe Vertrauen. Ich weiß nicht, was in Brendan gefahren ist, dich auszuwählen, und ich kann mir vorstellen, dass sein Vater mehr als besorgt deswegen war. Aber ich vertraue fest darauf, dass alles einen Sinn hat, auch wenn wir ihn nicht immer erkennen. Und dass das Land dich akzeptiert, haben wir bereits erfahren. Habe Mut, Weltenverbinderin.«

»Warum nennst du mich so?«

Maeva lachte leise. Das Geräusch erinnerte Lina an einen glucksenden Wildbach. Nicht, dass sie jemals an einem solchen gewesen wäre.

»Weil es dein Name ist.«

Ihr Blick ruhte einen Moment lang warm und herzlich auf Lina.

»Und nun höre gut zu, ich sage dir, was du gleich tun musst.«

Etwa eine Stunde später brachen sie auf. Haerviu und ein Teil seiner Männer, wild aussehende starke Kerle, führten die Gruppe an. Danach kamen die Frauen aus Brendans Clan, gefolgt von Brendan und Lina, die Hand in Hand gingen. Lynn folgte ihnen, ihre beiden Brüder bildeten zusammen mit zwei weiteren Männern die Nachhut. Yorick zog einen schmalen Karren, dessen Inhalt von einer Decke verborgen wurde. Immer tiefer drangen sie in den Wald vor, bis der Weg vor ihnen nur noch ein kleiner Trampelpfad war und alle hintereinandergehen mussten.

Große Bäume mit weit verzweigten Ästen säumten ihren Weg.

Linker Hand plätscherte ein kleiner Bach. Immer wieder türmten sich massive, moosbewachsene Steine auf dem Waldboden, mal einzeln, mal übereinandergestapelt wie von Riesenhand angeordnet.

Lina kam es vor, als wanderte sie durch einen Zauberwald, und in der Tat war dem auch so. Der ganze Forst atmete die Magie vergangener Zeiten und alter Legenden.

Plötzlich huschte ein Reh vor ihnen über den Weg. Es sprang weiter, verschwand aber nicht im Wald, sondern folgte der Gruppe in sicherer Entfernung. Es dauerte nicht lange, da gesellten sich zwei Füchse dazu.

Sie waren etwa eine Stunde gegangen, als der Bach einen Knick machte. Der Trampelpfad, dem sie gefolgt waren, verbreiterte sich auf beiden Seiten zu einem kleinen runden Platz und endete in einer kleinen Brücke aus Holz, die sanft geschwungen über den Wasserlauf führte.

»Die Geheimnisbrücke«, murmelte Brendan. »Wir haben unser Ziel erreicht.«

Die Gruppe kam vor der Brücke zum Stehen und sammelte sich. Haerviu bellte einige kurze Befehle und ein paar seiner Männer liefen über die Brücke, um sich auf der anderen Seite halbkreisförmig zu postieren. Auch die restlichen Männer stellten sich auf und verschwanden dabei teilweise so tief im Wald, dass Lina sie nicht mehr entdecken konnte. Haerviu nickte Maeva zu und bezog in der Richtung, aus der sie gekommen waren, Stellung. Er wandte ihnen nun den Rücken zu und spähte aufmerksam in den Wald. Yorick zog den kleinen Karren in die Mitte des Platzes, dann schlossen er und sein Bruder sich Haervius Männern an. Lynn deutete auf einen umgestürzten Baumstamm neben der Brücke. Während Maeva und Aileen begannen, Gegenstände aus dem Wagen zu heben, setzten sich Lina, Brendan und Lynn nieder.

»Was machen wir jetzt?«, flüsterte Lina.

»Abwarten«, antwortete der Lordsohn. »Die Frauen bereiten nun ihr Ritual vor.«

Lina beobachtete, wie Rhena und Slania begannen, den Platz mit zwei Besen von Blättern, kleinen Steinchen und heruntergefallenen Ästen zu befreien. Dann schritten sie einen Kreis ab und streuten weiße Blütenblätter auf den Boden, während sie einen leisen Singsang murmelten. Aileen breitete eine Decke in der Mitte des Kreises aus, auf die sie verschiedene Kerzen und eine Feuerschale aus Metall stellte. Sie schichtete Kohle und einige Holzzweige in der Schale auf und entzündete sie. Danach stieg sie hinunter zum Bach und füllte einen hölzernen Krug mit Wasser, den sie zusammen mit einer gläsernen Karaffe ebenfalls auf die Decke stellte. Dann zog sie ihre Schuhe aus, löste die Spangen ihres Haares und setzte sich mit untergeschlagenen Beinen auf die Decke. Die beiden jungen Frauen waren fertig damit, den Kreis zu ziehen, und warteten in der Nähe von Lina und den anderen. Maeva schritt prüfend die weiße Blütenlinie entlang. Ab und an bückte sie sich, um einige Blütenblätter neu zu arrangieren. Dann stand sie einen Moment lang still mit geschlossenen Augen, bevor sie einen leisen Gesang anstimmte und erneut den Kreis abschritt. Die Geräusche des Waldes verstummten. Nein, das war nicht ganz richtig. Lina konnte noch immer das Rauschen der Bäume und das Zwitschern der Vögel hören, doch es war gedämpft, als hätte sich eine Glocke über den Ritualplatz gelegt. Sie blickte sich um und wich überrascht zurück, als sie die zahlreichen Tiere bemerkte, die sich zu den Männern im äußeren Schutzkreis gesellt hatten. Brendan folgte ihrem Blick und lächelte. Er drückte ihre Hand.

Inzwischen war das Feuer heruntergebrannt. Maeva setzte sich zu Aileen in die Kreismitte. Auch La Vieille trat zu ihnen, begleitet von den beiden jungen Frauen, die sie stützten, als die Alte sich umständlich niederließ. Dann traten die beiden zurück und positionierten sich links und rechts am Rand der Lichtung. Sie wandten den Männern den Rücken zu und breiteten ihre Arme aus. Ihre Blicke hielten sie fest aufeinander gerichtet. In Linas Rücken begann es zu kribbeln.

»Sie bilden den inneren Schutzkreis mit ihrer eigenen Energie«, flüsterte Lynn.

La Vieille kramte einen Stoffbeutel hervor und warf eine Handvoll Kräuter in die Glut. Sofort stieg dichter Qualm auf und die Luft war erfüllt von einem würzigen Duft.

Maeva erhob ihre Stimme: »Wir sind die Frauen des Fenway-Clans. Jungfrau, Mutter und Alte. Wir rufen die Elemente: Feuer, Wasser, Luft und Erde. Wir brauchen eure Kraft für unser Vorhaben. Wir rufen die Wesen des Landes, in jeder Gestalt. Wir rufen das Land selbst, mit dem wir verbunden sind seit Anbeginn der Zeit.«

Der Boden unter Linas Füßen vibrierte und es hätte sie nicht gewundert, wenn die Erde sich aufgetan hätte oder Pflanzen sich hindurchgeschoben hätten. Doch alles blieb ruhig.

Maeva zog den Dvergaquarz aus einem Beutel und hielt ihn in die Luft. Deutlich konnte Lina die dunklen Schlieren erkennen, die den ehemals hellen Stein durchzogen.

»Dieser Kristall wurde für dunkle Magie missbraucht und beschmutzt. Wir wollen ihn wieder reinwaschen und mit der Kraft des Landes speisen.« Sie hielt ihn einen Moment in ihrer geschlossenen Faust, dann übergab sie ihn an Aileen. Auch sie hielt den Kristall in die Höhe und übergab ihn dann der Alten, die den Gegenstand ein drittes Mal in die Luft hob und ihn zurück zu Maeva gab. Aileen grub mit ihren Händen eine kleine Kuhle in den Waldboden hinter sich und formte aus der feuchten Erde einen kleinen, ringförmigen Wall. Dabei murmelte sie etwas. Lina schlug sich die Hand vor den Mund, als sie sah, wie La Vieille, ohne zu zögern, mit der Hand in die Feuerschale griff und die rot glühenden Stücke in den Erdring warf. Dabei stieß sie ein Wort aus, das Lina zwar nicht verstand, sie aber allein durch seinen machtvollen Klang erschauern ließ. Aileen nahm die gläserne Karaffe, die mit feinen Gravierungen verziert war, und stellte sie in die Glut. Lina erwartete, sie würde zerspringen, doch nichts geschah. Als Aileen den hölzernen Krug hob und das Wasser daraus in die Karaffe goss, wobei sie leise Worte flüsterte, leuchteten die feinen Gravuren hell silbern auf. Maeva beugte sich vor. Ihre Lippen bewegten sich, dann pustete sie sanft gegen die Karaffe. Sie hob den Dvergaquarz und ließ ihn in das Glasgefäß fallen. Er schlug Wellen und versank bis auf den Grund.

Die drei Frauen nahmen sich an den Händen und begannen, ein monotones Lied zu singen, dessen wenige Worte sie ständig wiederholten.

Zunächst geschah nichts. Dann begann das Wasser, sich einem Strudel gleich in der Karaffe zu bewegen, unmerklich zunächst, doch dann immer schneller.

Der Gesang der drei Frauen schwoll an. Lina hätte nicht mehr sagen können, wo die einzelnen Wörter begannen und wo sie endeten. Immer öfter schlichen sich weitere Klänge und Geräusche in das Lied, doch sie hätte nicht sagen können, woher sie kamen.

Plötzlich züngelten Flammen aus der Glut empor. Das Wasser in der Karaffe trübte sich. Aileen drohte wegzusacken, doch der Griff der beiden anderen Frauen hielt sie unbarmherzig fest. Als sie sich wieder aufrichtete, waren ihre Augen seltsam leer. Sie sang nicht mehr, sie schrie die Worte. Mit einem lauten Knall zerbarst die Karaffe. Ein Splitter traf Maeva an der Schläfe, doch sie achtete nicht auf das Blut, das ihre Wange herablief. Der Gesang verebbte. Langsam ließen die drei Frauen einander los. Aileen sackte in sich zusammen. La Vieille griff in die Mitte des Kreises, wo Glut, Wasser und Erde sich zu einer einheitlichen Masse verbunden hatten. Sie wühlte einen Moment lang in dem dunklen Brei, dann zog sie einen Gegenstand heraus. Sie polierte ihn an ihrem Umhang, betrachtete ihn prüfend und reckte ihn dann in die Höhe.

Der Dvergaquarz strahlte gleißend im hellen Mondschein. Brendan sprang auf.

»Sie haben es geschafft!«, jubelte er und zog Lina an sich. Sie wollte in seinen Jubel einstimmen, doch das Lachen blieb ihr im Hals stecken. Die Frauen des Clans hatten den Kristall aufgeladen, doch die wahre Prüfung stand ihnen noch bevor. Und ob sie bestanden, hing mit von ihr ab.

Lynn stand ebenfalls auf und lief hinüber zu Aileen. Sie umarmte die junge Frau, strich ihr über den Rücken und half ihr aufzustehen. Aileen klopfte sich den Dreck von den Kleidern und schaute zu Brendan. Ihr Lächeln war müde. Auch Maeva erhob sich und begann, die Reste des Rituals zu beseitigen. Rhena und Slania lösten ihren Schutzkreis auf und traten nacheinander an die vier Seiten, wo sie rituell anmutende Gesten machten und leise

Worte murmelten. Lina vermutete, dass sie Dankgebete sprachen oder die gerufenen Mächte verabschiedeten. Danach wollten sie der Alten helfen, sich zu erheben, doch diese winkte mürrisch ab und kam umständlich selbst auf die Beine. Langsam schlurfte sie hinüber zu der kleinen Brücke, wo Brendan und Lina immer noch warteten. Sie hielt dem Lordsohn den Dvergaquarz entgegen. Er zögerte nur kurz, dann schloss sich seine Hand mit Entschiedenheit um den kleinen Gegenstand. La Vieille nickte. Sie trat noch einen kleinen Schritt näher. Ihre Hand legte sich auf Linas Schulter. Lina musste den Kopf senken, um der alten Frau ins Gesicht zu blicken. Ihre Augen waren milchig trüb und doch hatte sie das Gefühl, dass La Vieille sie genau musterte. Nach einer gefühlten Ewigkeit nickte die Alte und grinste, wobei sie eine breite Zahnlücke entblößte.

Sie wandte sich um und verließ, von Rhena und Slania gestützt, den Platz.

»Bleibt sie nicht hier?« Lina war überrascht.

»Nein. Ihre Arbeit hier ist getan. La Vieille kümmert sich nicht um den aktuellen Lauf der Dinge. Man könnte sagen, ihr ist es gleich, ob wir das Tor öffnen oder nicht.«

Lina sah Brendan überrascht an.

»Sie ist so alt wie das Land selbst. Sie hat Könige kommen und gehen sehen. Nur noch wenige Dinge haben Bedeutung für sie.«

Bevor Lina antworten konnte, trat Maeva zu ihnen.

»Es wird Zeit«, sagte sie. Ihre Stimme klang müde und tiefe Schatten lagen unter ihren Augen.

»Wollt ihr nicht noch ein wenig ausruhen?«, fragte Lynn. Maeva deutete zum Mond, der schon hoch am Himmel stand.

»Uns bleibt keine Zeit. Wer weiß, ob Arvid und seine

Männer nicht schon auf dem Weg hierher sind. Auch sie müssen bemerkt haben, welche Mächte wir hier gerade gerufen haben.«

Brendan nickte ernst.

»Wir haben alles vorbereitet.« Lynn und Aileen traten zu ihnen. Lina schaute sich um. Vor dem Aufgang zur Brücke waren vier große Stumpenkerzen in einem Kreis aufgestellt. Dünne, silbern schimmernde Fäden liefen von einer zur anderen. Das Netz erinnerte Lina an einen Traumfänger. Vor dem Kreis brannte ein kleines Feuer in der Metallschale, die bereits die Frauen im Ritual zuvor benutzt hatten.

Aileen trug eine gläserne Schale gefüllt mit Eis. Lina verkniff sich die Frage, woher sie es hatte. Wortlos reichte die Frau Brendan die Schale.

»Viel Glück«, flüsterte sie und trat zur Seite.

Maevas Blick suchte Haerviu. Der bärtige Kämpfer stand noch immer auf seinem Posten. Als er Maevas Blick sah, hob er die Faust in den Himmel.

»Die Männer sind bereit«, sagte sie.

»Lasst uns beginnen«, erwiderte Brendan.

Er drehte sich zu Lina um und legte seine Hände auf ihre Schultern.

»Bereit?«

»Nein«, antwortete sie wahrheitsgemäß. »Aber das ändert nichts.«

Sie lächelte ihn zaghaft an. Brendan erwiderte das Lächeln und strich ihr zärtlich mit zwei Fingern über die Wange.

»Mein Vater hatte schon recht damit, dich einzustellen. Ob er wohl wusste, dass du hier stehen und mit mir zusammen die Welten verbinden würdest?«

Lina dachte kurz an den Moment, in dem sie zum ersten

Mal den Mitternachtsladen betreten hatte. Welche Mächte sie wohl dorthin geführt hatten? Mit einem Mal verspürte sie eine starke Sehnsucht.

»Wir werden ihn bald selbst fragen können«, sagte sie fest. Brendan zog sie in seine Arme. Seine Lippen legten sich auf ihre. Die anderen Frauen drehten sich diskret zur Seite, als das ungleiche Paar in einem tiefen Kuss versank. Lina hätte ewig hier stehen und Brendans Haar zerwühlen können, doch schließlich war sie es, die sich löste.

»Fangen wir an.«

Sie traten zu den Kerzen an der Brücke.

»Der Sage nach«, erklärte Maeva, »hat die Zauberin Nimue hier Merlin ihre Liebe gestanden und ist dann in einer Wolke verschwunden. Ich vermute, dass sie die Welten gewechselt hat.«

Brendan sah überrascht hoch.

»Es hat hier einst einen Übergang gegeben?«

Maeva nickte.

»Deshalb habe ich diesen Ort gewählt. Aber nun lasst uns beginnen.«

Sie drückte Brendan einen kleinen Beutel in die Hand, nickte Lina noch einmal zu und zog Lynn zur Seite. Die beiden Frauen sprachen kurz leise miteinander, dann trat Maeva zurück.

Brendan sah Lina noch einmal an, doch er stellte die Frage nicht erneut. Sie wussten, dass sie beide nicht bereit waren für diese Aufgabe, und dass sie sich ihr dennoch stellen mussten. Jetzt gab es kein Zurück mehr.

Brendan zog seine Tunika aus. Mit nacktem Oberkörper ließ er sich auf ein Knie sinken und streute den Inhalt des Beutels in die Flammen. Sofort knisterte es und dicker Rauch stieg auf, der Linas Augen tränen ließ. Wie Maeva ihr gesagt hatte, zog sie ihre Schuhe aus. Der Waldboden unter ihren Füßen war weich und erstaunlich warm. Er schien sie willkommen zu heißen.

Brendan hielt den Dvergaquarz in seinen Händen. Einen Moment lang drehte er ihn zwischen seinen Fingern hin und her, dann senkte er ihn mitten in die Eisstücke in der Glasschale. Das silberne Licht des Mondes brach sich in Glas und Eis, als er das Gefäß in die Flammen stellte. Brendan zog die Abschrift, die Claudine für sie angefertigt hatte, aus einem Beutel an seinem Gürtel, faltete sie auf und begann, leise die aufgeführten Worte zu sprechen. Lina konnte die Sprache nicht verstehen, doch sie bemerkte, dass Brendan dieselben Zeilen immer wiederholte. Irgendwann ließ er das Papier achtlos auf den Boden fallen und sprach die Worte aus dem Gedächtnis.

Der Kristall glühte hellblau auf. Das Leuchten zog sich durch das Eis bis zum Glas, bis das ganze Gefäß strahlte. Gleichzeitig schien die Schale ihre Form zu verändern, wie das Eis in ihrem Inneren begann sie zu schmelzen. Das Leuchten pulsierte und breitete sich weiter und weiter aus. Brendan wandte sich zu Lina.

»Es beginnt«, sagte er knapp und richtete dann seine Konzentration wieder nach vorne.

Sie stellte sich hinter ihn, atmete einmal tief ein und legte ihre Hände auf seine Schultern, wie sie es am Waldrand getan hatte.

»Ich bin in deiner Nähe«, flüsterte Lynn ihr ins Ohr. Lina nickte und gab Brendan mit leichtem Druck auf die Schultern zu verstehen, dass sie bereit war. Kurz legte er seine Hand auf ihre, atmete ebenfalls deutlich hörbar ein und nahm seine Hände schließlich nach vorne.

Nichts geschah.

Der Lordsohn stimmte keinen Gesang an und er sprach

auch keine rituellen Worte. Auch vollführte er keine komplizierten Gesten, wie man sie oft in Filmen sah.

Er kniete auf dem Waldboden, hielt die Hände nach vorne gestreckt und starrte unentwegt auf das hellblaue Leuchten, das sich nun wie eine Wand vor ihnen ausbreitete.

Der Boden unter Linas nackten Füßen kribbelte.

Mit einem Mal spürte sie, wie etwas an ihr zerrte. Ihre Hände wurden heiß und schienen an Brendans nackter Haut zu kleben. Sie spürte einen Strom warmer Energie von ihrer Körpermitte über ihre Arme in ihre Hände laufen und ihr wurde schwindlig.

»Öffne dich für die Energie des Landes«, flüsterte Lynn von hinten. »Brendan nimmt dir deine eigene Energie.«

Lina stieß die Luft aus. Was sollte sie tun? Sie zwang ihre Gedanken zur Ruhe und konzentrierte sich auf das warme Gefühl unter ihren Füßen. Unwillkürlich schob sich das Bild eines großen Baumes in ihre Gedanken, mit einer weit ausgreifenden Krone im Himmel und dicken Wurzeln, die tief in die Erde ragten. Auch sie war ein Geschöpf dieses Landes, das spürte sie nun deutlich. Sie stellte sich den Boden unter ihren Füßen vor. Unter der oberen Hülle aus Humus lag eine Schicht aus dunkler, weicher Erde und es war, als wüchsen Wurzeln aus ihren Füßen hinab ins Erdreich durch den weichen Waldboden, durch Lehm und Gestein, Wurzeln, die sie festhielten, die sie nährten und mit dem Land verbanden. Energie stieg aus ihren Wurzeln hinauf in ihren Körper, floss durch ihre Gliedmaßen und weiter zu Brendan. Auch mit ihm war sie verbunden genau wie mit dem Land, untrennbar und geborgen. Nie zuvor hatte Lina sich so richtig gefühlt, als hätte sie endlich den Platz gefunden, an dem zu sein ihr bestimmt war.

Brendans Atem ging ruhig, sein Blick war immer noch auf die kleine Brücke vor ihnen gerichtet.

Ihre Wurzeln tasteten weiter, durchdrangen mehrere Schichten von Stein, durchdrangen einen leeren Raum. Dann trafen sie auf Feuer. Lina keuchte, als die Energie sie mit voller Wucht durchströmte. Die Stellen, an denen ihre Hände Brendan berührten, wurden so heiß, dass sie glaubte, sich zu verbrennen.

Brendans Atem ging schneller, doch er veränderte seine Position kein bisschen.

Das hellblaue Leuchten schob sich Richtung Brücke, die Luft über dem Bach schien zu flirren und durch den Schleier glaubte Lina zu erkennen, wie der hintere Teil der Brücke seine Form veränderte. Das Bild einer zweiten Brücke erschien und legte sich über das Erste. Sie war aus hellerem Holz und an den Seiten gab es ein Geländer aus Metall.

»Sag mir, was an deiner Welt schön ist«, presste Brendan zwischen den Zähnen hervor.

»Was?«

»Sag mir, was schön ist bei dir. Ich muss es mir vorstellen, sonst schaffe ich es nicht, das Tor zu öffnen.«

Lina überlegte fieberhaft. Was hatte ihre Welt schon zu bieten gegen all die Wunder, die sie hier gesehen hatte?

»Nusseis«, stieß sie hervor.

»Was?«

»Nusseis«, wiederholte sie. »In der Eisdiele in Wadern. Wir hatten unser erstes Date dort. Du sagtest, du liebst Nusseis.«

In ihren Gedanken blitzte das Bild auf, wie Brendan seinen Löffel in sein Eis getaucht und ihr hingehalten hatte. Für einen Moment spürte sie sogar den cremigen Geschmack auf ihrer Zunge und sie wusste, dass Brendan dieselbe Erinnerung teilte.

Sein Rücken war schweißbedeckt und ein Zittern durchlief den Körper des Lordsohns, doch er hielt stand. Und tatsächlich: Das Bild der ersten Brücke verblasste weiter und Haervius Männer auf der anderen Seite des Bachlaufes waren nicht mehr zu sehen. Stattdessen zeichnete sich eine andere Gestalt ab. Lina kniff die Augen zusammen, um besser zu sehen. Anscheinend war es eine Frau in einem kurzen, weit schwingenden Rock. Sie stand auf der anderen Seite der Brücke und hob die Hände.

»Mara?«

In diesem Moment hörte sie die Schreie.

Lynn trat so dicht hinter sie, dass sie ihren Rücken an ihrem spürte.

»Lass dich auf keinen Fall ablenken«, wies sie Lina an. »Ich schütze dich.«

Lina schloss kurz die Augen und verdrängte die aufkommende Panik. Hinter ihr wurden die Geräusche lauter. Äste knackten, als unachtsame Füße über sie hinwegtrampelten. Körper prallten mit dumpfen Knallen aufeinander. Schwerter klirrten. Es machte Lina fast wahnsinnig, dass sie nicht sehen konnte, welche Gefahren hinter ihr lauerten. Doch auch wenn sie ihn nicht sehen konnte, war sie sicher, dass es Arvid war, der mit seinem Gefolge angriff.

Ihr wurde schwindlig. Brendan zerrte immer noch an ihrer Energie, er schien von der neuen Gefahr nichts bemerkt zu haben. Sie spürte, dass ihre Verbindung zur Erde schwächer geworden war, und verfluchte ihre Unachtsamkeit. Sie schloss die Augen und verlangsamte ihren Atem. Das Land hieß sie wieder willkommen und schneller als zuvor schaffte sie es, die Energie im Erdinnern anzuzapfen und zu leiten. Sie wagte es, die Augen wieder zu öffnen. Der Wald auf der anderen Seite des Baches war nun deutlich zu erkennen. Mara stand immer noch auf der Brücke, die Füße weit auseinander und fest in die Holzbretter gestemmt, ein Kontrast zu ihrer weiblichen Kleidung mit dem kokett schwingenden Rock. Sie hatte ihre Hände zur gleichen Geste wie Brendan erhoben. Etwas glitzerte an ihrem Hals, ein Amulett vielleicht. Ein Strahlen ging von ihm aus, das in deutlich sichtbaren Linien zur Mitte der Brücke führte, wo es sich mit dem blauen Leuchten verband.

Die Kampfgeräusche kamen näher, anscheinend hatten Arvids Männer den Schutzkreis durchbrochen und den Kampf auf den Ritualplatz verlagert. Lina hörte Yoricks Brüllen, und ohne ihn zu sehen, wusste sie, dass ihrem Freund wieder ein dichtes Fell gewachsen war. Ein Schatten stürzte auf Brendan zu, doch bevor er ihn erreichen konnte, sirrte eine Kugel dicht an Linas Ohr vorbei und traf den Angreifer an der Schläfe. Mit einem dumpfen Geräusch fiel er zu Boden. Zwei Frauen, vielleicht die beiden, die bereits beim Kampf am Waldrand dabei gewesen waren, traten zur Brücke und warfen unsichtbare Geschosse in die Luft. Das Flirren über der Brücke stockte einige Male.

»Lina!«, schrie Mara von der anderen Seite. Sie hatte einen Arm sinken lassen und winkte zu ihr herüber. Das Leuchten ihrer Kette war schwächer geworden.

»Nein!«, Lina schüttelte den Kopf.

»Geh!« Brendans Stimme war im Kampflärm kaum zu hören.

»Was? Nein!«

»Ich habe geschworen, dich nach Hause zu bringen. Geh!«

Lina wollte aufbegehren, da stieß jemand sie beiseite. Maeva. Ihre Kleidung war schmutzig und sie blutete aus einer Wunde am Arm. Ohne zu zögern, nahm sie Linas Position ein und legte ihre beiden Hände auf Brendans Schultern.

»Geh!«, befahl sie.

»Nein«, stammelte Lina, doch Lynn gehorchte dem Lordsohn und der Clanfrau. Ohne auf Linas Protest zu achten, schob sie ihre Freundin Richtung Brücke.

»Du musst gehen«, sagte sie drängend. »Dich nach Hause zu bringen, war der Grund für dieses Ritual. Von der anderen Seite aus kannst du uns helfen: Du musst zu Lord Fenway gehen und ihm alles berichten. Zusammen könnt ihr eine Lösung finden. Verstehst du mich? Es liegt alles in deiner Hand.«

Die Welt stand einen Moment still. Die Geräusche verstummten, bis Lina nur noch das Rauschen des Blutes in ihren Ohren hören konnte. Sie schaute zu Brendan. Der Lordsohn kniete noch immer im Dreck, die Hände in der magischen Geste erhoben. Sein Haar klebte ihm schweißnass am Kopf und er zitterte am ganzen Leib. Sein Blick fand ihren und für einen kurzen Moment war das Band zwischen ihnen als leuchtende Linie zwischen ihren Herzen sichtbar. Linas Herz brach, als er nickte.

»Geh«, flüsterten seine Lippen lautlos.

Willenlos ließ sie sich von Lynn auf die Brücke zerren. Als sie die Mitte erreicht hatten, blitze ein silbernes Geschoss auf und ein kleiner Dolch traf Lynn in die Seite. Sie schrie auf und stolperte. Rotes Blut drang aus der Wunde und breitete sich über den Stoff ihres Kleides aus. Noch im Fallen schubste Lynn Lina weiter, sie stolperte, fing sich gerade noch und landete in Maras Armen. Verzweifelt drehte Lina sich zurück.

Das Letzte, was sie sah, war Arvid, der den immer noch knieenden Brendan ansprang und zu Boden riss. Dann kollabierte das Tor.

»Nein!«

Sie schrie und stürzte auf die Brücke zu, doch auf der

anderen Seite wartete niemand auf sie. Sie brach zusammen und weinte, weinte so bitter, dass sie kaum bemerkte, wie Mara zu ihr trat, die Arme um sie legte und sie aus dem Wald führte, der nicht mehr der Brocéliande war.

Behutsam strich Lina über die Tagesdecke auf ihrem Bett. Ihr Zimmer sah noch genauso aus, wie sie es verlassen hatte. Vor ewiger Zeit, wie es ihr vorkam. Mara hatte sie aus dem Paimpont herausgeführt, willenlos war sie hinter ihr hergestolpert, bis sie zu einem kleinen Gebäude kamen, das anscheinend als Museum genutzt wurde. Dort, im Château de Comper, waren sie freundlich von einem Pärchen empfangen worden. Ohne Erklärungen zu verlangen, hatten sie Lina in ein Badezimmer geführt, in dem sie duschen und neue Kleider anziehen konnte. Der Mann, ein Franzose mittleren Alters mit beginnender Glatze, hatte sie dann nach Paris gefahren. Kurze Zeit später saßen sie schweigend im Zug nach Saarbrücken. Nur einmal hatte Mara versucht, mit Lina über das, was geschehen war, zu sprechen, doch sie hatte nur den Kopf weggedreht und stumm aus dem Fenster geschaut. In wenigen Stunden hatten sie ihr Ziel erreicht. Kurz bevor sie in den Bahnhof einfuhren, nahm Mara sie in den Arm.

»Es wird alles gut«, flüsterte sie. »Geh erst einmal nach Hause und ruhe dich aus. Der Meister wird dich kontaktieren.«

Ihre Mutter hatte Lina bereits am Bahnhof erwartet. Überschwänglich hatte sie ihre Tochter umarmt und auf der Fahrt nach Hause unentwegt auf sie eingeredet. Natürlich wollte sie jedes Detail über den angeblichen Englandaufenthalt ihrer Tochter wissen und beim gemeinsamen Abendessen bemühte sich Lina aufrichtig, so viele Lügen wie möglich zu erzählen. Nach dem Dessert jedoch entschuldigte sie sich bald und ging in ihr Zimmer.

Der Raum war ihr seltsam vertraut und fremd zugleich. Vor ihrem Schrank stand ein Koffer, angeblich aus England mit der Post gekommen. Lina klopfte ihre Kissen zurecht, nahm einen Stoffteddy in die Hand und blätterte durch ihre Schulbücher, die auf dem Schreibtisch lagen. Dann trat sie ans Fenster. Es war noch hell, aber der Mond war bereits zu erkennen. Kurz dachte sie daran, wie Tails sie hier beobachtet hatte. In der Küche hörte sie ihre Mutter mit dem Geschirr klappern.

Sie war wieder zu Hause. Doch ihre wirkliche Heimat war verloren.

DANKSAGUNG

Bereits als ich noch mit Lina und Brendan durch die Anderwelt gereist bin, habe ich mich auf das Schreiben dieses Nachwortes gefreut. Immerhin bedeutet es, dass mein erster phantastischer Roman tatsächlich veröffentlicht wird! Außerdem finde ich es selbst auch immer wieder spannend, die Danksagungen anderer Autoren zu lesen. Hier also meine:

Die meisten bedanken sich in erster Linie bei ihrem Verlag und dem schließe ich mich an. Immerhin gehört sich das nicht nur so, sondern ich bin tatsächlich zutiefst dankbar, Teil der fehu-Familie zu sein, die mich von Anfang an großartig unterstützt hat. Ich danke Steffen Koch für sein Vertrauen in mein Exposé – ohne zu wissen, wer es geschrieben hat – und meiner Verlagskollegin Amanda Koch für die Begeisterung, mit der sie Lina gefolgt ist. Danke an Myriam Kuntze, die ungeduldig auf die nächsten Manuskriptseiten gewartet und mein erstes Bloggertreffen organisiert hat.

Ich danke auch meiner Lektorin Mona Gabriel, die mich mit ihren vielen Nachfragen manchmal schmollen ließ und am Ende doch recht hatte. Durch ihre Arbeit wurde der Mitternachtsladen eine runde Sache. An alle Reiter unter

Euch: Die Sache mit dem Hengst geht allein auf meine Kappe.

Danke an Stefan von BuS Fotografie für die spontane Foto-Session und die Bearbeitung der Bilder, außerdem an Markus für literweise schwarzen Tee und inspirierende Gespräche, an Anke, die – ohne ihn zu kennen – Namensgeberin von Tails ist, und an (einen zweiten) Markus für die konstruktive Kritik zum ersten Coverentwurf. Danke auch an alle Larper, mit denen ich in den vergangenen Jahren gespielt habe: Ohne Euch hätte ich die Kampfszenen niemals hinbekommen.

Zwei Personen waren nicht direkt am Schreibprozess beteiligt, verdienen aber dennoch ein dickes Danke: Anja für ihren enthusiastischen Glauben an (all!) meine Projekte und die besten Geburtstagskarten der Welt sowie Mimi für ihre loyale Freundschaft und Unterstützung, insbesondere im vergangenen Jahr.

Last but not least danke ich den wichtigsten Menschen in meinem Leben: meiner Familie. Thomas, der mich nicht gezwungen hat, meine Träume aufzugeben, meine Schwiegermutter, die mir immer wieder den Rücken frei hält, und natürlich Natascha: Du brauchst gar nichts zu tun, damit ich dankbar bin, es reicht, dass Du da bist.

Ich widme dieses Buch meiner Mutter Marlene, die schon stolz auf mich war, bevor ich irgendwas auf die Beine gestellt hatte. Schade, dass ich Dir dieses Buch nicht mehr schenken kann.

© Stefan Burgard, Homburg

Tanja Karmann konnte schon in jungen Jahren keinem Buch widerstehen. Sie verfiel der Phantastik, die sie bis heute in all ihren Facetten erforscht – als Eventmanagerin, Pressesprecherin und nicht zuletzt mit ihrem eigenen Blog. Auch sonst ist die studierte Kulturwissenschaftlerin nicht vor kreativen Ideen sicher, die sie aus jedem Hinterhalt anzuspringen scheinen. Aus diesem Grund verbringt sie ihre Zeit mit Tanzen, Bloggen, Designen, Nähen und Backen (letzteres mit mehr Leidenschaft als Erfolg). Nur mit eigenen Veröffentlichungen hat sie sich Zeit gelassen, doch seit die gebürtige Saarländerin in einem Dorf knapp hinter der Grenze lebt, widmet sie sich dem eigenen Schreiben intensiver.
»Der Mitternachtsladen« ist ihr erster Fantasyroman.
www.tanja-karmann.de

TRILOGIE

Die Wächter von Avalon

von Amanda Koch

Vertraue darauf, was mit dir geschieht.
Trauer. Sehnsucht. Das verraten die Augen der achtzehnjährigen Esmé Breckett – bis sich ihr Leben auf magische Weise verändert. Der Geist von Avalon ruft nach ihr und sie fühlt einen Zauber um sich, der sie auf seltsamem Weg Raven Sutton, einen der zukünftigen Wächter treffen lässt.

Amanda Koch – Die Prophezeiung
ISBN 978-3-943987-14-0, familia Verlag Leipzig 2013

Verstehe, wer du wirklich bist, und du erkennst deinen Weg.
Die Hohepriesterin spürt die Schwäche Avalons innerhalb der drei Welten. Daher folgen die Wächter einer Spur aus der Dunklen Zeit in das Königreich Faelandon. Doch Evolet sieht in einer Vision des Königs schreckliches Schicksal. Lastet auf ihm ein Fluch, der bis nach Avalon reicht?

Amanda Koch – Der Fluch des Suadus
ISBN 978-3-943987-72-0, fehu, Leipzig 2014

Avalon wird erschüttert. Die Magie einer alten Kraftlinie scheint zu erwachen. Es ist eine Sternenkarte, die die Hohepriesterin in die irdische Welt blicken lässt. Jupiter durchwandert das goldene Tor der Sterne und schickt sein Licht nach Aran – auf die Insel mit der verschollenen Kraft des Wassers.

Amanda Koch – Die Legende von Ýr
ISBN 978-3-943987-98-0, fehu, Leipzig 2015